EVEREST 342

AYŞE KULİN

1. *Güneşe Dön Yüzünü* (Öykü)
2. *Bir Tatlı Huzur* (Biyografi)
3. *Foto Sabah Resimleri* (Öykü)
4. *Adı: Aylin* (Biyografik Roman)
5. *Geniş Zamanlar* (Öykü)
6. *Sevdalinka* (Roman)
7. *Füreya* (Biyografik Roman)
8. *Köprü* (Roman)
9. *İçimde Kızıl Bir Gül Gibi* (Deneme)
10. *Babama* (Şiir)
11. *Nefes Nefese* (Roman)
12. *Kardelenler* (Araştırma)
13. *Gece Sesleri* (Roman)
14. *Bir Gün* (Roman)
15. *Bir Varmış Bir Yokmuş* (Öykü)
16. *Veda* (Roman)
17. *Sit Nene'nin Masalları* (Çocuk kitabı)
18. *Umut* (Roman)
19. *Taş Duvar Açık Pencere* (Derleme)
20. *Türkan-Tek ve Tek Başına* (Anı-Roman)
21. *Veda* (Çizgi Roman)

Ayşe Kulin, *Foto Sabah Resimleri* ile 1995 yılında Haldun Taner Öykü Ödülü'nü, 1996 yılında Sait Faik Hikâye Armağanı'nı, 2007 yılında *Veda* ile Türkiye Yazarlar Birliği, En iyi Roman Ödülü'nü, 2008 yılında ise *Nefes Nefese* ile European Consil of Jewish Comunities tarafından verilen en iyi roman ödülünü kazandı. Birçok kez iletişim fakültelerinin, çeşitli okulların, kurumların, dergilerin ve derneklerin anketlere dayalı ödüllerini aldı.

Sevdalinka'nın Bosna-Hersek telif geliri savaş mağduru çocuklara; *Kardelenler*'in telif geliri Kardelenler Projesi'ne; *Sit Nene'nin Masalları*'nın telif geliri ise UNICEF Anaokulu Projesi'ne bağışlanmıştır.

FÜREYA

Ayşe Kulin

§

Türkçe Edebiyat **87**

Füreya
Ayşe Kulin

Kapak tasarım: Utku Lomlu
Mizanpaj: Bahar Kuru Yerek

1-64. Basım: Remzi Kitabevi
65-74. Basım: Eylül 2005-Ocak 2010, Everest Yayınları
75. Basım: Ekim 2010, Everest Yayınları

ISBN: 975 - 289 - 251 - 5

Sertifika No: 10905

Baskı ve Cilt: Melisa Matbaacılık
Tel: (0212) 674 97 23
Fax: (0212) 674 97 29

EVEREST YAYINLARI
Ticarethane Sokak No: 53 Cağaloğlu/İSTANBUL
Tel: (212) 513 34 20-21 Fax: (212) 512 33 76
Genel Dağıtım: Alfa, Tel: (212) 511 53 03 Fax: (212) 519 33 00
e-posta: info@everestyayinlari.com
www.everestyayinlari.com
www.twitter.com/everestkitap

Uygarlık rüyamızın gerçeğe dönüşmesinde
payı büyük olan, Cumhuriyet'in tüm
kadın sanatçılarına

TEŞEKKÜR

Cumhuriyet Türkiyesi'nin ilk kadın seramik sanatçısı olan Füreya Koral'ın yaşam öyküsünün yazılışı sırasında, bana Füreya ile olan anılarını ayrıntılarla nakleden, kasetler, belgeler, dergiler ve fotoğraflarla bilgilenmemi sağlayan Sara Koral Aykar'ın ve Afife Koral'in arşivleri ve desteği olmaksızın, bu kitabın yazılışı eksik kalırdı. Her ikisine de içtenlikle teşekkür ediyorum.

Ayrıca değerli vakitlerini ayırarak bana Füreya ile olan anılarını nakleden Şirin Devrim Trainer'a, İsmet Noonan'a, Müşerref Cimcoz'a, Mina Urgan'a, Ayda Arel'e, Binay Kaya'ya, Tatiana Moran'a, anıları, belgeleri ve fotoğrafları ile katkıda bulunan Altemur Kılıç'a, Ferit Edgü'ye, Nesibe ve Kemal Türkömer'e, Candeğer Furtun'a, Rabia Çapa'ya, Utarit İzgi'ye, Şakir

Eczacıbaşı'na, Tunç Yalman'a ve Yahşi Baraz'a teşekkür borçluyum.

Her kitabımı olduğu gibi, *Füreya*'yı da basımından önce titizlikle okuyan ve eleştiren sevgili arkadaşım Meyzi Baran ve hayat arkadaşım Engin Baraz'a, fotoğraf arşivinden yararlandığımız değerli Ara Güler'e gönül dolusu teşekkürler.

ŞAKİR PAŞA AİLESİ

- **Mustafa Âsım**, e. Hattatzâdeler'in kızı
  - Sara, 1849-1916
  - Cevat Paşa, 1851-1900, e. Nimet Hanım
  - Şakir Paşa, 1855-1914, e. (1) İsmi bilinmiyor (2) Sare İsmet
    - Âsım (1)
    - Cevat Şakir (2), 1890-1973, e. (1) Aniesi (2) Hamdiye (3) Hatice
      - Mutarra (1)
      - Sina (2)
      - İsmet (3)
      - Suat (3)
      - Aliye (3)
    - Hakkiye Koral (2), 1893-1971, e. Emin Koral
      - Füreya, 1910-1997, e. (1) Karadoğanlar'ın (?) oğlu (2) Kılıç Ali
      - Şakir, 1918-1989, e. Afife Koral
        - Sara Koral Aykar, e. (2) Emre Aykar
          - Mehmet Şenol, doğ. 1976
          - Serra Şenol, doğ. 1981
    - Ayşe Erner (2), 1895-1978, e. Ahmet Erner
      - Nermidil Erdem
    - Suat Şakir (2), 1899-1972, e. (1) Saida (2) Remzet (Mizu) (3) Yvette (4) Remzet
      - Cem (2)
      - Tarık (2)
    - Fahrünissa Zeid (2), 1901-1991, e. (1) İzzet Melih Devrim (2) Emir Zeid al-Hussein
      - Faruk (1), 1921-1924
      - Nejad (1), 1923-1995, e. (1) Maria Tarlovsky (2) Janina Paluch
      - Şirin (1), doğ. 1926, e. (1) Wesley Lau (2) Şehsuvar Menemencioğlu (3) Mücap Ofluoğlu (4) Robert Trainer
      - Raad (2), doğ. 1936, e. Margareta (Maida) Lind
    - Aliye Berger (2), 1903-1974, e. Charles Berger

NOT:
(e) kısaltması 'eşi' anlamına gelir. Parantez içindeki rakamlar evliliğin kaçıncı evlilik olduğunu ve çocukların hangi evlilikten doğduğunu gösterir.

FÜREYA

I. BÖLÜM

Ada'da ve Bursa'da Zaman

"Ada konaklarının gülendam kadınları
Gün boyu bir gergefin üstünde parmakları
Ya da dalgın gözlerle piyano çalarlardı"

PENTİMENTO*

(Osmanoğlu Kliniği-26 Ağustos 1992)

Pencerenin pervazında beyaz bir kuş duruyor ne zamandır. Kocaman beyaz kanatları yer yer gümüş pırıltılar saçan, cin bakışlı bir kuş. Yaptığım kuşlardan biri olmalı diye düşünüyorum. Ama ben böyle geniş kanatlı kuşlar yapmadım ki hiç. Benim yoğurduklarım narin bedenli, küçücük başlı, uslu, durağan kuşlardı. Her an uçmaya hazır değil de, uzun bir yolculuktan yeni dönmüş hissi veren, yorgun kuşlar. Sahi, neden benim kuşlarım durgun ve yorgundu hep? Onları yapmam ömrümün sonbaharına denk geldiği için mi? Sanmıyorum. Çünkü bu ya-

* Bir yağlıboya tablo kazındığında, kimi kez altından çıkabilen, ikinci hatta üçüncü kat resim.

tağa düşene kadar hiç yorgun ve durgun hissetmedim kendimi. Yaşlandığımı, iyice ihtiyarladığımı, hatta hemcinslerime özgü yaşam sınırının ortalamasını çoktan aştığımı bile fark edemedim. Günler, sabah erken saatlerde coşku ve neşeyle uyanılıp, gayretle çalışmaya başlanmasını, akşamüstleri de iki kadeh rakı ve yakın dostların eşliğinde keyifle sohbet edilmesini gerektiren zaman dilimleriydi. Buydu hayat. Bu hayatın içinde, yaşlanmak, hastalanmak, ölmek yoktu. Hastalıktan payıma düşeni omuzlamıştım zamanında. Sıramı savmıştım. Yaşlanmadan, hastalanmadan, bıkmadan yaşamayı becerememiş olmalıyım.

Neyin nesi bu kuş. Günlerdir beni gözlüyor pencerenin kenarında... Sanki bana bir şeyler söylemek ister gibi. Çok önemli bir diyeceği varmış gibi.

"Heyy kuş, merhaba! Bir diyeceğin varsa söyle, sonra da uç git. Gözaltına alınmaktan hiç hoşlanmam ben."

Kırmızı, küçük cin gözleriyle bakıyor yüzüme.

"Duymadın mı? Hişşt, sana söylüyorum, ya konuş ya da uç git. Bakıp durma bana öyle, sinirime dokunuyorsun."

Acaba bir sığırcık ordusunu, Divan Pastanesi'nin dip duvarında sonsuza dek kanat çırpmaya mahkûm ettiğim için, benden hesap sormaya mı geldi?

Annemin beni küçücük bir çocukken, kuşların göçünü seyretmem için, elimden tutup, Aya Yorgi'ye çıkardığını ve orada, sığırcıkların hep birlikte kocaman bir V çizişlerini, bir süre V halinde uçtuktan sonra, aralarından birinin mızıkçılık etmesiyle nasıl bozulup da yeniden toparlandıklarını büyülenmiş gibi, dakikalarca seyrettiğimi bilmiyor. İstanbul'da eylül ayı, bana göç eden kuşları da getirirdi, inanılmaz güzellikteki mehtapla birlikte. Çocukluğumun eylülleridir, Divan'ın arka duvarında duran. Ama gel de bunu kuşa anlat!

"Sara Hanım seninle konuşmak istiyor. Çook uzaklardan geldi senin için."

Aaa, kuş konuştu. Demek ki bir rüya görmekteyim. Gece boyu sürüp duran upuzun bir rüya.

"Sara seyahatte filan değil ki. Evi de buraya iki adım uzaklıkta," diyorum.

"O Sara değil," diyor kuş. "Seninle konuşmak isteyen, yeğenin Sara değil, büyük halan."

"Ama çoktan öldü o."

Ben beş yaşındaydım öldüğünde. Akşam yemeği için masa başında toplandığımızda, "Eh, Sara Halamız da hakkın rahmetine kavuştuğuna göre, bundan böyle aile reisimiz artık siz oldunuz, anne," demişti Aliye, anneanneme. Anneannem kızını, "Aile reisimiz, eniştendir," diye yanıtlamıştı babamı kastederek. Sertti sesi. Böyle haberdar olmuştum halamın ölümünden.

"Kardeşinin acısına dayanamadı, zavallı halam," demişti Ayşe Teyzem.

Halamı, ara sıra ziyaretine gittiğimiz o kır saçlı, esmer, yaşlı kadını gözümün önüne getirmeye çalışmıştım.

"İnsanlar ölünce nereye gider, anne?" Annemin yanıtlamasını beklemeden,

"Gökyüzüne," diye atılmıştı Aliye. "Göğe çıkar, yıldız olurlar."

Aliye, teyzemdi ama benden sadece altı yaş büyüktü. Bu nedenle onu ömrüm boyunca teyze gibi değil, bir abla olarak kabul ettim. Daha doğrusu, yirmilerime gelene kadar bir abla, sonraları da benden çok çok küçük, delidolu bir kız kardeş olarak. Ama çocukken, her dediğine inanırdım. Bahçeye çıkmış ve dikkatle gökyüzüne bakmıştım Sara Hala'yı görebilmek için. Sara Hala ancak pırıltısı az, silik yıldızlardan biri olabilirdi. Uzun süre bakmıştım gökyüzüne. Simasını bile hatırlayamıyordum. Onu bulmaktan vazgeçip içeri girmiştim. Kendini değil de, sadece bu konuşmayı hatırlıyorum halama dair. Bir de, bir aile düğününde, gelinin başına saçılan altın paraları toplamak için, diğer çocuklarla beraber yere eğildiğimde, birinin yakamdan tutup beni yukarı kaldırdığını hatırlıyorum. Korkuyla dönüp baktığımda, esmer sert bir yüz görmüştüm. "Cevat Paşa'nın ailesinde kimse yerden para toplamaz," demişti, "çocuklar bile."

"Ne istiyormuş benden Sara Hala?" diye soruyorum kuşa.

"Bunu ona kendin sor," diyor kuş ve pırıltılı kanatları küçük çırpınışlarla sarsılmaya başlıyor. Oh, nihayet uçup gidecek diye düşünüyorum, büyük gözaltı bitmek üzere. Ama gitmiyor kuş. Gri kırçıllı kanatları, gri kırçıllı bir eteğe dönüşüyor. Yere kadar uzun, evaze bir eteğe. Beyazı bol gri saçları başının üstünde kabarık topuz yapılmış biri var kuşun yerinde şimdi. Uzun eteğinin üstüne, dik yakası fırfırlı bir bluz giyiyor. Birbiri ardına dizelenmiş düğmelerinin hepsi de sımsıkı ilikli, bembeyaz bir bluz. Küçük gözleri, gaga gibi burnuyla tıpkı deminki kuşu andıran yaşlı, esmer bir kadın duruyor pencerede. Eski, sararmış bir sepya fotoğraftan çıkmış gibi... Ben bu resmi bileceğim. Ben bu resmi tanıyorum. Aile albümlerini dolduran sürüyle fotoğrafın arasında defalarca gördüğüm birine benziyor. Korka korka ve fısıldayarak söylüyorum adını.

"Sara Hala!"

"Evet Füreya, benim."

"Ne yapıyorsunuz orada? Niye bana öyle bakıyorsunuz? Camın dışında durmayın, bari içeri girin."

"Zamanı geldiğinde gireceğim."

"Ne zamanı?"

"Gitme zamanı kızım. Seni götürmeye geldim."

"Ben hiçbir yere gitmiyorum hala. Yakında bu yataktan kalkıp, işlerimin başına döneceğim. Sergim var yakında. Sizinle gelemem ben."

"Ben senin refakatçinim."

"Annemle babam neredeler? Bana biri refakat edecekse, neden onlar gelmediler?"

"Ben geldim, çünkü sen bana çok benziyorsun..."

"Hayır, hayır. Benzemiyorum."

Nasıl benzeyebilirim ona? Ben güzeldim. Uzun boylu, alımlıydım. Bir salona girdiğimde, bütün başların bana döndüğünü, bütün bakışların beni izlediğini bilirdim.

Düşüncelerimi okuyor sanki. "Fiziksel benzerlikten söz etmiyorum. Elbette sen çok alımlı ve güzeldin, bense kısa boyum, esmerliğim ve sıradanlığımla, kardeşlerim gibi, yakışıklı babama değil, Suriyeli anneme çekmiştim Füreya. Bu nedenle beni ancak çok yaşlı ve çok şişman bir kocaya verebildilerdi. Ama benim sözünü ettiğim benzerlik, görüntümüzde değil, kaderlerimizde ve karakterlerimizdedir. Sen ve ben, bizi maddi yönden rahata erdirecek evliliklerimizin yavan tadını tattıktan sonra, hayatlarımıza özgür ve yalnız devam etmeyi tercih ettik. Hiç çocuğumuz olmadı. Yine de ömrümüzü bizim olmayan çocukları yetiştirmeye harcadık. Ben kardeşlerimi, sen de kardeşinin kızını evlat yerine koydun. Benim yaşamımın bir nevi devamı gibiydi senin hayatın. Kendimizi bu çocukların yetişmesi için seferber ettik. Ettik de ne oldu?"

"Ben pişman değilim, Sara'yı evlat edindiğime, hiç pişman değilim."

"Ben de ömrümü kardeşlerime feda ettiğim için pişman olmadım Füreya. On üç yaşında 'küçük anne' rolüne bürünmekten ve hayat boyu onları kollayıp, onlar için yaşamaktan hiç gocunmadım. Ama her şey çok daha başka olabilirdi. Analığını üstlendiğimiz çocuklar da, biz de çok daha huzurlu ve mutlu olabilirdik, öyle değil mi? Beklentilerimiz hüsranla sonuçlandı."

O nereden biliyor benim Sara'ya ilişkin beklentilerimin gerçekleşmediğini. Bir tek kişiye dahi ağzımı açıp şikâyet etmiş değilim. Ama hep kızımın sanata yönelmesini, ailemizin şanına yakışır biçimde, yetenekli bir sanatçı ya da ünlü bir yazar olmasını düşlemiştim. Bu rüyama giren ölü kadın nasıl okuyabiliyor yüreğimdekileri? İçimin okunmasından rahatsız olduğumdan, sözü değiştirmek için soruyorum.

"Hala, mutsuz olduğunuzu bilmiyordum. Ben sizi sadece resimlerinizden tanıyorum. Yüzünüzü bile hatırlayamıyorum. Çok küçüktüm vefatınızda. Ölüm haberinizi ancak hayal meyal..."

Sözümü kesiyor halam.

"Benim ölümüm bile ses getiremedi ki Füreya. Şakir Paşa'nın trajik ölümünden sonra, cenazem de tüm yaşamım gibi güme gitti. Öldüğümde arkamdan ağlayacak kardeşlerim kalmamıştı. Ben dünyaya tıpkı senin gibi, bazı görevleri yerine getirmek, cemiyette saygın bir yer edinmek ve yalnızlığı baş tacı gibi taşımak için yollanmışım."

Yüreğim eziliyor halamı dinlerken, içim pişmanlıklarla dolu. Dedemin, ölümünden sonra kimsenin el sürmeye cesaret edemediği evrakını, yıllar sonra Aliye ile karıştırmaya başladığımızda, küçük bir çocuğun titrek yazısıyla yazılmış mektup müsveddelerini bulmuştuk. Pek muhterem Atıfzâde Hüsamettin Beyefendi'ye hitaben kaleme alınmış mektup, bir çocuğun yapabileceği imla hatalarıyla doluydu ama maksadı açıktı.

"Validemizi de pederimizin vefatının haftasında kaybettik. Kimsesiz kaldık. Pederimin pek vefakâr bir dostu olarak, bizi himaye etmeniz için, size yalvarıyorum efendim. Bize İstanbul'a girebilme iznini bahşederseniz, size hep minettar kalırız."

Bu mektubun, on üç yaşındaki halam tarafından yazıldığını anlayınca, yaşlar süzülmüştü gözlerimden. On bir ve sekiz yaşlarındaki kardeşlerinin sorumluluğunu üstlenmiş, kendine aralanacak bir sevgi kapısı arayan, çaresiz küçük kız! Her yere başvurmuş, her kapıyı çalmıştı halam. Ve başarmıştı sonunda. Baba dostu Hüsamettin Efendi, kimsesiz kalan çocukları yanına aldırmiş, Cevat ile Şakir'i askeri okula yatılı vermiş, ablaları Sara'ya da üç yıl evinde baktıktan sonra, ellisini çoktan geçmiş, şişman, yaşlı, ama çok zengin bir adamla evlendirmişti. İtiraz etmemişti Sara. Kardeşlerine iyi bir istikbal hazırlamak için paraya ihtiyacı vardı. Nitekim yaşlı kocası kısa bir süre sonra ölünce, bir daha hiç evlenmemiş ve varını yoğunu Cevat ile Şakir için seferber etmişti.

Elimi uzatıp ona dokunmak istiyorum. Ona sevgiyle sarılmak, mezarını hiç ama hiç ziyaret etmemiş olduğum için özür dilemek, başımı omzuna dayayarak ağlamak istiyorum. Yine içimden geçenleri okumuş gibi,

"Üzülme Füreya," diyor. "Kaderimizi tayin etmek elimizde değil. Ne yazıldıysa, onu yaşamaya mecburuz."

"Hala... Sara Hala... Kocanızın ölümünden sonra, gönlünüze göre birini bulup, evlenseydiniz keşke."

"Anneciğimin nasıl öldüğünü biliyor musun Füreya? Babamın ihaneti üzerine, yüreği kırılarak öldü annem. Ben olanları anlayacak yaştaydım. Kardeşlerimden sakladım gerçeği. Babalarına olan saygıları eksilmesin istedim. Ama erkeklerden hep uzak durdum ve hayatta sadece kardeşlerimi sevdim. Hata işledikleri zaman bile sevdim onları. Çünkü onlar artık çocuklarımdı benim. Anacığımın bana emanetleriydiler. Evlenmeyi hiç istemedim ama, kardeşlerime istikbal hazırlayabilmem için güçlü olmam gerekiyordu. Para, güçtür. Bunu sen de biliyor olmalısın. Bana bu gücü evliliğim sağladı. Kocamın ölümünden sonra... evet hâlâ çok gençtim, ama güzel değildim. Başka koca istemedim. Kim bilir nasıl hırpalar, nasıl üzerlerdi beni. Kocamdan bana kalan serveti yemeye çalışırlardı. Kardeşlerime kanat germeme mani olurlardı. Oysa, hayatımda yalnız Cevat ve Şakir olmalıydı, ölene kadar sadece onları sevmeliydim."

***

Halamın pencereyle bütünleşmiş silueti bulanıklaşıyor. "Hala, halacığım ne olur daha gitme," diye bağırmak, onu durdurmak istiyorum. Ah Aliye, keşke sağ olsaydın da bu anı da paylaşsaydık seninle.

Aliye ile, Sara Hanım'ın Hüsamettin Efendi'ye yazdığı mektubun müsveddesini bulup okuduktan sonra, sorup soruşturmaya başlamıştık ev halkına. Bizim Sara Halamız nasıl biriydi? Neden onu çok yaşlı, çok şişman birine vermişlerdi. Şişman kocasının ölümünden sonra, neden hiç evlenmemişti. Babası Âsım Bey ile Suriyeli karısı ne biçim insanlardı? Nasıl ölmüşlerdi?

"Nereden çıktı bu Âsım Bey ile karısı, şimdi?" demişti anneannem. "Yıllar olmuş ikisi de öleli. Size ne onlardan?"

Anneannemin üstüne gidilmezdi hiç. Acılıydı. Kocasının ve eve hiç dönmeyen, uzaklardaki oğlunun yasını tutuyordu. Ben ancak on yaşlarındaydım ve dayımın uzaklarda değil de hapiste olduğunu bilmiyordum. Acaba Aliye de mi bilmiyordu? Bilse bana söylerdi mutlaka. Dayımın konusu açıldığında, ağız birliği edilmişçesine, "O uzaklarda, bir daha hiç dönmeyecek," deniyordu, o kadar. Başka laf alamıyordum ağızlarından. Ama Âsım Bey konusunda aynı ölçüde ketum davranmadılar. Lala, dayanamayıp konuştu. Aliye'ye o kadar düşkündü ki onun bir dediğini iki etmezdi. Lala'nın anlattıklarını Aliye nakletti bana. Yıllar sonra, acaba Aliye, Lala'dan dinlediklerini bana naklederken, anlattıklarının içine kendi hayal gücünü de kattı mı diye düşünmüşümdür. Lala'nın on sekiz yaşında bir kıza, evin beyinin bir cariyenin göğüslerini öptüğünü söylemesine imkân yoktu çünkü. Ama bu kuşkumu hiç söylemedim Aliye'ye. Hikâye o kadar romantik ve içliydi, o kadar inanılmazdı ki bozmak istememiş olabilirim. Lala'yı arka bahçedeki çardakta, Aliye'yi karşısına almış, heyecanla fısıldarken görüyor gibiydim...

"Küçük hanım, hanımefendi size bunları anlattığımı duyarsa çok kızar. Aile sırlarıdır bunlar."

"Ben aileden değil miyim, Lalacığım."

"İşte ben de o yüzden anlatıyorum ya..."

"Her şeyi söyle Lala. Lütfen, sevgili Lalacığım, hiçbir şeyi saklama." Aliye boynuna sarılıyordu Lala'nın.

"Babaanneniz, Şam'da Hattatzâdeler diye bilinen çok ünlü bir ailenin kızıydı. Büyükbabanız Âsım Bey'in Şam'a tayini çıktığında, çok genç ve yakışıklı bir zabitken, görücü usulü evlendirilmişler. Sara Halanız ve Cevat Amcanız Şam'da doğmuşlar. Pederiniz Şakir Paşa ise Bursa'da dünyaya gelmiş. Son doğumundan sonra vereme yakalanmış babaanneniz. Hekimler, ilaçlar, istirahatler fayda vermemiş. Hastalık ilerlemiş. Hastalığından ötürü, hanımefendinin eşine yaklaşmasını yasaklamış doktorlar. Ciğerleri gibi, gönlü de yaralanmış böylece. Çocuklarla meşgul olması için, bir genç kadın alınmış eve. Babaannenizin hoşuna gitmemiş ama başka çaresi yokmuş. Bir akşam vakti, veremden bitkin bedenini balkona sürüklemiş ciğerlerine temiz hava çekmek için. Çardağın altında, kocasını görmüş. Çocuk bakıcısının çözülen düğmelerinden fışkıran göğüslerini, boynunu öpüyormuş. Orada, balkon demirlerinin gerisine yığılmış, boğazına yükselen gıcığı bastırmaya çalışmış. Öksürük sesini duyan Âsım Bey, başını yukarı kaldırdığında göz göze gelmişler. Yukarı koşmuş... kucağına alıp yatağa taşımış yerde yatan karısını... 'Ben hiçbir şey görmedim, Âsım Bey,' demiş hasta eşi, bir öksürük nöbeti arasında. Sonra bayılmış. Ne alnına konan limon kolonyalı mendiller ne nane ruhu koklatmalar... kendine getirememişler, ateşini düşürememişler. Âsım Bey arka bahçedeki ahıra koşmuş, atını çözmüş, üstüne atlamış ve atı mahmuzlayıp dörtnala sürmüş Bursa Ovası'nda. O pişmanlıkla, o acıyla hiç durmadan, şafak sökene kadar sürmüş atı. Sabahın ilk ışıklarıyla, sırtında yarı baygın sürücüsü, aheste revan eve geri dönmüş at. Âsım Bey'i attan indirip yatağına taşımışlar. Doktor çağırmışlar. Saatlerce at binmekten patlayan fıtığı peritonite dönüştüğü için, aynı gün akşama doğru vefat etmiş.

"Babaanneniz kocasının ölümünden habersiz, 'Zevcim nerde? Âsım Bey nerde? Neden yanıma gelmiyor,' diye sorup duruyormuş yanındakilere.

"Ona korkunç haberi verememişler. Üç gün sonra, genç kızlığa adım atmak üzere olan kızı Sara'yı çağırtmış yanına. Oğullarını ona emanet edip, gözlerini hayata yummuş."

Penceredeki halama elimi uzatıyorum. Ama halam giderek uzaklaşıyor benden. Onun yerinde şimdi yine o beyaz kuş var... Tanrım bitsin bu rüya. Rüyada bile acı çekmek çok zor. Neden uyutup duruyorlar beni. Kaldırsalar ya. Bıktım yatmaktan. Bıktım sürekli karşımdaki pencereye bakmaktan. Ne zamandır yatıyorum bu yatakta ben? Bir gün mü, bir hafta mı, bir ay mı, bir ömür mü? Zaman kavramını yitirmişim besbelli. Uzun süredir burada olmalıyım. Altımda serili şiltenin ayrılmaz parçasıyım sanki. Sağıma soluma bağlanmış serumlar, borular yüzünden ceset gibi hiç kımıldamadan, kıpırdamadan, gözlerim tek bir noktaya dikili, yatıyorum. Ama ceset değilim henüz, hâlâ hayatta olduğumun farkındayım. Çünkü bakışlarımın değdiği yerdeki pencereden ara sıra bulutları, ara sıra da beyaz kuşun kanat çırparak geçtiğini görüyorum. Etrafımda dolanıp duran insanların ayak seslerini de duyuyorum zaman zaman. Bazen konuştuklarını bile duyuyorum. Kâh anlıyorum ne dediklerini, kâh sadece bir uğultu geliyor kulağıma. Doktorun, hemşirelerin sesini, kan almaya gelen hademenin ince, kadınsı sesini, Müşerref'in ve Sara'nın seslerini tanıyorum... Sara, "Ne olur söyleyin doktor, durumu çok tehlikeli mi? Hiç mi ümit kalmadı?" diye soruyor sık sık. Soruyu işitiyorum da yanıtı duyamıyorum nedense. Ne gam! Duymasam da biliyorum ben yanıtı. Umut yok. Onların anladığı mânâda, yok umut. Oysa benim yüreğim kıpır kıpır, umut dolu. Heyecan verici, mutlu bir yolculuğun başındaymışım gibi... Sanki burada kıpırdamadan, konuşmadan, yemeden, içmeden yatadururken, biri, valizime en sevdiğim giysilerimi, ayakkabılarımı, yüzüklerimi, hatta o dünyanın parasına aldığım has ipek bordo şalımı, ayrıca çamurlarımı, yontularımı ve fırınımı yerleştiriyor. Amma da attım, fırın valize sığar mı hiç? Ama sığıyor işte... Bu yolculuk sırasında tek bir eksiğimin bile kalmaması için, o sihirli el, her şeyimi derdest edip valize sığdırıveriyor. Zamanı geldiğinde, pencereden beni gözleyen kocaman kuşla değil, halamla da değil, bu yatağa düşmeden birkaç gün önce ellerimde şekillendirdiğim son sığırcık kuşumla birlikte, ufka doğru, gönül kanatlarımı çırparak uçacağım. Turkuaz sonsuzluğa...

Ben her zaman sevmişimdir yolculukları. Hele de gökyüzü yolculuklarını. Bayılırdım bambaşka ufuklara, bambaşka diyarlara, özgür ve güçlü bir kuş gibi, havada süzülerek gidip gidip gelmeye. Yolculuğun hayali bile keyif verirdi bana. Her yolculuk arifesinde olduğu gibi içim yine kıpır kıpır, ama daha çok var bu seyahate. Yolculuğumun zamanı gelmedi henüz. Bir süre daha buradayım... Yapılacak işlerim, düşünülecek anılarım, anlatılacak öykülerim var. Onlar bilmiyorlar bunu, pıtır pıtır yatağımın çevresinde dolaşıp duranlar, benim için endişe edenler. Hiçbir şey bilmiyorlar. Ne kadar bilinçsizler, Tanrım! Benim kendilerini duymadığımı, birazdan öleceğimi sanarak dört dönüyorlar etrafımda. Ara sıra üzerime eğilip benimle konuşmaya çalışıyorlar.

"Hala, hala, beni duyuyor musunuz? Duyuyorsanız, ne olur elimi sıkmaya çalışın. Bir işaret verin bana." Parmaklarımı sımsıkı kavramış Sara, benden medet umuyor.

"Sara, belki de rahat bırakılmak istiyordur, düşünmek istiyordur," diyor Müşerref. Benim vefakâr Müşerref'im, can dostum, o, her zaman her şeyi bildi bana dair. Sara hiç usanmadan tekrar tekrar deneyecek, "Hala, ne olur, duyuyorsan, gözlerini oynat. Elimi sık. Bir işaret ver."

Sara, elbette duyuyorum seni. Ne işaretler, ne öğütler verdim sana hayat boyu. Ama kim kimi dinlemiş ki sen beni dinleyesin! Şu anda elini de sıkıyorum benden istediğin gibi, gözlerimi de oynatıyorum ama sen göremiyorsun işte! Aslında ben de seni göremiyorum, ya! Başucumda oturuyorsun çünkü, bense ancak sadece ileri bakabiliyorum ve kaç gündür beyaza boyalı pencere çerçevesinin içinde görebildiğim tek şey, gri bulanık bir gök ile şu kuş! Belki de gök değil gördüğüm... Belki de tüm yaşamımın, bir sinema gösterisi gibi, üzerinde yer alacağı bir perde bu, bir beyaz perde... yok beyaz da değil, bulanık gri bir perde. Perdenin sağ alt köşesinde, tüylerinin ucu bakıra çalan beyaz kuş duruyor. Ufak kırmızı gözleri üzerime dikili. Yüreğimin en derinlerini görmek için, dikkatle ve ısrarla bakıyor. Heyy kuş, ben kimseye açmamışım yüreğimin kapısını, sana mı açacağım şimdi? Bir sır saklar gibi saklamışım duygularımı tam seksen iki yıl... Yok, yalan söyledim sana, kuş... Çok önceleri böyle saklı değildi duygularım. Sevgiler, hayranlıklar coşkuyla fışkırırdı yüreğimden. Gönül kapılarımı sımsıkı örtmem, o ölümden döndüğüm günlerin içinde olmuştu... Tahta masanın üstünde, karnımdaki bebeğimle birlikte öldüğüm, sonra tekrar dirilip dünyaya onsuz döndüğümde... sevdanın, iyi niyetin, umudun ve kaybettiğim çocuğun acısının yüreğime sivri uçlu kırık cam parçaları gibi battığı günlerde yirmi yaşındaydım... Hayır, hayır, bana acı veren anıları düşünmenin sırası değil şimdi. Hiç değil... Onları zamanı geldiğinde nasılsa anlatacağım. Ben, şu anda sadece yüreğimi yaşam sevinciyle dolduracak resimlerine bakmak istiyorum hayatımın... en eski resimlerine... Rüyamda halamı görünce, bir hasret bastı içime. Şimdi, çok gerilere dönmek... Ada'ya gitmek, bahçenin ucundaki küçük evimizde kuş seslerini duyarak, genzime dolan ful ve yasemin kokularının buğusuna uyanmak ve dedemin köşküne koşup, kuluçkaya yatmış bir tavuğun altından alınıp getirilen o sapsarı yumurtayı onun elinden içmek istiyorum... Ahh, ne çok severdi taze yumurtayı dedem... O sevdiği için, biz de her sabah taze yumurta yemek zorundaydık. Biz çocuklar, yani Aliye, ben ve Cevat Dayımın kızı Mutarra... saçlarına yasemin kokuları sinmiş çocuklar.

"Çocuklar, bu bahçe cennetten bir köşedir," derdi ninem.

"Cennet nedir nine?"

"İyi insanların ölünce gittiği yer, canım."

"Ama biz ölmedik ki daha."

"İyi ya işte," derdi Aliye, "Burası cennet ise, hiç ölmeyeceğiz demek ki. Biz, yerimize gelmişiz bile!"

Biliyor musunuz, Aliye hiç ölmedi zaten. O, cenneti ve cehennemi bir arada bu dünyada yaşadı ve gravürleriyle, çılgın renkli abartılı giysileriyle, kocaman mavi gözleri, büyük aşkı, sınır tanımaz heyecanıyla, içinden fışkıran sevgi seliyle onu her tanımış olan kişinin yüreğinde, belleğinin bir köşesinde yaşamaya devam ediyor.

Ne diyordum size, ha evet... cennet! Cennet nasıl olur bilirdik biz, Büyükada'daki Şakir Paşa Köşkü'nün bahçesinde yaşayan çocuklar...

Cennet, bir cami ile bir kilise arasında kalan araziye inşa edilmiş, üç katlı ahşap bir Osmanlı konağı idi. Bize uçsuz bucaksız gelen bahçesinde fuller, hatmiler, yaseminler, japon gülleri, ortancalar, begonviller ve mimozalar açardı. Giritli ninemin, memleketinden özel olarak getirttiği kekik, defne, fesleğen yapraklarının kokusu öğleden sonra çıkan esintiyle, akşamsefalarının, akasyaların rayihalarına karışır, bahçe değişik esansların ağzı açık kavanozlarda yan yana dizildiği bir parfümeri dükkânı gibi kokardı. Evin kapısının önünü tutan yola çıktığınızda, karşınızda camii, arka kapısından çıktığınızda ise karşınızda kiliseyi bulurdunuz. İçinde yaşayanlar da bu iki ibadethanenin temsil ettiği kültürlerin arasında kararsız kalmış, elleri kolları ve özlemleri kilisenin sembolü batıda, yere basan ayakları ve yürekleri ise tam bulundukları yerde, yani caminin ait olduğu toplumda, kafaları az biraz karışık insanlardı... Bense kendimi hiç doğuya ait hissetmedim yaşamım boyunca. Sonra bir gün, bir batı kentinin hastane yatağında, kendimi yaşama bağlayabilecek bir çengel ararken keşfedip dört elle sarıldığım seramiğe başladığımda, bir de ne göreyim, içimden taşan tüm imgeler, hayranı olduğum batı toplumunun zevkini, felsefesini, biçimini değil de, benim doğup büyüdüğüm toprakların renklerini biçimlerini, simgelerini yansıtıyor. Ben; Osmanlı laleleri, karanfilleri ve söğütlerinin, Kütahya yeşilinin, kiremit kırmızısının, hele de Akdeniz turkuazının tutsağı imişim... Ben tepeden tırnağa Bizans, İstanbul ve Anadolu imişim, meğer! Peki, ne zaman ve nasıl kotarmışım bu içsel yolculuğu? Anlatacağım... Her şeyi anlatacağım, ama sırayla.

Anlattıklarımı hakkıyla kavrayabilmeniz için taa en baştan başlamam gerek. Benim için her şeyin başlangıç noktası, demin size sözünü ettiğim, Ada'daki köşktür işte. Sadece benim için de değil, o köşkte doğan diğer çocuklar, yani Fahrünissa ve Aliye için de köşkün nesnellikten öte bir boyutu vardır. Biz, Şakir Paşa Köşkü'nün çocukları, sanki bir ana-babanın değil de, bu ahşap Osmanlı konağının tohumlarıydık. Köşk, bizi dokuz ay yerine yıllarca rahminde taşımış gibi, genlerimize sinmiş, iliklerimize işlemiş ve bize özsuyumuzu vermiştir. Sonraki yaşamlarımızda edindiğimiz her birikim ve tecrübe, her acı ve sevinç, her kazanım ve kayıp, o konağın ruhumuzu yapılayan harcının üstüne eklenmiştir. Oysa Yıldız'daki konakta doğan annem, Ayşe teyzem, Cevat Dayım ile Nişantaşı konağında doğan Suat Dayım köşkün değil, yalnızca Sare İsmet Hanım'la Şakir Paşa'nın evlatlarıydılar. Onlar, 'köşk'te yaşamakla kalmışlardı. Her hallerinden belliydi, bizim gibi köşkün 'çocukları' değil de, sakinleri oldukları. Yine de, o beyaz boyalı ahşap evde, doğan, büyüyen ya da sadece oturan her birimiz için yaşam,

'Ada'da zaman' ve 'Ada sonrası' diye, miladi önem taşıyan dönemlere ayrılacaktı.

Ada'dan önce, Cevat ve Şakir Paşaların aileleri için, Yıldız, Nişantaşı konakları ve sürgünler varmış. O günleri biz çocuklar hiç bilmedik. Ama Nişantaşı'ndaki köşkten getirilmiş eşyalara bakınca, Ada öncesindeki yaşamın çok daha görkemli olduğunu hemen anlardınız. Örneğin, salona büyük gelen, Edmond de Rothscild'in hediyesi Aubusson halının, eski konakta 'cim karnında nokta' gibi kaldığını anlatırdı Lala. Japon İmparatoru'nun armağanı paravan, Çin İmparatoru'nun yolladığı Ming vazolar, Paris'te Osmanlı Sarayı için yapılmış yaldızlı koltuklar hep Nişantaşı konağından getirilmişti. Ve eskiden, Ada'da on beş kişi olan hizmetkârların sayısı, Nişantaşı'nda elliyi bulurmuş, yirmi beş kişi ön, yirmi beş kişi de arka odalar için. Lala anlatıp dururdu, sormasak bile.

Beni Ada'daki köşkte en etkileyen eşya, bir duvarı boydan boya kaplayan, üç metre yüksekliğindeki, Yıldız'dan getirilmiş yaldızlı aynaydı. Karşısında durur, kendimi kocaman aynanın içinde küçücük görürdüm. Arkamda geniş hol ve bu hole karşılıklı açılan sarı ve pembe salonların girişleri görünürdü. Bu salonlar biz çocukların dokunması yasak olan Servres ve Saks antika vazolarla ve biblolarla doluydu. Ortadaki Ampir mobilyalarla döşeli büyük salonun sonuna, kızları piyano çalarken notaları görebilsinler diye, Şakir Paşa tavanda bir pencere açtırmıştı. Oradan yayılan ışık, etajerlerden fışkıran bitkilerin üstüne düşerdi. Cevat Dayımın kızı Mutarra ve Suat Dayımın üvey kızı Geraldine ile döne döne yukarı çıkan merdivenin trabzanlarına oturarak aşağı kayar, üst üste yığılırdık. Kazık kadar olmasına rağmen, Aliye de bize katıldığı için sürekli azar işitirdi. Üst katta da aşağı katın düzeninde bir hol ve karşılıklı iki salon vardı. Salonlardan birini oturma odası olarak kullanırdık. Büyük rahat koltukların bulunduğu bu odada, akşamüstü çayları içilirdi. Bahçeye bakan diğer oda ise büyükbabam Şakir Paşa'nın çalışma odasıydı. Tavana kadar kütüphaneleri ve üstü her an karmakarışık, evrak ve kitapla dolu yazı masasıyla bize çok gizemli gelen bu odaya girmemiz yasaktı. Aliye'den öğrendiğimiz gibi, anahtar deliğinden içerisini gözlerdik ara sıra...

Büyük amcam Cevat Paşa, Harp Akademisi'ni birincilikle bitirmiş, genç yaşında katıldığı Türk-Rus Harbi'nde yıldızı parlamış, askeri dehası, tarih ve dil bilgisinden dolayı Berlin Antlaşması'nda emeği geçmiş ve olağanüstü yetkilerle donatılarak Girit Valiliği ve Kumandanlığı'na atanmıştı. Gösterdiği üstün başarıdan dolayı müşirliğe yükseltilmiş ve nihayet sadrazam olmuştu. Büyükbabam Şakir Paşa da sadrazam olan ağabeyine yaver tayin edilmişti.

Cevat ve Şakir Paşalar, İstanbul'da bulundukları zamanlar, Yıldız'da ablaları Sara Hanım'ın çekip çevirdiği bir konakta otururlardı. Cevat Dayım, annem ve Ayşe Teyzem Yıldız'daki konakta doğmuşlardı. Sadrazam olduktan sonra, Cevat Paşa, Nişantaşı'nda bugün Işık Lisesi'nin bulunduğu yerde, kendine tahsis edilen büyük ve görkemli köşke taşınmıştı. Suat Dayım ise bu muhteşem köşkte doğmuştu, ama ailenin ikbal ve refah dolu günleri uzun sürmemişti.

Cevat Paşa, sadareti sırasında, gücünü iyice yitirmiş olan Osmanlı Devleti'ni savaşın dışında tutmak için, olağanüstü bir çaba harcamıştı. Sultan'a sunduğu bir raporda ülkenin çeşitli yerlerinde başgösteren karışıklıkların nedenlerine ışık tutuyor ve saray memurlarının hükümet ve devlet siyaseti üzerindeki nüfuzlarının azaltılması gereğine değiniyordu. Sultan, bu kıymetli sadrazamın işaret ettiği hususları dikkate alacağına, onu saray otoritesini hiçe indirmekle suçlayarak 1895 yılında önce Girit'e sonra da Şam'a yollamıştı. Şam'da 5. Ordu'nun kumandanlığını yaparken vereme yakalanan Paşa'nın İstanbul'a dönmesine de uzun süre izin vermemişti.

***

"Efendim," derdi Lala, gözlerini fırdöndü gibi çevirerek etrafı kolaçan ettikten sonra, "Cevat Paşa Hazretleri o kadar kabiliyetli, o kadar hamiyetli idi ki kişiliği zamanın padişahına ağır geldi. Devletin en büyükleri, etraflarında kendilerinden daha ziyade ışık saçan yıldızları barındırmak istemezler."

Adını asla ağzına almadığı devrin padişahı, Sultan Abdülhamid'di. Abdülhamid çoktan ölmüş olmasına rağmen, Lala onun hafiyelerinin hâlâ ortalıklarda dolaştığı kuşkusunu taşırdı nedense. Bu kuşku belki de Cevat Paşa'nın, sultanın komplo paranoyasına kurban edilerek azledilmesinden ve ölümcül hastalığına Şam'da sürgündeyken yakalanmış olmasındandı.

"Sara Halanız, her şeyi göze alarak huzura çıkmış efendim. Büyük Sultan'dan, paşa kardeşini affedip İstanbul'a getirtmesini arz etmiş. Hiç korkmamış. 'Bir koca hükümdar, zavallı ve yalnız bir kadına ne yapabilir? Beni öldürtecek değil ya, olsa olsa huzurundan kovar. Ben de çıkar giderim,' demiş. Halanızdan başka hiç kimse böyle bir şeye cesaret edemezdi Aliyanım kızım," diye anlatırdı.

Cevat Paşa, sultanın inadı yüzünden, rutubetli ülkede ölüm döşeğine düşene kadar bekletilmiş, ancak ablası Sara Hanım'ın sultana yalvar yakar olmasıyla son nefesini vermek için dönebilmişti İstanbul'a. Yola çıkma izni geldiğinde, zor bir yolculukla İstanbul'a vasıl olmuş ve iki gün sonra da ölmüştü. Büyükbabam Şakir Paşa'nın, ağabeyinin genç yaşta ölümünden sonra sıtkı sıyrılmıştı saraydan. Oysa, ağabeyi gibi, bir gün onun da devlet adamlığı birikimi, engin tarih ve dil bilgisinden dolayı, sadrazamlığa yükselmesine kesin gözüyle bakılıyordu. Osmanlı erkânı içinde, hem iyi bir asker, hem de çok iyi eğitim görmüş, birkaç lisan bilen memurların sayısı, bir elin parmaklarını geçmiyordu. Ama o, yüreğinde hiçbir tereddüte yer bırakmadan kaçmıştı bu ikbalden. Saraya dair dedikoduları duymayacağı, saray mensuplarını görmeyeceği bir yere, uzaklara gitmek, doğanın kucağında yaşamak istemişti. Saraya küsen devlet adamlarının ve paşaların gönüllü sürgün yeri niteliğindeki Büyükada'da, cami ile kilise arasındaki köşkü satın almıştı. Beş ciltlik Osmanlı Tarihi'ni, bu köşkte yazmaya başlamıştı. Fahrünissa Teyzem ve Aliye, işte bu köşkte doğdular. Ben de öyle.

ADA'DA ZAMAN

"Mis kokulu üzüm salkımlarıydı yaz ayları
Buzlu nar şerbetiydi kristal sürahilerde"

"Füreya, kıpırdanıp durma, istemeden canını acıtacağım," dedi Hakkiye. Elindeki fildişi tarakla kızının gür siyah saçlarını taramaya çalışıyordu.

"Bana da pembe kurdele takın, Aliyoşa'nınki gibi."

"Aliye bir genç kız. Sen daha küçüksün kızım."

"Lütfen anneciğim... lütfen. Ben de güzel olmak istiyorum, onun gibi."

"Sen de güzel olacaksın. Büyüdüğün zaman."

"Olmayacağım. Benim mavi gözlerim yok."

"Güzel olmak için mavi göz şart değil ki."

"Şart. Neden benim gözlerim mavi değil de, siyah anneciğim?"

"Çünkü küçük kızım, senin annenle babanın gözleri de siyah da ondan."

"Ama Aliyoşa'nınkiler mavi..."

"Aliye senin annen değil ki, o senin teyzen Füreya."

"Keşke Aliyoşa annem olaydı. Ben de mavi gözlü olurdum."

Hakkiye, elindeki tarağı hiç esirgemeden daldırdı kızının saçlarına. 'Ayy' diye bağırdı çocuk.

Güzellik denince hırçınlaşırdı Hakkiye. Kendinden iki yaş küçük kardeşi Ayşe'nin de sapsarı saçları ve kocaman mavi gözleri vardı. Tıpkı en küçükleri Aliye gibi, o da bir meleği andırıyordu. İnce uzun parmaklarıyla piyanonun başına oturduğu zaman büyülemediği kimse kalmıyordu etrafında. Kaç kere yakalamıştı babasını Hakkiye, hayran hayran piyano çalan kızını seyrederken. Fahrünissa ise zümrüt yeşili gözleri, gür kestane rengi saçlarıyla bir başka âfetti. Neden tüm kız kardeşlerin arasında sadece o, esmer babaannesine çekmişti acaba? Akıllı olmak marifetmiş gibi, "Benim akıllı kızım," diye severdi onu babası, taa çocukluğundan beri. Ailede akıl onun payına, güzellik diğer kızlara düşmüştü. Örneğin Aliye, ailenin aptalıydı. Yine de hiçbir şeyi eksik olmazdı. Annesinin koynunda o yatardı. Onun her dediği yapılırdı. Ablaları gibi piyano çalmayı öğrenirken, keman diye tutturmuş, ona bir keman almışlardı. Neye el atsa, hevesi hemencecik geçiverir, yeni bir uğraşın peşine düşerdi. Kâh resim yapmaya soyunur, kâh yazar olmak isterdi... Gelip geçici heveslerinden, sürekli değişen ruh hallerinden kimse gocunmazdı. Niye mi? Çok güzeldi de ondan! Kızı bile, kocaman mavi gözleri ve lüle lüle saçları var diye, onun çocuğu olmak istiyordu. Şu işe bakın! Güzel olmak dururken, kalkmış akıllı ve becerikli olmuştu ki her iş ona buyrulsun. Annesi günlerdir sevgili oğlunun hazırlıkları eksiksiz yapılsın diye, diğer kızlarının değil de onun peşinde dolanmıyor muydu?

"Hakkiye, kızım, alışverişler tamamı tamamına yapılmış mı, bakıver."... "Aşçıya neler pişirileceğini iyice anlattın mı?"...

"Cevat arka bahçenin güllerine bayılır. Birkaç dal kopar da vazoya koy, odasına bırakıver, e mi kızım."

"Anneciğiiim, saçımı acıtıyorsunuz."

"Sen de doğru dur. Böyle yaparsan, dayının vapuruna yetişemeyeceksin. Seni evde bırakır giderim haa!"

Füreya tarifsiz bir heyecan içindeydi. Bir aydır yurtdışında tatilde bulunan dayısı, karısı ve kızı Mutarra ile birlikte dönüyordu ve ailece onu karşılamaya gitmek üzere hazırlanmaktaydılar. Füreya gibi heyecan çeken bir başkası da Sare İsmet Hanım'dı. İlk göz ağrısını, oğlunu beklerken, içi içine sığmıyordu. Sadece Şakir Paşa coşkusuzdu aralarında. Düşünceliydi. Tahsili yıllar süren ve eve elinde bir diploma olmadan dönen oğlunun hovardalığını karşılayabilecek gücü yoktu artık. Altı çocuğunu, damatları ve torunlarını geçindirecek para her geçen gün azalmaktaydı. Hakkiye'nin kocasını iç güveysi almıştı eve. Genç adam kaç kere en azından mutfak masraflarına katkıda bulunmayı teklif etmişti ama sadrazam yaverliği, büyükelçilik yapmış koskoca Osmanlı Paşası damadından iaşe parası alacak değildi elbette. Üstelik Hakkiye kocasıyla birlikte, bahçenin dışındaki küçük evde oturuyordu. Kiliseye bakan kapının karşısındaki küçük ahşap evi, tamir ettirip büyük kızına düğün armağanı yapmıştı Şakir Paşa. Avrupa'da bir süredir moda olmaya başlayan çekirdek aile örneğini yaşatmak istemişti kızına. Kendi evliliği süresince kardeşleriyle birlikte oturmuşlar, karısı ile ablasının arasındaki gizli çekişmelerden rahatsızlık duymuştu. Modern hayatta, her aile kendi evinde yaşamalı, diye düşünmüş, ilk evlenen büyük kızının evini ayırmıştı. Ama eski alışkanlıkları bir çırpıda silmek mümkün olamıyordu. Aile, kahvaltı dahil, her yemekte, çay saatinde ve akşam oturmasında bir araya geliyordu. Çocuklarını masa başlarında toplu halde bir arada görmeyi sadece Sare İsmet Hanım değil, kendi de arzu ediyordu aslında. Hakkiye, ancak yatmadan yatmaya gidiyordu küçük evine. Zaten kocası da asker olduğu için, çoğu kez yalnız kaldığından, hep onlarla birlikteydi kızı.

Şakir Paşa, sultana küs kalmanın bedelini ağır biçimde ödemekteydi. Ada'ya Türk çocukları için bir ilkokul ve bir Müslüman mezarlığı yaptırdıktan sonra, odasına kapanıp tarihini yazmaktan başka uğraşı kalmamıştı. Tek eğlencesi, 1900'lerin başında, Abdülhamid'e şu veya bu şekilde kırılmış ya da onun gadrine uğramış diğer küs paşalar ve bürokratlarla buluşup, nargile içmekti.

Eski tüfekler, haftada birkaç kez buluştuklarında, yüreklerindeki kırgınlıkları canlı tutan, Osmanlılar için sonun yaklaşmakta olduğu endişesini yansıtan sohbetler yapıyorlardı aralarında. Bu yozlaşmış düzenin uzun süre devam edemeyeceğinden emindiler, iyi ki uzaklaşmıştı saraydan, Enver Paşa'nın darbesini görmemişti. Meclisi ele geçiren ittihatçılar süratle kendi aralarında hırlaşmaya ve bölünmeye başlamışlardı. Abdülhamid'in istibdadından kurtulmak için darbe yapan hürriyet âşıkları, birer despota dönüşmüştü. Devlet, sürücüsü olmayan başı boş bir araba gibi hızla koşuyordu yokuş aşağı. Bir tarafa toslamasına ramak vardı.

Umutsuzlukla biten arkadaş sohbetlerinden yüzü bir karış asık, mutsuz ve sinirli dönerdi evine Şakir Paşa. Üst katta, bahçeye bakan odasına kapanır, zamansız kaybettiği kardeşinin yasını tutmak ister gibi, perdeleri çeker, birkaç saat sessiz otururdu. Neler düşünürdü loş odasında? Kendi sonunun da Osmanlıların sonu gibi yaklaşmakta olduğunu mu?

Ağabeyinin ölümünden sonra, kendine miras kalan parayı, karısının erkek kardeşi Mithat Bey, Selanik'te bir otel inşa ederek değerlendirmesini tavsiye etmişti. Uygar dünyada, adı henüz 'turizm' olarak tanımlanmamış bir gezi merakı başlamıştı. Orta ve Batı Avrupa'nın yağmurlu ülkelerinde yaşayan ecnebiler, baharla birlikte, yazı geçirmek üzere güneşli ülkelere göç ediyorlardı. Selanik şehrinin Kordon Boyu denilen mevkiinde yaptırılacak bir otel, iyi bir işletmecinin elinde altın yumurtlayan tavuğa dönüşebilirdi. Osmanlı asilleri, o yıllara kadar ticaretle hiç uğraşmamışlardı, iyi aile çocukları ya orduya yazılır ya da saray'da devlet memuru olurdu. Şakir Paşa, hem ordunun hem de devletin tüm kademelerinden geçmişti. Yozlaşmış, tashihi imkânsız hale gelmiş bu sistemin tamamen dışında kalmalı, gayri müslim Osmanlılar gibi ticaret yapmayı öğrenmeliydi. Bu düşüncelerin ışığında, elinde avucunda ne varsa Mithat Bey'e vermişti. Bu para ile Selanik'te bir balıkhane alınmış, ayrıca Kordon Boyu'nda bir otel inşaatına başlanmıştı. Nişantaşı'ndaki köşkün girişine asılı olan muhteşem avizenin bu otelin lobisine asılması için, Selanik'e gönderilmesi ise, başlı başına bir olay olmuştu. Hayli masraflı bir olay! Bir süre sonra, Selanik'in artık Osmanlı şehri olmayacağını, otelin bir fanatik Rum'un bombasıyla yıkıntı haline geleceğini, balıkhaneye el konacağını, rüyasında görse inanmazdı Şakir Paşa. Zaten ticarete ilişkin neye elini atsa, hüsranla karşılaşmıştı. Bir madenlerinin işletme ruhsatını kaybettikleri için, hayrını görememişler, Suriye ve Şam'daki mülklerinin iradını alamaz olmuşlardı.

Osmanlı Tarihi'nin yazımı, büyük bir disiplin içinde, sayfa sayfa ilerlerken, geniş ailenin mali gücü de adım adım gerilemekteydi.

Şakir Paşa, zamanında Afyon civarında büyük bir arazi satın almıştı. Mahsulünün çoğu bu çiftlikten geliyordu, ama toprakların başında olmadığı için, kâhyasının elde ettiği geliri kuruşu kuruşuna kendine iletmediğine dair kuşkuları vardı. Yılda birkaç kez çiftliği teftişe giderdi. Diğer yatırımlarını batırmış olduğundan, eline irat olarak sadece bu çiftliğin, bir de 1909 yılında, Harbiye semtinde satın aldığı apartmanın geliri geçiyordu. Parasının çoğunu büyük oğlu Cevat'ın tahsili için harcamıştı. Yaza ortanca kızı Ayşe'nin düğününü yapmaya hazırlanıyordu.

Büyük kızına köşkün bahçesinde muhteşem bir düğün düzenlemişti. Şimdi sıra Ayşe'deydi. Ama Cevat'ın Oxford'da uzun tahsili sırasındaki sınırsız harcamaları aile bütçesini allak bullak etmişti. Cevat, Oxford'daki tahsilini değişik fakülteleri denedikten sonra yarım bırakmış, sanat tarihi okumak üzere İtalya'ya geçmiş ve ordayken âşık olduğu ve hamile bıraktığı bir İtalyan kızıyla evlenip yurda dönmüştü. Şimdi de yeni bir yatırım yapmak için, darda olan babasından sermaye istiyor ve bu isteği ne yazık ki Ayşe'nin düğününe denk düşüyordu.

Şakir Paşa, ağabeyinin kaybından sonra yaşamının en zor günlerini geçirmekteydi. Ölüm acısını, hayatın en büyük imtihanı zannetmişti. Oysa yoktan var etmek, giderek daralan bütçeyle kalabalık bir aile geçindirmek, aile fertlerini alışık oldukları standartların altında yaşatmamaya gayret etmek ve çektiği sıkıntıları hem onlara hem de eşe dosta belli etmemek, ölümü sırtlamaktan çok daha zordu.

Cevat karısıyla birlikte Floransa'da geçirdiği tatilden dönüyordu. Karısı Aniesi'nin ailesini ziyarete gitmişlerdi. Ziyaret tasarladıklarından uzun sürmüştü. Sare İsmet Hanım, hem oğlunu hem de torununu çok özlediği için yerinde duramıyordu. O akşam için Cevat'ın sevdiği özel yemekleri yaptırmış, sofrayı elleriyle kurmuş, Hakkiye'ye bahçeden çiçek toplatmıştı. Bu çiçekleri, büyük yemek masasının ortasındaki oval aynanın üstünde duran *jardenier*'e dolduracaktı. Yemekler, hele akşam yemekleri, ortada çiçekler ve iki yanında mumlar olmaksızın yenmezdi köşkte.

Sara Hala da bu aile toplantısı için Ada'ya gelmişti bir gün önce. Sara Hanım, Nişantaşı'ndaki konak dağıldığından beri, Boğaz'daki evinde tek başına yaşıyordu. Cevat Paşa'nın sağlığında, ailenin ve evin hanımefendisi oydu. Ama kardeşini kaybettikten sonra, Şakir'in evinde, onun karısının sözünün geçeceği bir damın altında oturmak istememiş, hemen kendine bir ev satın alıp oraya taşınmıştı. Şakir Paşa'nın Ada'daki köşkünü ancak aile toplantılarında ve bayramlarda ziyaret ederdi. Bu ziyaretlerin en uzunu asla üç günü geçmezdi. Şakir Paşa Köşkü'nün hanımefendisi Sare İsmet Hanım, onun en gözde gelini değildi çünkü.

Kardeşi Şakir, eşini Girit'te görevliyken görüp beğenmiş, hemen istetmişti. Aralarındaki yaş farkına rağmen, Sare İsmet'in ailesi, lepiska saçlı, bal rengi gözlü kızlarını, Girit'in askeri valisinin hem kardeşi hem de yaveri olan yakışıklı paşaya vermekte sakınca görmemişlerdi. Sare İsmet Hanım, güzelliğine rağmen Sara Hanım'ın seçimi olmadığı için, onun gözdesi de olamamıştı. Oysa Cevat Paşa'nın eşini Sara Hanım bizzat kendi seçmişti. Hicaz'a yaptığı bir yolculukta, dünya güzeli bir Çerkez kızı olan Nimet'i halayık olarak satın almış, ona piyano ve Fransızca dersleri aldırmış, yol yordam öğretmiş ve bir paşa karısı olabilecek donanıma sahip olduğuna kanaat getirince, kardeşiyle evlendirmişti. Onu bir anne gibi seven, sayan, sözünden hiç çıkmayan Nimet'in, bambaşka bir yeri vardı Sara Hanım'ın indinde.

Saçında pembe kurdelesi, halasının armağanı olan tafta elbisesiyle, kutu bebeğini andıran Füreya, dedesine koştu.

"Dedeciğim, dayım bu elbisemi beğenir mi?"

Yaşlı adam ters ters baktı torununa.

"Dayının neyi beğeneceği beni alakadar etmez," dedi.

"Paşa, böyle konuşmayın rica ederim. Bugün güzel bir başlangıç yapalım," diye adeta yalvardı Sare İsmet Hanım, "siz de bizimle inin iskeleye. Hem hava almış olursunuz..."

"Havamı bahçemde alıyorum," diye karısının lafını kesti Şakir Paşa.

"İş işten geçtikten sonra, hayıflanmanın bir faydası olmaz," dedi Sara Hanım kardeşine, "Ben sizi daha Cevat çocuk yaşlarındayken uyarmıştım. Bunu çok şımartıyorsunuz, ilerde pişman olacaksınız demiştim."

"Ben de kaç kere ikaz ettim hanımı. Bu oğlana aşırı bir zaafı var."

"Bilmez miyim. Hatırlasanıza, hani sert bir lodos esmişti de Ada vapurları işlememişti. Annesi, dünyanın parasına kiraladığı bir tekne ile önce Bostancı'ya, oradan Boğaziçi'ne geçip, Cevat'ı okuldan almaya gitmişti. Sanki bir hafta sonu eve çıkmayıverse, kıyamet koparmış gibi..."

Sara Hanım'ın gözlerinin önüne, kardeşi Şakir Paşa Atina'da sefirken, Akropol'ün mermer basamaklarında, şifon eteklerini, sarı saçlarını uçuşturarak koşuşturup duran ve oğluyla kovalamaca oynayan İsmet'in hayali geliyordu. Sare İsmet o sıralarda ancak on dokuz, çocuğu ise dört yaşındaydı. İncecik, dünya güzeli, hayal gibi bir anne ve kucağında, anasına daha o yaşında âşık, bir erkek çocuk. Hafif bir kıskançlık, bir 'oh olsun' duygusu yokluyordu Sara Hanım'ı. O, güzellik, gençlik, annelik nedir hiç bilememişti. Onun yetiştirdiği, adam ettiği kardeşleri tüm ikballeri el kızlarına yaşatmışlardı...

Sare İsmet Hanım, başını edalı bir biçimde pencereye çevirerek dışarı baktı.

"Bu yaz güller pek güzel açtı," dedi konuyu değiştirmek için.

Üstelemedi Sara Hanım,

"Elbisen çok yakışmış kızım, dayın da seni çok beğenecek," dedi yeğenine. "Gel bahçeye çıkalım. Bana annenin güllerini göster, hadi."

Füreya, halasının elinden kurtulunca, tafta eteklerini hışırdata hışırdata Aliye'nin odasına koşturdu. Hayatta en sevdiği insan, şimdilik, bu küçük teyzesiydi. Aliye onun hem oyun arkadaşı hem de ablası gibiydi.

"Aaa, küçük bir melek olmuşsun Füreya," dedi Aliye hayranlıkla.

Füreya'yı kollarından tuttu, kendi etrafında döndürdü. "Halam her zaman beceremez ama, bu kez güzel bir elbise seçmiş." Füreya'nın yakasının arkasını kontol etti. "Hıı, Lyon mağazasından almış."

Aliye de yeğeni gibi, pembe bir giysi içindeydi. Ama annesinin giydirdikleriyle yetinmemiş, çekmeleri bir anda karmakarışık edip, bulduğu turkuaz bir şifonu boğazına dolamıştı.

"Aman Allah'ım, hemen çıkar onu boynundan," dedi kafasını oda kapısından uzatan Hakkiye.

"Neden abla? Bence böyle çok güzel oldu."

"Son derece rüküş oldun Aliye. O eşarbı takmakta ısrar edersen, bizimle iskeleye gelmene izin vermem."

Hakkiye kızların en büyüğü olduğu için, hem onların hem de Suat'ın üstünde anneleri kadar otorite sahibiydi. Yaradılış itibariyle de son derece ağırbaşlı ve ciddi olması, her sözünün dinlenmesi gerektiğini ilham ediyordu. Evlendiğinden beri büsbütün ukalalaşmıştı.

"Ama abla, ben giysilerimi kendim seçebilirim."

"Seçemezsin. Sen daha çocuksun."

"Âdet gördüm ama."

"Neler söylüyorsun ablana utanmadan."

"Gördüm işte."

"Olabilir. Ama hâlâ çocuksun. Aklın bedenin kadar gelişmedi ne yazık ki. O rüküş şifonu boynundan çöz ve aşağıya in."

Gerçekten de on bir yaşında olmasına rağmen, bir genç kız gibi gelişmiş ve alımlı olan Aliye, eşarbı hırsla boynundan çekip yatağın üstüne fırlattı ve merdivenlerden zıplaya zıplaya inmeye başladı. Babasının çalışma odasının önünden geçerken, annesinin yalvaran sesini duydu. Annesinin babasına yalvaran sesine alışmıştı. Zavallı Sare İsmet Hanım, önceleri kocasına oğlu Cevat'ın Oxford harcamalarını karşılaması için yalvarmıştı. Madem oğullarını İngiltere'nin en gözde üniversitelerinden birine yollamışlardı ve Cevat, kraliyet ailesinin çocuklarıyla düşüp kalkmaya başlamıştı, elbette bu yüksek tabakada tutunabilmesi için aşırı masrafları olacaktı. İngiliz Veliahtı'yla ahbaplık kuran bir genç, herhangi bir dükkândan alınma giysilerle dolaşamazdı ki! Sonraki yıllarda, ağabeyi o İtalyan kızına tutulduğu vakit, bu kez de annesi, evliliklerine izin vermesi için yalvar yakar olmuştu kocasına. Sonunda Şakir Paşa pes etmişti. Çünkü kız hamileydi ve oğlu şeref sahibi her erkek gibi, üzerine düşeni yapmalıydı. Köşkün çatı katındaki odanın yeni evlilere hazırlanması için gereken parayı vermiş, ama yüzü hiç gülmemişti. Şimdi yine ne için münakaşa etmekteydiler acaba? Bir an, sık sık yaptığı gibi, gözünü deliğe dayayıp içeriye bakmayı düşündü, ama hemen vazgeçti. On gün önce o bir genç kız olmuştu. Annesi ve Hakkiye ona artık çocukça davranışlarından vazgeçmesi, aklını başına toplaması için uzun ve sıkıcı bir nutuk çekmişlerdi. Kendini asla bir genç kız gibi hissetmiyor, bir an önce yeğeni Füreya'nın asma salıncağında sallanmak ya da bahçenin dibinde duran ve artık hiç kullanılmayan *lando*'ya* tırmanmak için can atıyordu ama, içeriyi gözetlerken yukardan her an aşağı inme ihtimali olan Hakkiye'ye yakalanırsa, azar işiteceğini de biliyordu. Neden ablası kendi küçük evinde oturmazdı hiç?

"O bizim evladımız Şakir Bey. Beğensek de beğenmesek de oğlumuz o bizim."

Böyle diyordu annesi. Cevat, Aliye'nin de sevgili ağabeyi idi ve babasının ona neden bu kadar kızdığını, haşin davranmasının sebebini bir türlü anlayamıyordu. Garip bir adamdı babası. Hep odasına kapanıp sürekli bir şeyler yazan, yüzü ender gülen, mahzun ve yaşlı bir adamdı.

O gün Cevat'ı karşılamak için iskeleye Şakir Paşa ve Sara Hanım'ın dışında bütün köşk halkı indi. Cevat annesine, kız kardeşlerine ve küçük yeğenine eli kolu hediyelerle dolu gelmişti. Babasına el yazması İtalyanca kitaplar getirmişti. Bu pahalı he-

---

* Bir tür fayton.

diyelerin tümünün parasının Şakir Paşa'nın cebinden çıkacağına hiç aldırmadan, köşkteki aşçıyla bahçıvana kadar kimseyi unutmamıştı. Babası ona fena halde içerliyor olabilirdi ama, Cevat gerçekten de tüm ailenin sevgilisiydi.

Akşam, özenle hazırlanmış sofraya geleneksel yerlerini alarak oturdular. Her zamanki gibi kolalı keten örtünün serildiği sofranın en başında Şakir Paşa, sağında ablası Sara Hanım, solunda karısı Sare İsmet Hanım, halanın yanında en büyük kız Hakkiye, Sare İsmet Hanım'ın yanında Hakkiye'nin kocası Emin Bey, Hakkiye'nin yanında Cevat ve yaş sırasına göre, diğer çocuklar. Masanın en sonunda o gecelik geç yatmaya özel izinli Füreya, Mutarra ve çocukların Fransız ve Alman dadıları oturuyordu...

Hakkiye, Emin Bey ve Ayşe, anneleri tarafından yemek boyunca baba oğulun muhtemel bir çatışmasını önlemeye tembihliydiler. Bu yüzden pek konuşkan olmayan Hakkiye ile Ayşe bıcır bıcır hiç durmadan konuşuyor, Emin Bey de askerlik anılarını nakllediyordu. Mecliste büyükler varken, gençlerin bu kadar gevezelik yapmasına alışık olmayan Sara Hanım'ın yüzü bir karış asılmıştı. Söz bir ara döndü dolaştı, Ayşe'nin bir ay sonraki düğününe geldi.

"Artık o eski düğünler kalmadı," dedi Sara Hanım, "memleket kan ağlarken, öyle davul zurna düğün yapılması yakışık almaz."

"Hakkiye'ye ne yapıldıysa, Ayşe'ye de yapılmalıdır," dedi Sare İsmet Hanım, "çocuklarımın arasında ayrı gayrı istemem."

"Mesele o değil," dedi Sara Hanım, "Hakkiye evlenirken Balkan Harbi henüz başlamamıştı. Selanik'teki mülklerimizi de kaybetmiş değildik."

Sare İsmet Hanım yine dudaklarını ısırdı. Şu görümcesi onların en hususi meselelerine bile karışırdı. Düğünü yapacak olan kendileri, parasını verecek olan kendileri, evlenecek olan onların kızı... Sara Hanım'a da ne oluyordu?

"Afyon'daki çiftliğin mahsulünün değerlenmesi için, yaz sonuna erteledim düğünü," dedi Şakir Paşa. "Mahsul hele toplansın. Eylül çıkmadan, bir bahçe düğünü de küçük kızıma yaparım inşallah."

Ayşe, yanakları kızararak önüne baktı. "Dede, bana da bahçe düğünü yapar mısınız?" dedi Füreya.

"Senden önce teyzelerin var. Hele onları bir başgöz edelim. Hem bakalım ben senin düğününe kalır mıyım?" dedi Şakir Paşa. "Ben yaşlıyım Füreya, sen evlenene kadar gitmiş olurum."

"Nereye, dede?"

"Dedemi eskidiği için eskiciye verirler," dedi Mutarra.

"O nasıl söz," dedi Sare İsmet Hanım.

"Cennete," dedi Sara Hanım.

"Cennet bizim burada ya," dedi Füreya. "Bizim bahçemiz, cennetmiş."

"Doğrudur," dedi Cevat, "Annemin sayesinde, elleri dert görmesin."

Sara Hanım duymazlığa geldi.

"Dede," dedi Füreya, "siz odanızdan hiç çıkmıyorsunuz, o yüzden eskimezsiniz, korkmayın."

"İnsanlar gezip tozmakla eskiyorsa, o zaman Cevat Dayın benden çok daha önce eskiyecek Füreya," dedi Şakir Paşa. Herkes güldü ama Füreya hiçbir şey anlamadı.

"Sen saçmalamaya başladın, belli ki uykun geldi," dedi Hakkiye. Küçük kızını çekeleye çekeleye iskemlesinden kaldırdı, yatırmak için. Yardım dileyen gözlerle Aliye'ye baktı Füreya. Aliye yeğenine göz kırptı. Bu; 'sen şimdi git, ben birazdan yanına gelirim,' demekti. Özel işareti alınca, fazla direnmedi, annesinin elini tutup kalktı çocuk. Herkese iyi akşamlar diledikten sonra, Hakkiye'nin peşi sıra uslu uslu yürüdü.

"Bu çocuk, büyüyünce adam olacak," dedi Sara Hanım, Füreya'nın arkasından. "Ben adam olacak çocuğu şıp diye anlarım."

Sare İsmet Hanım, görümcesinin yine böyle bir masa başında verdiği bir başka fetvayı hatırladı, canı sıkıldı. En küçük kızı Aliye'nin, Füreya'nın yaşlarındayken, sofrada kıpır kıpır kıpırdanması üzerine, "Bu kız cinli gibi, bir saniye yerinde duramıyor. Adam olsun istiyorsanız, ona sıkı disiplin uygulamanız lazım, yoksa sizlere çok çektirir," demişti görümcesi.

Cevat'ın İtalya'dan dönüşünü kutlayan akşam yemeğinin üzerinden yaklaşık bir ay geçmişti. Ev halkı yavaş yavaş Ayşe'nin yaklaşan düğününün heyecanı içine girmekteydi. Sare İsmet Hanım büyük kızlarıyla her gün moda dergilerini inceliyor, Ayşe'nin gelinliği üzerine görüşler belirtiyordu. Balkan Savaşı dolayısıyla, Hakkiye'ninki gibi kalabalık ve görkemli olmayacaktı düğün. Örneğin, saz heyeti getirilmeyecekti, fener alayı düzenlenmeyecekti. Ama neresinden bakılırsa bakılsın, davetlileri yüz kişinin altında tutmaya imkân yoktu. Şakir Paşa Konağı'nın kadınları arasında, en sakin duran gelin namzedi Ayşe'ydi.

"Sanki evlenecek olan sen değilsin. Ne bu halin abla," demişti Fahrünissa, "yüzünden düşen bin parça."

"Naz yapıyor," demişti Hakkiye.

"Abla, Ahmet Bey'le evlenmek istemiyor musun yoksa? Eğer öyleyse, bence açıkça söylemelisin."

"O nasıl söz, Nissa! Niçin istemesin? Nesi varmış Ahmet Bey'in? Aslan gibi adam."

"Belki o beğenmedi. Belki içi sevmedi."

"Nasıl sözler bunlar böyle. Biz aklımızdan bile geçirmedik annemizin babamızın seçimine karşı gelmeyi," dedi Hakkiye.

"Ama zaman değişiyor, abla. Avrupa'da genç kızlar, eşlerini kendileri seçiyor."

"Ne yazık ki her geçen gün, yeni icatlar çıkıyor."

Hakkiye bir ablanın değil, bir annenin edası içindeydi.

"Burası Avrupa değil kızım, burada eşlerimizi ailelerimiz seçiyorlar ve ne de iyi ediyorlar."

"Ayşe Ablamın eşini, sadece babam seçti bence. Tek başına."

"Olabilir."

"Babam, asker damat seviyor."

"Ne var bunda?"

"Sara Halam diyordu ki, babam isteseymiş sizlere soylu ve varlıklı ailelerden koca bulunabilirmiş."

"Fahrünissa! Ne biçim konuşuyorsun sen! Haddini aşıyorsun."

"Babam bana inşallah asker koca seçmez."

"Bak Nissa, babamız çok tecrübeli ve akıllı bir insandır. Kızlarına Osmanlı ailelerinin o dejenere olmuş züppe ve şımarık paşazadelerini seçmemekle çok isabet etti. Sen değil miydin, dünya değişiyor diyen? Ayşe'yle benim eşlerimiz, kendi kendilerini yetiştirmiş şerefli, çalışkan genç erkeklerdir. Ben halimden memnunum. Ayşe de ilerde çok sevecek kocasını. Nikâhta keramet vardır."

Hakkiye, bunları söylerken hafifçe dalıyordu gözleri. Nikâhtan önce, taa uzaktan tek bir kere gördüğü kocasıyla baş başa kaldıkları düğün gecesini hatırlıyordu. Hiç tanımadığı, hiç bilmediği, en az kendisi kadar heyecanlı ve şaşkın esmer genç adam, odalarına çekildiklerinde, ceketini çıkarmış, kemerini çözmüştü. Hakkiye'nin kulakları uğulduyordu. Yatağın kenarına oturmuş, beklemişti. Namaz seccadesine yürüyen kocası, namazını kıldıktan sonra, seccadeden alnına yapışmış pullarla karşısına gelip durduğunda, bir kahkaha firlamıştı Hakkiye'nin dudaklarından. Şaşkın şaşkın bakmıştı kocası. "Emin Beyfendi, alnınıza pullar yapışmış da..." Kara kaşlarının üstündeki pulları almak için, elini uzatmıştı usulca. Ama sinirleri boşalmış olduğundan, kendini tutamıyor, sürekli gülüyordu. Emin Bey de gülmeye başlamıştı. Ancak o zaman görmüştü, kocasının beyaz muntazam dişlerini.

"Ama Ahmet Bey ne keman ne piyano çalıyor ne de lisan..." Fahrünissa, ablasının yüzündeki nahoş ifadeyi görünce, cümlesini tamamlamadan sustu. Besbelli bir zevzeklik etmişti. Hakkiye'nin kocası Emin Bey ile Ayşe'nin nişanlısı Ahmet Bey, iyi yetişmiş gençler olmakla birlikte, Şakir Paşa ailesinin eğitimine ve dünya görüşüne oldukça yabancı, orta sınıftan gelme ordu mensupları idiler. Hakkiye evliliğinin en başında, Halıcıköy'de kocasının ailesiyle birlikte oturmaya çalışmış, ama yaşam tarzları çok değişik olduğu için, yeni ailesine intibak edememişti. Kocasının evinde ne kitap okunuyor, ne müzik çalınıyordu. Kadınlar ve erkekler uluorta bir arada oturmuyorlardı. İçi sıkıldığında ya da bir eksiği olduğunda, çarşafına sarınıp dışarı çıkması bile hoş karşılanmıyordu. Hakkiye bu hayata ancak dokuz ay tahammül edebilmiş, sonra kalkıp kendi ailesinin yanına yerleşmişti. Ama küçük kardeşini azarlarken, yaşadıklarını unutmuş görünüyordu.

Kardeşleriyle konuşurlarken, yanlarına gelen annesine,

"Bu küçük kızları çok şımarttık biz, anneciğim," dedi, "kendilerine mahsus fikirleri var küçük hanımların." Sare İsmet Hanım iki büyük kızı ile iki küçük kızının arasındaki çekişmelere alışıktı. Cevap vermedi kızına.

"Babanız haftaya Afyon'a gidecek Hakkiye," dedi, duymamış gibi, "eğer Emin Bey'in o hafta nöbeti yoksa, Cevat'la Suat da onunla birlikte gitsinler, diyorum. Yalnız bırakmasınlar babalarını."

"Lala'ya da haber verelim," dedi Hakkiye.

"Aaa, elbette. Lalasız olur mu hiç. Aralarında hesap işlerinden en iyi anlayan o," dedi Sare İsmet Hanım. "Biz de yavaş yavaş gelinlik seçimimizi yapalım artık. Şu mecmuaları al da çardağa gidelim. Ayşe orada bizi bekliyor."

"Ben de geliyorum," dedi Nissa.

"Gel ama lafa karışma ikide bir. Fikirlerini kendine sakla emi, Nissa," dedi Hakkiye.

"Neden?"

"Çünkü sen hâlâ çocuksun. Hem dersin yok mu senin, kuzum? Pazartesi okula geri dönüyorsun. Senin yerinde olsam,

Fransızcamı çalışırdım," dedi Hakkiye. Fahrünissa, annesiyle birlikte bahçeye doğru yürüyen büyük ablasının arkasından dilini çıkardı.

Chopin'in '*Fantaisie-Impromptu*'sünün insanın içini açan melodisi, çağıldayan bir şelalenin sesi gibi yayıldı bahçeye. Füreya koşa koşa Ayşe Teyzesinin piyano çaldığı odanın penceresinin altına gitti, nefes almaya korkarak bekledi. Ayşe ne zaman piyanoya otursa, Füreya için, zaman dururdu.

"Orada karıncalar var, ezme karıncaları, buraya gel," diye seslendi annesi, "Nissa ile Aliye'nin vapuru birazdan gelecek. Onları karşılamaya gitmek ister misin?"

"Aaa, hafta sonu mu geldi?" Çocuk henüz haftanın günlerini idrak edecek yaşta değildi, ama hafta sonu denen zamana birkaç gece daha var gibi gelmişti. Aliye okula gittikten sonra bir elinin parmakları kadar gece geçerdi, sonra Aliye ve Nissa, okuldan gelirler, hafta sonu denen günler boyunca, onlarla Ada'da olurlardı. Nissa'nın gelişi pek umurunda değildi, ama onunla birlikte azan, eşeğe binen, bahçeyi talan eden Aliye'yi dört gözle beklerdi Füreya.

Hakkiye, kızının zekâsına şaşarak, "Hafta sonu gelmedi ama deden bir yolculuğa çıkıyor. Babalarına veda etmeleri için, okuldan izin alındı," dedi.

Pek bir şey anlamadı Füreya. Önemli olan Aliye'nin gelişiydi zaten. Zıp zıp zıplayarak, "Evet, evet," diye bağırdı. "Onları karşılamak istiyorum." Piyanoyu unutup, annesinin peşinden koştu.

"Kapanır bir devrin kadınlarına görkemli bölüm
Yaz bahçelerinde hoyrat bir rüzgârdır ölüm."

Şakir Paşa, uzun bir yolculuk addedilen Afyon seyahati için, kızlarına, gelinine ve karısına küçük ayrılık armağanları almıştı. Sare İsmet Hanım da, taa İstabul'a kadar inmiş, Beyoğlu pastanelerinden kocasına ve oğullarına yolluklar hazırlamıştı. Paşa, o akşam okuldan vedalaşmak için getirilen kızlarıyla birlikte, ön salonda oturarak, Ayşe'nin piyanosunu dinledi. Ertesi sabah, kahvaltıdan sonra bütün aile hep birlikte yola dökülüp iskeleye kadar yürüdüler. Lala arkalarından bavulları taşıyan hamallarla birlikte geliyordu. Vapura binmeden önce Şakir Paşa, başındaki hasır şapkasını eline alıp, sırasıyla eşini, kızlarını ve torunlarını öptü, ailesini damadı Emin Bey'e emanet etti, oğullarıyla vedası uzun süren karısını ikaz ederek vapura atladı. Sare İsmet Hanım son anda, koskoca Paşa ile oğullarına gözkulak olması için Lala'ya seslendi.

Füreya, annesinin eline tutuşturduğu tiril tiril keten mendili, köpükler çıkaran vapurun arkasından ince kolları yorgun düşene kadar salladı. Vapurun üst güvertesindeki Cevat ve Suat dayıları da ona el sallıyorlardı. Genç adamlar uzaklaşan vapurda birer nokta gibi kaldıktan sonra, Aliye'nin peşine takılıp, küçük bir kuzu gibi hoplaya zıplaya evine doğru koştu.

"Ne olur anneciğim, ben de onlarla gideyim," diye yalvarıyordu Füreya. "Ben de plaja gitmek istiyorum."

"Olmaz bir tanem. Ben yanında yokken, denize gidemezsin."

"Aliye bana bakar."

"Tam buldun. O kendine bakmaktan aciz."

"Nissa teyzem bakar. Mürreb... müber..."

"Mürebbiye."

"Hah, işte o bakar."

"Olmaz dedim Füreya. Böyle tutturduğun zaman çok kızdığımı biliyorsun. Susmazsan cezaya koyacağım seni."

Füreya ağlamaya başladı.

"Çabuk odana çık. Bir saat boyunca bahçeye inmeyeceksin," diye bağırdı Hakkiye.

Sonra da sürü sepet, ellerinde plaj çantalarıyla denize gitmeye hazırlanan kardeşlerine döndü, "Her seferinde aynı kıyamet! Füreya'ya belli etmeden çıkıp gidemiyorsunuz bu evden!" diye Fahrünissa ile Aliye'yi azarladı. Aliye'nin plaj torbası mürebbiyenin elindeydi.

"Fräulein, lütfen verin kendi çantasını kendi taşısın," dedi, Alman dadıya.

"İçinde benim havlum da var da..."

"Sizin plaj çantanız yok mu, Fräulein."

"Yok efendim."

"Olur mu hiç? Hanımefendiye söyleyin size bir çanta versin. Herkesin kendi çamaşırı kendi çantasında durmalı."

Alman kadın kıpkırmızı oldu.

"Aliye, nedir o şapkanın üstündeki öyle?"

"Kurdele."

"Şapkanın kendi kurdelesi var ya!"

"Ben bir tane daha bağladım, abla," dedi Aliye.

"Hemen çıkart onu. Çok rüküş olmuş."

"Ben böyle seviyorum."

"Olmaz. Kendini rezil etmene müsaade edemem. Çıkart onu. Fräulein, siz fark etmediniz mi?"

"Ettim efendim."

"Neden müdahale etmediniz?"

"Çocuğun kendi kendini ifade etmesini kısıtlamak doğru değildir."

"Aliye giyimine karar verecek yaşta değil."

"Rengârenk kurdeleleri, eşarpları çok seviyor. Onları kullanmasının kimseye bir zararı yok."

Hakkiye, Alman kadınla sonu gelmeyen bir münakaşaya girmekte olduğunu fark etti. Müdahaleci yapısına rağmen, nerede durulması gerektiğini de iyi bilirdi.

"Zevkli giyinmeyi, renk ahengini bu yaşta öğrenmeli. Lütfen bir dahaki sefere daha dikkatli olun," dedi ve salona doğru yürüdü.

Haziran ayı için, alışılmadık derecede sıcaktı hava. Bu anormal sıcakları hep bir zelzele takip ederdi İstanbul'da... İçinde tuhaf bir sıkıntı vardı geceden beri. Sabah kızına ve kardeşlerine gereksiz huysuzluklar yaptığının da farkındaydı. Ayşe'nin piyanosu susmuştu Allah'tan. Hemen onun yanına gidecekti biraz dertleşmeye. Bu dünyada Hakkiye'yi en iyi anlayabilen kişi Ayşe'ydi... Neyse ki, ağustos sonunda evlenecek olan kardeşinin kocası da kendi kocası gibi iç güveyi giriyordu konağa. Hiç ayrılmayacaklardı böylece. Tüm aile hep bir arada mutlu ve... Nazar değer diye düşüncelerinin sonunu getirmedi. Savaş içindeydiler. Ya kocası cepheye çağrılırsa, ya saadetleri bozulursa... Ayşe'nin piyano çaldığı üst salonun merdivenlerini çıkarken, parmaklarını büküp, merdivenin tahta tırabzanına vurdu, tık tık... Bu ailede olabilecek en büyük tatsızlık, Cevat ile babasının bitmez tükenmez münakaşalarıydı. O münakaşalar da kızların ve annelerinin araya girmesiyle, her seferinde tatlıya bağlanıyordu, Allah'tan...

O gece Hakkiye ve kocası, evin erkekleri uzakta oldukları için, kendi küçük evlerinde değil, köşkte yattılar. Füreya anneannesinin koynunda uyuyordu. Kızlar odalarına her zamankinden erken çekilmişlerdi. Nedense bir türlü uyku tutmuyordu Hakkiye'yi. Bir dalıyor, bir sıçrayarak uyanıyordu. Oysa Emin Bey yanında, muntazam nefeslerle derin bir uykudaydı. Tavşan uykusu uyuduğu için, bahçe dışındaki telaşlı ayak seslerini de ilk o duydu. Hangi terbiyesiz gecenin bu saatinde böyle paldır küldür yürüyordu sokakta? Derken kapı çıngırağını işitti. Herhalde sarhoşun biri yanlışlıkla çalmıştı. Oralı olmadı. Birazdan kapı hızlı hızlı vurulmaya başladı. Fırladı yatağından. Emin Bey de uyanmıştı. Hakkiye üzerine giymek için sabahlığını aradı. Getirmemişti yanında. Geceliği ile kapıya yöneldi. Emin Bey yatağında doğrulup, baş ucundaki idare lambasını yaktı.

"Hayrola hanım, nereye gidiyorsunuz böyle yarı çıplak?" diye sordu.

"Duymadınız mı, kapı vuruluyor."

"Kapıyı açmak size mi düşer? Girin yatağa. Ben bakarım."

Homurdana homurdana kalktı, başucunda duran saatine baktı.

Gecenin bu saatinde hangi Allah'ın delisi yapıyor bu gürültüyü?"

Çıktı odadan. Hakkiye kocasının merdivende gıcırdayan ayak seslerini dinledi bir süre, sonra yatak örtüsünü ikiye katlayıp şal gibi omuzlarına örterek peşinden seğirtti. Birkaç basamak inip aşağıyı dinledi: Bahçıvan da uyanmış, bahçe kapısını açarak dışardakileri içeri almış olmalıydı ki, birkaç kişinin eve yaklaşan ayak seslerini duyuyordu şimdi. Birkaç basamak daha indi, tırabzanın üzerinden uzanıp baktı. Kapı girişinde bir çift çizme gördü. Savaş mı çıkmıştı yine? Kocasını askere almaya mı gelmişlerdi? Merdivenlerin dibine kadar indi, üniformalı iki adam... polisler... Bahçıvan elindeki idare lambasını, Emin Bey'in elindeki kâğıdı okuyabilmesi için yüksekçe tutuyordu. Az ışığa rağmen kocasının yüzünden kanın çekildiğini gördü. Emin Bey önce sendeledi, sonra sofanın ortasındaki masaya tutundu. Polisler önlerine bakıyorlardı. Hakkiye, üzerinde gecelik olduğunu unutarak sofaya yürüdü, kocasının tam karşısında durdu. Emin Bey, zangır zangır titriyordu. Elindeki telgrafı tam karısına uzatırken geri çekti.

"Ne oluyor?" dedi Hakkiye.

"Şuraya oturur musunuz lütfen." İskemleyi işaret ediyordu Emin Bey.

"Verin o telgrafı bana!"

Emin Bey telgrafı veremedi.

"Hakkiye, lütfen sakin olun. Oturun şuraya."

Oturmadı Hakkiye. Yüzü bembeyazdı. Kocası, buz gibi olmuş ellerini tuttu ve karısından gözlerini kaçırarak fısıldar gibi konuştu.

"Bir kaza olmuş. Korkunç bir kaza. Cevat, Şakir Paşa'yı tabancayla vurmuş, öldürmüş babasını."

Füreya derin çocuk uykusunun içinde, evdeki koşuşmaları hayal meyal duydu. Sabah uyandığında, anneannesi yanında yoktu. Yataktan dışarı süzüldü ve parmaklarının ucuna basarak merdivenlerden inmeye başladı. Tüm yatak odalarının kapıları açıktı, yataklar boştu ve yapılmamışlardı. Böyle bir manzarayı ilk defa görüyordu küçük kız. Bir kat aşağı indiğinde, salonun aralık kapısından içeri başını uzattı. Anneannesi yerde, dizlerinin üzerine çökmüş, bir öne bir arkaya sallanıyor ve "Aman Allah'ım," diyordu, "Aman Allah'ım... Aman Allah'ım... Aman Allah'ım." Tam içeri girmek üzereyken Nissa ve Aliye'nin Alman mürebbiyesinin çelik gibi kuvvetli elleri onu omuzlarından yakaladı ve dışarı çekti. Ağır aksanlı Türkçesi ile

"Siz alın mayo Füreya. Biz gidecek plaj," dedi.

"Annem denize onsuz gitmeme izin vermiyor efendim."

"Biz *heute* gidecek plaj. Çabuk olün, haydi."

"Annem kızar ama..."

Kadın, Füreya'yı çekeleye çekeleye merdivenlerden aşağı indirdi. Sofada Aliye ve Nissa, ellerinde plaj torbaları şaşkın şaşkın bakınıyorlardı. Füreya, daha kahvaltı bile etmemişti. Karnı açtı. Mutfağa doğru, eteğinde bir şeylerle koşan Ayşe Teyzesini görünce hemen yanına gitti.

"Teyze bu dadı beni zorla plaja götürüyor. Annem duyarsa çok kızar. Hem ben dedemle yumurtamı yemedim daha..."

Ayşe Teyzesinin güzel mavi gözleri birer kan çanağını andırıyordu. Eteğine doldurduğu yırtık fotoğrafları küçük kızın görmemesi için, eteğini biraz daha yukarı kaldırdı.

"Deden yok artık!" dedi. Elbette yoktu. Yolcu etmemişler miydi dedesini ve dayılarını.

"Babamla yerim o zaman."

"Baban da yok!"

"Nerede babam?"

"Afyon'a gitti. Sana ne diyorlarsa onu yap, Füreya. Ayak altında dolaşma. Bu sabah yumurta filan yok. Acıkırsan, Fräulein plajda size simit alır," dedi, koşar adım mutfağa yürüdü.

Şakir Paşa Köşkü'nün çocukları, sabahın kör karanlığında, apar topar plaja götürülmelerinin nedenini anlayamadılarsa da denize gidiyor olmanın keyfi içinde, Alman dadının peşine takılıp yürüdüler. Nissa ve Aliye aralarında fısır fısır bir şeyler konuşuyor, ama konuştuklarını Füreya ile Mutarra'ya nakletmiyorlardı. Plajdan akşama doğru çıktıklarında, evlerine gitmediler. Birkaç gün kalmak üzere büyük kızlar Sara Hala'nın evine, Füreya ve Mutarra da Cemal Paşa'nın Ada'daki köşküne götürüldüler. İç çamaşırlarını ertesi gün Lala getirdi. Evlerinde bir sorun vardı. Şakir Paşa hastalanmıştı. Çocuk gürültüsü duymak istemiyordu. O iyileşene kadar gönderildikleri evlerde misafir kalacaklardı.

Füreya birkaç gün sonra köşke döndüğünde, Suat Dayı'yı evde buldu ama dedesini ve Cevat Dayısını boşuna aradı. Onlar yoktu. Onları bu köşkte bir daha asla görmeyecekti. Ve Ada'da zaman, bir daha asla eskisi gibi olmayacaktı.

BUHRANLI YILLAR

Kader, sanki Şakir Paşa ailesinin ve ülkenin dramını, müthiş bir ayarlamayla aynı zamana denk düşürmüştü. Hem Şakir Paşa'nın geride kalan eşi ve evlatları hem de ülke, 1914 yılının son aylarında, derin bir yeis ve şaşkınlık içindeydi.

Osmanlı, vatanın en güzel parçalarını kaybetmişti. Doğu Rumeli'nin, Bosna Hersek'in, Girit'in kaybı, Trablusgarp-Bingazi'nin İtalyan'lara geçişi yetmezmiş gibi, Balkan Harbi'nin sonunda, Doğu Trakya'nın dışında kalan tüm Avrupa toprakları elden çıkmıştı. Osmanlı Ordusu, 1912 ve 13 yıllarında sürdürdüğü Balkan Savaşı'nın bitiminde, başsız bir kalabalık halinde dağılmıştı.

Memleket perişandı. Halk kan ağlıyordu. İttihatçılar bir darbe ile hükümete el koymuşlardı. İttihatçı Paşaların bütün dünyaya meydan okuyan tavırları, kimseyi dinlemeyen kibirli halleri sürerken, ülkenin üstündeki karabulutlar da giderek yoğunlaşıyordu. Bunlar yetmezmiş gibi felek, Osmanlı ülkesine ve halkına, Balkan Savaşı'ndan yenik çıkmasının hemen ardından, bir savaş darbesi daha indirecek, Avrupa devletlerinin 1914'te başlattığı Birinci Dünya Savaşı'nın korkunç girdabına, Osmanlı Devleti gözü kapalı sürüklenecek ve o girdapta boğularak ölecekti.

Birinci Dünya Savaşı'nın başlamasından dört yıl sonra, 13 Kasım 1918'de düşman filoları İstanbul surlarının önüne demir atıp, karaya asker çıkardılar.

O günlerde İstanbul adeta iç içe geçmiş birkaç halkadan oluşmaktaydı. En iç halka İstanbul'un Türk ve Müslüman halkıydı. Kan ağlayan bu halk, savaşa katılan ve savaştan dönen, aç, perişan, işsiz ve yüreği yaralı insanlardan oluşuyordu. Bu insanlar, o güne kadar inanmış oldukları değerlerinin teker teker çözülüşüne seyirci kalıyorlardı. Tutunacak dalları kalmamıştı. Kadınlar vaktinden evvel çökmüş, erkeklerin çoğu sakat kalmıştı. Geçim derdi için, düğün takıları dahil elde avuçta ne varsa satılmış, heder edilmişti. Çeyiz sandıkları boşalmıştı. Kilerler tamtakırdı. Müslüman halkın orta ve az gelirli tabakalarında, hüsran, umutsuzluk ve çaresizliğin dışında tek bir şey kalmıştı; işgalin yürekleri yakan utanç duygusu.

İkinci halkada savaş zenginleri, türediler, azınlık tüccarları, karanlık işlerden köşe dönmeyi bekleyen tilkiler ve dağılan köşklerin, konakların görkemli yaşamlarını sürdürebilmek için, her şeyi yapmaya hazır kişileri ile saltanat düşkünleri vardı... Bunlar Pera, Şişli gibi kozmopolit mahalleleri mekân tutmuşlardı.

Son halka, Saray'dı. Artık kaynakları kurumuş, tükenmek üzere olan ve saltanatını sürdürebilmek için, her formülü kabule hazır Saray!

Halka halka çözülmekte, dağılmaktaydı İstanbul.

Şakir Paşa ailesi, Saray'dan on dokuz yıl önce uzaklaşmıştı. Paşa, geleceği görmüş gibi, kızlarını kendi sınıfından paşazadelere değil, bir gün yepyeni bir ülkenin doğuşunda katkısı olacak, orta halli ve şerefli genç askerlere vermişti.

Savaşın başlamasıyla, Emin ve Ahmet Beyler cepheye çağrıldılar. Şakir Paşa'nın kızları, lise talebesi olan Suat'ın dışında, tamamen erkeksiz kaldı. Yaşam onlar için, artık her zamankinden daha zordu. Harbiye'deki evlerinde İngiliz işgal kuvvetlerinin kumandanı oturduğu için, kışı Ada'da geçiriyorlardı.

Hakkiye ve Ayşe, babalarını vuran ağabeylerine karşı derin bir nefret beslemeye başlamışlardı. Ayşe, böylesine bir lekeyle damgalanmış bir ailenin mensubu olduğu için, nişanını bozmaya kalkmış, ama bu teklifi nişanlısı tarafından şiddetle rededilmişti. Cevat on dört yıllık mahkûmiyetle hapisteydi. Suat bizzat yaşamış olduğu trajedinin tesirinde, sık sık bayılır, kriz geçirir olmuştu. Ailenin, alıştıkları hayatı sürdürecek parası kalmamıştı. Sare İsmet Hanım, hapiste yatan oğlunun karısı ile küçük kızını koruması altına almıştı ama onlara yedirecek yemeği zor temin ediyordu. Fahrünissa zor koşullar altında, Sanayi-i Nefise'ye gidiyor, Füreya, dedesinin Ada'da kurduğu ilkokula devam ediyordu. Doğu cephesinde çarpışan Emin Bey, İstanbul'daki evin açlığını bildiği için, o tarafa yolu düşen eşine dostuna rastlarsa, ailesine Anadolu'dan erzak yollamaya çalışıyordu. Kızı tavukgöğsünü çok sevdiği için, bir keresinde dayanamamış, Anadolu'nun bir ucundan İstanbul'a, teneke bir kutuda, koca bir paket tavukgöğsü yollamıştı. Eve vardığında tavukgöğsünden başka her şeye benzeyen tatlıyı, bütün aile, gözyaşları içinde yemişlerdi.

1919 yılının Nisan ayında, Kars ve Ardahan, Ermeniler tarafından işgal edildi. Nisan sonunda ve mayıs başlarında Ege ve

Akdeniz kıyılarında da işgaller başladı. 29 Nisan'da İtalyanlar Antalya'ya, 11 Mayıs'ta Yunan askerleri Fethiye'ye çıktılar. İki gün sonra, İtalyanlar, Kuşadası'ndaydı, 15 Mayıs'ta ise, Yunanlılar İzmir'de. Bu, bardağı taşıran son damla oldu.

Aile ve ülke kederden, yoksulluktan, umutsuzluktan örülmüş bir örgü gibiydiler artık. Ama güneş, zaman zaman, kara bulutları delerek, ışığını ulaştırabiliyordu yeryüzüne. Osmanlı ülkesinde, henüz umudunu kaybetmemiş insanlar, vatan sevgisiyle dolu gençler vardı.

Tarih, belki de hiç kimsenin eseri değildir. O, kendi örgüsünü kendi tezgâhında kendisi dokur.

Ş. S. AYDEMİR

Mustafa Kemal isimli kurmay subay, 13 Ekim 1918 günü, Adana'dan gelen trenden inip Haydarpaşa rıhtımına çıktığında, düşman filolarının İstanbul'u işgaline tam bir ay vardı. İstanbul, çok yakındaki işgali bekleyen azınlığın, özellikle palikaryaların neşeli sarhoş naraları ile çın çın ötüyordu. Genç adam fevkalade üzgündü, ama çaresiz değildi. Gönlünde, düzenli bir ordu ile bu işgali durdurmanın, hiç olmazsa elde kalanı muhafaza etmenin hayali vardı. Önceleri, hükümetin kendine bir fırsat tanıyacağını sanıyordu. O sırada tahtta oturan Sultan Vahdettin'e veliahtlık günlerinde bir yurtdışı gezisinde yaverlik etmişti. Özel dostluklarından dolayı, sultanın kendini dinleyeceğini sanıyordu. Ama bu yoldaki tüm girişimleri karşılıksız kaldı. Önemli mevkilere, milli dayanışmaya taraftar genç ve enerjik kimselerin getirilmesi çok zordu. Mustafa Kemal, İstanbul'da kalarak mühim işler başarmaya imkân olamayacağını çabuk anladı.

Mustafa Kemal'in İstanbul'da bulunduğu tarihlerde, ilerde Anadolu'da başlayacak olan Milli Mücadele'nin, İsmet Bey, Fevzi Paşa, Kâzım Karabekir, Refet Paşa, Rauf Bey, Adnan Bey gibi hemen hemen tüm ileri gelenleri, tuhaf ve mutlu bir tesadüfle, İstanbul'da bulunuyorlardı.

Mustafa Kemal, kendine Şişli'de bir ev kiralamış ve 'halk mukavemetiyle kurtuluş' hayalini gerçekleştirmeye girişmişti.

Evinde yapılan toplantılarda, kendi gibi artık padişahtan umudunu kesmiş olan vatanseverlerin bütün ümitleri, Anadolu'da başlatılacak bir savunmaya bağlanıyordu. Sabahlara kadar yapılan konuşmalarda, hep aynı neticeye varılıyordu: Tek kurtuluş yolu, ordu ile milletin el ele vermesiyle ve genç, yetkin kumandanların orduların başında Anadolu'ya geçmeleriyle mümkün olabilirdi. Bu büyük projenin başında ise büyük hizmet ve kahramanlıkları ile tanınmış Mustafa Kemal bulunmalıydı. Kurtuluş Savaşı'nın gelecekteki kahramanları, bu hususta hemfikirdiler.

Zaten Anadolu'nun düşman işgali altındaki bölgelerinde yer yer mukavemet grupları kendiliğinden oluşmaktaydı. Bu grupların belli bir sistem içinde, birbirlerine bağlantılı olarak hareket etmeleri, birbirlerinden haberdar olmaları ve profesyonel askerler tarafından örgütlenmeleri gerekiyordu. Mustafa Kemal ve onun gibi düşünen silah arkadaşları, İstanbul'da boş oturmayıp, Anadolu'ya gönderebilecekleri, terhis olmuş askerleri aramaya koyuldular. Bir yandan Anadolu'ya gönderilecek adamları örgütlerken, bir taraftan da Mustafa Kemal'in resmi bir görevle Anadolu'ya sevkini planlamaya çalışıyorlardı. Hükümette su başlarını tutmuş İttihatçılar'la Mustafa Kemal'in çoktan yol ayırımına gelmiş olmasından dolayı, durum ümitsiz görünüyordu.

Ama Vahdettin'den henüz umudunu kesmemişti Mustafa Kemal. Bıçak kemiğe dayandığında padişahın Anadolu'da bir kurtuluş ordusuna izin vereceğine ve onlarla birlikte yurdu kurtarmaya yönelik çalışmalar yapacağına inanmak istiyordu. Bu inanca ihtiyacı vardı.

Şişli'deki evde gece gündüz süren toplantılarda, kurtuluşa dair fikirler berraklaşmış, görev bölümü tamamlanmıştı. Şimdi iş, Mustafa Kemal'in geniş yetkili bir vazife ile Anadolu'ya tayinine kalmıştı.

İşte tam o sırada işgal kuvvetlerinden, hükümete bir nota verildi.

Karadeniz kıyılarında, Samsun ve civarında asayiş bozulmuştu. İngiliz ve Fransızların ülkeyi işgalinden şımaran yerli Rumlar, Türk köylerini basıyordu. İşgal kuvvetlerine göre, Türkler bu kıyılarda ve özellikle Samsun civarında yaşayan Rumlara saldırıyorlardı. Bu durum en kısa zamanda kontrol altına alınmazsa, bu bölge de yabancı askerler tarafından işgal edilecekti.

Sadrazam Ferit Paşa, Dahiliye Nâzırı Mehmet Ali Bey'i çağırarak, bu meseleyi halletmesini emretti. Mehmet Ali Bey;

"Bu iş burada, Babıâli'de yoluna konamaz. Asayişin bozulduğu bölgeye bu davanın hakkından gelebilecek, tecrübeli bir şahsiyeti geniş selahiyetlerle göndermek lazımdır. Mevcut komutanlar arasında, bu vasıfları haiz olarak hatırıma gelen Mustafa Kemal Paşa'dır," cevabını verdi.

Doktor, iyi olacak hastanın ayağına gitmişti. 'Şark Orduları Müfettişi' unvanıyla, Karadeniz üzerinden Doğu Anadolu'ya yollanmak! Mustafa Kemal'in hayalini kurduğu tayindi bu.

Anadolu'ya yollanmasının arkasındaki nedeni henüz bilmiyordu. Onun, İstanbul'da her önüne gelen kapıyı çalarak, dayanışma istemesi işgal kuvvetlerinin gözünden kaçmamıştı. İşgal kuvvetlerini rahatsız eden nedenler sarayın da huzurunu bozacağı için, özellikle Harbiye Nezareti, Mustafa Kemal'in Anadolu'ya sürülmesine taraftardı.

Dahiliye Nâzırı Mehmet Ali Bey ile Sadrazam Damat Ferit Paşa'nın bu tayini onaylaması yetmedi. O günlerde kimse sorumluluk almak istemiyordu. Durum öylesine vahimdi ki, herkes hiçbir atılımın Osmanlı'yı ve gidişatı kurtaramayacağının farkındaydı. Sadrazam ve Dahiliye Nâzırı, Mustafa Kemal'in bir de sultandan onay almasını istediler.

Mustafa Kemal ve Sultan Vahdettin, Yıldız Sarayı'nın ufak bir salonunda, adeta diz dize denecek kadar yakın oturdular. Salonun Boğaziçi'ne doğru açılan penceresinden, birbirlerine paralel hatlar üzerinde sıralanmış ve bordalarındaki topları Yıldız Sarayı'na doğrultmuş düşman zırhlıları görünüyordu. Sultan,

"Paşa, paşa," dedi. "Şimdiye kadar devlete çok hizmet ettin. Ama asıl şimdi yapacağın hizmet, hepsinden mühim olabilir. Paşa, devleti kurtarabilirsin."

Mustafa Kemal'in içine bir sıcaklık yayıldı. O hep dememiş miydi, sultanın işgale razı olmayacağını...

"Bir mukavemet ordusu kurmamızın..."

Sultan, muhatabını konuşturmadı, sözünü kesti.

"Vazifen, İstanbul'a hâkim olanların siyasetine uymaktır. Onların şikâyet ettikleri meseleleri halletmektir. Memleketi ve halkı da bu siyasetin doğru olduğuna inandırınız, paşa. Bunu yapabilirsiniz."

Mustafa Kemal'in umudu yeşeremeden solmuştu. Huzurdan çıktığında, sultanın yaverini kendini beklerken buldu. Elinde küçük bir kutu tutuyordu.

"Zat-ı Şahanelerinin ufak bir hatırası," dedi. Bu, kapağının üstüne Vahdettin'in adının başharfleri kazınmış bir saatti.

Mustafa Kemal'e resmi bir yetki ile Anadolu'nun yolu nihayet açılmıştı.

Samsun'a varmasından sadece birkaç gün önce, Yunanlının İzmir'e asker çıkarmaya hazırlandığı duyuldu. Hükümet yine aciz kalmıştı, ama bu kez halk, ani bir şamar yemiş gibi silkiniyordu. Vatan evlatlarının yüreğinden güçlü bir 'hayır' sesi yükselmekteydi. 'Bu gidişe, bu işgale dur diyecek birileri çıkmalı! Mutlaka çıkmalı.' Böyle düşünenlerin sayısı gün geçtikçe artıyordu.

Emin Bey de böyle düşünenlerin arasındaydı. Sık sık olmasa bile, ara sıra Şişli'deki toplantılara katılmıştı. Kayınpederi Şakir Paşa'nın sözleri kulaklarında çın çın ötmese, kendini bu eyleme tamamen verecekti. Ama Şakir Paşa, birçok kere ona, "Oğlum, bana bir şey olursa, ailenin başına sen geçeceksin. Hakkiye ve kardeşlerini sana emanet ettiğimi unutma. Cevat'tan hayır gelmeyeceğini biliyorum. Suat daha çok genç ve aklı bir karış havadadır. Aileme sen sahip çıkacaksın. Aman ola ki saraya bulaşma ve sarayı karşına alma. Yoksa çok sıkıntı çekersin," demişti.

Emin Bey, çok sevdiği ve saydığı kayınpederine verdiği söze sadık kalmaya çalışmıştı. Mustafa Kemal'in toplantılarında, bir gün başının sarayla belaya girebilme ihtimalini görünce, çekimserlik göstermişti. Ama verdiği söze sonuna kadar sadık kalamayacağının da farkındaydı.

Osmanlı mülkü şehir şehir düşüyor, saray seyirci kalıyordu.

Son konuşmalarında, Mustafa Kemal ona, "Emin, eğer bir gün Anadolu'ya silah sevki gerekirse, yardımlarını isteyebilir miyim?" demişti. Sevk elbette tren veya gemi ile yapılmalıydı. Demiryolları ve vapur hatları ecnebilerin imtiyazındaydı. Emin Bey'in eşinden ve eşinin ailesinden dolayı, yabancılarla dostlukları vardı.

Emin Bey, Marsilya Konsolosu Seyfettin Bey'i düşündü. O, Demiryolları'nda çalışan bir Fransız'la çok yakın dosttu. Bir keresinde Fransız'ın kumara düşkün olup, ödeyemediği borçların altında kaldığından söz etmişti, laf arasında. Acaba bu adamdan istifade edebilirler miydi?

İzmir, 15 Mayıs 1919'da işgal edildi.

Belki de İzmir'in işgali, halkın sabrının taşmasına yol açtığı için, Mustafa Kemal'in bir bakıma şansı oldu. Şimdi ona düşen, hiç vakit kaybetmeden bir an evvel, menziline ulaşmaktı.

PENTİMENTO
(Osmanoğlu Kliniği)

"Yalnızlığı taşıdılar yüreklerinde ve yataklarında
Zordu savaş yılları genç kadınlara, Ada konaklarında'

Bir şeyden yana içim çok rahat, o da öldüğümde Sara'nın bana çok güzel bir cenaze töreni hazırlayacağından. Böyle şeyleri çok iyi becerir Sara. Açılış törenlerinden, cenaze törenlerine kadar her türlü tören konusunda sonsuz deneyimi ve eşsiz fikirleri vardır. Halkla ilişkiler dalında böylesine başarılı olmasını, görgüsüne olduğu kadar, değişik buluşlarına da borçlu. Evet, ondan beklediğim gibi bir yazar, bir ressam ya da bir müzisyen olamadı ama, sonunda başarılı bir meslek kadını oldu kızım. Buna da şükür...

Sara'nın, cenazemde, sarı ya da kırmızı kasımpatılarla bezeli o rüküş çelenkleri cami avlusuna sokturmayacağına eminim. Artık cami duvarının dışına mı dizdirir ne yapar, bilemem. Çelenk denince benim aklıma hep kasımpatı gibi sonbahar çiçekleri gelir. 10 Kasım sonbahara denk düştüğünden mi acaba? Sara, herhalde tabutumun üzerine, eğer bulabildiyse, yaseminlerden yapılmış küçük, zarif bir çelenk koydurur. Yasemin bulamadıysa, menekşe ya da Osmanlı karanfillerini seçeceğini sanıyorum. Gül cenaze çiçeği değildir, kızım bilir bunu. Çelengin üzerinde Sara'nın ve çocuklarının adı yazar. Tabutun başında da en sevdiğim, kenarları turkuaz oyalı beyaz namaz örtüsü...

Şu anda hastane yatağımda, ölüme doğru kayarken düşünüyorum da, sevmediğim, kırgın olduğum tek bir kişi bile gelmiyor aklıma. Kırıldığım, gücendiğim birileri olmadı mı hiç? Elbette vardı, ama onların hepsini affettim ben. Acaba benim onu ettiğim gibi, Afife de beni affetmiş midir? Sara yüzünden ne çok çekiştik, ömür boyu. Bir çocuğu paylaşamayan iki kadın! Şimdi, şurada yatarken düşünüyorum da, Sara'nın öz annesine haksızlık ettiğimi görüyorum. Ama mantık ne zaman sevginin esiri olmamış ki? Sevgi, insana her şeyi yaptırır. Hele evlat sevgisi!

Ya pişmanlıklarım? Fazla pişmanlığım yok. İçimdeki tek ukte, sanata geç başlamış olmaktır. Tüm hayatımı yeniden yaşama fırsatı tanısaydı bana Tanrı, üniversiteyi bitirdiğim yıl, evleneceğime, hemen seramiğe başlardım.

Acaba Sabahattin ile yine evlenir miydim? Evlenirdim herhalde. Onu ilk gördüğüm an, bir alev topunun karnımdan boğazıma doğru hızla yükseldiğini hisseden ben değil miydim? Sonra yine boşanırdık, o başka. Çocuğum olmadığı için eksiklik duyduğumu sanmıştı bazı yakınlarım. Bir arkadaşım, "İsterdin herhalde anne olmayı," demişti. "Sara var ya," dedimdi ona. "Ama onu sen doğurmadın ki," diye yanıtlamıştı. Aptal kadın, çocuk sevgisinin doğuma bağlı olduğunu sanıyor. Bir çocuğu evlat gibi sevmek için, bacaklarını açıp, avaz avaz bağırarak onu içinden çıkartmak şart sanki. İnsan var, icabında öz çocuğunu bile sevemiyor... Ya da çocuklarından birini ölesiye, diğerlerini makul dozlarda seviyor. Tıpkı anneannem gibi. Anneannem,

Cevat Dayıma tarifsiz bir tutkuyla bağlıydı bence. Kocasını vurmuş olması bile, oğlunu tükenmez bir duygu seliyle, onu bağışlayarak, onu korumaya çalışarak, ona toz kondurmayarak, son nefesine kadar sevmesine engel olamadı. En çok annemle Ayşe Teyzem kızarlardı anneanneme. Mahkemede anneannemin verdiği ifade, davanın seyrini değiştirmiş, 'cinayet'ten 'kaza'ya dönmüştü karar. İdamdan kurtardığı oğlunu, yattığı mahpushanelerde, kar kış demez, ziyarete giderdi ve gerçek ayan beyan ortada olmasına rağmen, o hep, "Cevat, babasını öldürmüş olamaz," derdi, "benim oğlum, cinayet işlemez."

Onun bu tutumuna karşın, kız kardeşleri uzun süre affetmediler dayımı. Yıllarca yüzünü görmek istemediler. Hatta annem, hapisaneye oğlunu ziyarete gitti diye, anneannemle bir ay boyunca konuşmamıştı. Bu yüzden bir yaz günü Ada'dan ayrılıp Şakir Paşa Apartmanı'na dönmüştük. Anneannemin ziyaretlerini ısrarla sürdürdüğünü görünce, annem bu tutumundan vazgeçmek zorunda kaldıydı. Bu konuda, Fahrünissa ve Aliye çok daha ılımlı davrandılardı sonraları.

Yaşam, insanlara affetmeyi de öğretiyor, ölümü kanıksamayı da. Ölüm! Soğuk, antipatik, siyah renkli sözcük. Ne çok ölüm yaşıyor insan hayatı boyunca. Benim yaşlarıma gelindiğinde, ölüm de artık, kişiyi adım adım takip eden sadık bir köpek gibi, yakına geliyor. Gölge gibi, hemen oracıkta, yanı başımda... Gençliğimde beni ürperten, korkutan ölüme şimdi, sevecenlikle bakıyorum; hani nerdeyse elimi uzatıp okşayacağım onu. Ama henüz değil... Biraz daha bekle ölüm... Bir sergi daha... Son bir sergi. Sonra nasıl istersen öyle olsun. Artık gerisini Sara düşünür. Ada'daki köşkün loş salonunda, o ışığın yukardan düştüğü köşeden kalkamayacak olduktan sonra cenazem... varsın bildiği gibi yapsın. Cenazemi düzenlemek ona kalmış...

Cenaze denince benim gözümün önüne nedense, Ada'daki köşkte, alt salonun en dibindeki masanın üzerinde duran ve yukardaki pencereden üstüne nur yağarmışçasına, yumuşak, sıcak bir ışığın düştüğü tabut gelir. Aliye'nin ünlü kocası Berger'in tabutu... Aliye, tabutu taşıyan masanın sağ kenarına yere diz çökmüş, beyaz narin eli tabutun üstünde, sanki ölümle bütünleşmiş gibiydi. Elindeki aynayı Berger'in ağzına tutuyordu sürekli. Kolu yorulduğu zamanlar, aynayı üvey oğlum Altemur alıyor, o tutuyordu, hatırı için. Hepimiz, aynaya Berger'in nefesinden bir buğunun düşmeyeceğini biliyorduk. Ama Aliye'nin vazgeçmeyeceğini de biliyorduk. Tabut götürülene kadar durmuştu orada Aliye. Hatta günlerce durmuştu. Berger gömüldükten sonra bile, gidip gidip, o masanın dibinde diz çöküşünü hatırlarım.

Ben, büyükbabam Şakir Paşa'nın cenazesinde dört yaşındaydım. Aile çocukları bir yerlere dağıtmış, ancak cenaze töreninden sonra geri getirtmişti. Hayal meyal, çok elemli, çok gamlı bir ev hatırlıyorum... Siyahlar giyinmiş, ağızlarını bıçak açmayan ve sürekli ağlayan kadınlar, eve doluşan yabancılar, polis müdürleri... Polis müdürleri? Evet, elbette... Hizmetçilerimizden biri ağzından bu kelimeyi kaçırdığı, biz çocuklar da tekrar ettiğimiz için, işten çıkarılmıştı. Her neyse, büyükbabamın cenazesini görmedim ama, onu da hep aynı yerde, aynı konumda canlandırırım hayalimde. Çünkü Şakir Paşa'nın tabutunu da, aynı Berger'inki ve anneanneminki gibi, alt salonun en dibinde duran ve üstüne yukardan ışık düşen o büyük masaya koyduklarını biliyorum. Drama anlayışı yüksektir bizim ailenin.

Doğrusu, o gösterişli gidişi ben de isterdim kendim için. Eşin dostun bir mabede girermişçesine, önce mor salkımlı bahçede sonra da ampir mobilyaların dizelendiği loş salonda, sessiz ve vakur adımlarla yürüyüp, atlas örtünün altındaki tabutta yatanla, huşu içinde son kez vedalaşması nerede... dilencilerin acılı insanları kollarından çekiştirdiği bir cami avlusunda, saygısızca bir ağızdan sohbet edenlerin gürültüsünde, itiş kakış vedalaşmak nerede. Ama artık ne Ada o eski Ada, ne de cenazelere çok yakışan salonuyla, Ada'daki ev var. Muhtemelen, ben bu hastane odasından doğruca morga yollanacağım. Sara'ya söyleyeceğim ilk firsatta, morga asla yollamasın beni. Oldum olası sevmem soğuk yerleri. Üşümeyi hiç sevmem. Ada'da geçirdiğimiz o kıştan beri korkutur beni soğuk.

Ne çok üşümüştük o kış. Hem okulda, hem evimizde donmuştuk kış boyu. Annem iskeleye vapura inerken, kazağımın içine gazete sokardı, rüzgâra karşı korunmam için. Öylesine bir poyraz eserdi ki ocak ayında, kemikleriniz donardı. Ocak ayında işiniz neydi Ada'da derseniz, haklısınız. Bizlerden ve bir iki de Rum aileden başka kimsecikler kalmamıştı Ada'da, o yıl. Balkan Savaşı yeni bitmişti. Aradan bir yıl geçmişti ki bu kez Dünya Savaşı başlamıştı. O kadar fakirlemiştik ki, Şakir Paşa Apartmanı'ndaki tüm dairelerimizi kiraya vermiştik. Anneannemin katını zaten İngilizler'in komutanı işgal edip, yerleşmişti. Diğer katlar, yani Ayşe Teyzeminkiyle bizimki de kiradaydı. Başka hiçbir gelirimiz kalmamıştı çünkü. Çocuklardan saklamaya çalışıyorlardı durumu. Ama seziyorduk. Gözle görülür şekilde değişmişti hayatımız. Anneannem, yatak odalarımızın ve ikinci kattaki oturma odasının dışında kalan diğer salonu ve kullanılmayan odaları kapattırmış, yakıt tasarrufu yapıyordu. Biz sebzelerimizin çoğunu bahçemizden elde ediyorduk. Balkan Savaşı'nın sonunda, jandarma komutanı olarak İstanbul'a dönen ve teyzemle evlenen Ahmet Enişte, Birinci Dünya Savaşı çıkınca, Bağdat'a 13. Ordu komutanı olarak atanmıştı. Babam da doğuda Rus cephesinde savaşıyordu. Cevat Dayım, 'çoook uzaklara gitmişti', yani babasını vurduğu için, hapisteydi. Suat Dayıma ise, şahit olduğu o korkunç olaydan sonra bir bayılma illeti gelmişti. Durup dururken titremeye başlar, şak diye düşer bayılırdı. Yine de anneannem onun okumakta olduğu Galatasaray Sultanisi'nde kalmasını uygun görmüştü. Fahrünissa ve Aliye, devam ettikleri Fransız okulu kapatıldığı için, alelacele Fransızca öğreten bir ecnebi hanımın pansiyonuna verilmişlerdi. Sonradan Fahrünissa, Sultan Reşat'ın girişimiyle açılan Sanayi-i Nefise

Mektebi'nde resim eğitimi görecekti. Ne kadar parasız kalınırsa kalınsın, Şakir Paşa ailesinde, bir çocuğun Fransızca konuşamama ihtimali, dilsiz olma felaketiyle eş anlamlı gibiydi. Fransızca bilmek ve bir müzik aleti çalmak, bu aileye doğan çocukların değişmez kaderiydi. Ama, yoksulluk tahribatını bir türlü göstermeye mecburdur. Güzel günlerden kalma taftalar, kadifeler içinde gezen çocukların üstü başı bir yılın sonunda iyice dökülmeye başlamıştı. Artık ayakkabılarımızda kat kat pençeler, giysilerimizde yamalar vardı. Biz çocukların çektiğimiz sefalete pek aldırdığımız yoktu. Büyükler ise parasızlıktan çok, düşmanı işgali altında kalmaktan yakınıyorlardı. Şakir Paşa'nın ölümünden tam kırk gün sonra –bunu ısrarla vurgulardı annem, çünkü babasının mevlüdünün okutulduğu gündü– Osmanlı İmparatorluğu Fransa'ya savaş ilan etmişti. Dünya yüzünde on binlerce ailenin yıkımına neden olan o uğursuz Birinci Dünya Savaşı, sadece ailemizi alt üst etmekle kalmayacak, imparatorluğumuzun da başını yiyip bitirecekti.

Savaş evimizin erkeklerini alıp götürdüğü ve henüz tahsilde olan Suat Dayım ancak hafta sonları gelebildiği için, evde bir kadınlar ordusu gibiydik. Parasızlığa, sefalet çekmeye, çalışmaya hiç alışık olmayan, piyano ve keman çalma, dil bilip resim yapma yeteneklerinin dışında, elinden pek bir şey gelmeyen, nazlı bir kadınlar ordusu. Ama, neme lazım, ailemin kadınları, yani anneannem, annem ve Ayşe Teyzem, kendilerini aşarak, zorluklara karşı olağanüstü bir mücadele verdiler. Başları hep dik durdu. Çektiğimiz yokluğu, değil eşe dosta, evin çocukları olan bizlere dahi hissettirmediler.

O yıllarda Fahrünissa ve Aliye artık birer genç kız olma yolunda idiler. Benim de dedemin adını taşıyan bir erkek kardeşim doğmuştu. Fahrünissa, her gün Ada'dan vapurla eziyetli bir yolculuk yaparak okuluna gider gelirdi. Aliye ile benim yaş farkım, kısa bir süre için iyice açılmıştı. Artık eskisi gibi benimle koşmaca, saklambaç oynamaz olmuştu. Onun yeniden çok yakın dostu olmama sadece beş yıl vardı ama benim henüz çocukluktan çıkmadığım o günlerde bile, paylaştıklarımız az değildi. Örneğin başına ve boynuna sarmak istediği rengârenk şifonları, çoğu kez anneme göstermeden ben taşırdım evin dışına. Hiç gocunmadan, her istediğini yapardım. Bana öl dese, ölmeye hazırdım da, Aliye'nin hayatının en büyük, en tutkulu aşkına vesile olacağımı bilmiyordum henüz. Daha pek çok şey bilmiyordum. Kış günü Ada'daki köşke doluşmuş olmamızın nedenini ve evimize işgal orduları komutanının yerleşmiş olduğunu bir gün tesadüfen öğrenmiştim. Kira toplamak için Taksim'e inen annem, eve dönüşünde, benim söylediklerini duyduğumdan habersiz, annesine ve kardeşine, sinir içinde anlatıyordu.

"Düşünebiliyor musunuz anneciğim," diyordu, "İngiliz kumandanın taraçaya astığı çamaşırların arasından bir çift çorabın teki kaybolmuş. Adam avaz avaz bağırıyordu, çorabımı çaldınız, parasını ödeteceğim size," diye.

"Rüzgârda uçmuştur, bizim çatı çok eser," diyordu Ayşe Teyzem.

"Gel de onu adama anlat. Ülkemizde yokluk var diye, çamaşırlarını çalacağımızı sanıyor."

"Bu son olsun kızım, İngilizler evimizi boşaltır boşaltmaz taşınacağız, bitti bu iş. Bir daha kiracıyla uğraşmak yok... Elin yabanlarına muhatap olmaktansa, aç otururum," diyordu anneannem.

Suat Dayım, kendini halının üstüne atıyordu boydan boya. Ben yine bayıldığını zannederken, o yerde kahkahalarla gülüyordu, "Şakir Paşa'nın kerimeleri Hakkiyanım, İngiliz komutanın çorabını çalmış. Kah kah kah. İngilizin kocaman çorapları, Emin Enişteme uysa bari."

Ben neler olup bittiğini ancak böyle merdivenlerden inip çıkarken, oturma odasının önünden geçtiğimde öğreniyordum. Bir başka gün, teyzemi, "Hakkiye Abla, sen madem hastanelerde gönüllü çalışıyorsun, bari para istemeyi dene. Belki verirler.

Onların da yardımcıya ihtiyacı var," derken duyuyordum. Fahrünissa kardeşlerin arasında pratik çözümleri üretmekte eşsizdi. Ama annesinin sert bakışlarını görür görmez hemen susardı.

"Benim kızım hastabakıcılık mı yapsın? O iş ancak gönüllü olarak yapılabilir."

Akşamları odamıza çekildiğimde sorardım, "Anne, o çoraba ne olmuş?" ya da "Gönüllü ne demek anneciğim?" diye.

"Bu savaşın bizim eve en kötü etkisi, seni hem 'kapı-dinler' hem de çok bilmiş yaptı," derdi annem.

Bir kadın ordusunun içinde kalmaktan dolayı, vaktinden evvel büyümüş ve şımartılmış olabilirim. Ailenin en küçüğü olduğum için, teyzelerimin tümü, Suat Dayım ve anneannem, bütün dikkatlerini benim üzerimde toplamışlardı. Hepsi de bana bir şeyler öğretmeye çalışıyordu, ister istemez çok bilmiş bir çocuktum. Ama, gerçekten büyüdüğümü, bir 'genç kız'a dönüştüğümü hissettiğim ilk an; çok özel ve esrarlı bir güne aittir. Annemin, karaciğer hastalığının tedavisi için Karlsbad'da bulunduğu, babamla benim Şakir Paşa Apartmanı'nda yalnız kaldığımız o gamlı günlerden birine... Sanıyorum bir erkeğe vurulmanın nasıl bir duygu olduğunu da ilk, o gün öğrendim... O, bizim eve ziyarete geldiği gün!

IŞIKLI GÖZLER

"O *sebular gibi ince kadınlar şimdi*
Birer tutam saç kesip ipek örgülerinden
Sarmalayıp özenle keten mendillerine
Elem, umut ve *özlem yolladılar bir süre*
zabitlerin koynunda doğu cephelerine"

Eve çok erken döndü Emin Bey. Elinde birtakım paketler vardı. Mutfakta akşam yemeğini hazırlamakta olan Fisula'ya, akşama ne yemek olduğunu sordu.

"Biraz börek vardır, dünden kalma. Küçük hanıma cızbız yapacağım pasam," dedi Rum kızı.

"Sen köfteleri hazırla git, kızım. Ben çocuğun yemeğini veririm."

"Ah hiç olur beyefendi? Söz vermisim hanıma, sizin bulasikleri toplamadan gitmem.""

"Olur, olur. Bu gece sana izin veriyorum Fisula."

"Küçük hanım ne yiyecek?"

"Ben ilgilenirim. Sen git kızım."

"Ah, sofrayı kurmayayım?"

"Kurma, Fisula. Haydi, hava kararmadan dön evine."

Füreya odasında keman çalıyordu. Emin Bey, hizmetçiyi yolladıktan sonra, pencerenin önünde bir süre bekledi, hizmetçi kızın merdivenlerden inip, sokağa çıktığını, Taksim istikametine doğru uzaklaştığını gördü.

Kızının odasından akortsuz keman sesleri geliyordu. Füreya'ya bir yıldan beri Macar virtüöz Charles Berger, haftada iki kere keman dersi vermekteydi. Annesi ve Ayşe Teyzesinin piyanodaki becerilerinden henüz epey uzaktı küçük kız ama hevesli gözüküyordu.

Emin Bey, kızının odasına doğru yürüdü, kapısını tıklattı.

"Fisula, girsene," diye seslendi kızı. Kapıda Rum hizmetçiyi değil de babasını görünce, biraz şaşaladı.

"Geldiğinizi duymadım, babacığım."

"Biraz önce geldim kızım."

"Fisula size çay verdi mi?"

"Hayır."

"Annem tembih etmişti ama..."

"Fisula'ya izin verdim, gitti."

"Ama annem buna pek çok kızacak."

"Füreya, kemanını bırakır mısın biraz?"

"Yarın yine dersim var. Çalışmam lazım."

"Kemanını bırak ve beni dinle."

Füreya kemanı yatağının üzerine bıraktı. Yayı hâlâ elinde tutuyordu. Telaşla, "Anneme bir şey mi oldu?" diye sordu.

"Hayır yavrum. Daha bu sabah mektup aldım ondan. Anneciğin çok iyi. Ağrıları azalmış, iştahı açılmış. Sana selam ve sevgi yolluyor."

Emin Bey, söylemek istediklerini bir türlü toparlayamadığı için, sustu. Füreya, kemanın yayını da yatağının üzerine bıraktı, meraklı gözlerle baktı babasına. Babası çok ciddi görünüyordu.

"Füreya, şimdi seninle çok önemli ve sadece ikimizin arasında kalması gereken bir şey konuşacağım. Bir sır paylaşacağım seninle."

Füreya nefesini tuttu. Kıpkırmızı oldu yanakları. Babası herhalde, Aliye'nin birine âşık olduğunu öğrenmişti. Dokuz yaşında bir çocuk için, sır ancak sevdaya dair olabilirdi. Füreya ne zaman Berger'e derse gitse, biraz sonra Aliye damlıyordu. Bir köşede oturup, hayran hayran Berger'i seyrediyor ya da kütüphanesindeki kitapları karıştırıyordu. Füreya bir keresinde, "O kadar meraklıysan, sen de ders alsana," demişti teyzesine. Aliye'ye de ders vermeye başlamıştı Berger, ama Aliye yine de Füreya'nın derslerine gelmeye devam ediyordu. Küçük kızı bu ziyaretlerden kimseye bahsetmemesi için sıkı sıkı tembihlemişti. Ev halkı katiyen duymamalıydı.

"Niye, ama niye?" diye üstelemişti Füreya.

"Sen daha anlamazsın, henüz çocuksun," demişti Aliye.

"Anlarım. Lütfen söyle bana."

"Anlamazsın dedim ya."

"O zaman ben de derslerime girdiğini anneme söyleyeceğim."

Aliye önce hırsla saçını çekmişti yeğeninin. Sonra fikir değiştirmiş, yanaklarını öpmüştü. "Büyüyünce sen de anlayacaksın canım. Ben âşığım."

"Kocaman bir adam o. Yaşlı."

"Ah Füreya, Berger'e değil, bir başkasına âşığım ama şunu iyi bil; aşkın yaşı olmaz."

"Yaaa!!!"

"Evet."

"Kime âşıksın?"

"Anlatamayacağım şeyleri sorma. Berger'i de ayrıca çok beğeniyorum. Hassas, derinliği olan, malumatlı, melankolik, ilginç bir adam."

"Ama yaşlı ve asık suratlı. Hiç gülmüyor."

"Gülmesin," demişti Aliye, omuzlarını silkerek. "Yine de hoş bir adam. Aramızda bir sır bu. Tamam mı Füreya? Sana sırrımı açtım. Sadece sana. Çok özel bir şey biliyorsun şimdi."

"Evet ama Aliye, kime âşık olduğunu bilmiyorum," demişti Füreya.

"Onu asla öğrenemezsin. Âşık olduğumu biliyorsun ya, o sana yeter."

Füreya aşkın ne olduğunu tam olarak tarif edemiyordu. Ama ailede aşka dair laflar hiç eksilmediği için... Suat Dayı'nın, Fahrünissa'nın aşkları... bir fikri vardı. Kadın erkek arasında heyecan verici, bir garip sevgi olmalıydı, aşk.

Babası, nasılsa öğrenmişti demek sırrını. Füreya terleyen ellerini etekliğine sildi.

"Kızım, bu akşam buraya birkaç misafirim gelecek. Çok önemli bir konuşma yapacağız. Evde seninle benden başka kimsenin bulunmasını ve bu konuşmaları duymasını istemiyorum. O yüzden Fisula'yı yolladım. Bize ikramı sen yapacaksın."

Derin bir nefes aldı Füreya.

"Misafir geleceğini anneannen öğrenirse, hizmet için kendi adamını yollamakta ısrarcı olur. Bu nedenle kimseye bir şey söylemeyeceğiz. Bu akşam, senin için bir imtihan gecesidir, benim küçük kızım. Odamda duran paketleri mutfağa götür ve aç, onları annenden öğrendiğin gibi, tabaklara yerleştir, sofrayı kur. Bize yemekte hizmet eder, sonra odanda keman çalışırsın, olur mu?"

"Kimler geliyor?"

"Bazı asker arkadaşlarım."

"Kaç kişiler, baba."

"Üç veya dört kişi gelecekler. Pasaj'a uğrayıp mezeler aldım. Git bak bakalım evde rakı var mı?"

Füreya bir kuş gibi uçtu mutfağa. Elinde bir şişeyle döndü.

"Baba, bu rakı mı?"

"Ta kendisi," dedi babası.

"Annem bu içkiyi o küçük sürahide servis yapar. Boşaltayım mı?"

"Karafakiye lüzum yok. Sen sofrayı kur önce."

Füreya hoplaya zıplaya mutfağa koştu. Babasının getirdiği taramayı, peynirleri, turşuları tabaklara boşalttı. En sevdiği işlemeli keten örtüyü yaydı masaya, tabakları, bardakları koydu. Babasına gösterdi.

"Aferin sana, bu gece evimizin hanımı sen olacaksın."

"Baba?"

"Efendim kızım."

"Kendime de masada bir yer koyayım mı?"

"Hayır."

"Masanın en ucuna."

"Hayır."

"Ama hani evin hanımı ben olacaktım bu akşam."

"Bu gece annen de evde olsaydı, bizimle oturmayacaktı Füreya. Çok özel şeyler konuşacağız aramızda."

"Aşka dair mi?"

Emin Bey hayretle baktı küçük kızının yüzüne. Çocuk kıpkırmızı olmuş, dudaklarını ısırıyordu. Bir anda fırlamıştı bu soru ağzından? Hemen orada, utancından ölmek istiyordu Füreya. Nasıl böyle bir boşboğazlık yapabilmişti, babasının karşısında.

"Vay vay vay," dedi Emin Bey, "Benim küçük kızım neler biliyormuş böyle."

"Pardon. Pardon babacığım."

"Füreya, bu akşam, aşktan çok daha önemli şeyler konuşulacak bu evde. Sen şimdi içeri git, üzerine bir şeyler giy."

Füreya, her zaman çok ciddi olan babasının bu boşboğazlığına kızmamış olmasına şaşarak odasına yürüdü. Dolabını açıp, geçen bayram alınmış olan elbisesini çıkardı, giydi. Elbise küçülmüştü. Bileklerine kadar inen etekleri ancak dizinin altına geliyordu. Çıkarttı elbiseyi, okulda giydiği etekliğini ve beyaz bluzunu giydi, saçlarını taradı. Aliye'nin onun odasında unuttuğu şifon eşarbını boğazına sardı, salona gitti.

"Çıkar o şeyi boynundan, Füreya, senin yaşında çocuklara yakışmıyor," dedi babası.

"Aliye Teyzemin eşarbı o."

"Aslında ona da hiç yakışmıyor."

Füreya, eşarbı odasına geri götürdü, penceresinin önüne bir iskemle koyup üzerine çıktı, sokağı gözetlemeye başladı. Hava iyice kararmış, sokaklardan el ayak çekilmişti. Salonda babasının sinirli sinirli dolaştığını duyuyordu. Tam pencereden çekilmek üzereydi ki nal sesleri duydu, iskemlesinin üzerinde doğrulup bekledi. Tek atın çektiği üstü kapalı bir fayton, Harbiye istikametinden doğru geldi ve evlerinin önünde durdu. Füreya karanlıkta arabadan iki pelerinli erkeğin indiğini gördü. İskemleden yere sıçrayıp, salona koştu.

"Babacığım, geldiler, geldiler."

"Tamam, sen mutfağa git, ben seni servis yapman için çağırırım, işini bitirince doğru odana gider, kemanına çalışırsın."

Babası heyecanlı gözüküyordu. Merdivenleri çıkan ayak sesleri yaklaşınca, Füreya mutfağa gitti. Zil kısa kısa iki kere çalındı. Emin Bey sert asker adımlarıyla kapıya yürüdü. Çocuk babasının kapıyı açtığını, "Buyrunuz, buyrunuz efendim," diye misafirlerini içeri aldığını duydu. Koridorda parmaklarının ucuna basa basa yürüdü ve kapı aralığından baktı, iki değil üç kişiydiler. Pelerinli adamlardan birinin arkası dönüktü. Sarı saçları solgun ampulün aydınlığında parlıyordu. Diğerinin yüzünü görebiliyordu Füreya. İnce sarı bıyıklı genç bir adamdı. Göbekli olanı tanır gibi oldu ama tam çıkaramadı.

"Evde yalnız mıyız Emin Bey?" diye sordu, yüzü tanıdık gelen göbekli adam.

"Sadece Füreya var," dedi babası.

"Füreya?" Soruyu pelerinini çıkarmakta olan arkası dönük asker üniformalı adam sormuştu.

"Kızım. Dokuz yaşında. Onu da evden uzaklaştırmam dikkati çekebilirdi."

Babası konuklarını salona buyur ederken, o yine parmaklarının ucuna basa basa mutfağa yürüdü, daha önce hazırladığı tabakları gümüş tepsiye dizmeye başladı. Elleri titriyordu. Babası ona bir misyon yüklemişti bu gece. Babasına büyüdüğünü, güvenilebilir bir genç kız olduğunu kanıtlamalıydı. Hiç hata yapmayacaktı. Boşboğazlık hiç yapmayacaktı.

Fisula'nın akşam baba-kıza yedirmek için hazırladığı böreği, annesinin yaptığı gibi küçük parçalara böldü, bir servis tabağına yerleştirdi. Acaba cızbızları pişirmeyi becerebilir miydi? Babası onunla iftihar etsin istiyordu.

Fırının içinde duran tavayı çekti sapından. Tava o kadar ağırdı ki az daha yere düşürecekti. Cızbızları pişirmekten vazgeçti. Mutfaktaki tabureye ilişti, bekledi. Zaman geçmek bilmiyordu. Canı sıkılmaya başlamıştı. Taburede sırtını dayayamadığı için, beli ağrımıştı. Evin hanımı, genç kızı filan olmak istemiyordu artık. Odasına gitmek, kitaplarını karıştırmak, boyalarıyla, bebeğiyle oynamak istiyordu sadece. Hatta kardeşi Şakir gibi anneannesinin evine yollanmaya da razıydı. Ağlamak üzereyken babasının sesini duydu.

"Füreya, gel misafirlerimize 'hoş geldiniz' de."

Tabureden atladığı gibi içeri koştu.

"İşte benim küçük kızım Füreya," dedi babası gururla. Çocuk önce ince bıyıklı adamın önüne gidip, reverans yaptı.

"Hoş geldiniz efendim."

"Bon soir, mademoiselle," dedi adam.

"Bu beyefendi Fransızdır, onunla Fransızca konuş," dedi babası.

***

"Soyez le bienvenu," dedi Füreya. Sonra göbekli yaşlı adama yürüdü.

"Ooo, ne kadar büyümüşsün sen böyle. Görmeyeli kocaman bir kız olmuşsun. Yakında evlenme çağına gireceksin," dedi babacan bir sesle. Yanağından bir makas aldı Füreya'nın. Kıpkırmızı oldu Füreya, nutku tutuldu.

"Seyfettin Amcanı hatırlamadın mı kızım?"

"Aaa, aşkolsun, Füreya, bir daha atlarıma bindirmem ama seni..."

Çocuk hatırladı, Taksim'deki kışlanın orada oturan beydi, bu. Birkaç kere Suat Dayısı ile ziyaretine gitmişlerdi.

"Hoş geldiniz efendim." Ona da bir reverans yapıp, nihayet yüzünü henüz görmediği üçüncü adama döndü çocuk. Aman Tanrım! Onlar nasıl gözler öyle. Masmavi, çakmak çakmak bakışlar, Füreya'yı delip yüreğine saplandı sanki. O hiç bu kadar güzel bir erkek görmemişti bugüne kadar. Diğerleri, sarışın Fransız ve göbekli adam bir anda siliniverdi sanki. Odada sadece o vardı. O ve Füreya. Aliye, Aliye, Aliye... Burada olmalıydın... Bu gözleri, bu yüzü sen de görmeliydin...

"Siz Fransızca biliyorsunuz demek, küçük hanım?"

"Evet efendim."

"Ne zaman öğrendiniz?"

"Onunla annesi hep Fransızca konuştu da. Ana dili gibi, Türkçeyle birlikte öğrendi aslında," dedi babası.

"Annesi Fransız mı?"

"Hayır. Türktür."

"Başka marifetleriniz de var mı, küçük hanım?"

"Keman."

"Keman çalıyorsunuz, öyle mi?"

"Evet efendim."

"Kaç yaşındasınız?"

Füreya, 'On sekiz, on dokuz, yirmi,' demek istiyordu.

"Dokuz," dedi.

"Okula gidiyor musunuz?"

"Evet."

"Aferin. Keşke her Türk kızı sizin gibi lisan ve müzik bilse. Kim bilir belki bir gün..." dedi, mavi gözlü adam.

"Resim de yapıyorum," dedi Füreya fısıldayarak.

"Kızım, yemeklerimizi yavaş yavaş masaya taşı bakalım."

Füreya, hâlâ o bakışların tesiri altında, dizleri titreye titreye mutfağa döndü. Mezeleri dizdiği gümüş tepsiyi kaldırmaya boşuna çabaladı. Tepsi ağır geldi. Teker teker taşıdı tabakları sofraya. Babası mutfağa gelip rakı şişesini ve sürahiyi aldı.

"Sen odana çekilebilirsin, Füreya."

"Mutfakta beklerim baba. Belki bir şey lazım olur."

Saçlarını okşadı babası, "Merak etme, olmaz. Sen git yat."

Ayakları geri geri giderek odasına yürüdü çocuk. Sonra bir koşu geri gelip, "iyi akşamlar efendim," dedi sofraya oturmakta olan erkeklere. Adamlardan birinin Fransız olduğunu hatırlayınca, *"Bonne nuit, messieurs,"* diye tekrarladı.

"Bonne nuit, Füreya," dediler misafirler.

Füreya, başı geriye dönük, bakışları mavi gözlü adama dikili yürüdü koridorda. Odasına çekildi. Aliye'ye bu adamı anlatmak için can atıyordu, ama babasına söz vermişti. Söyleyemezdi.

Bir ara, dayanamadı parmaklarının ucuna basa basa koridorda salona doğru yürüdü. Yaptığının çok ayıp olduğunun bilincindeydi ama o mavi gözlü adama bir kere daha bakmak istiyordu. Babası salona açılan kapıyı kapatmıştı. Açmaya çekindi. Kapının gerisinde bir an durdu. Fransız misafiri yolcu ediyordu babası. Sokak kapısının kapandığını, babasının salona döndüğünü duydu. Konuşulanları dinlemeye başladı. Kulağına gelen sözler onun anlayabileceği şeyler değildi. "Bir milli mücadeleyi başlatmak.", "Silahların Anadolu'ya ulaşması için hangi güzergâh takip edilmeli," gibi anlamsız sözler söylüyorlardı. Odasına geri gitti ama ne keman çalışabildi, ne resim yapabildi Füreya.

Yatağına uzandı, o mavi bakışlı adamı düşündü hep. Bir gün evlenecekse, böyle bir kocası olmalıydı. Mavi gözlü. Pelerinli. Bir ara içi geçer gibi oldu, uyuyakaldı. Sıçrayarak uyandığında, sokak kapısının önünde vedalaşan misafirlerin seslerini duydu.

"Gemiyi inşallah bir an önce temin ederler. Gecikmemeliyiz. Bu işin acelesi var." Bunu söyleyen mavi gözlü adam olmalıydı.

"Bir çare bulunacağını söylemiştim size." Bu, Seyfettin Bey'in sesiydi.

"Milletimiz, halkımız için, hayırlısı ne ise o olsun." Bu da babasının sesi.

Füreya yerinden fırlayıp içeri koşmak, mavi gözlü adamı bir kere daha görmek istiyordu, ama sokak kapısının kapandığını duydu. Koştu, pencerenin önüne dayadığı iskemlenin üzerine çıktı, bu kez camı açıp, aşağı sarktı. Önce pelerinli adamın çıktığını gördü kapıdan. Arkasından da Seyfettin Bey çıktı. Onları getiren fayton yoktu ortalıkta. Her ikisi de etrafı kolaçan eder gibi sağa sola baktıktan sonra, ayrı istikametlere doğru yürüdüler. Gecenin esrarı içinde kayboldular.

"Aferin kızım, bana anneni aratmadın bu akşam," diyordu, kafasını kapıdan içeri uzatan babası. Füreya camı kapadı, perdeleri çekti.

"Babacığım, kimdi onlar?" diye sordu.

"Seyfettin Bey'i tanımadın mı?"

"Tanıdım. Ya öteki? Fransız değil de, öbür mavi gözlü olan?"

"O benim Harbiye'den sınıf arkadaşımdı. Adı, Mustafa Kemal'dir," dedi babası.

KILIÇ ALİ

Emin Bey, salonda Seyfettin Bey'le konuşuyordu. Füreya tüm dikkatini gümüş tepsiye koyduğu kahve fincanlarını dökmeden götürmeye verdiği için, neler konuşulduğunun farkında değildi. Ama birden kulağına tanıdık bir isim çalındı. Bir tavşan gibi dikti kulaklarını.

"Mustafa Kemal'in yolculuğu çetin geçmiş," diyordu babası. "Gelen haberlere göre, Samsun'da, halkın sözünü dinlediği hocaları ve ileri gelen eşrafı kazanma yoluna gitmiş. Onlar, vatanın kurtarılması gerektiğine, içtenlikle inananlardır... Aaa, kızım ne yaptın. Kahveleri döktün. Hemen geri götür, tabakları değiştirsinler."

"Anladığıma göre, İstanbul'daki işgal kuvvetleri, Mustafa

Kemal'den tedirginler. Harbiye Nâzırı'na, geri dönmesini emreden bir telgraf çektirmişler," dedi Seyfettin Bey.

"İşte bu fena oldu! Füreya, niye dikilip duruyorsun orada kızım. Sana ne dedim ben, bu fincanları içeri götür. Soğuttun zaten. Fisula yeniden yapsın."

Füreya kös kös mutfağa yürüdü.

Seyfettin Bey, "Gelen haberlere göre, eşrafın büyük bir kısmı yabancı himaye istiyormuş. Bu nasıl iş azizim. Herkes dışardan gelecek sermayenin peşinde," diyordu. Füreya konuşulanların geri kalan kısmını kaçırdığı için üzülmüştü. Mavi gözlü adama dair ne haberler vardı acaba?

Birkaç gün sonra, babası yatağının başında ona iyi uykular dilerken, cesaretini toplayıp sordu.

"Babacığım, o akşam evimize gelen mavi gözlü paşa...nerede o şimdi?"

"Yine Sivas'a geçmiş."

"Neredeydi ki?"

"Erzurum'daydı kızım. Orada yurdumuzu bu işgallerden kurtarmak için kongreler yapıyordu. Bir kongre de Sivas'ta yapmış."

"O paşa..."

Babası sözünü kesti, "Mustafa Kemal artık paşa filan değil."

"Aaa neden?"

"Ordudan istifa etti de ondan."

"Ama niçin baba? Ona üniforma çok yakışıyor."

Emin Bey güldü, "O istifa etmeseydi, saray onu azledecekti. Mustafa Kemal atik davrandı."

"Samsun uzak mı baba?"

"Hem çok uzak hem de çok yakın, kızım," dedi, düşünceliydi.

"O şimdi ne yapıyordur acaba?"

"Kim?"

"Mustafa Kemal."

"Birkaç askeri bir araya getirmek için çırpındığına eminim. Füreya, ne çok sordun, kızım."

Füreya duymamış gibi tekrar etti. "Şimdi o ne yapıyordur acaba?"

Sivas'ta hava çoktan kararmıştı. Kuyrukta bekleyenlerin sorgulanmaları ve kayıtları hemen hemen bitmiş, birkaç kişi kalmıştı sırada.

"Hangi cephelerde savaştın, asker?" diye sordu Mustafa Kemal. Sesi yorgun, yüzü soluktu. Yanındakiler onun böbrek sancısı çektiğinin farkında değildiler.

"Çanakkale'de ve Kafkas cephesinde paşam," dedi Âsaf Emrullah. Mustafa Kemal irkildi. Erzurum'da bir telgrafhanede, İstanbul'a istifa ettiğini bildirmeye mecbur kaldığından beri, paşam, kumandanım gibi sıfatlardan rahatsız olmaya başlamıştı.

"Azerbaycan'da Nuri Paşa'nın başyaveriyken, İstanbul'dan terhis ve silahlarımızı teslim emri geldi. Kumandanımız Nuri Paşa, her ihtimale karşı, biz zabitleri silahlarımızla birlikte muntazam bir ordu birliği halinde muhafaza etmeye çalıştı," diye devam etti Âsaf Emrullah, "Yenilgiyi bir türlü içimize sindiremiyorduk. Ama İstanbul Hükümeti silahları hemen teslim etmez ve dağılmazsak, âsi sayılarak cezalandırılacağımızı bildirince, çaresiz dağıldık. Batum üzerinden dönüş yaptım."

"Çanakkale'de de çarpışmışsın," dedi Mustafa Kemal. Dikkatle karşısındaki bu iriyarı genç adamı süzüyordu. Âsaf Emrullah'ın saçları, genç yaşına rağmen dökülmeye başlamıştı. Muntazam yüz hatları, berrak bakışları vardı. Tanıdığı birini hatırlatıyordu ama tam parmak basamıyordu.

"Çarpıştım, evet. Yara izlerim o savaştan yadigârdır. Sizi Çanakkale'den tanıyorum paşam. O yüzden şimdi karşınızdayım."

"Kim yolladı demiştin, seni?"

"Muzaffer Yüzbaşı. Amcazâdem olur."

Mustafa Kemal, bir süre hiç konuşmadan durdu. Eğer, Muzaffer'e çektiyse, sadık ve gözüpek bir asker olabilirdi. Onu Anadolu'nun işgale uğramış yerlerinde, örgütlemede kullanabilir miydi acaba? Âsaf, ordudan ayrıldıktan sonra, sudan çıkmış balığa dönen genç adamlardan biriydi besbelli. Osmanlı, o kadar uzun yıllar savaşmıştı ki insanları savaşmanın dışında hiçbir şey beceremez olmuşlardı. Doğru karar vermeliydi. Karşısında duran uzun boylu genç, bir dava adamı mıydı, yoksa kendine bir lokma ekmekle başını sokacak bir dam arayan bir işsiz mi?

"İstanbul'da nerede kalıyordun, oğlum?" diye sordu.

"Beşiktaş'ta annemin evinde."

"Evli misin? Karın, ailen var mı?"

"Var efendim."

"Olmadı. Üstleneceğin vazife tehlikelidir. Dönüşü olmayan gidişler, bekâr işi olmalı."

"Çocuklarımın düşman elinde büyümesini istemiyorum. Bana vereceğiniz her görevi kabule hazırım."

"Sana öl desem, ölür müsün?"

"Ölürüm paşam. Korkmam. Çok ölümler gördüm ben, ölüm benden korksun."

"Madem o kadar kahramansın, şu lambayı tut bakalım, elinle."

Karşılıklı oturdukları yeşil çuha kaplı masanın ortasında kandili bitmek üzere olan bir idare lambası vardı. Genç adam elini uzatıp aralarında duran lambanın camını avuçladı ve gözlerini kırpmadan, şaşkınlığını gizlemek isteyen Mustafa Kemal'in mavi gözlerine baktı.

"Aşağı in, yaverim sana gerekli bilgileri verecek, Âsaf Efendi," dedi Mustafa Kemal. "Bizden haber bekle, iki güne kalmaz, nerede örgütleneceğine dair sana haber ulaştırırız. Kendine bir kod ad bul ve listeye yazıl. Beni görmeden ayrılma."

"Kod ad mı?"

"Evet."

"Nasıl yani?"

"Nereliyim demiştin?"

"Beşiktaşlı. Kılıç Ali Mahallesi'nden."

"Âlâ. Senin adın bundan böyle Kılıç Ali," dedi Mustafa Kemal.

Âsaf Emrullah, ağırlığıyla tahta merdivenleri gıcırdata gıcırdata aşağı indi. Holde, bir başka idare lambasının ışığında önündeki deftere bir şeyler yazan asker kılıklı adamın önünde durdu.

"Paşayla konuştum," dedi, "Beni de listeye yazıver, bir zahmet."

"Adın?"

"Âsaf Emrullah," dedi, bir an durdu, "Kılıç Ali," diye ekledi gururla. "Bundan böyle benim adım Kılıç Ali."

KURTULUŞA ADIM ADIM

Serin bir sonbahar akşamıydı. Bin bir zorlukla Maraş'tan Elbistan'a kadar gelmeyi başarmış bir yolcu, kendini mahalle kahvesinden içeri attı. Sigara dumanının bir sis gibi çöktüğü dar mekân, kapıdan içeri dolan havayla serinledi, içerde oturanlar, başlarını çevirip nefes nefese kalmış, yorgun yolcuya baktılar.

"Fransızlar, Ermenilerin eline silah vermiş. Maraş'taki Ermeni Kilisesi tepeleme cephane dolu. Tehlike yaklaşıyor. Benden size söylemesi, haberiniz ola," diye bağırdı adam. Telaş içindeydi. Oturanlardan biri ayağa fırladı:

"Hükümet yok! Asker yok! Jandarma bile yok! Her an bir katliama uğrayabiliriz. Bizi kim koruyacak!" diye haykırdı.

"Evlerin kapılarını sağlamlaştıralım. Kızlarımızı, karılarımızı saklayalım."

"Bence bir an evvel kaçalım. Canımızı, ırzımızı kurtaralım."

"Kaçalım da nereye? Aşağı insen, Adana'yı Fransız tutmuş. Antep, Urfa istila altında. Nereye kaçıyorsun, yeğenim?"

Her kafadan bir ses çıkıyordu, insanlar çaresizlikten paniklemişlerdi.

Tam o sırada taze bir haber ortalığı heyecana boğdu.

"Mustafa Kemal Paşa yardımcı göndermiş! Arkadan kuvvet de geliyormuş!"

Haber ağızdan ağıza yayılınca, insanlar akşamın alacakaranlığı içinde kasabanın meydanına doğru akmaya başladılar. Uzaktan tozu dumana katarak, dörtnala bir atlı geliyordu. Yanındaki süvarilerle dalgalana dalgalana gelen atlı, "Mustafa Kemal Paşa'dan yardım gelmiş!" diye çığlık çığlığa bağrışan ihtiyarların, çocukların, gençlerin arasına daldı, atının dizginlerini çekti. At şahlandı ve durdu.

Küçük müfrezenin başındaki Kılıç Ali, atını namus ve can kaygusuyla buza kesmiş halkın arasına ağır ağır sürdü. Üstündeki eski püskü asker giysileri, terli ve yorgun yüzü, kasabalıların gözüne bir an, gökten indirilmiş bir nurla parlıyor gibi gözüktü. Cılız bir umudun peşine düşmüş insanların arasında atından indi ve etrafına baktı.

"Durum nasıl? Hiç umut kalmadı mı?" diye sordu yaşlı bir adam.

"O nasıl söz?" dedi Kılıç Ali, "Ne demiş atalarımız? Çıkmadık canda umut vardır. Henüz can tende duruyor. Bir kahraman çıktı, helal süt emmiş bir kumandan... toprağımızı, rızkımızı, ırzımızı, kadınlarımızı, kızlarımızı düşmana teslim etmemeye ant içti. Allah onun yanındadır, efendiler. Sizler de yanında mısınız?"

Ortalığı müthiş bir uğultu kapladı. Bir ağızdan bağıran, dua eden, tekbir getiren insanlar, "Yanındayız!" diye haykırıyorlardı.

Kılıç Ali, bir dakika bile kaybetmeden bu coşkudan yararlanmak için, hemen, Yürük Selim adındaki arkadaşı ve iki süvari neferiyle, kasabanın erkeklerini örgütleme işine başladı.

Silahı ve cephanesi yoktu. Hatta bu mıntıkayı idaresinde bulunduran Kolordu'da yirmi-yirmi beş neferden başka kuvveti de yoktu. Sadece, yola çıkmadan önce, Mustafa Kemal'in cesaret ve kahramanlıkla doldurduğu bir yüreğe sahipti.

O ve onun gibi onlarca, yüzlerce genç adam Anadolu toprakları üstünde tomurcuklar gibi aniden fışkıracak, Maraş'ı, Antep'i Fransız askerlerinden ve Ermeni çetelerinden kurtaracaklar, istilayı durduracaklardı.

İşgal altındaki Anadolu'nun kaderi değişmeye başlamıştı.

BİR GENÇ KIZ YETİŞİYOR

9 Eylül, 1922 İzmir, Kramer Palas

Sevgili güzel kızım, Füreya'm.

Son derece yorgun olmama rağmen, sana verdiğim sözü tutmak üzere, gün ışırken kalktım ve sana bu mektubu yazmaya koyuldum. Aslında tarihi 10 Eylül diye atmam gerekirdi. Çünkü saatler evvel, yeni bir gün döndü. Ama biz burada hâlâ dünü yaşamaktayız. Keşke 9 Eylül'ü günlerce uzatabilsek. Çünkü bizim zafer anımız, şanlı askerimizle İzmir'e girişimiz 9 Eylül'dür. Hâlâ bu kutlu hadisenin tesiri ve sevinci içinde olduğumdan ve elinde o güne ait bir vesika bulunsun diye, tarihi 9 Eylül diye yazdım.

Bir asker, canını feda etmek, ailesini bir daha hiç görememek pahasına savaşa gittiği zaman, bir tek beklentisi vardır. Evine muzaffer dönmek. İşte ben bu yüce duyguyu, çok az insana nasip olabilir şekilde dünden beri yaşıyorum.

Dün İzmir bir mahşer gibi kaynıyordu. Sokaklar, Kordon, rıhtımlar, oradan oraya koşuşan, şaşkın ve perişan insanlarla doluydu. Anadolu Rumları, çoluk çocuk, kadın erkek kendilerini, bulurlarsa bir kayığa, bulamazlarsa denize atıyor, sığınmak için, limanda demirli duran İngiliz, Fransız ve İtalyan muhriplerine doğru kaçıyorlardı. Asırlardır birlikte yaşadığımız bu insanları bize karşı kışkırtanlar, şimdi iplere tırmanarak gemilerine çıkmak isteyen bu zavallılara süngülerini doğrultmuşlardı. Sonra bir yangın başladı. Alevler sel suları gibi İzmir'e yayıldı...

Kızım, çağlar boyu Müslümanlarla birlikte, yuvalarında rahatça yaşayan, Ege'nin tüm ticaretini, tarımını elinde tutan, saraylar konaklar içinde asırlardır ömür süren Hıristiyan halk, alevden bir denize atlayarak, dönmemek üzere gidiyordu. Çok ama çok üzgündüm. Keder taş gibi oturmuştu yüreğime. Fakat sonra, solmuş, eski üniformalarının içinde boz renkli yorgun Mehmetçiklerin, Kadifekale'ye Türk bayrağını diktiğini gördüm. Artık ölsem de gam yemem...

Yangının tahribatı temizlendikten sonra, derhal münasip bir ev tutup, anneni, kardeşini ve seni İzmir'e aldıracağım.

Derslerini iyi çalış, sakın zorluklara göğüs germeye çalışan anneni üzme.

Gözlerinden öperim.
Baban.

Füreya, mektubu katladı, kıymetli eşyalarını sakladığı gümüş kakmalı kutuya yerleştirdi.

"Babam ne yazıyor, bana da oku," dedi kardeşi.

"Sana da yazmış ya. Kendi mektubunu oku."

"Ben seninkini okumak istiyorum."

"Ben seninkini okumak istiyor muyum?"

"Annem kendi mektubunu okuttu ama bana."

"Ben okutmayacağım."

"Anneme söyleyeceğim, mektubunu sana vermesin."

"Söylersen söyle. Ben başkalarının mektuplarını hiç merak etmem."

"Ne biçim kızsın sen? Tatiana ile her şeyi paylaşıyorsun ama."

"Tatiana benim en yakın arkadaşım. Onunla paylaşırım."

"Benimle de paylaş."

"Çekil git başımdan Şakir," dedi Füreya, "Ne kadar önemli şeyler oluyor memlekette, sen aptal aptal konuşup duruyorsun."

"Sen o Rus kızı benden daha çok seviyorsun. Doğru dürüst Türkçe bile bilmiyor halbuki."

Füreya, yatağın üstünde duran elbise askısını fırlattı kardeşine. "Çabuk çık odamdan!" diye bağırdı. "Canımı sıkıyorsun."

En sevgili arkadaşına laf edilmesine tahammül edemezdi. Tatiana, ailesiyle birlikte, 1921'de Kırım'a Kızıl Ordu'nun girmesi üzerine, bir gemiyle kaçarak İstanbul'a gelmişti. Mühendis olan babası Lüleburgaz'da değirmencilikle ilgili bir iş bulmuştu. Küçük kız Dame de Sion'da yatılı okuyor, hafta sonları da sık sık Füreya'nın evinde kalıyordu. Okulun cefasını, yani katı disiplinini ve sınıflarıyla yatakhanelerinin buz gibi soğuğunu birlikte çektikleri için, kendilerini kader birliği etmiş iki arkadaş gibi görüyorlardı. Ama babasının mektubundan anlaşılacağı gibi, yakında ayrılacaklardı. Hem, Tatiana'dan, anneannesinden ve teyzelerinden, özellikle de Aliye'den ayrılacağı için üzülüyor hem de yeni bir şehir göreceğinden içi içine sığmıyordu.

Füreya'nın Tatiana'dan ayrılması için üzülmesine gerek kalmadı. Hakkiye Hanım, kızını sadece tatillerde İzmir'e götürmeye karar verdi. Kışları Dame de Sion'daki tahsili yarıda kesilmesin diye, okuluna devam edecek, hafta sonları da anneannesine çıkacaktı. Böylece Füreya'nın keman dersleri de aksamayacaktı.

***

Emin Bey, Atatürk'ün yanında Kurtuluş Savaşı'na katılmış ve zaferden sonra, ordu kumandanı olarak İzmir'e atanmıştı. Artık o Cumhuriyet Ordusu'nda bir paşaydı.

Hakkiye Hanım, Füreya ve küçük Şakir, şehrin kurtuluşundan kısa bir süre sonra İzmir'e, Emin Paşa'nın Karşıyaka'da tuttuğu bahçe içindeki eve taşındılar.

Hakkiye Hanım, İzmir'de hiç yabancılık çekmedi. Burada da İstanbul'da olduğu gibi, eğitimli, hoş insanlar vardı. Her ne kadar bir yıldan beri 'Gâvur İzmir' olma özelliğini kaybetmişse de, İzmir bir taşra şehri olmaktan çok uzaktı. Yüzyıllar boyu birçok ecnebiyi barındıran şehirde hemen hemen herkes, Fransızca ve Rumca konuşuyordu. Hakkiye Hanım, her iki dili de iyi bildiği için, geride kalan İtalyanlar ve Fransızlarla dostluklar kurdu ve bu kişiler küstahlaşmadıkları sürece, bu dostluğu devam ettirdi. Ama en yakın dostları, çocukluk arkadaşları olan, Uşakizâdeler'in kızları ve özellikle Atatürk'ün eşi Latife Hanım'dı. Latife Hanım ve Mustafa Kemal, Hakkiye Hanım'ın İzmir'e taşınmasından kısa bir süre sonra evlenmişlerdi.

Füreya, Atatürk'ün nikâhına çok gitmek istediği halde, Göztepe'deki köşke götürülmedi. Annesi, "Bu aile içinde sade bir nikâh. Davetli sayısı sınırlı. Seni götürürsem, Şakir de gitmek isteyecek, öyle sürü sepet gidemeyiz," diye tutturdu.

"Şakir daha çocuk. Ben koca kızım," dedi Füreya.

"Koca bir kız olsaydın, bu saçma sapan ısrarından vazgeçerdin. Demek ki sen hâlâ bir çocuksun."

Emin Paşa ve Hakkiye Hanım, süslenip püslenip evden nikâha gitmek üzere çıkarlarken, Füreya ağlamamak için kendini zor tutuyordu.

"Söz veriyorum," dedi annesi, "Eve dönünce sana her şeyi anlatacağım."

Füreya yatmadı, annesiyle babasını bekledi. Hakkiye Hanım'la Emin Paşa eve döndüklerinde kızlarını pencere önünde, dönüşlerini beklerken bulmuşlardı.

"Haydi, lütfen anlatın. Latife Hanım'ın gelinliği nasıldı?" diye sordu Füreya.

"Gelinlik değil, krem rengi bir elbise giyiyordu. Saçlarına bir tül takmış, eline de uzun saplı bir gül almıştı. Çok sade bir gelindi."

"Anneciğim, sizin düğününüzde olduğu gibi, başından aşağı paralar, altınlar atıldı mı?"

"Hayır kızım. Bu bir düğün değil, nikâhtı. Gayet sade bir şekilde düzenlenmişti."

"O... O nasıldı? Yakışıklı mıydı? Pelerini var mıydı?"

Hakkiye Hanım, kızının Mustafa Kemal tutkusundan haberdardı. Güldü.

"Çok yakışıklıydı ve elbette pelerini yoktu. Lacivert kruvaze bir elbise giymişti."

"Her şeyi anlatın anne. Söz vermiştiniz!"

"Evet Füreya, bu nikâh anlatmaya değer. Biz bugün Göztepe'de bir ilki yaşadık. İlk defa bir gelinle bir damat, vekil tayin etmeden, evlenmek üzere kadının karşısına kendileri oturdular."

"Sizler öyle evlenmediniz mi anneciğim?"

"Ne gezer. Bizler ya ayrı ayrı nikâh kıyardık ya da vekil tayin ederdik. Bizim başımıza hiç gelmedi ama, bu vekillerin yüzünden pek çok istenmeyen olayların olduğunu duyardık."

"Nasıl yani?"

"Nasıl olacak, gösterdikleri oğlan veya kız yerine başka kişilerle nikâhı kıyılıp mutsuz olan pek çok insan vardı. Neyse, biz paşayla Latife'nin vekillerinin kimler olacağını merak ederken, saat tam beşte, paşa ve Latife Hanım şahitleriyle birlikte kendileri gelip kadının karşısına oturdular.

"Şahitleri kimdi?"

"Latife'ninki, İzmir Valisi Abdülhalik Bey'di, paşanınki ise Başyaver Salih Bey. Gazi Paşa, kadıya, 'Efendim, biz Latife Hanım ile evlenmeye karar verdik. Lütfen lazım gelen muameleyi yapar mısınız?' dedi."

"Ahhh!" dedi Füreya, "Keşke ben on yaş büyük olsaydım da onunla ben evlenseydim."

"Füreya, abuk subuk konuşma. Bak, sana bir sürprizim var. Yarın akşam paşa ile yeni gelini bizim eve yemeğe davet ettim. Onu yine yakından görebileceksin," dedi annesi.

Füreya sevinçten deliye döndü. Ertesi günü zor etti. Ziyaret saati yaklaştıkça, elbiselerinin birini giyip ötekini çıkarıyordu.

Misafirler, Karşıyaka'daki eve motorla yanaştılar. Gazi, bu ziyareti kimseler duymasın istemişti. Ama motorun içinde onu tanıyan birkaç kişinin işgüzarlığı ile halk evin önüne yığıldı. Bir gün önce evlenen yeni evlilere müthiş bir tezahürat yaptılar.

O akşam, Füreya, heyecan içinde, Mustafa Kemal'in onu hatırlayıp hatırlamayacağını bekledi.

El sıkmak üzere yanına gittiğinde, "Emin Paşa, bu yıllar önce Harbiye'de evinizde gördüğüm küçük kız değil mi? Ne kadar büyümüş. Kocaman bir genç kız olmuş," dedi paşa.

Füreya kulaklarına kadar kızardı. Bütün akşam, gözlerini ona dikti ve hiç ayırmadı. Bir ara mutfağa gittiğinde, annesi peşinden geldi, "Füreya, bir genç kız olduğunu iddia ediyordun," dedi, "genç kızlar erkeklere öyle ayran budalası gibi gözlerini dikip bakmazlar."

Yemekten sonra, her ailede olduğu gibi, çocukların marifetlerinin ortaya dökülme zamanı geldi. Hakkiye Hanım, Füreya'ya kemanını getirip çalmasını söyledi. Füreya bir süre nazlandıktan sonra, özellikle Mustafa Kemal'in ısrarı üzerine, yukarı çıktı, kemanını aldı indi. Ama inmeden önce, bir koşu aynaya gidip, saçlarını düzeltti ve parmak uçlarını diliyle ıslatıp, kaşlarını yukarı kaldırdı.

"Ne çalayım?" diye sordu misafirlerine.

"Ne istersek çalabilir misiniz?" dedi Mustafa Kemal.

"Denerim."

"Bach çalın."

"Hangi konçertosunu?"

"Bu kız beni aşıyor Latife," dedi Mustafa Kemal yanında oturan eşine, "ne çalsın?"

"İki Keman Konçertosu'ndan çalabilir misin?"

"Denerim efendim."

Füreya kemanı boynuna dayadı ve incecik parmaklarıyla çalmaya başladı. Gözleri kapalıydı. Yüzü o kadar duyguluydu ki, sanki bir ev toplantısında annesinin misafirlerine keman çalmıyor, sevgilisine serenad yapıyordu.

Parça bittikten, alkışlandıktan ve her türlü iltifatı dinledikten sonra, odasına gitti, gümüş kakmalı kutusundan hatıra defterini çıkardı. Aşağı indiğinde ufak bir tereddüt geçirdi. Ya reddederse... Ama her şeyi göze alıp yürüdü.

"Defterime benim için bir şeyler yazar mısınız efendim?" dedi.

Mustafa Kemal, Füreya'nın uzattığı defterle kalemi aldı ve dizlerinin üzerinde, onu çok uzun yıllar etkileyecek olan satırları yazmaya başladı. Yazı,

"Füreya Hanım," diye başlıyordu, *"Görüyorum ki siz çok çalışkan bir insansınız. Millet sizden çok şey bekliyor. Siz çalışmalı ve bir şeyler vermelisiniz memlekete."*

Füreya, defteri, kutsal bir emanet gibi göğsünün üzerine bastırıp odasına çıktı. Kendini milletine gerçekten borçlu hissediyordu. Bir an önce büyüyecek ve memleketinin adını yurtdışında tanıtan bir konser solisti olacaktı. Yok... Belki de kendini Türk çocuklarına adayarak, onlara keman çalmasını ve Fransızca konuşmasını öğretirdi.

Mustafa Kemal ve Latife Hanım Ankara'ya gittikten sonra, Füreya da okula devam edebilmek için, İstanbul'a geri döndü. Anneannesinde, Aliye ve Suat Dayısıyla birlikte kalıyordu. O sıralarda Fahrünissa Teyzesi de İzzet Melih adında hoş, yakışıklı bir adamla evlenmiş ve küçük bir oğlu olmuştu. İzzet Melih devrin en önemli tütün şirketi olan 'Regie Ottoman'da çalışmasına karşın, zamanın önemli edebiyatçılarından biriydi. Bu yüzden, çocukluğundan beri yazar olmak isteyen Aliye'nin çok ilgisini çekiyordu. Aliye ve Füreya, hemen hemen her gün, küçük yeğenlerini görmeye Nissa Teyze'nin Şişli'deki evine gidiyorlardı. Bir süre sonra, Füreya o evde hoş karşılanmadıklarını düşünmeye başladı. Nedense Fahrünissa teyzesinin onları gördüğünde yüzüne bir gölge düşüyordu.

"Acaba bebeği görmeye çok mu sık gidiyoruz? Sanki teyzem bizden biraz sıkılmış gibi," diye sordu Aliye'ye.

"Yok canım, sana öyle gelmiş," dedi Aliye. "Haydi sallanma, Faruk'un mama saatini kaçırmayalım. Tramvay gelmek üzere."

Peşpeşe koşarak merdivenlerden aşağı indiler.

"Aliye, niçin bu kadar çok süsleniyorsun?" dedi Füreya, "Bebek o, ne giydiğini anlamaz ki!"

"Ben süsü severim," dedi Aliye. "Kendim için süsleniyorum."

"Kendin içinse evde niye derbeder dolaşıyorsun?"

"Biliyor musun Füreya, tıpkı annen gibi müthiş bir ukala olmaya başladın."

"Ben ukalaysam, sen de rüküşsün," dedi Füreya. Yol boyu hiç konuşmadılar. Sebuhyan Apartmanı'na vardıklarında, her ikisinin de küs kalmaktan dolayı canları sıkılmıştı, ama inatlarından suskunluklarını sürdürüyorlardı. Kapıyı Faruk'un Fransız dadısı açtı.

"Bebek mamasını yedi mi?" diye sordu Füreya.

"Hazırladım, vermek üzereydim," dedi dadı.

"Ah, müsaade eder misiniz, biberonu ben içireyim?"

"Elbette Füreya. Ama önce git ellerini yıka."

Füreya ellerini yıkamak için banyoya giderken, İzzet Eniştesinin, yatak odasında uzanmakta olduğunu gördü.

"Enişte, neden yatıyorsunuz? Hasta mısınız?" diye sordu.

"Biraz başım ağrıyor Füreya, onun için eve erken geldim," dedi İzzet Melih.

"Teyzem evde değil mi?"

"Teyzen yok. Akademili arkadaşlarının çayına gitti."

Füreya ellerini yıkayıp bebeğin odasına döndü. Aliye odada yoktu.

"Aliyeee, bebek mama yiyor, gelsene," diye seslendi. Gelen giden olmadı. Füreya yeğeninin mis kokulu boynuna burnunu gömdü, onu uzun uzun öpüp kokladı, mamasını vermeye başladı. Aliye hâlâ ortalıkta yoktu. Bebeğin dadıyla birlikte gazını çıkarttılar, odaya getirilen küçük küvette bebeği yıkayıp altını değiştirdiler. Üstüne temiz giysiler giydirdiler. Sonra, Faruk'u kollarında sallaya sallaya, ninniler söyleyerek uyuttu Füreya. Bebek bakmanın büyüsüne öylesine kaptırmıştı ki kendini, ne zamanın nasıl geçtiğini ne de Aliye'nin ortalarda gözükmediğini fark etti. Neden sonra, gitme zamanı geldiğinde, birden hatırladı Aliye'yi. Salona koştu. Aliye salonda değildi. Mutfağa, arka taraftaki oturma odasına baktı. İçine bir sıkıntı bastı. Dadıya bir şey sormak istemiyordu nedense. Teyzesinin yatak odasına gidip, usulca kapalı kapıyı tıklattı. Bir süre sonra, eniştesinin sesini duydu.

"Bir şey mi istediniz?" diyordu.

"Enişte, Aliye orada mı?" diye sordu.

"Ne var," dedi Aliye'nin boğuk sesi.

"Ben artık eve dönmek istiyorum. Sen ne yapıyorsun orada?"

Kapı açıldı. Aliye yanakları al al çıktı dışarı.

"Eniştem uyuyordu. Uyandırdın onu," dedi yeğenine.

"O uyuyorsa, senin orada işin ne?" dedi Füreya.

"Ben ona kitap okuyordum... başı ağrıyor diye... uyuyakaldı. Rahatsız etmemek için, çıkmadım dışarı, oturdum odada."

"Ama Aliye, sen buraya bebek için gelmiştin. Öyle şekerdi ki... Kaçırdın işte," dedi Füreya.

"Yarın yine gelir görürüm," dedi Aliye. Paltolarını alıp çıktılar.

"Tramvaya binmeyelim, yürüyelim," dedi Aliye. "Açılırız."

"Sen de mi uyudun yoksa?" diye sordu Füreya.

"İçim geçmiş işte."

Yan yana hızlı hızlı yürümeye başladılar. Aliye dalgındı. Bir şey düşünüyor gibiydi. Eve yaklaştıklarında birden durdu:

"Ablama giderken sana ukala demiştim ya, affedersin Füreya. Lafımı geri alıyorum. Sen aslında çok şekersin," dedi. Füreya elini tutup sıktı teyzesinin.

"Sen de rüküş değilsin. Çok çok güzelsin. Keşke ben de senin gibi sarı saçlı mavi gözlü olaydım."

"İyi ki olmadın, güzellik başa bela," dedi Aliye. "Bak sana ne diyeceğim Füreya, eve gidince anneme sakın İzzet Eniştemle birlikte, odada uyuyakaldığımızı söyleme, e mi."

"Neden?"

"Söyleme işte. Söyleme. Şimdi, eğer eniştem hastaysa, grip filan olduysa, bana da geçirdi diye telaşlanır annem. Söyleme tamam mı?"

"Olur, söylemem," dedi Füreya.

Eve gittiklerinde, Sare İsmet Hanım torununu, "Sana bir müjdem var," diye karşıladı. "Füreya, siz gittikten sonra, postacı annenden mektup getirdi. Açmadım, sizi bekledim. Bir sürü İzmir havadisi veriyordur. Al oku."

"Sesli oku da, ben de duyayım," dedi Aliye. Füreya mektubu aldı, okumaya başladı.

Aralık/1923

"Çok sevgili, muhterem anneciğim.

Size mektubumu biraz geciktirdim. Kusuruma bakmayınız. Bu son günlerde fazla telaşımız oldu. Mustafa Kemal Paşa ve Latife, bir süredir İzmir'deler. Sebebini ben size yazacağım ama kimseye söylememenizi istirham ediyorum. Mustafa Kemal Paşa, 1923 yılının Kasım ayında, birkaç gün ara ile birer kalp spazmı geçirmişler. Doktorlar ona kesin istirahat tavsiye etmişler. Eğer Latife de o sıralarda bir zatürree geçiriyor olmasa imiş asla bu tavsiyeyi tutmazmış. Ama eşinin de Akdeniz kıyılarında bir hava tebdiline muhtaç olması üzerine, aralık ayında İzmir'e gelerek, Latifelerin Göztepe'deki köşküne yerleştiler. Ben hemen hemen her gün Latife'ye gidiyorum. Gitmezsem güceniyor. Anlaşılan zavallıcık Ankara'da çok yalnız kalmış. Şimdi burada eski arkadaşları ve ailesi ile birlikte hasret gidermek çok hoşuna gidiyor. Gazi Paşa, Emin Paşa'yı da akşamları mesaisi bittikten sonra davet ediyor, karşılıklı poker oynuyorlar. Anlayacağınız bugünlerde pek doluyuz.

Geçen akşam da paşa ile Latife bize yemeğe davetli idiler. Sizden öğrendiğim beğendili kuzu dolmasını yapmaya çalıştım. Bol dereotu ile pek lezzetli oldu. Ama doğrusunu isterseniz, paşa pek iştahlı değildi. Yemekten evvel bol bol leblebi, beyaz peynir ve elma yedi, tıkandı. O güzelim etten ancak bir küçük lokma yedirebildim. Bize gelirlerken hiç tezahürat yapılsın istememişti. Bu yüzden kimselere haber vermemiştik. Ama halk kapımızın önünde koruma polislerini ve arabaları görünce, içerde kimin olduğunu elbette anladı. Evin önünde birikip sevgi tezahüratında bulundular. Paşa da pencereye çıkıp halkı selamladı. Şimdi yazacaklarım biraz dedikodu mahiyetinde olacak, ama insan içini annesine açmazsa, kime açar? Misafirlerimiz gelmeden önce, bir şişe Dom Perignon'u buza sarıp bekletmiştim. Gazi Paşa pencereye halkı selamlamaya yürüdüğünde elinde şampanya kadehi vardı. Latife, kocasına avaz avaz 'Kemaal, çabuk o kadehi bırak elinden. Halkı kadehle selamlayamazsın,' demez mi! Ben de, Emin Paşa da, Vecihe de donduk kaldık. Belki hakkı var ama insan cumhurreisi olan kocasına böyle bağırır mı? Paşa bembeyaz oldu. Kadehi hemen masaya bıraktı ama neşesi de kaçtı. Misafirlerimiz gittikten sonra, ben, 'Bu evliliğin uzun süreceğini tahmin etmiyorum, Emin Paşa,' dedim. 'Sık sık beraber oluyoruz. Ben hiçbir uyuşmazlık görmedim. Nereden çıkartıyorsunuz kuzum?' dedi. Erkekler bazı konularda duyarsızdır. Bakın görürsünüz. İnşallah yanılıyorumdur ama Latife, paşaya herhangi bir kocaymış gibi davranıyor. Oysa kocası herhangi biri değil..."

"Füreya, o mektubu ver bakayım bana," dedi Sare İsmet Hanım.

"Ama anneanne daha bitirmedim."

"Evet çocuğum ama, mektupta bir anne kızın arasında kalması gereken şeyler var."

"Biz de anne kızız, annemle."

"Uzatma kızım. Yarın, öbür gün sana de mektup gelir annenden, okursun. Burada büyüklere dair şeyler yazmış annen. Ver o mektubu bana."

"Ben de bana gelen mektupları size okumayacağım, öyleyse," dedi Füreya, dudakları titreyerek.

"Bak yavrum, ben önce okuyayım. Sizi ilgilendiren bir şeyler varsa, söylerim size. Bu mektup biraz hususi. Aliye, sen de sakın ablanın yazdıklarını kimseye tekrar edeyim deme, anladın mı," dedi Sare İsmet Hanım. Omuzlarını silkti Aliye.

"Bu mahalle tavırlarını nereden öğreniyorsun kuzum? Öyle omuz silktiğini görmeyeyim bir daha."

"Bu ev yatılı okuldan beter," dedi Aliye, Füreya'nın peşinden odasına giderken. "Sen de surat asıp durmasana! Mektubun en ilginç yerini okudun zaten. Ondan sonrası yemek tarifleri ve sağa sola selamdır."

"Paşa kalp krizi geçirmiş baksana Aliye," dedi Füreya. "Ölmez değil mi? O ölürse ben ne yaparım?"

"O ölürse hepimiz ne yaparız?" dedi Aliye. "Sahi, ne yaparız biz?"

Mustafa Kemal Paşa kalp krizinden ölmedi, ama bir yıl sonra, Fahrünissa, küçük oğlunu kaybetti. Faruk, babasının ilk evliliğinden olan, okul çağındaki üvey ablasından kızıl mikrobu kapmıştı. Antibiyotiğin, penisilinin bulunmadığı devirde küçücük vücudu yüksek ateşe dayanamadı. Faruk'un ölümü annesini ve babasını perişan etti. Füreya da neredeyse onlar kadar üzüldü, İzzet Melih, Fahrünissa'yı alıp, acılarını unutturmak üzere uzun süren bir yolculuğa çıkardı. Aliye de olanlardan etkilenmişe benziyordu. Adeta bir bunalıma girmişti. Kendine bakmıyor, saçlarını taramıyor evin içinde mecnunlar gibi dolaşıp duruyordu. Yazar olmak fikrinden de caymıştı. Bir ara balerin olmayı da düşlemişti, ama Faruk'un ölümünden sonra, kendini yeni başladığı kemana verdi. Tek neşelendiği günler, keman dersine gideceği günlerdi. Füreya'nın derslerine de dinleyici olarak katılmayı sürdürüyordu.

"Ben senin derslerine geliyor muyum! Sen de benimkilere gelme," dedi bir gün Füreya. Kemanını çalarken bir köşede gölge gibi oturmasından bıkmıştı teyzesinin.

Konuşmalarını duyan Suat Dayısı, "Füreya, bırak gelsin. Sen çalarken otursun Berger'i izlesin," diye lafa karıştı.

"Ama neden dayı? Neden gelsin?" diye sordu Füreya.

"Çivi çiviyi söker de ondan," dedi dayısı. Bu evde herkes bir garipti. Annesiyle babasının dışında, kimsenin ne söylediğini, ne yaptığını, neyi niye yaptığını anlayamıyordu Füreya. Bir çılgınlar eviydi Şakir Paşa Apartmanı.

Mesela bir gün, Füreya balkona çıkmış, sokağı seyrediyordu. Evin önünde bir taksi durunca çok şaşırmıştı. O yıllarda taksi sayısı çok azdı. Yarı beline kadar sarkınca taksinin içinde bir çift çocuk ayağı görmüştü. Birazdan kapı açılmış ve taksiden kardeşi Şakir'in yaşlarında sapsarı saçlı bir küçük kız ile başı şapkalı uzun boylu bir kadın inmişlerdi. Arabanın şoförü, bagajdan Füreya'ya sonu hiç bitmeyecekmiş gibi gelen bir sürü valiz indiriyordu. Füreya avaz avaz içeri koşmuştu,

"Bize bir misafir geldi. Bize bir misafir geldi."

Suat Dayısı salonda kitap okuyordu. Füreya'nın peşinden balkona çıkmış ve aşağıdaki manzarayı görünce evin içine kaçıp, balkon kapısını ve perdesini sıkı sıkı kapatmıştı.

"Füreya, o aşağıdaki hanım buraya gelince, benim burada oturmadığımı söyleyip, onu Fahrünissa teyzenin evine yollayacaksın tamam mı?" Heyecandan dili dolanıyordu.

"Neden ama dayı, sizin eviniz burası değil mi?"

"Ukalalık etme, dediğimi yap."

"Ama dayı..."

"Aması yok. Ben evde yokum. Bu evde oturmuyorum. Onları teyzene yolla, hemen."

Füreya'nın fazla soru sormasına firsat kalmadan çalınmıştı kapı. Hizmetçinin peşinden giden Füreya, kapıda duran şık mantolu kadınla sarışın kızı süzmüştü.

"Suat Şakir bu evde mi oturuyor?" diye sormuştu, yabancı hanım. İngilizce konuşuyordu.

Füreya, Fransızca cevap vermişti. "Burası onun annesinin evi. O ablasının evinde kalıyor."

"Burada bekleyebilir miyim?"

"O buraya gelmez," demişti Füreya, söylediği yalandan dolayı kızararak, "Oturduğu yer uzak değil, ben size yardım edeyim, bir taksiye binip gidin." Kadın ve çocukla birlikte aşağı inmişti. Geri geldiğinde Suat dayısı telefonla Nissa'ya talimat veriyordu. Suat, az sonra çıkmış, misafirlerini bulmaya, Nissa'ya gitmişti. Füreya, Aliye ve annesi çarşıdan döndüklerinde, onlara olanları anlatmıştı.

"Züppe," demişti Aliye, "aklı sıra bu evi beğenmiyor. Herhalde Nissa'nın evini daha şık buluyordur."

"Nesi varmış evimizin?" demişti annesi, "Ada'daki evden biraz daha küçük, o kadar."

Suat Dayısı o kış, Amerika'dan onun uğruna, 'Şeker Kralı' kocasını bırakarak, taa İstanbul'a kadar peşinden gelmiş olan Saida ile nikâhlanmıştı. Başlangıçta bu birliktelik çok büyük bir aşk gibi görünüyordu. Ama birkaç yıl sonra Saida, Suat'ın çapkınlıklarına dayanamayarak, küçük kızını önüne katıp, memleketine geri dönecekti.

ÇALKANTILAR

Annesi ve babası, kardeşi Şakir'le birlikte İzmir'de yaşarlarken, Füreya İstanbul'da anneannesinin evinde kalıyordu. Oğlunun baba katili olması ve hapse girmesiyle korkunç bir darbe yemiş olan yaşlı kadın, küçük torununu da kaybedince, ev tam anlamıyla sonu gelmeyen bir matem havasına bürünmüştü. Füreya'nın tek tesellisi, yine aynı apartmanın bir başka katında oturan Ayşe Teyzesini sık sık ziyaret ederek, küçük kuzenleriyle oynamaktı. Okuldan geldikten sonra, derslerini yapar yapmaz, evin kasvetinden kurtulmak için, hemen üst kata çıkıyordu. Orada küçük kuzenleriyle ilgileniyor ve çocukluğundan edindiği alışkanlıkla, büyülenmiş gibi Ayşe Teyzesinin piyanosundan yükselen müziği dinliyordu. Füreya, teyzesinin piyanonun tuşları üstünde uçuşan parmaklarını seyrederken kendinden geçiyordu adeta. Bıraksalar bütün bir gün hiç kımıldamadan Chopin dinleyebilirdi. Ama ne yazık ki, büyülü saatler sonunda bitiyor ve kös kös kendi katına, akşam yemeğini yemeye iniyordu.

Her zaman çok eğlenceli olan Aliye'ye de bir şeyler olmuştu. Yüzü hiç gülmüyor, Füreya ile eskiden olduğu gibi ilgilenmiyordu.

"Birkaç sene bekleyeceksin Füreya, bu yaşlarda ara açılır, sonra yine kapanır. Aliye bir genç kız oldu, sen ise hâlâ çocuksun," diyordu anneannesi. "Sen kendine arkadaş istiyorsan, gece yatısına o Rus kızını davet et. Neydi adı?"

"Tatiana, anneanne."

"Her neyse işte. Pek terbiyeli bir çocuk. Hem de senin akranın. Çağır onu, gelsin hafta sonu bizde kalsın. Aliye'nin peşini bırak kızım, onun derdi kendine yetiyor."

Tatiana da böylece, birçok hafta sonunu Füreya ile birlikte Şakir Paşa Apartmanı'nda geçiriyordu.

Yine böyle bir hafta sonu, küçük kızlar odalarında oyun oynarlarken, Füreya su almak için mutfağa gittiğinde, anneannesiyle Ayşe Teyzesini telaşlı telaşlı konuşurlarken buldu.

"Bu ne cürettir? Nasıl yapabilirler böyle bir şeyi?" diyordu Ayşe Teyzesi.

"Mürteciler oldu bitti rahat vermemişlerdir bu memlekete. Koskoca imparatorluğu işte bu kafa yıktı," diyordu anneannesi. "Babanız da bu kafalardan uzak kalmak için taşındıydı ya Ada'ya."

"Hakkiye Ablama bir telgraf mı çeksek, ne yapsak, malumat almak için? Emin Paşa işin iç yüzünü herkesten iyi bilir."

"Aman sen de kızım, böyle meseleler yazılır mı hiç telgrafta? Emin Paşa'nın başını belâya mı sarmak istiyorsun. Ahmet Bey'in de İstanbul'da bulunmaması kötü oldu. O bizi aydınlatırdı."

"Ne olmuş, ne olmuş?" diye sordu Füreya. Kadınlar, çocuğu görünce irkildiler.

"Yok bir şey canım."

"Nasıl yok? Duydum sizi. Anneme, babama bir şey mi olmuş?"

"Onlara bir şey olmamış Füreya. Memlekette bazı sıkıntılar var. Sen anlamazsın, daha çocuksun."

Füreya'yı en kızdıran cümleydi bu. Koşar adım salona gitti, anneannesinin sabah, çayını içerken okuduğu gazeteyi aldı, baştan sona inceledi. Gazetede değişik haberler vardı ama evin kadınlarını telaşlandıracak herhangi bir haber bulamadı. Tekrar tekrar okudu. Anneannesinin canını şu, "Eğil nahiyesinin Piran köyündeki ayaklanmaya teşebbüs" haberi sıkmış olamazdı. Acaba, vapur biletlerinin zamlanacağı ihtimalini mi okumuştu? Günün en kötü haberi, Ardahan Mebusu Halit Paşa'nın, Meclis'in içinde Ali Çetinkaya tarafından tabancayla vurularak öldürülmesiydi. Ama bu haber pek yeni sayılmazdı ki. Kaç gündür yazıp duruyordu gazeteler bu konuda.

Füreya, olacakları bilebilse, Piran köyündeki ayaklanmayı hafife almazdı.

Şeyh Sait, Elazığlı'ydı ve Nakşibendi tarikatına mensuptu. Büyük koyun sürüleri vardı. Cahil halkın dini duygularını sömürerek servetini her gün biraz daha artırmış ve köyünün otlakları sürülerine dar geldiği için, sürüleriyle birlikte, Erzurum'un Hınıs ilçesine göç etmişti. Koyun satma bahanesiyle, bütün güney illerini gezmiş, halkla tanışmış, hatta Halep'e kadar gitmişti.

Sonra da, İstanbul'da gizlice kurulan ve gayesi Kürt bağımsızlığını sağlamak olan bir komiteye katılmıştı.

Şeyh Sait, kendine bağlı grubu ile Ergani vilayeti içinde, o yörede hükümet muhalifleri ile temaslarda bulunmak ve Cumhuriyet aleyhtarı propagandalar yapmak üzere bir gezintiye çıkmıştı. Piran köyünde temaslarda bulunurken, adli makamlar tarafından aranmakta olan grubundaki iki suçluyu, jandarmalar yakalamak istemişlerdi. Adamları, Şeyh Sait'in emriyle jandarmalardan birini yaralamış, diğerinin silahlarını almış ve telgraf hatlarını kesmişlerdi. Bununla da yetinmeyip, Hani, Palo gibi kasabaların hapisanelerine ve hükümet konaklarına da saldırarak, orada bulunan jandarmaları esir almışlardı.

Böylece, uzun zamandan beri hazırlanmakta olan bir ayaklanma hareketi, vaktinden evvel patlak vermiş oluyordu.

Çankaya'da Atatürk'ün briç arkadaşları bir kış akşamı, köşkte bir briç partisine davetliydiler. Kar atıştırmaya başlamıştı. Buna rağmen konukların hepsi gelmişti. Salona birkaç briç masası kurulmuştu. Falih Rıfkı ve Yakup Kadri, Atatürk'ün masasında oynuyorlardı. Başbakan Fethi Bey ve İsmet Paşa başka başka masalarda oturuyorlardı.

İsmet Paşa masadaki arkadaşlarına, bir yıl önce, yine böyle çok karlı bir günde, yeni taşındığı evinde elçilere verdiği daveti anlatıyordu, gülerek. Kar o kadar çok yağmıştı ki, davete gelen elçilerin arabaları yerlerinden kıpırdayamaz hale gelmişti. Evine yürüyerek dönmeye mecbur kalan İngiliz Büyükelçisi George Clarck, "Kurtlar bizi parçaladığı takdirde, kurtların parçaladığı insanlardan ilk defa olarak kar üstünde, frak ve silindir şapka artıkları kalacak," demişti. Masa arkadaşları, sigara dumanlarını savurarak kahkahaları patlatmışlardı.

Cumhuriyeti kuranları, bir başka kurdun yemeye hazırlandığını henüz bilmiyorlardı.

Ankara'yı başkent ilan ettikleri ilk yıllarda, ne Türkler Ankara'ya ailelerini getirmişti, ne de ecnebiler bu şehirde yerleşme niyeti göstermişlerdi. İki yıl sonra bu durum giderek değişiyordu. Elçilikler yavaş yavaş kiraladıkları evlere taşınmaya başlamışlardı. İlk taşınan Ruslar olmuştu. Amerikalılar Evkaf'ın yeni yaptırdığı küçük evlerden birini kiralamışlardı. Fransızlar, Kale yamacındaki Osmanlı Bankası'nın deposunu bir kabul salonuna çevirip, yerlere halılar yayarak, ilk davetlerini vermişlerdi.

Balolar, suareler hâlâ pek seyrekti. En büyük eğlence bu briç geceleriydi.

Gecenin ilerlediği saatlerde, yaveri Atatürk'e bir şifre getirdi. Atatürk raporu okudu, yüzünde acı bir ifade belirdi. Yavere, "Al bunu Fethi Bey'e götür," dedi.

Yaver, zamanın başbakanı Fethi Bey'in omuz başında durdu, bekledi. Oyunun en can alıcı yerinde rahatsız edilmekten sıkılmış görünen başbakan, yavere, "Ne var?" diye sordu. Kendine uzatılan raporu aldı, bir göz attı ve "Sonra bakarız," diyerek raporu geri uzattı.

Atatürk yaveri yanına çağırdı, "Şimdi de şifreyi İsmet Bey'e götür," dedi.

İsmet Paşa'nın o sırada hükümette hiçbir vazifesi yoktu. Yanına yaklaşan yaverin elinden raporu aldı, bir göz attı, oyunu bıraktı, iskemlesini geri çekerek bir sigara yaktı ve raporu dikkatle okudu. Birkaç nefesi derin derin içine çektikten sonra, raporu baştan okudu. Son derece düşünceli bir ifadeyle, raporu katladı ve yavere verdi.

Atatürk her iki arkadaşının da davranışını dikkatle izlemişti. Dikkatini yeniden oyununa vermeden önce, arkasında durmakta olan Kılıç Ali, Atatürk'ün alçak sesle, "İşte İsmet'in farkı," dediğini duydu.

Fethi Okyar'ın başbakanlığında bulunan hükümet, ilk günlerde Şeyh Sait İsyanı'nı basit bir olay olarak değerlendirmişti. Yerel zabıta güçlerinin isyanı bastırabileceğini zannediyordu. Oysa olay, münferit ve yerel bir zabıta olayı değildi. İki yıldan beri çeşitli kollardan hazırlanmakta olan ve bütün memleketi içine almak üzere planlanmış bir hareketin başlangıcıydı. İçinde yabancıların ve özellikle İngilizlerin parmağı vardı. Hedefi, halkı din propagandası ile ayaklandırıp, doğu ve güney illerinde bağımsız bir Kürt hükümeti kurmak, memleketin diğer kesimlerinde ise cumhuriyeti yıkarak, yabancıların vesayetinde padişahı geri getirmekti.

1920'li yıllarda, devlet adamları arasında, sarayın kaybettiği itibarı dengelemek amacıyla, milleti hilafet müessesesi etrafında toplamak düşüncesi oluşmuştu. Zamanın şeyhülislamı Mustafa Sabri Efendi, Ferik Kiraz Hamdi Paşa, Dahiliye Nâzırı Mehmet Ali Bey, Maarif Nâzırı Rıza Tevfik Bey gibi, sonradan 'yüz ellilikler'in arasına girecek devlet adamlarının başı çektiği bir dernek kurulmuştu. Şimdi bu derneğin yurtdışına kaçmış veya sürülmüş üyeleri, son Osmanlı Padişahı Vahdettin'i de alet ederek ve Kürdistan'a muhtariyet verme sözü ile Kürtçülerle işbirliği yapıyorlar, İngilizlerden aldıkları yardımla, isyanın yayılmasına çalışıyorlardı. Maksatları cumhuriyeti yıkıp yerine hilafeti getirmekti.

İsyanın yayıldığı doğu ve güney illerinde dağıtılan bildiriler, cumhuriyete, Atatürk'e, orduya, devlet memurlarına çok ağır küfürler ve ithamlarla doluydu. Ayrıca, bu bildirilerde halkı can evinden vurmak için, şimdilerde çok iyi tanıdığımız bir not daha vardı. "Din mahvoluyor. İslamiyet ayaklar altına alınıyor. Dinin korunması ve yaşatılmasına, Şeyh Sait, Allah tarafından memur edilmiştir."

Füreya, anneannesiyle teyzesinin endişeli konuşmalarına bir ipucu bulmak için, gazeteleri dikkatle incelemekten vazgeçmiyordu. Yine de 21 Şubat 1925 tarihli gazetede, İstanbul'da istirahat etmekte olan İsmet Paşa'nın Ankara'ya gitme ve istasyonda Atatürk tarafından karşılanma haberi gözünden kaçtı. Oysa, bu haber hem bir hükümet değişikliğinin, hem de isyanı bastırmada etkili olmuş 'Takrir-i Sükûn'* yasasının ipucu idi.

Bu arada, cumhuriyet karşıtları, rejimi yıkmanın tek yolunun Mustafa Kemal'i öldürmekten geçtiğine karar vererek, Anka-

---

* 1925'te kabul edilen, hükümete sansür ve sanıkları İstiklâl Mahkemeleri'ne sevk etme yetkisi veren yasa.

ra'da, Bursa'da ve birkaç başka yerde suikast girişiminde bulunacaklardı.

Bu suikastların birini de İzmir'de planladılar.

Tertipçiler, tetiği çekmek için, Kemeraltı'nda Mustafa Kemal'in arabasının ister istemez yavaşlamak zorunda kalacağı bir nokta seçmişlerdi. Kalabalığın arasına saklanan katil, onu vurduktan sonra, halkın arasına karışarak izini kaybettirecekti. Ne var ki Mustafa Kemal'in treni, İzmir'e beklenen zamandan hayli gecikmeli gelebildi. Bu gecikmeyi, cinayetin anlaşılmış olmasına yoran tertipçilerden biri, olayı İzmir valisine ihbar etti. Aklı sıra, bu erken ihbarla, affedilme hakkını kazanacaktı. Sanıklar ve şüpheliler hemen tutuklandılar.

Tutuklananlar arasında, muhalefet hareketine iştirak edenler de vardı. Kâzım Karabekir Paşa da tutuklananlar arasındaydı. Kürt isyanı, gericiliğin tehdidi ve Mustafa Kemal'e arka arkaya suikast teşebbüsleri hükümeti paniğe düşürmüş, bu tertiplerle ilgisi olmayan birtakım masum insanlara da suçlu gözüyle bakılmasına yol açmıştı.

Karabekir Paşa, ısrarla Başbakan İsmet İnönü'yü görmek istedi. İnönü, karakterini çok iyi bildiği eski silah arkadaşını tutuklular arasında görünce, hemen salıverilmesini emretti.

Adalet Bakanı Mahmut Esat Bey, Başbakan İnönü ve İstiklal Mahkemeleri reislerinden biri olan Kılıç Ali'nin emirleri arasında sıkışmıştı. Önce İnönü'nün emriyle salınan Kâzım Karabekir, Kılıç Ali'nin bastırmasıyla yeniden tutuklandı. Bu olayda karşı karşıya gelen Kılıç Ali ve İnönü, hayatları boyunca birbirlerine husumet duyacaklardı.

Kılıç Ali, rejimi ve Atatürk'ü korumak için tüm kozlarını oynadığını ileri sürüyor, İnönü de onu, toplum hayatında onulmaz yaralar açmakla suçluyordu.

Füreya ile Tatiana, okulun arka avlusunda teneffüste duvara yaslanmış konuşuyorlardı.

"Bunları hiç ama hiç kimseye söylemeyeceğine söz ver. Kuran üstüne yemin et," dedi Füreya. Tatiana gülmeye başladı.

"Ay pardon, hep unutuyorum dininin başka olduğunu. İncil üzerine yemin et..."

"Kutsal ruh ve Meryem ana üzerine yemin ederim. Tamam mı?"

"Tamam. O hapisten çıkmıştı Tatiana. Üsküdar'da oturuyordu. Yine hapse atılmış."

"Kim?"

"O işte. Cevat Dayı. Umumi afta çıkmıştı."

"Yaa! Niye Üsküdar'da oturuyordu, evine dönmedi mi?"

"Eve dönmesi yasaktı. Annemin dayısının Üsküdar'daki evine yerleşmiş. Onun kızıyla evlenmiş. Bir de oğlu varmış Sina adında."

"Sen nereden biliyorsun bunları?"

"Aliye Teyzem anlatıyor. Annemin ve Ayşe Teyzemin yanında dayımı konuşmamız yasak. Ama Aliye ile konuşuyoruz. Anneannem onu sık sık görmeye gidiyormuş."

"Sen onu dedeni vururken gördün mü Füreya?"

Füreya bir an, ilginç olmak için 'Gördüm,' demeye yeltendi ama dürüstlüğü ağır bastı.

"Görmedim. Afyon'daydılar. Kaza olmuş."

"Herhalde. İnsan babasını vurur mu hiç?"

"Değil mi ya!" dedi Füreya. Arkadaşı, Cevat Dayısının suçsuzluğuna inandığı için sevinmişti. Her ne kadar onu ancak hayal meyal de hatırlasa, ailesinin bir ferdi olduğu için, dayısını korumak ihtiyacını duyuyordu.

"Tatiana, dayımın başı yine derde girmiş galiba. Anneannem bütün hafta sonu ağlayıp durdu. Kaç gündür odasından çıkmıyor. Hep yatağında yatıyor. Neden ağladığını sordum, ama bana hiçbir şey söylemedi. Bir yeri ağrımıyormuş, hasta da değilmiş."

"Aliye Teyzene sor, o söyler," dedi Tatiana.

"Söyledi zaten. Ben annemle babama veya Şakir'e kötü bir şey olduğunu zannettiğim ve çok üzüldüğüm için söyledi."

"Ne dedi?"

"'Üzülüp durma, seninkilerle alakası yok. Cevat Ağabey yine başını belaya sokmuş. Alıp götürmüşler, hapse tıkmışlar,' dedi."

"Yine birini mi vurmuş, yoksa?"

"Yooo. Bu sefer yazı yazmış."

"Füreya! Yazı yazdı diye insan hapsedilir mi? Atma," dedi Tatiana. Aslında, şu hiç görmediği Cevat Dayı'nın babasını vurma hikâyesine de pek inanamıyordu. Füreya nereden uydururdu bunları? Babası ona, "Çocuklar büyürken, böyle masallar uydurmaya meraklıdırlar, hayal güçleri fazla işler, bu da büyümenin bir parçasıdır, öyle her duyduğuna inanma," demişti. Ne kadar da doğruydu.

Anneannenin odasına kapanarak ağlayıp durduğu günlerin birinde, pek ender gördükleri Nedim Dayı, onları ziyarete geldi. Anneannenin odasına girdi, kapıyı kapadılar ve uzun süre içerde fısır fısır konuştular. Füreya yanlarına girmek istediğinde, "Rahatsız etme onları canım, bırak baş başa konuşsunlar," dedi Aliye.

Füreya, büyük dayısının ne için geldiğini yine Aliye'den öğrendi. Ailede sadece Aliye koyuyordu zaten, onu adam yerine.

"İstiklal Mahkemeleri'nden birinin reisi, dayımın silah arkadaşı mı imiş, neymiş. Onunla görüşmeye gidecek Ankara'ya, Cevat Ağabeyimin affi için," dedi.

"Aliyoşa, İstiklal Mahkemesi nedir?"

"Kötü bir şeydir canım, insanı sorgusuz sualsiz asıverir."

"Yaaa!"

"Ama sadece vatan hainlerini."

"Cevat Dayı vatan haini değil ki!"

"Elbette değil. Sadece delinin teki o," dedi Aliye.

***

Kılıç Ali, Nedim Bey'i makamında kabul etti. Hal hatır sorduktan sonra, lafı fazla uzatmadı Nedim Bey,

"Âsaf, şey... Kılıç... şu yeni adına alışamadım gitti birader."

"Ben alıştım dostum. Bana da yakıştı yani, ne dersin?"

"Yakıştı evet. Güle güle kullan, hayırlı olsun. Ben, seni benim yeğen için rahatsız ettim... Bir süredir İstiklal Mahkemesi'nde yargılanıyor."

"Allah Allah," dedi Kılıç Ali, "suikast olayına karışmış bir akraban olduğunu bilmiyordum."

"Suikast ile ilgili değil. Bizim Cevat Şakir... *Tan* gazetesinde münasebetsiz bir yazı yazmış da."

"Haa, şu mesele. O dava bende değil azizim. Ona bizim Kel Ali bakıyor. Allah aileye kolaylık versin. Pek aksi heriftir."

"Ablam çok yaşlı ve hastadır Âsaf... Kılıç. Hepimizi o yetiştirmiştir. Hatırı çok büyük... Yıllardan beri gözünün yaşı dinmedi bu oğlanın yüzünden. Aslında Cevat'ın yazdığı, bir asker kaçağının acıklı hikâyesidir. Memleket meseleleriyle, hükümete isyanla filan alakası yok bu yazının."

"Ne diye korkuyorsunuz? İdam gerektiren bir suç değil ki bu."

"Ailede vereme istidat var. Bunun da ciğeri iltahaplanmış. Hapiste uzun süre kalması verem olmasını kesinleştirir. Amcası da böyle hapisanelerde vereme yakalanıp öldüğü için, anasının gözünün yaşı dinmiyor. Dava uzadıkça uzuyor. Reis, olayı tamamen bir cinayet mahkemesi haline sokmuş. Cevat'ı idam isteği ile yargılıyormuş."

"Nedim, ben bir meşgul olayım, sana haber veririm," dedi Kılıç Ali.

"Dostum, sırf bu iş için geldim, buraya kadar. Çok bedbaht, çok yaşlı bir ananın ricasını iletmek için. İşimin başına dönmeliyim, beni ne zaman haberdar edersin."

"Öğleden sonra uğra," dedi Kılıç Ali.

Öğleden sonra, Nedim Bey, yine Kılıç Ali'nin karşısındaydı.

"Bizim Kel Ali, Afyonlu olduğu için, senin yeğene yıllardan beri kin beslermiş. Cevat'ı, yazısından dolayı filan değil, resmen babasını vurma suçuyla yargılıyormuş, meğer."

"O davaya bakıldı. Hüküm giydi ve affa kadar yattı zaten içerde," dedi Nedim Bey.

"Biliyorum. Öğrendim."

"Ne olacak şimdi?"

"Nedim, hatırın büyüktür. Omuz omuza savaştık. Buraya kadar gelmişsin. Elimden geleni yapacağım. Şu anda, Kel Ali'yle dalaşmanın hiç zamanı değildi ama, elimden geleni yapacağım. Üzülme," dedi arkadaşına.

Kılıç Ali, İnönü'nün dostlarını kollamak istemedi, ama Trablusgarp Harbi'nden arkadaşı olan Nedim Bey'in yeğenini Kel Ali'nin gazabından korumayı başardı. Cevat Şakir, Bodrum'da üç yıl sürgüne mahkûm edildi. Bu karar Cevat Şakir'in olduğu kadar, zaman içinde Allah'ın batı Anadolu'da unuttuğu sakin ve ilkel bir Ege kasabası olan Bodrum'un da kaderini değiştirecekti.

YÜZLEŞMELER

Füreya, yanında getirdiği bütün kitapları okuyup bitirmişti. Almanca dergilerden pek bir şey anlamıyordu. Hava berbattı. Canı o kadar sıkılıyordu ki bin pişmandı Viyana'ya geldiğine. Oysa, annesine mektup yazıp, babasına refakat etmek için buraya gelmeye kendi gönüllü olmuştu. Bir hastaya bakmanın, o hasta sevgili babası bile olsa, hiç de kolay olmadığını tecrübeyle öğreniyordu işte.

Pencereye yürüyüp gökyüzüne baktı. Geldiği günden beri puslu ve karanlıktı gökyüzü. Birazdan bardaktan boşanırcasına bir yağmur indireceği belliydi. Biraz hava almaya çıkacak olsa, sırılsıklam ıslanacaktı. Masanın başına geçip, Aliye'ye mektup yazmaya başladı. Söylemişti ona Aliyoşa, "Sen hem ablam kadar iyi hastabakıcı olamazsın, hem de o kasvetli şehirde içine baygınlıklar basar," demişti. Ama o Aliye'yi değil, Fahrünissa'yı dinlemişti. "Bu fırsatı kaçırma Füreya, Viyana dünyanın en önemli kültür merkezlerinden biridir. Sarayı gezersin, bir iki konsere, operaya gidersin. Bu arada ablam da biraz dinlenmiş olur. Sinirleri ne kadar bozuk, biliyorsun."

Füreya'ya annesine yardımcı olmak kadar, Viyana'yı görme, operalara gitme fikri de cazip gelmişti. Ah elleri kırılaydı da yazmayaydı o mektubu.

"Sevgili anneciğim,

Son zamanlarda ne kadar çok yoruldunuz, üzüldünüz. Fakülte bu ay sonu kapanınca, müsaade edin, sizden nöbeti ben devralayım. Babamın çok daha iyi olduğunu yazıyorsunuz. Gözünüz arkada kalmaz. Siz Ada'ya gider, dinlenirsiniz, kür tamamlanana kadar, babama ben refakat ederim."

Mektubunda, görmek istediği operalardan, yazlık, kışlık saraylardan, oturup bir çikolatalı pasta yemek istediği şık pastanelerden, kafelerden hiç söz etmemişti. Onları sadece Fahrünissa ile konuşmuşlardı. Aliye ise onun Viyana'ya gitmesinden çok, ablasının İstanbul'a dönmesine karşıydı sanki.

"Hasta bakmayı sen kolay mı zannediyorsun?" demişti, "gitmek istiyorsan git ama ablam da orada kalsın."

Şimdi Aliye'ye yazacaktı. 'Haklıymışsın, Aliyoşacığım,' diyecekti, 'keşke annem de burada olsaydı. Çünkü babamı bir saatten fazla, yalnız bırakamıyorum. Bir saatin içinde ise değil operaya, müzeye bile gidip dönmek mümkün değil. Zavallı babacığımın kemikleri sanki teker teker parçalanıyor. Ayağa kalkmak için mutlaka birinin yardımına muhtaç. Başucunda duran gözlüğüne uzanması bile ona ızdırap veriyor. Yirmi dört saat hemşire tutamadığımız için, onun her türlü ihtiyacını ben karşılıyorum. Ancak sabah saatlerinde, ona bakım yapılırken biraz çıkıyorum, bir nefes almak için. Ama hava o kadar berbat ki geldiğimden beri güneş yüzü görmedim. Keşke seni dinlemiş olsaydım.'

Emin Paşa, iki yıla yakındır felaketlerle boğuşmaktaydı. Eskişehir'de Kolordu Kumandanlığı yapmakta iken, hakkında yapılan bir ihbarla hayatı cehenneme dönmüştü. Ahlaki bir nedenle istifası istenmişti. Milli mücadelenin başlamasıyla, yıllarını verdiği Osmanlı Ordusu'ndan istifa ederek, bu kutsal hareketin içinde yer almış olan bu şerefli asker, hakkındaki ihbarı öğrenince, istifa etmemiş, askeri mahkemede yargılanmayı tercih etmiş ve aklanmıştı.

Bu tatsız olay Eskişehir'de gelişirken, Füreya İstanbul'da okuldaydı. Ailenin değişik katlarını işgal ettiği Şakir Paşa Apartmanı'nda anneannesi, Aliye ve Suat Dayısı ile birlikte kalıyordu. Üst katlarında Ayşe Teyzesi ve ailesi, giriş katında, Şakir Paşa'nın ilk evliliğinden olan Âsım Dayısı ve karısı oturuyorlardı. Annesi ve babası Eskişehir'de oldukları için, onların birinci kattaki daireleri boştu ama kiraya verilmemişti. Füreya tüm ailesinin yaşadığı bu ortamda hiç yalnızlık çekmiyordu. Cumhuriyet'in kuruluşundan beri, para sıkıntılarının dışında, her şey daha bir rayına oturmuş gibiydi. Cevat genel aftan yararlanarak, hapisten çıkmış Üsküdar'da dayılarından birinin evine yerleşip, dayısının kızı Hamdiye ile evlenmişti. Sare İsmet Hanım elinde avucunda ne varsa, gizli gizli oğluna yolluyordu... Yetmezmiş gibi, bir de Füreya'nın babasının hastalandığı haberi gelmişti. Emin Paşa, çok ızdıraplı bir sinir hastalığına yakalanmıştı. Belkemiği iltihap içindeydi. Füreya okulu olduğu için babasını görmeye gidemedi. Annesi de zaten kızının Emin Paşa'yı bu halinde görmesini istememişti. Bir süre sonra, babası hastalığı nedeniyle ordudan istifa etmiş ve tedavi görmek üzere Viyana'nın yolunu tutmuştu. Füreya, bu yolculuk için, annesinin aileden kalma çok değerli mücevherlerinin satışa çıkarıldığının farkındaydı... Ayşe Teyzesi, mücevhere çok meraklı olduğu için,

"Hakkiye, Füreya'ya satılacak olan parçaları son kez göster de ince zevkin ne demek olduğunu yakından görsün. Bir daha böyle mücevherleri göremeyebilir," dediğinde, annesi, "Füreya mücevherin değil, sağlığının kıymetini bilsin," diye terslemişti kardeşini.

İşte şimdi uzun ve meşakkatli bir tedavinin sonuna yaklaşıyorlardı.

Füreya kapı vurulunca irkildi. Uzun boylu doktor ve hemşireler, sabah vizitelerini yapmak için içeri girdiler. Babası uyukluyordu. Doktor, Emin Paşa'nın incecik kalmış bileğini tuttu.

"Bakın Herr Emin," dedi. "Bugün kolunuzu kaldırıyorum ama canınız fazla acımıyor. Bu iyiye işarettir. Bu ayın sonunda sizi tıpış tıpış yürüteceğime eminim."

Babası gülümsedi. Zavallı adam, ızdırabını etrafına belli etmemek için büyük bir çaba harcıyordu. Doktor, Füreya'ya döndü, "Sizinle konuşmam gerekiyor, Frâulein," dedi. "Babanızın fiziksel tedavisi sonuçlanmak üzere. Ama bazı ilaçları kesemeyiz. Biliyorsunuz, bu ızdıraplı hastalığa, bir ruhi travma sebep olmuş. Ağrı ilaçlarını azaltıyorum, ama yeni haplar vereceğim. Bu pembe hapları en az bir yıl daha kullanması gerekecek. Moralinin hastalığın seyri ile çok yakın ilişkisi var. Onu stresli ortamlardan uzak tutmalı, asabileşmesine imkân vermemelisiniz. Yoksa, ağrılar geri gelebilir. Bu söylediklerimi, babanıza tercüme etmeyin, ama siz bilin ve dikkatli olun."

Füreya ağzı açık, bakakaldı. Nelerden bahsediyordu bu adam? Neler olmuştu onun bilmediği?

"Babam... ruhi... bir bunalım mı geçirdi, demek istiyorsunuz?" Sesi titriyordu.

"Bu iltihaplanmalar, ani ruhi sarsıntıların ve büyük üzüntülerin neticesidir çoğu kez. Babanız da bir travma yaşadığını inkâr etmiyor... Ona ihtimamla bakınız ve sürtüşmelerden uzak tutunuz. Sevgi ve huzur her şeyin ilacıdır."

Füreya, doktorlar gittikten sonra, Aliye'ye yazdığı mektubu buruşturarak çöp sepetine attı, yatağın ayak ucundaki koltuğa oturdu, gözlerini babasına dikti ve çok iyi tanıdığı bu yüze dikkatle bakmaya başladı. Emin Paşa, gözleri kapalı, sakin sakin yatıyordu. Hasta adamın yüzünde, daha önce hiç fark etmemiş olduğu elemi görür gibi oldu. Dudaklarından aşağı doğru ve kaşlarının üstünde ikişer derin çizgi oluşmuştu... Ne aptal, ne budala bir insandı o! Bir de ailede en uçarı, en dengesiz kızın Aliye olduğunu söyler dururlardı. Asıl dengesiz kendisiydi. Kendi sorunlarına öylesine kapanmıştı ki, babasının çektiklerini fark edememişti. Bir yaş, usul usul akmaya başladı çenesine doğru. Babası gözlerini açıp, kızına baktı.

"Ağlıyorsun Füreya," dedi, "çok sıkıldın değil mi canım kızım. Senin yaşında bir insanı hasta yatağının başına dikmek ne büyük bir akılsızlıktı. Bu kasvetli odada sıkıldın, yavrum. Haydi bana yardım et, tuvalete kadar gideyim, sonra çıkar biraz hava alırsın. Birkaç saat dönme. Bir şeye ihtiyacım olursa ben zile basar, hemşireyi çağırırım."

Füreya hıçkırmaya başladı.

"Babacığım, benden neleri sakladınız? Bir dram yaşamış olduğunuzu biliyorum artık. Ne olur, bana da anlatın."

"Neler diyorsun sen Füreya? Ne dramı? Nereden çıkarıyorsun bunları?"

"Ordudan niye istifa ettiniz baba?"

"Hastalandığım için. Görmüyor musun halimi?"

"Sizi bu hale sokan nedir? Bilmek istiyorum."

"Bunlar geride kaldı kızım."

"Baba, ailemin başına gelenleri benim de öğrenmeye hakkım var. Benim büyüdüğümü kabul edin. Bakın, liseyi de üniversiteyi de bitirdim. Hayata hazırım. Siz demez miydiniz bana güçlü, sebatlı bir kız olduğumu. Öyleyse dertlerinizi niye paylaşmıyorsunuz benimle? Niye beni adam yerine koymuyorsunuz?"

"Estağfurullah kızım."

"Lütfen baba, lütfen... benden saklamayın. Hayatı başka türlü öğrenemem."

"Bazı özel meselelerim oldu."

"Ordudan ayrılmanız özel sebeplerle değildi herhalde."

"Füreya, bazı şeyler kurcalanmamalıdır."

"Baba, eğer bana olan biteni anlatmazsanız, size hep çok gücenik kalırım. Beni de dertlerinize ortak etmenizi istiyorum. Bakın, üniversiteyi bitirdim. Her istediğinizi yaptım. Şimdi de siz benim istediğim bir şeyi... Ne olur babacığım, derdinizi bilirsem, belki bir yardımım dokunur." Bir yaş tanesi çenesine doğru yuvarlandı.

"Arkamdaki yastıkları yükselt, doğrulmak istiyorum," dedi babası. Gözyaşına hiç dayanamazdı ve kim bilir, belki de yardımı dokunabilirdi kızının.

Füreya, babasının anlattıklarını bir masal dinler gibi dinliyordu.

"Annenle Şakir'in Eskişehir'e gelişlerini hatırlıyorsun değil mi?" diye sordu babası.

"Hatırlamaz olur muyum. Annem bayramda yanınıza gelerek, size sürpriz yapmak istemişti. Şakir heyecan içindeydi. Ben de gelmek istiyordum ama imtihanlarıma çalışmam gerekiyordu. Lala, Şakir'in dadısı... hep birlikte sizi görmeye gelmişlerdi ama siz orada değilmişsiniz."

"Oradaydım," dedi Emin Paşa. Fısıldar gibi konuşuyordu. "Dinle beni Füreya, madem büyüdüğünü iddia ediyorsun ki doğrudur; yirmine yaklaştın. Sen sekiz yaşında bile aklı başında, anlayışlı bir çocuktun. Ben de akıllı ve anlayışlı olduğun için anlatıyorum bunları sana." Babası uzun bir süre sustu. Pikenin üstünde duran damarlı elleri titriyordu. Gözlerini kızından kaçırarak yeniden konuşmaya başladığında, sesi de titriyordu.

***

"Bir askerin en büyük derdi yalnızlıktır. En kanlı taaruzları bile bitmez tükenmez yalnızlıklara tercih ederim. Asker, hele bizim Osmanlı askeri, bir savaştan ötekine savrulup durmuştur. Günlerce, aylarca, yıllarca ailesine, karısına, çocuklarına hasret yaşamıştır. Ben senin ve kardeşinin bebekliğinizi, yürümenizi, büyümenizi göremedim. Hep uzaklardaydım."

Füreya, çıt çıkarmaya korkarak, sabırla bekliyordu. İçinden bir ses, babasına ısrar etmekle iyi yapmadığını söylüyordu.

"Bunları kendimi affettirmek için söylüyorum, evet. Çünkü affa ihtiyacım var. Annen beni affetmedi. Belki sen edebilirsen, anneni ikna edersin."

"Baba!"

Emin Paşa'nın göz pınarlarında yaşlar titreşiyordu.

"İstasyonda onları yaverim karşılamış. Geleceklerini biliyormuş. Bana hiç haber vermedi. Eve girmişler, Şakir merdivenlerden yukarı fırlamış. Ben yatak odasındaydım. Yalnız değildim. Yanımda bir kadın vardı."

"Baba!" Sesi bir çığlıktı Füreya'nın.

"Büyüdüğünü söylemiştin bana. Kızım, bu gibi durumların bir erkek için önemi pek azdır. Yalnızlık, soğuk ve uzun kış geceleri, bir nefese, bir insana ihtiyaç duymak... Annen hiç anlayamadı. Ama sen, sen benim akıllı kızımsın..."

Füreya, kucağında duran ellerini yumruk yapmış karnına bastırıyordu. Konuşmak istiyordu ama sesi çıkmaz olmuştu. Babası bir şeyler anlatıyordu ama o duymuyordu artık.

"Oğlumu oda kapısında görünce, birden yerimden fırladım ve tarifi imkânsız bir acı hissettim. O anda... tam o anda... içimde bir şey koptu sanki, iki büklüm aşağı indiğimde, annen geri dönüyordu. Onu durduramadım. Bir hafta sonra beni sedye ile İstanbul'a yolladılar. Eve geldiğimde, annen odalarımızı ayırmıştı. Senin ve Şakir'in hatırı ve skandalı önlemek için, boşanmamaya karar vermişti. Bu konuda asla konuşmak istemedi, fakat bizim de karı koca hayatımız sona erdi. Yanımızda başkaları ve özellikle siz çocuklar varken, hiçbir şey belli etmiyor. Ama ikimiz yalnız kaldığımızda, benimle konuşmuyor. Ona, o gecenin skandala değer bir olay olmadığını, uzun süre yalnız kalmış bir erkeğin, bir gecelik ihtiyaç kaçamağı olduğunu anlatamadım. Beni hiç dinlemedi. Herhalde yazdığım mektupları da okumadı. Utanç verici mahkemenin azabı yetmiyormuş gibi bir de annenin dargınlığı... Füreya... Kızım... Füreya... Bana cevap ver çocuğum."

Hasta adam zorlukla doğrularak başucundaki zile bastı. Gelen hemşireye,

"Kızım şoka girdi," dedi, "yalvarırım bir şeyler yapın. Üzücü bir haber aldı, şoka girdi."

Hemşire koşarak çıktı odadan, biraz sonra elinde bir şırıngayla geri döndü.

"İstemem," dedi Füreya buz gibi bir sesle.

"Sizi sakinleştirir."

"İstemem, ben sakinim."

"Ama yüzünüz bembeyaz ve elleriniz titriyor."

"Ben sakinim."

"O zaman biraz su için." Babasının başucunda duran bardağı doldurup getirdi hemşire. Kolonya ile Füreya'nın şakaklarını ovaladı. Ayaklarını pufun üzerine uzatıp, altlarına yastık koyarak havaya kaldırdı. Füreya itiraz etmedi. Tüm gücünü yitirmiş, külçe gibi olmuştu.

"Babanızı böyle heyecanlandırmanız doğru değil, Fräulein. Toparlanın bakalım," dedi hemşire, çıktı odadan. Baba kız bir süre hiç konuşmadan oturdular. Konuşmaya başladığında, bu kez Füreya'nın sesi titriyordu.

"Ama baba, annem size kendi baktı hastalığınız süresince."

"Evet. Çok hastaydım. Canım o kadar acıyordu ki çarşaf etime değmesin diye, annen karşılıklı iki yüksek sandalyenin üzerine seriyordu üzerime örtülen örtüleri. İç çamaşırı bile giyemiyordum. O haldeyken, benimle hiç tartışmadı. Tek kelime konuşmadan baktı bana. Yemeğimi yedirdi, ilaçlarımı içirdi. Bu durum beni kahrediyordu. Sonra korkunç acılar içinde, üniformamı giyip, bastonuma dayana dayana, Divan-ı Harp'te müdafaamı yapmaya Ankara'ya gittim... Ama yüreğimin acısı, inan daha büyüktü, kızım."

Babası, askeri mahkemede beraat etmişti. Ama hem bedeni hem de ruhu bir daha iflah olmayacak derecede yaralanmıştı. Füreya da duyduklarından yaralanmıştı. Yıkılmıştı. Müthiş bir darbe yemişti. Yanaklanndan yağmur gibi yaşlar iniyordu. Hayat buydu demek. Öğrenmeye, içine girip doyasıya yaşamaya can attığı o hoşluklarla, sürprizlerle dolu hayat buydu!

Füreya, iki geceyi uykusuz geçirdi. Üçüncü günün sabahında, babasına, "Babacığım, çektiklerinizi benimle paylaştığınız için çok teşekkür ederim. Şimdi gerçekten büyüdüğümü, olgunlaştığımı hissediyorum," dedi, yumuşak bir sesle.

Canı ne opera, ne konser ne de müze gezmek istiyordu, artık. Ara sıra, hava almaya çıktığında, vitrinlerde teşhir edilen eşyalara boş gözlerle bakıyordu, o kadar. Vitrindekilerin en ucuzunu bile alabilecek paraları yoktu zaten.

Baba-kız şimdi birbirlerine eskisinden çok daha yakındılar. Füreya, babasını affetmese bile anlamıştı. Pişman olduğuna, acı çektiğine inanmıştı.

Hastaneden çıkıp, evlerine dönmelerine bir hafta kala, annesinden gelen mektubu okuyordu babasına. O sabah çok neşeli kalkmışlardı. Emin Paşa, ilk defa olarak, ağrısız bir gece geçirmiş, kahvaltıda Füreya'nın İstanbul'dan getirdiği ve camın dışında sakladığı eski kaşardan tatmak istemişti. Füreya, hemşire odadan çıktıktan sonra camı açmış, iç içe kese kâğıtlarına sakladığı peynirden ince bir dilim kesmiş, tereyağlı ekmeğin üzerinde babasına uzatmıştı. Kahvaltı keyfinin üzerine bir de İstanbul'dan mektup getirmişti hademe... Annesi, aileden ve özellikle kardeşi Şakir'den haberler veriyordu. Füreya, bir oyunu bu kadar başarıyla sürdürebilen annesine hem şaşırıyor, hem de sonsuz bir hayranlık duyuyordu. Annesinin yazdıklarında, babasına kırgınlığını belli eden en ufak bir ima yoktu. Okurken, birden duraladı Füreya.

"Ne oldu?" diye sordu babası, "Kötü bir haber mi var?"

"... Çok ama çok müessif bir hadise oldu. Aliye, bir tabanca olayına karıştı. İki gece önce, Berger'in sevgilisi Mari'yi tabancayla vurmuş. Allah'tan Ahmet Eniştesinin adını vermeyi akıl etmiş karakolda. Ahmet Bey, İstanbul Polis Müdürü olduğu için, olayı örtbas ettirmeyi başardı. Hepimiz perişanız. Yıllar önceki o korkunç olayı yeni baştan yaşar gibiyiz. Allah'ım, ailemizin başına gelen felaketler, hiç bitmeyecek mi?..."

Baba-kız bir müddet hiç konuşamadan birbirlerine baktılar. Babası, ancak duyulur bir sesle, "Bu işin böyle olacağı belliydi," dedi. Yüzünde derin bir endişe vardı.

"Baba, nedir bu?" diye fısıldadı Füreya.

"Bir rezalet, kızım. Bir rezalet daha!"

Füreya'nın gözleri fal taşı gibi açılmıştı. Yüzü bembeyazdı. Elleri titriyordu.

Babasına, "Bana bir açıklama daha yapacaksınız herhalde," dedi.

"Ne açıklaması? Mektubu okudun işte. Çılgın teyzen, bir çılgınlık daha yapmış, inşallah bu son olur."

"Aliye, Berger'in sevgilisini niye vursun baba?"

"Bilemem."

"Baba, elbette bilirsiniz. Lütfen beni aptal yerine koymayın."

"Berger'le ilişkisi vardı. Başka şey bilmiyorum."

"Onun talebesiydi, öyle değil mi? Başka ne ilişkisi vardı?"

"Aliye ona âşıktı."

"Berger'e mi?"

"Evet."

Füreya, yandan ayrılmış dümdüz saçları, bembeyaz soluk yüzünde kor gibi yanan gözleriyle Berger'i düşündü. Ona hep bin yaşında bir hayalet gibi gelmişti keman hocası. Ama gençliğini geride bırakmış bu orta yaşlı adam, kızı yaşındaki Aliye'yi âşık edebilmişti kendine. Macaristan'da krala karşı tertiplenen bir siyasi olaya adı karıştığı için, yurdundan kaçarak, İstanbul'a sığınan, çapkın Macar! Evinin loş köşelerinden çıkıp, hayatın içine asla karışmazdı. Sinsi bir gölge gibi, perdeleri inik evinde, karanlıklar içinde dersini verir ve hep kitap okurdu. Odasında dört duvarı da kaplayan kocaman kütüphanedeki tozlu kitapların hepsini okumuş muydu acaba? Bir gün sormuştu bunu ona. "Hem de kaçar kere," demişti. Onun için mi sadece notaları, bestekârların hayatlarını ve tüm eserlerini değil, her şeyi ama her şeyi bilirdi. Resimden anlar, tarihten, edebiyattan konuşabilirdi. Ayrıca, hayat hakkında eşi bulunmaz bir hocaydı o. Füreya'nın üniversitede felsefe okumasına da Berger sebep olmuştu. 'Demek, Şakir Paşa Apartmanı'nın kızlarına aşk konusunda da öğretecekleri varmış,' diye düşündü Füreya. Ama sevgili Aliyoşa'sı, her derdini açtığı, her sırrını paylaştığı teyzesi ondan gizlemişti aşkını. Onu adam yerine koymamış, ona yüreğini açmamıştı. Neden?

Füreya, hayatının ikinci şokunu çok daha ağır yaşadı birincisinden. Babası, kızına nihayet yüreğini açtığı için, şimdi onunla her şeyi paylaşıyor, ona destek olabiliyor ve bu yardımlaşmadan güç alıyordu. Ama yaşadığı ikinci hayal kırıklığı kaldırılabilir gibi değildi. Üstelik, bu yeni tabanca olayı ile birlikte, Şakir Paşa'nın ölümünün üstündeki esrar perdesi de açılıyordu. O güne kadar bir şeyler sezip de soramadığı, çocukların aralarında fısır fısır dedikodular üreterek konuştukları konu gün ışığına çıkıyor, aile feritleri Füreya'nın gözünde tüm dokunulmazlıklarını, tüm büyülerini kaybediyorlardı. Herkesten iyi konuşulan Fransızcalar, herkesten iyi çalınan piyanolar, herkesinkinden şık sofralar, eşsiz antikalar, herkesten iyi bilinen *'savoir vivre'*... Sonuçta birbirini yiyen züppeler, katiller, çılgınlar barındıran bir aile!

Füreya ve babası, hastaneden taburcu olduktan sonra, planladıkları gibi, şehri gezmek için, birkaç gün daha Viyana'da kalmadılar. Yaşanan son aile faciasında paylarına düşeni üstlenmek için, hemen geri döndüler. Emin Paşa, önce karısını düşünüyordu. Onun acısını paylaşmak için telaştaydı. Ama Füreya, gelir gelmez, önce Aliye'yi görmek istedi. Aliye, Dame de Sion'un manastrına kapanmış, rahibelerle oturuyor ve kimseyle görüşmek istemiyordu.

Füreya boşu boşuna birkaç kere gidip, teyzesiyle görüşmek için rahibelere yalvardı. Sonunda Aliye'ye ne kadar kırıldığını anlatan bir mektup gönderdi ve onu yine ziyarete gitti. Bu kez başrahibe, kilisenin arka bankolarından birine oturup beklemesini, ama Aliye'yi üzecek davranışlardan kaçınmasını tembih ederek, uzun eteklerini sürüye sürüye, teyzesini çağırmaya gitti. Füreya heyecan içinde bekledi. Aliye, yere kadar uzun siyah bir elbiseyle kapıda gözüktü. Işık arkasından vurduğu için, dağınık sarı saçları yüzünü büsbütün solgun gösteriyordu. Zayıflamış, gözleri içine çökmüştü. Bir hayalet gibi yaklaştı. Birbirlerine sarıldılar.

Beni neden görmek istemiyorsun Aliyoşa?" diye sordu Füreya.

Aliye cevap vermedi.

"Utanıyor musun?"

Aliye başını önüne eğdi.

"Aşkını benden, en yakınından sakladığın için mi utanıyorsun, Berger'e âşık olduğun için mi?"

"Berger'e âşık olmaktan hiç utanmıyorum. Onu hâlâ çok seviyorum," dedi Aliye.

"Aliyoşa, neden bana söylemedin?"

"Kimseye söylemedim."

"Neden?"

"Tasvip etmezlerdi."

"Kimler?"

"Annem. Ablalarım. Eniştelerim. Hiçbiriniz."

"Yıllardır bu sırrı tek başına mı taşıyordun? Paylaştığın kimsen yok muydu?"

"Fahrünissa biliyordu."

Füreya hafif bir kıskançlık duydu.

"Nissa'da kalıyorum diye gittiğin geceler, Berger'e mi gidiyordun yoksa?"

"Evet."

"O neden göz yumuyordu bu aşka?"

"Kocasını korumak için."

"Anlamadım," dedi Füreya.

"İzzet Melih'le ilişkimiz vardı Füreya. Nissa bunu biliyordu. Ama gururuna yediremediği için, bilmemezliğe geliyordu. O yüzden benim Berger'e çılgınca âşık olmamı teşvik etti."

Füreya'nın midesi bulanmaya başladı. Bu aşk denen şey ne berbat, ne ilke tanımaz bir duygu olmalıydı.

"Nissa nasıl böyle bir şeyi kabul etti? İnanamıyorum. Hemen kovmalıydı evden kocasını."

"Anneannem, Belçikalı metresi var diye, dedemi evden kovdu mu? O da görmemezliğe geldi. Kadınlar kocasız yaşayamaz, bunu bil."

"Peki, o kadını neden vurdun, allahaşkına?"

"Kıskançlıktan. Mari adındaki o Ermeni piyanist kadınla ilişkisi vardı. Birlikte düet yapıyorlardı güya ama, seviştiklerini de anlamıştım."

"Onu terk etmek yerine, öldürmeyi tercih ettin?"

"Onu değil, kadını öldürmek istedim."

"Aman Allah'ım, Aliye, nasıl yaptın bunu?"

"Nissa'nın evinden İzzet Melih'in tabancasını alıp Berger'in evine gittim. O gece buluşacaklarından şüpheleniyordum. Onu

Suriye Pasajı'nın kapısının aralığına saklanarak izledim. Evinden çıktı, tramvayla Beşiktaş'a indi, vapurla Üsküdar'a geçti. Sonra yine tramvaya binip Karacaahmet'in oralara geldi. Ben hep peşindeydim. Kadının evine gittiğini, zili çaldığını gördüm. İçeri girdi. Evin tam karşısındaki duvara oturup bekledim. Hava karardı, ışıklar yandı. Perdenin arkasında piyanonun yanında keman çaldığını görüyordum. Kadın herhalde piyanodaydı. Bekledim... bekledim... bekledim. Sonra bir hareket oldu. Kadın ayağa kalktı. Berger onu kollarına aldı ve öpmeye başladı. O an hissettiğim acıyı sana tarif edemem. Ölmeliydim. Hemen ölmeliydim. Yüreğimin acısına dayanamıyordum. Sonradan yaptıklarım bilinçsizdi. Duvardan indim, evin merdivenlerini çıkıp, kapıyı çaldım. Mari açtı. Tabancamı doğrultup, tetiğe bastım. Tam kalbine nişan almıştım. Ama elim titrediği için ıskalamışım. Yere yıkıldı. Kapıda Berger'in perişan yüzünü gördüm. Sonra koşa koşa kaçtım. Saatlerce Karacaahmet mezarlığında taşların arasında dolaştım, intihar etmek istiyor, yapamıyordum... Sonunda Üsküdar karakoluna gidip teslim oldum. Ahmet Enişte'nin adını verdim. Polis müdürünün yeğeniyim, dedim. Orada bayılmışım Füreya. O geceye dair başka hiçbir şey hatırlamıyorum. Berger artık beni görmek istemiyor. Ne büyük bir aptalım ben. Onsuz yaşayamam. Anlıyor musun, yaşayamam."

Füreya karşısındaki zavallı, perişan, aciz genç kadına baktı. Kendine örnek almaya çalıştığı, onun kadar güzel olmadığı için hayıflandığı, zeki, yetenekli, eğlenceli bulduğu sevgili teyzesi, bu zavallı mıydı? Kollarını uzatıp, Aliye'yi kendine çekti. Ona yine, yüreğinde sevgiyle sarıldı. Ama şimdi teyzesine hayranlık değil, sadece acıma duyuyordu.

O kış Füreya hayatının en buhranlı dönemini yaşadı. Anneanneleri, başına gelen bu ikinci felaketten sonra, kendini kimsesizlerin barındığı bir tekkeye adamıştı. Sürekli oraya yardıma veya dua etmeye gidiyordu. Aliye evine dönmüştü, ama insan içine çıkacak yüzü yoktu. Yine gizli gizli, kendini affeden Berger'le buluşmaya devam ediyordu. Emin Paşa iyileşememişti. Annesi evde bir yandan hasta kocasıyla uğraşıyor, bir yandan önünde tahsil hayatı uzanan oğlu Şakir'in tahsil masraflarını nasıl karşılayacağını düşünüyordu, besbelli. Füreya, annesinin rol yeteneğine hayranlık duyuyordu ama akşam el ayak çekildikten sonra, annesi örgülerini, işlemelerini alıp kendi odasına çekiliyordu. Kocasıyla yalnız kalmamaya özen gösteriyordu.

Füreya dayanamamış, "Anneciğim, neden babamla ayrı odalarda yatmaya başladınız?" diye sormuştu bir seferinde.

"Kızım, babanın gece ağrıları tuttuğu zaman ne kendi uyuyabiliyor ne de yanındaki. Çoğu kez uykusu kaçınca kitap okuyor. Beni rahatsız etmemek için, o ısrar etti odalarımızı ayırmaya." Sesi o kadar doğaldı ki, Füreya, 'Bana doğruyu söylemiyorsunuz,' demeye cesaret edememişti. Demek bu aşırı gururlu kadına hiç erişemeyecek, babasıyla arasını düzeltmek için bir fırsat yakalayamayacaktı. Bir gün de Şakir'i sıkıştırmayı denemişti.

"Eskişehir'de olanları bana neden anlatmadın Şakir?"

"Ne olmuş Eskişehir'de?" demişti Şakir.

"Bana numara yapma. Her şeyi biliyorum."

"Biliyorsan ne diye soruyorsun?"

"Sadece benden niye gizlediğini öğrenmek istiyorum?"

"Neyi?"

"Beni aptal yerine koyma."

"Sen de beni aptal yerine koyma."

"Ne zaman koymuşum seni aptal yerine?"

"Her gün ve her an. Sen akıllısın, ben aptalım. Sen üniversiteyi bitirdin, ben çakmadan sınıf geçemiyorum. Sen keman çalıyorsun ben ıslık bile çalamıyorum. Sen su gibi Fransızca konuşuyorsun, ben *'je m'apalle Şakir'* demeyi yeni söktüm. Ama, Eskişehir'de olanları da ben biliyorum işte, çatla!"

Ağzı açık kalmıştı Füreya'nın. Ne söyleyeceğini bilememişti. Kardeşi onun sevgisinden şüphe ediyordu. Besbelli, bir ezilmişlik duygusu içinde kıskanıyordu da onu. Ama Füreya'yı asıl kahreden, o güne kadar bel bağladığı, en mükemmel zannettiği insanların zaaflarına yenilmeleri ve kendi iç değerlerinin yerle bir olmasıydı. Babasının muhatap olduğu muamele, Fahrünissa ve Aliye'ye dair hayal kırıklıkları, ayrıca yıllardır yere göğe koyamadığı sevgili hocası Berger'e karşı sarsılan duyguları, kaybolan saygısı... Kendini boğulacakmış gibi hissediyor, evde sürekli yaşanan dramlardan, boğazına kadar kedere ve suça batmış bu aileden uzaklaşmak, bambaşka bir yerlere gitmek istiyordu. Çalıkuşu gibi uzaklara, Anadolu'ya gitmek... kaybolmak. Orada, öğrenmiş olduğu her şeyi, kemandan Fransızcaya, coğrafyadan tarihe, ne biliyorsa, Anadolu çocuklarına aktarmak, onları bilgiyle donatmak, aydınlatmak, ısıtmak... Atatürk, defterine, "memleketinize faydalı olunuz," diye yazmıştı. O bir cumhuriyet kızıydı. Hayatın içine karışıp, ülkesine faydalı olmak için yollanmıştı yeryüzüne. Bundan emindi.

Sabahattin'in Füreya ile 'hayırlı bir iş için tanışma' teklifi, işte Füreya böyle bir ruh hali içindeyken ulaştı evlerine. Ahmet Enişte'nin Bursalı arkadaşı İbrahim Bey, Bursalı, çok varlıklı ve çok yakışıklı bir genç adamın, Füreya'yı bir yerde görmüş ve hayran kalmış olduğu haberini iletti Ayşe Hanım'a. Acaba Füreya bu gençle tanışmayı kabul eder miydi? Son üç ayın olaylarını yaşamamış olsa, herhalde etmez, 'evleneceğim adamı kendim bulurum' diye tuttururdu. Ama Füreya, annesini babasını ve teyzelerini çok şaşırtan bir şey yaptı, "Peki, tanışalım," dedi. Bir tanıdığın evinde düzenlenen toplantıda bir araya geldiler.

Sabahattin, iriyarı, uzun boylu, açık kumral, çok yakışıklı bir adamdı. Füreya'nın görmeye alışık olduğu erkeklerin hiçbirine benzemiyordu. Ne babası ve Ahmet Eniştesi gibi dimdik bir asker duruşu ve vakarı, ne diğer eniştesi İzzet Melih ve Suat Dayısı gibi şık, entelektüel salon adamı görüntüsü vardı. Hele bütün kadınların hayran olduğu sevgili hocası Berger'in hayaleti andıran bembeyaz yüzüne, kor gibi yanan derin bakışlarına ve melankolik havasına inat, teni güneş yanığı, bakışları neşeliydi. Paris'ten yeni döndüğünü söylüyor, içki içmeyi ve dans etmeyi seviyordu ama o bir toprak ağasıydı. Bursa Ovası'nın uçsuz bucaksız yeşil kırlarında at sürmeyi, manda gütmeyi, ekin kaldırmayı biliyordu. Onunla konuşmaya başladığında, sesine, söylediklerine değil, beden diline kapıldığını fark etti. Bu genç ve yakışıklı adamın güçlü kollarında korunmak, sevilmek, okşanmak istiyordu. Akşam evine döndüğünde, merakla onu bekleyen annesine, "Beğendim," dedi kısaca.

"Kaba saba bulmadın mı?"

"Hayır. Çok doğal buldum."

"Sen çiftlik hayatına alışık değilsin kızım, iyi düşün."

"Anne, nasıl değilim? Hayatımızın en güzel günleri Ada'da geçmedi mi?"

"Ada, Bursa'da bir çiftlik değildir Füreya. Orada kimlerle dostluk edeceksin."

"Dosta ihtiyacım olmayacak. Kendi dünyamı kuracağım, çocuklara eğitim vereceğim."

"Ne?"

"Ne var bu kadar şaşacak anne? Büyükbabam Şakir Paşa, Ada'da Türk çocukları için okul açmadı mı? Hem de o dönemde. Şimdi üstelik cumhuriyet var. Benim bu girişimimi destekleyecek devrimler var."

Hakkiye Hanım'ın, damat adayını gözü pek tutmamıştı. Sabahattin'in babası, o on bir yaşındayken ölmüş, tüm serveti oğluna kalmıştı. Kilometrelerce araziyi tek başına idare ediyordu. Evli bir kız kardeşi vardı. Kız kardeşi ve de kocası hoş insanlardı. Buna karşın annesi pek cahil bir kadıncağızdı. Oğlunu, tek erkek evlat olduğu için, çok şımartmıştı. Bu genç adam, Füreya'ya layık mıydı acaba? Bursa yakınlarında bir çiftlikte mutlu olur muydu kızı?

Hakkiye Hanım'ın tereddütlerini görünce, Sabahattin, İstanbul'da, Nişantaşı'nda da bir ev tutmaya, dayayıp döşemeye söz verdi. Füreya çiftlik hayatından sıkıldığı zamanlar, İstanbul'a gelebilirdi. Zaten kendisinin de sürekli çiftlikte oturması gerekmiyordu. Hasat zamanları çiftlikte bulunması yeterliydi.

Füreya, gamlı evinden ve onu hayal kırıklığına uğratan ailesinden uzaklaşacağı için memnundu, ama ayrıca Sabahattin'e de tutulmuştu. Sabahattin'in sağlıklı genç gövdesinden enerji fışkırıyordu ve bu, genç kızı heyecanlandırıyordu.

O yaz, Hakkiye, Ada'daki evin tüm katlarını açtı, temizletti. Bahçeye yıllar önce kendi düğününde olduğu gibi Japon fenerleri astı. Cevat Paşa'dan kalan ve hiç kullanılmayan yemek takımlarını yıkattı, Ada'ya taşıttı. Ailenin üstüne çöken laneti silip süpürmek istercesine, muhteşem bir düğün düzenledi, İstanbul'un tüm eski aileleri, paşalar, paşazadeler, diplomatlar, İzzet Melih'ten dolayı yazarlar, şairler, entelektüeller vapurlarla Ada'daki bahçe düğününe taşındı. Vapurda yol boyunca misafirlere ikramlar yapıldı.

Fahrünissa'nın dört yaşındaki küçük kızı Şirin, elinde çiçek sepetiyle, gelinin nedimesi olmuştu. Düğün boyunca, bir kuğuyu andıran gelinin peşinden ayrılmamıştı. Füreya bir ara kardeşine, "Şirin'i artık yatırsalar ya," diye yakındı, "çok yoruldu, içki de içiliyor da."

Damat beyin, düğün gecesinde zil zurna sarhoş olmasını, Hakkiye Hanım'la Emin Paşa'dan başka kimse yadırgamadı. Füreya şık gelinliğinin içinde mutluluktan uçuyordu. Tüm çeyizi, gecelikleri, yatak takımları Paris'ten getirtilmişti. Karakol sokağında, dayanmış döşenmiş bir dairesi vardı. Kocası ise onu her fırsatta, arka bahçedeki manolya ağacının altında, ağaçla kendi gövdesinin arasına sıkıştırıyor, diri gövdesini ona sımsıkı dayayarak dudaklarından öpüyordu. Hem şampanyalardan hem de heyecandan, gelin de biraz sarhoştu.

Ama düğünün sonunda, nihayet Nişantaşı'ndaki evlerine dönebildiklerinde, damadın düğün boyunca süren harlı ateşi nedense sönüverdi. Sabahattin kendini zor taşıyarak, yatağa yığıldı, fazla içkinin etkisiyle sızdı kaldı.

BURSA'DA ZAMAN

Genç karı koca, Bursa'daki çiftliklerine İstanbul'daki balayları bittikten sonra döndüler. Yalova'da onları karşılayan kâhyanın sürdüğü son model Cadillac'a kurulmuş, evlerine doğru yollanırken, Füreya pembe hayaller kurmaya devam ediyordu. Sabahattin'in Bursa'da Mahkeme Mahallesi'nde, geniş bir bahçe içinde çok güzel bir evi vardı. Ama Füreya özellikle evliliğinin ilk günlerini kayınvalidesi ile paylaşacağı bir konakta değil, kocasıyla baş başa kalabileceği çiftlik evinde geçirmek istemişti. Doğanın kucağında romantik günler yaşayabileceği bir kulübe düşlüyordu. Ama araba harabeyi andıran iki katlı bir evin önünde durunca, tatlı uykusundan uyandı. Onun hayalindeki çiftlik eviyle bu evin arasında dağlar kadar fark vardı. O, Viyana varoşlarında gördüğü iki katlı, kırmızı kiremit çatılı, pencerelerinden renkli çiçeklerin fışkırdığı ahşap evleri beklerken, ahırın üstüne inşa edilmiş, barakaya benzeyen bir yerde bulmuştu kendini.

Kocası arabadan inmesine yardım etti, içeri girdiler.

"Yatak odaları yukarda," dedi Sabahattin.

"Burası neresi?"

"Oturma odası."

Yerde serili iki şiltenin, bir iki tahta sandalyenin dışında, tek bir mobilya bile yoktu. Füreya yutkundu, oturma odasından taşları kararmış mutfağa geçti. Mutfakta gözleri fırını boşuna aradı. Kocaman bir mangal, bir kömür ocağı, duvara rasgele çakılmış raflar...

"Tuvalet nerde?" diye sordu Füreya.

"Dışarda."

"Pardon?"

"Dışarda dedim, dışarda, avluda."

"Yatak odalarının yakınında, tuvalet yok mu? Gece... yani ihtiyaç hasıl olursa, ne yaparsınız?"

"Dışarı çıkarız. Türk insanı yattığı yere sıçmaz."

Füreya tokat yemiş gibi irkildi. Önce yanlış duyduğunu zannetti. Sonra, kocası şaka yapıyor diye düşündü. Biraz kabaca bir şaka...

"Ellerimi yıkamak istiyorum."

"Emine sana su döksün," dedi kocası.

Küçük bir kız seğirtti, "Hele beklen, ibriği alam da gelem," dedi Füreya'ya.

"Musluktan su akmaz mı?"

"Burasını Şakir Paşa Apartmanı mı zannettin küçük hanım? Suyunu kuyudan kendin çekersin."

'Pekâlâ öyle olsun, Sabahattin Bey. Beni sınıyorsun, farkındayım bunun, İstanbullu şımarık kızı, adam edeceksin aklın sıra. Bu işlerden gocunacağımı sanıyorsan yanılıyorsun. Ben keman çaldığım gibi, çamaşır da yıkarım, kuyudan su da çekerim. Bekle bakalım, kim kimi adam edecek,' diye geçirdi içinden.

"Yatak odamı görmek istiyorum," dedi.

"Hanımı yukarı çıkart Emine," dedi kocası.

Küçük kız önde, Füreya arkada gıcırdayan tahta merdivenleri çıktılar. Girdikleri odada tuhaf bir koku vardı.

"Ne kokuyor burası?" diye sordu Füreya.

"Tezek," dedi kız.

Füreya'nın önce içi bulanır gibi olduysa da kokuya burnu çabuk alıştı. "Kâhyaya söyle de aşağıdan çantalarımı taşıyıversin," dedi kıza.

"Ben getirem, abla."

"Sen o ağır valizleri kaldıramazsın çocuğum."

Kız aşağı indi, birazdan oflaya puflaya merdivenlerden kızın valizlerden birini çekelemeye çalıştığını gördü. Pencereyi açtı, arabanın yanında hâlâ eşyaları boşaltan kâhyaya seslendi.

"Rıza Efendi, hemen geliverin lütfen."

Adam biraz şaşkın baktı hanımına. Sert bir sesle tekrar etti Füreya:

"Hemen!"

Adam merdivenlerde gözüktü.

"Emine'nin elindeki valizi alın, odaya getirin. Diğerlerini de siz taşıyın yukarı. Bu yaşta bir çocuk, ağır taşırsa, gece yatağına işer. Emine'nin ağır taşıdığını bir daha görmeyeceğim."

Rıza Efendi, valizleri getirip, büyük gürültülerle attı odanın ortasına.

"Teşekkür ederim," dedi Füreya. Valizlerden ve şapka kutularından çıkardığı şifon elbiselerin, ipek geceliklerin, topuklu ayakkabıların, tüylü şapkaların ortasında, tahta aralıklarından aşağıdaki ahır gözüken odada, çok tuhaf bir görüntüsü vardı. Biraz sonra, merdivende ayak sesleri duydu. Kocası kapıya dayanmış, onu seyrediyordu.

"Yeni evini beğendin mi?" diye sordu alaylı bir sesle.

"İçinde değiştirmem gereken şeyler var."

"Neler, mesela?"

"Perdeler. Şu pencerelere perde asmazsak, içerde soyunurken, kâhyan beni seyreder."

"Kâhyam sen evdeyken buralarda dolaşamaz," dedi Sabahattin. Füreya'nın incecik bedenini bir koluyla kavradığı gibi yatağın üzerine fırlattı. Öteki eliyle yatağın üzerine yayılmış giysileri, şapkaları yere itelerken, karısının üstüne abandı. Füreya, Sabahattin'in bluzunun düğmelerini çözen aceleci ellerine yardımcı olmaya çalıştı. Derin bir haz denizinde yüzmeye hazırlanırken, hiçbir şey umurunda değildi. İsterse oda tezek koksun, musluklardan su akmasın. Yeter ki bu güçlü kollar onu her gün, her gece, her dakika sarsınlar, bu güneş yanığı eller genç bedenini okşasın, sarı bıyıklar yüzünde, boynunda, göğüslerinde, her yerinde dolaşsın. Çılgın bir arzuyla sarıldı kocasına.

Karadoğan çiftliğinde yaşam, asla tek düze değildi. Füreya, Ada'daki bahçede tanışmış olduğu doğanın yeni bir boyutunu keşfediyordu. Baygın kokulu yaseminlerin, zakkumların, Japon güllerinin dışında, tabiat çeşitli sebzeler ve meyveler de sunuyordu insanoğluna. Genç gelin, domates tarhlarının arasında dolanıyor, nane, maydanoz, dereotu topluyor, dut silkeliyordu. Toprakla sarmaşdolaş olmaktan büyük keyif alıyordu. Doğanın içinde mutluydu. Sıkıntıları eve girdiği andan itibaren başlıyordu. Geceleri uykudan uyanıp, tuvalete gitmek için, idare lambasının titrek ışığında avluya inmek, susuzluk, yemek pişirirken anında gelen havagazı yerine kömürün harlanmasını beklemek... hepsinden daha kötüsü de yüreğinde yatan idealleri gerçekleştirememek.

"Yakınlarda ders verebileceğim bir köy okulu yok mu?" diye sormuştu bir akşam kocasına.

"Ne dedin sen?"

"Yakında okul var mı dedim?"
"Diyelim ki var. N'olacak?"
"İlk defa duymuyorsun Sabahattin, bana evlenme teklif ettiğin gün sözünü etmiştim bunun. Öğretmenlik yapmak istediğimi biliyorsun."
"Çocukların olunca, onları eğitirsin."
"Bana hayır dememiştin o zaman. Hatta teşvik eder görünmüştün."
"Fikrimi değiştirdim."
"Bu köyde nasıl vakit geçirmemi bekliyorsun sen? Aklımı kaçırmak üzereyim."
"Dünyanın plağını, kitabını taşıdık senin için. Çiftliğinde gramofonu olan başka kadın yok burada. Müziğini dinle, kitaplarını oku. Akşamları da ben eve döndüğümde seni memnun ederim."
"Bak Sabahattin, ben seninle evlenirken...."
"Kess!" diye bağırmıştı kocası. Füreya, şişedeki rakı azaldıkça, kocasının tehlikeli olmaya başladığını öğrenmişti. Susmuştu. Belki bu konuyu, Sabahattin'in rakı içmediği bir saatte, mesela sabah kahvaltısından hemen sonra açmalıydı. Yemeklerini hiç konuşmadan bitirmişlerdi. Emine sessizce tabaklarını toplayıp mutfağa taşımıştı. Füreya masadan kalkıp merdivenlere yönelmiş, yan yola gelmişti ki kocasının ayak seslerini duymuştu arkasında.
"Sofradan kalkmak için, benden izin aldın mı?"
"Saçmalama," demişti Füreya ve sustuğu anda, kocasının tokadı yüzünde patlamıştı... Bir an, başına gelene inanamamıştı... Kötü bir rüya mı görüyordu acaba.
"Bu, bana karşı geldiğin içindi, bu da öğretmenliğin için!" Bir tokat daha patlamıştı yüzünde. Füreya dengesini kaybedip merdivenden aşağı uçmuştu. Kendine geldiğinde, merdivenlerin dibinde, hüngür hüngür ağlayan kocasının kollarında yatıyordu. Bir an, neler olduğunu hatırlayamadı.
"Canım, sevgilim, bir tanem," diyordu kocası, "sana bir şey

olursa, ben ölürüm. Sensiz yaşayamam Füreya... Beni affet. Beni affet. Beni affet."

Füreya, neler olduğunu yavaş yavaş hatırlıyordu. Gözlerinden ip gibi iniyordu yaşlar. Kocasından dayak yemiş olmayı onuruna yediremediği için, hiçbir şey hatırlamıyor gibi yapmalıydı.

"Ne oldu bana?"

"Düştün sevgilim. Düştün bir tanem. Ben bir hayvanım. Affet beni." Sabahattin karısını kollarına alıp, merdivenlerden yukarı taşımıştı. Füreya'nın üstündeki giysileri paralarcasına çıkartmıştı. Hem ağlıyor, hem de onu öpücüklere boğuyordu. Sevişirlerken her ikisinin de gözyaşları birbirine karışıyor, birbirlerini hırpalayarak, örseleyerek seviyorlardı...

Bu olaydan birkaç gün sonra Füreya sabah kahvaltısında kocasına, "Ailemi özledim, İstanbul'a gitmek istiyorum," dedi.

"Ne zaman?"

"Vücudumdaki morluklar geçer geçmez. Annemin onları görüp telaşlanmasını istemiyorum. Belki haftaya."

"Olur gideriz," dedi Sabahattin. "Orada da bir evimiz var. Biraz gezer eğleniriz İstanbul'da."

Füreya kulaklarına inanamadı. Sabahattin huy mu değiştiriyordu? Belki öyle bir geceyi bir daha hiç yaşamayacaklardı. Belki bundan böyle mutluluğu yakalayacaklardı. O hadiseden beri Sabahattin görülmemiş bir şefkat gösteriyordu karısına. İyi ki tokat yediğini hatırlamıyor gibi yapmıştı Füreya. Ondan ayrılmaya hazır değildi. Acayip bir tutkuyla bağlıydı kocasına. Tüm kavgaları yatakta son buluyor ve sanki kavgalar ihtiraslarını körüklüyor gibi, her kavga sonrasında coşkuyla sevişiyorlardı.

Bir hafta sonra, yeni evliler İstanbul'a gittiler. Hakkiyanım kızına kavuştuğu için, sevinçten delilere döndü. Annesi, Ayşe Teyzesi, anneannesi ile Aliye ve Fahrünissa, hepsi ayrı ayrı davetler yaptılar. Her gece bir yerde yemek yiyor, sonra da tiyatrolara, dans salonlarına gidiyorlardı. Sabahattin bekârlık günlerinde dadanmış olduğu Arjantin tangoları çalan Garden Bar'a gitmeyi seviyordu en çok. Ama orası, Füreya'nın gidebileceği bir yer değildi. Birkaç kere akrabalarında yedikleri akşam yemeklerinden sonra, evlerine döndüklerinde, Garden Bar'a kocasının tek başına gitmesine izin verdi. Sabahattin, bunu her geceye binen bir alışkanlık haline getirmekle kalmadı, eve sabahın yedisinde kör kütük sarhoş gelmeye de başladı. Füreya, komşuların veya bir tanıdığın kocasını bu halde eve girerken görmesinden korkuyordu.

Bir gün, bu endişesini dile getirdiğinde, Sabahattin, "Benim ne haltlar karıştırdığım umurunda değil, sadece etraf ne düşünür diye endişeleniyorsun, öyle mi?" diye bağırdı.

"Evde karın seni beklerken, haltlar karıştırmayacağını düşünüyorum," dedi Füreya. Sesini yükseltmekten korkuyordu. Apartmanda, çiftlikte oldukları gibi uçsuz bucaksız bir arazide yapayalnız değildiler.

"Niye öyle fısır fısır konuşuyorsun?" diye sordu kocası. "Sesin mi kısıldı?"

Kâbus yeniden başlıyor diye düşündü Füreya. Eğer birbirlerini yemeye başlayacaklarsa, çiftlikte olmaları daha doğru olurdu. Ertesi sabah, en münasip zamanı seçip, "Evimi özledim Sabahattin," dedi, "Bursa'ya dönelim mi?"

Müthiş bir sevinç gösterdi kocası. O da bu dejenere şehirde, dejenere insanların arasında olmaktan hoşlanmıyordu.

"Kimmiş onlar?" diye sordu Füreya. "Bu dejenere insanlar kim? Garden Bar'dakiler mi?"

"Onlar, senin tüm aile fertlerin," dedi kocası. "Teyzelerin, o kendini beğenmiş Nissa, rüküş Aliye, büyücü gibi sürekli incik boncuk toplayan ukala annen, kendini piyanist sanan teyzen, zibidi dayın... Adam gibi bir tek baban var aralarında. Allah ona kolaylık versin."

Füreya kulaklarına inanamadı. Bu insanların tümü, karşısında duran serseriyi bir evlat gibi bağırlarına basmışlardı. Ona son derece kibar davranmışlardı. Zavallı annesi bile, hoşnutsuzluğunu belli etmemek için elinden geleni yapıyordu. İncik boncuk topluyormuş! Gerçekten de Hakkiye Hanım, kocasının hastalığı ve diğer çeşitli sorunlarıyla başedebilmek için, kendini oyalayacak bir iş icat etmiş, boncuklarla, cam ve ayna parçacıklarıyla gece çantaları ve sepetler yapmaya başlamıştı. Ürettiği çantaları eşine dostuna hediye ediyordu... Terbiyesiz, terbiyesiz adam! Birden Füreya bir gülme krizine tutuldu. Ailesinin tüm fertlerine, teker teker kocasının gözüyle bakınca, gerçekten de bir karikatürle karşı karşıya kalmıştı. Aralarında sıradan sayılabilecek, belki babasıyla kendinin dışında hiç kimse yoktu. Herkes o kadar renkli ve aykırıydı ki. Her şey, ineklerin yan gelip yattığı ve hiçbir şeyin asla değişmediği çiftlikten o kadar başkaydı ki. Tüm dünyası hayvanlar, ekinler ve Arjantinli dansözler olan, zavallı, zavallı kocası... Ne dese yeriydi.

Füreya, çiftliğe ikinci gelişinde, bazı işleri kendi kendine halletmeye karar verdi. Eğitim işine, Emine ile başlayacaktı. Ona okumayı söktürebilirse, sıra çiftlikte çalışan diğer çocuklara gelirdi. Yanında getirdiği defter ve kalemleri kıza gösterdi. Kız hiç gönüllü değildi, ama hanımını kırmak istemiyordu.

"Senin okuma öğrenmeye başladığını önce kimseye söylemeyelim," dedi, "okumayı söktüğün zaman, sürpriz yaparız."

"Ne demek o?" diye sordu kız.

"Yani şaşırtırız herkesi. Anneni, babanı, Sabahattin Bey'i."

Emine'yle her gün bir saat ders yapmaya başladılar. Bu iş o kadar keyiflendirmişti ki Füreya'yı, İstanbul'dan getirdiği renkli basmalarla oturma odasına perdeler ve yatak örtüleri dikti, Bursa'da bir marangoza iki koltuk ve kitaplarını koyabileceği bir raf ısmarladı. Sabahattin karısının bu girişimlerinden memnun görünüyordu, ama kaynanasını memnun etmek imkânsız gibiydi.

Oturma odasındaki perdeler odayı karanlık ediyor diye tutturuyor, koltuklara oturacağına, sırf gelinini illet etmek için, yere bağdaş kuruyordu. Allah'tan kadın sürekli onlarla kalmıyor, çoğu zaman Bursa'daki evinde yaşıyordu. Yine de sık sık yeni gelinin oğluna ne gibi yemekler hazırladığını, evin tertipli olup olmadığını görmek için, teftişe geliyordu. Hiç oralı olmuyordu Füreya.

Bir akşam, sofrayı toplarken, rakı şişesini yarılamış olan kocası, minderdeki yastıkların arkasında, Emine'nin defterini buldu.

"Bu nedir, bu?" diye gürledi.

"Ne nedir?" dedi Füreya. Sabahattin defteri sallayıp duruyordu.

"Ha o mu? Emine'nin yazı defteri."

"Ne demek oluyor bu?"

"Emine'ye okuma yazma öğretiyorum."

"Benden gizli?"

"Seninle ne alakası var bunun?"

"Ben bu evde eşşek başı mıyım? Neler olup bittiğinden haberim olmayacak mı?"

"Evde hizmet eden bir küçük kızın okuması da mı senin iznine bağlı?" diye sordu Füreya. Kocasının içkili olduğu zamanlar kavga çıkarmak için bahane aradığını biliyordu ama bazen tutamıyordu kendini.

"Bu evde her şey benim iznime bağlı. Ben izin vermezsem şu gıygıyını da çalamazsın. Anladın mı?" Sabahattin kemanı işaret ediyordu.

"Daha neler," dedi Füreya ve o anda, sofranın üstüne koyduğu vazonun havada uçtuğunu gördü. Başını yana yatırmasaydı, belki de tüm yüzü parçalanabilirdi. Ama atik davrandığı için, vazo, başının sağ tarafını sıyırıp geçti. Füreya, elini başına götürdü, kıpkırmızı oldu parmakları. Yavaşça yere çöktü, usul usul ağlamaya başladı. Bir saniye sonra, kocası yanındaydı. Onu kollarına almış, bir bebek gibi sallıyor, "Yavrum, bir tanem... ben ne yaptım. Affet beni. Affet sevgilim," diyordu. Füreya onun yüzünü görmemek için sımsıkı yumdu gözlerini. Neler olacağını biliyordu artık. Kocası onu kollarında yatağına taşıyacak, önce ağlayarak özür dileyecek, sonra öpmeye, okşamaya başlayacak, Füreya dayanamayıp karşılık verince, çılgınca sevişecekler, birkaç gün balayı havasında geçecek ve bir şişe rakının bitirildiği bir başka akşam, bu oyun tekrardan oynanacaktı. Füreya yavaş yavaş bir şamar oğlanı haline dönüştüğünü görüyordu. Utancından herkesten gözlerini kaçırmaya başlamıştı. Küçük Emine'den bile. Bu işe bir son vermeliydi.

Çiftlikteki yegâne dostları, Sabahattin'in kız kardeşi ve kocasıydı. Evine dönebilmek için, onlardan yardım isteyebilir miydi? Onlara güvenebilir miydi? Bir sabah, tüm gücünü toplayıp, görümcesinin evine yürüdü. Ara sıra sabah kahvesine uğrar, sohbet ederlerdi. Eğer, kayınvalidesi ortalarda değilse, konuya girecek, evine dönebilmesi için, ondan yardımcı olmasını isteyecekti.

Peşinde Karabaş, yeni uyanan doğanın güzellikleri, mis kokuları içinde yürürken, gözlerinden yaşlar akıyordu. Buraya ne umutlarla gelmişti. Ne kadar mutlu olacağını sanmıştı. Âşık olduğu genç bir kocası, pırıl pırıl idealleri vardı. Cumhuriyetin umut bağladığı genç bir kadındı o. Henüz on dört yaşındayken Atatürk ne yazmıştı onun defterine, "Füreya Hanım... siz çalışmalı ve bir şeyler vermelisiniz memlekete..." Sonra saçlarını okşamış "ülkemizi sizin gibi yetişmiş gençler inşa edecek," demişti. Burada, bu harap dört duvarın arasında, tek başına Bursa'ya bile inmeye hakkı olmadan, esir pazarından alınmış bir köle gibi, koca dayağı yiyerek mi katkıda bulunacaktı cumhuriyete?

"Ne yaptım ben Allah'ım?" diyordu içinden, "Ben nasıl bir hata işledim ki beni böyle cezalandırıyorsun?"

Görümcesinin evinin kapısına yaklaştığında, içinin çekilir gibi olduğunu hissetti. "Güneşin altında onca yol yürüdüğüm için, yoruldum," diye düşündü. Ama eve çıkan merdivenlere geldiğinde, tükenmişti. Merdivenlerin dibine yığılıverdi.

Kendine geldiğinde, görümcesinin yatağında yatıyordu.

"Bana ne oldu?" diye sordu.

"Hafif bir baygınlık geçirdin. Nasılsın şimdi?"

"Neden bayıldım acaba?"

"Sıcaktandır," dedi görümcesi. Genç kadının arkasında kaynanasının sevgiden yoksun yüzünü gördü Füreya:

"Gebesindir belki de."

"Aman Tanrım!" dedi Füreya, bu ihtimal hiç aklına gelmemişti.

"Bursa'da iyi bir jinekolog var mı?"

"O da nesi?" diye sordu kaynanası.

"Kadın doktoru anne," dedi kızı.

"Ebe var, ebe. Halimanım ne güne duruyor?"

"Ebeyle olmaz," dedi Füreya.

"Olur, olur. Burası İstanbul değil. Hem sen gebe olup olmadığını bilmiyor musun? Hesabın yok mu senin? En son ne zaman gördün?"

Füreya kıpkırmızı oldu. Hususiyetine paldır küldür giriveren kaynanasına nefretle baktı. Yanıtlamadı.

Öğleden sonra, kocası eve her zamankinden erken döndü. Müjdeyi çoktan duymuştu. Füreya'yı kollarına alıp, öpücüklere boğdu.

"Arabayı bekletiyorum Bursa'ya inmek için. Hazırlan," dedi.

"Bu saatte, randevusuz doktora gidilmez ki," dedi Füreya.

"Doktora giden kim? Biz sana alışverişe gidiyoruz," dedi kocası, "Kuyumcu Yakup'a haber yollattım, altıya kadar açık tutacak dükkânı, gönlün neyi sevdiyse alacaksın."

Füreya şaşkındı. Kendini adeta tuzağa düşürülmüş gibi hissediyordu. Eğer böyle bir durum varsa, onu kocasına kendi haber vermek isterdi, ama kaynanası üstlenmişti bu işi. Bir de kuşkusu vardı. Ya hamile değilse!

"Yarın da doktora gideyim bari," dedi kocasına.

"Doktoru ne yapacaksın. Doğuracağın zaman çağırırız."

"Beni bir doktor görmesin mi Sabahattin?"

"Bunu sonra konuşuruz," dedi kocası. O kadar mutlu ve neşeli görünüyordu ki bir münakaşa başlatmak istemedi Füreya. Bursa'ya inip, çarşıdan ona kocasının ısrarıyla bir altın bilezik aldılar. Dönüşte, Füreya doktor konusunu bir kez daha açtı.

"Bursa'da olmaz. Burası tutucu muhittir. İlla doktor diyorsan, o zaman İstanbul'a gidelim," dedi.

Füreya sevindi. Sabah aldığı karardan çoktan vazgeçmişti. Eğer gerçekten hamileyse, Sabahattin'den ayrılmayacak, çocuğunu doğurup, tüm sevgisini ona verecekti. Bir sınıf dolusu çocuğu yetiştiremese bile, istediği gibi eğitebileceği kendi evladı olacaktı avuçlarının içinde. Uygar, kültürlü, aydın bir çocuk yetiştirecekti. Sabahattin belki de çocuk yüzünden, içkisinden vazgeçer, makul bir insan olurdu. Karısını İstanbul'a götürmek istemesi, bu yolda işaretler veriyordu zaten. Üstelik, Füreya bu yakışıklı genç adama tutkundu. Tüm kavgalarına rağmen, kendini onun ateşli kollarında bulduğu zaman, her şeyi unutmuyor, her şeyi affetmiyor muydu?

İstanbul'da Füreya'nın bir bebek beklediği haberi, Bursa'daki coşkuyu yaratmadı. Babası zaten ağrılarından dolayı, hiçbir şeye sevinemez hale gelmişti. Annesi, sevineceğine endişelendi. Yürümediğini için için hissettiği bu evlilikten hiç kurtulamayacaktı artık kızı. Ama doktor da ihtimali doğrulayınca, yapacak fazla bir şey kalmadı. Füreya bu çocuğu istiyordu. Onu, evliliğinin, daha doğrusu kocasının içki bağımlılığının bir kurtarıcısı olarak görüyordu. Sabahattin aslında, neşeli, hoş sohbet bir adamdı, iyi bir insandı. Ama rakıyı yarıladıktan sonra her şeyden şüphe eden, her şeye kızan bir manyağa dönüşüyordu.

İstanbul'da küçük evlerinde hayat önceleri huzurlu geçmeye

başladı. Akşamları yemeklerde aile ile bir araya geliyorlar ya da sinemaya, tiyatroya gidiyorlardı. Emin Paşa'nın yanında içkisine çok dikkat ediyordu Sabahattin. Gündüzleri Füreya bebeğe gerekecek eşyaların alışverişini yapıyordu annesi ile. Evliliğinin belki de en güzel günlerini yaşıyordu ama kocası hamile olduğunu öğrendiğinden beri, çocuğa zarar vermemek için Füreya'dan uzak duruyordu bu kez.

Yirmi gün sonra, işsizlikten sıkılan Sabahattin çiftliğe dönmek için ısrar etmeye başladı.

"Sen burada kal, o gitsin," dedi annesi.

"Anne, ben doğuma bir iki ay kala gelirim, doğumu da İstanbul'da yaparım. Böylesi daha doğru olur," dedi Füreya.

Hakkiye Hanım, Bursa'ya kızını ziyarete gitmişti. Emin Paşa hasta haliyle üzülmesin diye, ondan gerçeği saklamıştı ama evin ne kadar ilkel olduğunu biliyordu.

"Füreya, insan hamileyken çok abdeste kalkar. Elinde idare lambası, o merdivenleri nasıl inip çıkacaksın. Bari inadından vazgeç, Bursa'daki eve taşın. Doğru dürüst bir evde otur," dedi kızına.

"Kayınvalidem ile aynı çatı altında kalamam anne. Gerekirse Bursa'da ayrı bir ev tutarız," dedi Füreya. Tutmamaları için bir neden yoktu. Büyük bir servetin sahibiydi Sabahattin. Aslında İstanbul'da kalmak için neler vermezdi, ama şimdi her şey yoluna girerken, kocasını kızdırmak istemiyordu. Hazırlandı ve onunla birlikte çiftliğe döndü.

Çiftlikte işler, İstanbul'daki gibi yolunda gitmedi. Sabahattin, geniş arazisine adımını attığı anda sanki başka bir ruha bürünüyordu. Rakı şişesi her zaman olduğu gibi sofrada yerini alınca, kavgalar, bağrışmalar yeniden başladı. Yalnız bu kez, kendini tutup karısına vurmamaya gayret ediyordu.

"Ne olur Sabahattin, içki içeceksen, evde içme," diye ricada bulundu Füreya. Kocasının barlara dadanacağını biliyordu ama kendisine el sürmediğine göre, nasıl olsa gidecekti sonunda. Sabahattin haftanın üç dört gecesini dışarda geçirmeye başladı. Sabaha karşı döndüğünde, Füreya'yı uyandırıyor, ona sarılıp ağlayarak, karısını ne kadar çok sevdiği anlatıyordu... Füreya bu hezeyanların bir nevi günah çıkarma seansları olduğunun bilincindeydi. Aldırmıyordu. Tek istediği karnındaki bebeği korumaktı. Aralarında öyle bir çekim vardi ki nasılsa bebek doğunca, kocası da bar kadınlarını bırakıp, kendine dönecekti.

Bir akşam, Sabahattin tabancalarını temizlemek için masanın üzerine yaydı.

"Bana rakımı ve mezemi hazırla," diye bağırdı Emine'ye.

"Sabahattin, rakını bu silahlarla işini bitirdikten sonra iç," dedi Füreya. Artık hamileliği epeyce ilerlemişti. İki aya kadar doğum bekliyorlardı.

"Sen karışma."

"İçki şişede durduğu gibi durmuyor, biliyorsun."

"Sıkıldım senin müdahalelerinden."

"Ben de çok şeyden sıkıldım," dedi Füreya, "doğuma iki ay kala beni anneme yollayacaktın. Bu hafta içinde gitmek istiyorum. Sen de biraz başını dinlersin."

"Daha gitmen için erken."

"Dokuz aylık olunca, çok ağırlaşırım, rahat seyahat edemem."

"Bekleyeceksiniz küçük hanım. Bekleyeceksiniz."

"Neyi?"

"Keyfimi."

"Terbiyesiz," dedi Füreya.

"Ne dedin? Sen bana ne dedin?" Sabahattin elindeki tabancayı karısına doğrultmuştu. Birden paniğe kapıldı Füreya, telaşla ayağa fırladı ve kapıya doğru koşmaya çalıştı. Ayağı kilimin püsküllerine takılınca büyük bir gürültü çıkararak önce dizlerinin üstüne düştü, sonra yana devrildi.

"Füreya... sevgilim... iyi misin?"

Füreya eliyle itti kocasını.

"Neden korktun o kadar. Tabanca boştu. Yoksa sana doğrultur muyum hiç. İyi misin? Bir yerin acıyor mu?"

"Bana dokunma," dedi Füreya. "Hiçbir yerim acımıyor, iyiyim. Bana dokunma."

"Ebeyi çağıracağım."

"İstemem."

"Karıcığım, seni korkuttuğum için beni affet. Sana şaka yapıyordum. Sen benim her şeyimsin."

Emine ile birlikte Füreya'yı yerden kaldırıp mindere taşıdılar. Emine bir bardak su getirdi. Kızın yüzü bembeyazdı.

"Korkma Emine, ben iyiyim," dedi Füreya. Kocası fırlayıp gitmişti. Birazdan yanında kız kardeşi, annesi ve ebeyle döndü.

"Halimanım seni muayene etsin," dedi karısına,

"İstemiyorum, ben iyiyim."

"Olmaz, olmaz. Baksın bakalım çocuk zarar görmüş mü?" dedi kaynanası, "Hamile insan dikkatli olur. Karnı burnunda düşülür mü hiç!"

"Anne, kaza herkesin başına gelir," dedi görümcesi. "Rahat verin Füreya'ya, iyiyim diyor işte."

Füreya, başucunda duran genç kadına minnetle baktı,

"İstersen, Halimanım karnını bir dinlesin. Bakalım bebeğin kalp atışları düzenli mi, Füreyacığım."

Halimanım elinde huni gibi bir aletle geldi, Füreya'nın karnını dinledi,

"Hadi hepinize geçmişler olsun. Oğlumuz sapasağlam maşallah," dedi odadakilere dönerek.

'Oğlan olduğunu ne biliyor?' diye geçirdi içinden Füreya. Hamile kaldığından beri, tüm aile çocuğun erkek olacağını varsaymıştı. Kocası hangi kıymetli silahlarını oğluna armağan edeceğinin, oğlunun kaç yaşında tüfek kullanmaya başlayacağının hesabını yapıyordu, şimdiden.

Baş başa kaldıklarında, "Ben aşağıda divanın üstünde yatmak istiyorum," dedi Füreya, "inip çıkması zor oluyor."

"Ben de seninle yatarım."

"Divan dar, tek kişilik."

"Olsun."

"Ben tek başıma zor sığıyorum, zaten."

"O zaman yukarı, odana gel. İnmek istediğinde ben seni kucağımda indiririm."

Her zamanki olay, tekrar ediyordu. Bir süre, suçluluk duyguları içinde birkaç gün ona kul köle olacaktı kocası. Uzatmadı Füreya, oflaya puflaya üst kata çıktı, yatağına yattı.

Füreya hemen hemen her gün, ne zaman İstanbul'a gideceğini soruyordu kocasına. Sabahattin o kaza akşamında olduğu gibi ters yanıtlar vermiyor, "Para bekliyorum," demekle yetiniyordu. Birkaç gün arka arkaya evde kaldıktan sonra, yine geceleri yok olmaya başlamıştı. Besbelli yeni bir kazaya yol açmamak için, evde içki içmiyordu artık.

"Kocayı evden uzaklaştırmanın vebalini, sonunda karılar öder," diyordu kaynanası. "Her erkek içer. Buna göz yummak lazım. Köylük yerlerde başka türlü geçmez zaman. Füreyanım, sen oğlumun içkisinden şikâyetçisin ama pek genç olduğun için bilmiyorsun, bir de erkeğin kadına takılanı, metres edineni vardır. Maazallah, ya öyle biri olaydı Selah'ım. O zaman görürdüm seni ben."

'Bu kadın neden beni hiç sevmiyor acaba?' diye düşünüyordu Füreya. Fahrünissa bir keresinde ona, "Kaynanalar ve gelinler, tıpkı kedi-köpekler gibi ezeli düşmandır, isteseler de birbirlerini sevemezler," demişti. Kendisi de kaynanasından nefret ettiğine göre, bir hakikat payı olmalıydı dediğinde. Ve işte kader, onu her gün kocaman karnıyla bir sedire devrilip, kendini sevmeyen bu kadının karşısında akşama kadar oturmaya mahkûm etmişti. Kaynanası, oğlu sıkı sıkı tembih ettiğinden, gelinine göz kulak olmak için, artık evden bir dakika bile ayrılmıyordu.

Füreya çareyi sık sık görümcesinin evine kaçmakta bulmuştu. Yürüyüş iyi geliyor bahanesiyle, yavaş yavaş yürüyerek, bir iki kilometre uzaktaki eve gidiyor, gününü hiç olmazsa, genç insanların arasında geçiriyordu.

Yine bir akşamüstü çayını birlikte içmek üzere, görümcesine gittiğinde, "Yüzünüz bembeyaz, iyi misiniz Füreya," dedi görümcesinin kocası.

"Biraz çarpıntım var bugün. Zor yürüdüm."

Onu içeri buyur ettiler. Biraz uzandı, kendine geldi. Bir iki el bezik oynadılar. Füreya dönmek istediğinde akşam yemeğine kalması için ısrar ettiler. Onun çok sevdiği çiğ börek yapılacaktı.

"Kalırım," dedi Füreya. Kocası nasılsa akşamları gelmiyordu. Evde kaynanasının ukalalıklarını dinleyeceğine, burada çiğ böreğini yer, belki bir el daha bezik oynardı.

Yemekte havadan sudan konuştular. Çocuk isimleri seçmeye çalıştılar. Yemeğin sonuna doğru,

"Belim ağrıyor," dedi Füreya, "Belime bir ağrı giriyor."

"Yoğurt yedin yemekte, yoğurt gaz yapar," dedi, görümcesi.

Füreya'nın içinde sanki bir an bir canavar gezindi ve demir pençeleriyle içinden bir şey kopardı. Dudaklarından bir çığlık fırladı, gözleri karardı, iskemlesine yığıldı. Çook uzaklardan koşuşmalar, bağırtılar duyuyordu... Çabuk ol... doğum yapıyor... kan var kan... Arabayı hazırla... araba Sabahattin'de... yine hangi cehennemde bu herif... kâhyayı koştur, Sabahattin'i bulsun... önce doktor... çabuk bir doktor... sesler giderek daha az daha az duyulur oldu... sonra derin bir karanlık... kapkaranlık!

Hakkiye Hanım kızının önünde kıpırdamadan, bir asker gibi dimdik durdu. Füreya'yı şehrem şehrem çatlamış eski bir mutfak masasına yatırmışlardı. Yüzü bembeyazdı. Elini tuttu, buz gibiydi eli. Konuştu kızıyla, bağırdı, seslendi ona. Bana mısın demedi Füreya. Mermerden oyulmuş bir Yunan heykeli gibi tarifsiz güzel ve sakin, kıpırdamadan yatıyordu.

"Gitti kızım, gitti," diye fısıldadı Hakkiye. Kıl kıpırdamıyordu yüzünde. İfadesizdi. O an Hakkiye de ölmüştü sanki. Bu dünyadan kaçıp, kızının bulunduğu yere gitmek istiyordu. Tek duyumsadığı, kızının yanına erişmek arzusuydu. Kızı şu anda neredeyse, orada olmak... Yüzünden esefi belli olmuyordu. Bu insanlara, kızını öldürdüklerini bildiği bu... bu... bunlara, belli etmek istemiyordu duygularını. Füreya'ya zamanında müdahale edememişlerdi. Doktoru zamanında çağıramamışlardı... Görümcesi, doktoru getirtmişti, ama o cahil yaşlı kadın, oğlu gelene kadar, Füreya'ya müdahale edilmesine izin vermemişti.

"Bebeği hemen almalıyım. Bebek ölmüş," demişti doktor.

"Oğlumu bekleyin!"

"Anneyi de kaybederiz."

"Oğlumu bekleyin."

Füreya can çekişirken, ana-kız ölesiye kavga etmişlerdi başında. Sonunda kız kazanmış, tahta mutfak masasını yukarı taşıtmış ve doktora kesin emir vermişti. "Gerekeni yapın. Annemi dinlerseniz, sizi olacaklardan sorumlu tutarım."

Kâhya, Sabahattin'i kim bilir hangi bardan toplayıp, getirene kadar, ilkel şartlar içinde, elinden geleni yapmıştı doktor. Ama hamileliği doğru dürüst takip edilmediği, sorumluluğu bir ebe kadına bırakıldığı, İstanbul'a vaktinde getirilmediği için, öldürmüşlerdi kızını. Tahta mutfak masasının üstüne yaydıkları çarşafa yatırıp, bebeğini söküp almışlardı içinden. Oluklarla kanı akmıştı. Son damlasına kadar akmıştı. Bu yüzden miydi, mermer beyazlığı?

Hakkiye, gelinliğinin içinde bir kuğu gibi süzüldüğü düğün gecesini hatırlıyordu Füreya'nın. Simsiyah gözlerinde aşk, sevinç, umut.

"Bebeği görmek ister misiniz?" diye sormuştu biri.

"Hayır."

"Bebek, kızdı."

Yanıtlamadı Hakkiye.

"Gelin, oturun biraz. Bir saattir ayakta duruyorsunuz. Değişen bir şey yok. Kendine gelirse, haber verirler bize."

"Siz bırakın beni. Burada duracağım. Kızımın başında."

Durdu. Kaç saat daha durduğunun farkında değildi. Gözleri Füreya'nın bembeyaz yüzüne dikiliydi. En ufak bir hayat emaresi görürse, seslenecekti ona. Kirpikleri bile kıpırdamıyordu oysa. Elini alnına koyuyordu. Buz gibiydi... Bileğini tutup nabzını dinlemeye çalışıyordu. Nabız yoktu. Birinci Dünya Savaşı'nda gönüllü hemşirelik yaptığı günlerden tanıyordu ölümü Hakkiye. Ne yazık ki tanıyordu. Göğsünün üzerinde duran çarşafı usulca, dünya güzeli yüzüne doğru çekti kızının. Ağır ağır çıktı mutfaktan. Kan çanağı gözleriyle iri bir adam, elinde tabancayla durdurdu onu.

"Ne oldu, söyleyin ne oldu. Öldü mü?"

Elinin tersiyle itti adamı.

"Söyleyin dedim size. O öldüyse ben de kendimi vuracağım. Onsuz yaşamak istemiyorum. Onsuz yaşayamam."

"O halde onu niye öldürdün?" dedi, buz gibi bir sesle.

Merdivenlerden inip, aşağı odaya girdi. İstanbul'dan beraber geldikleri Dr. Tevfik Salim Paşa, Emin Paşa'yla yan yana, başları önlerine eğik oturuyorlardı. Emin Paşa karısının yüzündeki ifadeyi görünce, "Ne oldu?" diye sordu "Ne oldu? Füreya'yı kayıp mı ettik yoksa?"

Birden silkindi Hakkiye. Sesi, insan sesini değil bir kurt ulumasını andırıyordu,

"Hayıııır... Hayıırr... Hayıırr..."

Elinde tabancayla arkasında duran Sabahattin'i itip, merdivenleri dörder beşer çıkarak, nefes nefese geri döndü odaya. Doktor ve kocası peşinden koştular... Füreya'nın üstündeki çarşafi çekip yere attı. Kızının ellerini, ayaklarını, kollarını ovaladı. "Çabuk, sıcak su getirin bana. Çabuk."

Sıcak su torbaları Füreya'nın dört bir tarafına yerleştirildi. Tüm vücuduna masaj yapıldı. Doktor ve Hakkiye kan ter içinde hiç durmadan çalışıyorlardı. Sabahattin biraz geride, yaralı bir hayvan gibi çaresiz, onları izliyordu. Hafifçe kirpikleri oynadı Füreya'nın. Tevfik Salim Paşa, Hakkiye'yi odanın dışına çekti.

"Hakkiyanım... Dinleyin beni... Füreya'yı mutlaka İstanbul'a götürmeliyiz. Ne pahasına olursa olsun. Buradaki imkânlarla kurtaramam kızı. Septisemiden gider."

Sabahattin odada yalnız kalınca, yatağa yaklaştı. "Füreya," diye seslendi, "Füreya, gözlerini aç. Canım, sevgilim, aç gözlerini."

Füreya gözlerini açıp, yorgun bakışlarla baktı kocasına.

"Annen, baban da buradalar. Doktor getirdiler sana. Beni suçlayıp duruyorlar."

Füreya'nın gözleri yine kapandı.

Hakkiye Hanım ve Tevfik Salim Paşa odaya döndüler.

"Füreya'yı İstanbul'a sevk etmeye mecburuz," dedi doktor.

"Bu halde hiçbir yere gidemez. Ona bir şey olursa ben kendimi vururum.

"Sabahattin Bey," dedi Hakkiye, bir ordu komutanı edasıyla, "Füreya burada ölürse, emin olun o elinizdeki tabancayla sizi ben vururum. Şimdi hemen hazırlıkları yaptırın."

Füreya, Osmanoğlu Kliniği'nde günlerce kendini bilmeden yattı. Sabahattin, kliniğin koridorlarında, kâh kendini, kâh karısını iyileştiremeyen doktorları vurmak üzere, günlerce elinde tabancayla tur attı durdu. Emin Paşa ve Hakkiye Hanım, kızlarını, hayata döndüğü takdirde, bu eli tabancalı kocadan kurtarmaya kararlıydılar. Füreya, haftalar sonra, nihayet kendine geldiğinde, hiçbir şey anımsamıyordu.

"Tedavinin asıl zor dönemi, şimdi başlıyor," dedi doktorlar. Olanları hatırlayıp, bebeğini kaybettiğini öğrenince, şoka girmesini bekliyorlardı hastanın. Nitekim bekledikleri oldu. Füreya, önce bebeği kaybettiğine inanmak istemedi. Acı gerçeği kabul etmek zorunda kalınca, bu kez derin bir depresyona girdi. Geçmişi sanki silinmişti. Bursa'ya dair hiçbir ayrıntıyı hatırlamıyordu. Bir sisin içinde yaşar gibiydi. Doktorlar sürekli hafizasını zorlamasını söylüyorlardı. Hakkiye Hanım, bu durumda kızına kocasını bırakması için baskı yapmaktan vazgeçti. Sonunda hafizası yerine geldiğinde, belki hiçbir telkine ihtiyaç kalmadan, kendi bırakırdı Sabahattin'i.

Sabahattin, Füreya eve çıkabilecek hale gelince, karısını alıp Nişantaşı'ndaki evlerine götürdü. Yaşam, eskisi gibi devam etmeye başladı. Füreya çok halsiz olduğu için, yemeklerini annesi kendi evinde pişirip her gün Nişantaşı'na taşıyordu. Sabahattin önceleri gece gündüz karısının başındaydı. Ona şefkatli davranıyordu. Eskisi gibi gezmeye, tiyatrolara, sinemalara gitmeye başlamışlardı. Tabii gece kulüplerine ve Garden Bar'a da. Füreya çabuk yoruluyordu. Gecenin ilerlemiş saatlerinde, eve dönmek istediğinde, Sabahattin'i barlardan çıkarmak kolay olmuyordu. Sonuçta, Füreya evde kalmaya, kocası geceleri tek başına gezmeye başladı. Eve sabaha karşı döndüğü için de öğle saatlerine kadar uyuyordu. Füreya, bu gidişi nasıl düzeltebileceğini bilemiyordu. Sabahlara kadar gezen kocasını hem delice kıskanıyor, hem de onun peşine takılıp, barlarda sürüklenmek istemiyordu. Bu iç çekişmeleri yaşarken, yine hamile kaldı. Bu kez doğum yapana kadar asla çiftliğe dönmeyecekti. Sabahattin durumu mecburen kabul etti. Karısının başına gelenlerden sonra, hayır diyecek yüzü kalmamıştı. Ama onun çiftlik işlerine bakması için, artık Bursa'ya dönmesi gerekiyordu. Füreya, 'Belki de en hayırlısı budur,' diye düşündü. Huzurlu bir hamilelik geçirip, çocuğu doğunca, bebekle birlikte, çiftliğin temiz havasına dönerdi. Artık bir yavrusu olacağı için, canının sıkılması da söz konusu olmazdı.

Annesini ziyarete gittiği bir gün, Füreya korkunç bir sancıyla sarsıldı. Eve çağrılan doktor dehşet içindeydi. Füreya şiddetli bir apandisit krizi geçiriyordu. Ambulans çağırıp, onu hemen hastaneye koşturdular. Kendine geldiğinde, her şey bitmişti. Tanrı sanki tüm acıları ikişer kez yaşatıyordu bu aileye. Füreya yine bembeyaz bir yatakta yatıyordu, yine halsizdi, peritoniti atlatmıştı, ama yine bebeğini kaybetmişti. Ve şimdi, ilk ölümden dönüşünde unuttuğu her şeyi en ince ayrıntısına kadar hatırlıyordu.

Sabahattin, Bursa'da, karısından gelen mektubu tekrar tekrar okudu.

Füreya, *"Beni söylediğin kadar çok seviyorsan, bana anlayış göster. Çiftliğe dönmek, benim için ölümle eş anlamlı. İstersen beni tabancanla vurabilirsin. Bursa'ya geri gelirsem, zaten bir ölüden farkım kalmayacak. Büyük bir ihtimalle, intihar edeceğim,"* diye yazıyordu.

Köhne çiftlik evinin kapısına dizilmiş sıra sıra son model spor Amerikan arabalarının en hızlısına atladı ve deliler gibi sürdü arabayı, taa İstanbul'a kadar. Nişantaşı'ndaki evde Füreya'nın eşyalarını boşuna aradı. Çekmeceleri, dolap kapılarını açtı, hepsi bomboştu. Şahsi eşyalarını alıp, gitmişti karısı.

Füreya, annesinin odasındaki hasır koltuğa oturmuş, kitap okuyordu Sabahattin'in bağıran sesini duyduğunda.

"Bebeği siz aldırttınız. Çocuğumu öldürdünüz. Geberteceğim hepinizi," diye bağırıyordu.

"Oğlum, böyle bir şeyi nasıl düşünebilirsin. Kızın apandisi patlamıştı. Peritonitten gidiyordu," diyordu babası, titreyen sesiyle. Füreya yavaşça kalktı oturduğu koltuktan, salona geçti, dimdik, sert adımlarla yürüdü, kocasının tam karşısında durdu. Gözlerinin içine baktı.

"Senden boşanıyorum Sabahattin," dedi, "istiyorsan hep üzerinde taşıdığın tabancayı çek ve beni hemen vur. Ama dönüşüm yok, bunu bil. Seni istemiyorum. Sana asla dönmeyeceğim. Şimdi evimizden çık ve git."

Sabahattin, Füreya'yı vurmadı, ama tek başına çiftliğe döndüğünde, yatak odasında, karısının başucundaki masada, gümüş çerçevede duran Hakkiye Hanım'ın resmine bakarak, "Karımı elimden sen aldın, alçak kadın!" diye bağırdı ve tabancasındaki bütün kurşunlarını arka arkaya boşalttı. Ancak resim delik deşik olduğunda sakinleşebildi...

PENTİMENTO

(Osmanoğlu Kliniği)

Ben hastane yataklarına alışığım. Bu yataklarda ölüme kaç kere dil çıkartmışlığım var. İnanmayacaksınız ama ne zaman böyle ölümcül durumlarda yataklara düşsem, hep Anka kuşu misali, küllerimden yeniden doğmuşumdur. Bana nedense uğurlu, hayırlı gelir ölüm döşekleri.

Hastaneye ilk düştüğümde, bir aya yakın kendimi bilmeden yatmıştım. Belki de duymak istemediğim gerçeği öğrenmemem için, kendini savunmaya almıştı bedenim. İnsan vücudu akıllıdır. Ne zaman ne yapması gerektiğini, iyi bilir. Sinir sistemim beni bir aya yakın uyuttuktan sonra, nihayet uyandığımda, ilk iş, ellerimle karnımı kontrol etmiştim. O koca göbeğim yoktu. Demek doğurmuştum. Kız mıydı, oğlan mı? Tanrım inşallah kızdır da, onu Sabahattin'in silah merakından korurum, diyordum. Oğlan olduysa eğer, küçücük yaşta verecek silahı eline...

"Eee, söylesenize," demiştim etrafımda saf tutmuş yakınlarıma. Annem, hortlağa dönmüş gibiydi. Ne kadar zayıflamıştı. Aliyoşa'nın gözlerinde yaş mı vardı? Onun hemen arkasında, babam mahcup, önüne bakıyordu. 'Ah bu Osmanlı erkekleri, kızını bile yatakta görmeye utanıyor,' diye düşünmüştüm. Kimseden tıs çıkmıyordu.

"Heyy! Size söylüyorum, ayol. Çocuk kız mı, erkek mi?"

Beyazlı bir adam, akrabalarımı hafifçe iteleyerek yatağa yaklaşmıştı.

"Söylesenize, bir şey mi var?"

"Füreyanım, metin olun kızım. Bebek biraz erken doğdu. Vaktinden iki hafta evvel."

"Kuvözde mi?"

"Hayır."

Başım yatağa geri düştü... Bebeğim ölmüş olamaz. Tüm ümitlerimi bağladığım çocuğum, kanımla canımla beslediğim... Yok, olamaz! Doğru değil bu. Bana kötü bir şaka yapıyorlar. Pis, kötü, iğrenç bir şaka.

"Kocam nerede? Sabahattin yok mu. Onu çağırın bana."

Aliye'nin süzülüp dışarı çıktığını gördüm. Birazdan Sabahattin'le birlikte içeri girdiler. Kocam da annem gibi zayıflamış, avurtları çökmüştü sanki. Korka korka yanıma yaklaştı. Yatağın yanında diz çöküp, elimi elinin içine aldı. Annem yüzünde tükürür gibi bir ifadeyle arkasını döndü.

"Çocuğumuza ne oldu Sabahattin? Bebeğim nerede?"

"O... o... Başka çocuklar yaparız Füreya. Bir sürü çocuğumuz daha olur. Hem bu kızdı. Bir erkek çocuk yaparız..."

"Çocuğumu veriiin. Bebeğimi istiyoruuum." Avaz avaz bağıran ben miydim? Biri kalçama bir iğne batırmıştı. Yine karanlıklar. Yine karanlıklar. Hiç bitmeyen karanlıklar. Hep karanlıklarda kalmak istiyordum... Hep. Sanırım aklımı yitirmiştim. Aklımla birlikte, yaşama sevincimi, umutlarımı, belleğimi, her şeyimi yitirmiştim.

"Ben ne yapacağım," diye soruyordum doktora, "hiçbir şey hatırlamıyorum."

"Hafizanızı zorlayın."

Zorluyordum.

Nişantaşı'nda bir küçük evim vardı. Evet, bunu hatırlıyordum. Kocamı elbette hatırlıyordum. Hamileydim... sonrası yok. Yok!

Her şey, annemin evinde son buldu. Karşılıklı sabah kahvesi içiyorduk salonda. Karnıma bir ağrı saplandı. Sivri bir bıçak, sağ yanımı deşiyordu sanki... Aile doktorumuz Aziz Bey'i çağırdılar hemen.

Aynı sahnede rolümü bir kez daha oynar gibiydim. Ambulans geldi, hastaneye kaldırıldım, uyutuldum. Uyandığımda bebeğim yoktu. Apandisimle birlikte, bebeği de almışlardı. Kocama haber verecek zamanı bile bulamamıştık.

Hastaneden çıkarken, "Füreya, kızım, bende kalacaksın ve sana ben bakacağım," dedi annem. Nasıl da korkardım çocukluğumdan beri annemin otoriter sesinden.

"Peki anneciğim."

"Kocana bende kalacağını haber verelim," dedi. Kocama! Beni döverek seven, kocama. Hafizamın önündeki perde, ameliyat sonrasında açılmıştı. Her şeyi hatırlıyordum, artık. Tüm ayrıntılarıyla, dayak ve sevişme gecelerim, bir köle gibi eve hapsedilişim, kocamın hayallerimin gerçekleşmesine engel oluşu, içtiği gecelerin kâbusu, bardan sarhoş dönüşleri, teker teker gözlerimin önünden geçiyordu.

Ona bir mektup yazdım. Yüreğim parçalanıyordu. Ama böyle yapmam gerektiğini biliyordum. Sabahattin'in kolları arasında erimeden, onunla sevişmeden yaşamayı başarmalıydım. Bu çabayı göstermeye mecburdum. Kişiliğimi kurtarmak için, mecburdum buna.

Sabahattin, mektubu aldığı günün akşamında geldi... Azgın bir boğa gibi burnundan soluyordu. Mektupta yazdıklarımı tekrar ettim.

"Asla," dedi Sabahattin.

"Beni hemen tabancanla vurabilirsin. Ben burada kalıyorum," dedim. Sesim öyle kesin ve sertti ki, bana bile yabancı geliyordu. Ama yüreğim onun kollarına atılmak, onu öpmek, onunla sevişmek istiyordu.

Sabahattin, avaz avaz bağırarak, annemle babamı, benim aklımı çelmekle suçladı ve çıkıp gitti. Canım acıyordu. O kadar çok acıyordu ki, acımı tek başıma taşıyamıyordum.

"Anne, siz de bunu yapmalıydınız. Madem babamı affedemeyecektiniz, onu sonsuza kadar cezalandıracağınıza, bıraksaydınız. Boşasaydınız. Terk etseydiniz. Sizin sonu gelmeyen cezanızın ağırlığını, şimdi hepimiz birden çekiyoruz," diye bağırdım, rengi küle çalmış anneme. Annem bana ne bir şey sordu ne de söyledi. Öylece yüzüme baktı uzun uzun. Onun da gözlerinde acıyı gördüm. Oh, ödeşmiştik! Odama gittim, yatağıma girip, yorganımı kafamın üstüne çektim.

Gözlerimi kapadım, açmamacasına. Hasta bir hayvanın iyileşme süresince bir köşeye gizlenmesi gibi, uykularıma saklandım, ben de. Uyudum, uyudum, uyudum.

Sonra bir gün, yattığım yataktan kalktım ve bıraktığım yerden yaşama geri döndüm. Arada geçen evliliğimi, sildim. Kocaman bir silgiyle, hiç iz bırakmadan silmiş olmalıydım Sabahattin'i, Bursa'yı, çiftlik evini... hiç tanımamışçasına, yaşamamışçasına...

"Güzel evladım, yine evlenirsin, çocukların olur. Dünya güzeli çocukların," dediydi annem.

Annemin dayısı Nedim Bey, 1912 Balkan Harbi'nde, savaş meydanında bulduğu küçücük bir kız çocuğunu yanında getirmişti eve dönerken. Fatma benimle birlikte büyüdü. Beş altı yaşlarındaydık. Yurtdışından gelen bir aile dostumuz, bana yattığı zaman gözlerini kapatan ve ağlayan bir taş bebek getirmişti. Fatma ile Ada'da, sarnıcın yanında oynuyorduk. Bebek benimdi, hep benim kucağımda duruyordu. Bir ara, tutması için, bebeği Fatma'ya uzattım. Fatma bebeği aldı, olanca hızıyla yere çarptı. Bebek paramparça oldu, yerde. Dondum kaldım. Şaşkınlığımdan ağlayamadım bile. O akşam hiç uyumadım. Ertesi gün annem bana bir bebek almak için, Beyoğlu'na iniyordu.

"Alma anne, istemiyorum," dedim. İnanmadı. Elinde kocaman bir bebekle döndü öğleden sonra. Elimi sürmedim o bebeğe. Ne ona ne de bir başka bebeğe. Benim için bebekle oyun bitmişti.

Benim için çocuk faslı da bitmişti.

Fahrünissa teyzem ikinci kocası Emir Zeid ile evlenmeye Atina'ya gidiyordu. Beni de götürmek istedi. Bir değişikliğin bana iyi geleceğine inanıyordu. İçim paramparçaydı. Yaşadıklarıma inanamıyordum. İki yıl içinde yirmi senelik yol almıştım sanki. İhtiyarlamıştım, yaralanmıştım, iki çocuk kaybetmiş ve ölümün eşiğinden dönmüştüm. Âşık olduğum kocamı, gururumu korumak için boşamıştım ve henüz yirmi iki yaşındaydım. Fazla nazlanmadım, hazırlıklarım tamamlanınca, teyzemin peşinden Atina'ya gittim... ve orada bir Anka kuşu gibi, küllerimden bir kez daha doğdum.

II. BÖLÜM

Yeni Ufuklara Doğru

Hiç düş kırıklığına uğramayanlar,
hiç umut beslememiş olanlardır.
Bernard Shaw

RASTLANTI

"Füreya kızım, bak şu masa boş. Şuraya, gölgeye oturalım," dedi Hakkiye Hanım.

Füreya annesinin peşinden yürüdü, ince uzun gövdesi, muntazam hatları, gür siyah saçlarıyla bir Yunan tanrıçasını andırıyordu. Yaklaşık bir yıl önce geçirmiş olduğu travmadan hiç iz taşımıyor gibiydi. Atina yolculuğu ona iyi gelmiş, çektiği sıkıntıları unutturmuştu.

Altı aya yakın kalmıştı Fahrünissa'nın yanında. Birlikte Paris'e ve Mısır'a da gitmişlerdi. Fahrünissa da aynı yollardan geçmiş, çocuğunu kaybetmenin, çapkın kocaya dayanmanın ve boşanmanın acılarını çekmiş olduğu için yeğenini çok iyi anlamıştı. Aşkla bağlanılan bir erkekten vazgeçmenin ne demek olduğunu biliyordu. Yeğenine büyük bir sevgi ve anlayışla yaklaşmış, onu şımartmış, gezdirmiş, eğlendirmişti. Artık çok zengin bir kadın olduğu için,.kesenin ağzını da açmış, bol bol da alışveriş yaptırtmıştı. Füreya ne zaman itiraz edecek olsa, "Aptallık etme Füreya, ne lazımsa bol bol al. İstanbul'a döndüğünde nasılsa para sıkıntısı çekeceksin, gözlerin vitrinlerde kalacak," diyordu.

Füreya Atina'da, teyzesinin harcadığı paraların karşısında, hayrete düşüyordu. Şakir Paşa'nın ölümünden beri göğüs germek zorunda kaldıkları parasızlığa rağmen, etrafa sıkıntılarını hiç belli etmemeye çalışmışlar ve ailece hep başlarını dik tutmuşlardı. Yüksek rütbeli subaylar olan babası ve Ahmet Eniştesi rahata ancak cumhuriyetin kurulmasıyla kavuşabilmişlerdi. Fahrünissa da ilk evliliği süresince para sıkıntısı çekmemişti. Ama çok düzeyli yaşamaya, en şık elbiseleri giymeye, en kaliteli yemekleri yemeye alışmış olan zavallı anneannesinin, Aliye'nin, hatta Suat Dayısının verdiği hayat mücadelesini hatırladıkça ettiği alışverişler içine sinmiyordu. Ne var ki harcadıkları paralar yeni eniştesi Emir Zeid'in kılını bile kıpırdatmıyordu.

Füreya, Atina'daki hayatı görünce, paranın değerini anlar gibi oldu. Genç bir kadının kendine yakışacak elbiseleri, aksesuarları, mücevherleri alabilmesinin, saçlarını en iyi berberlerde taratabilmesinin ve tüm bunları gösterebileceği muhitlerde dolanmasının tarifi imkânsız bir keyfi vardı.

Şu anda da Atina'dan aldığı şık, mavi keten tayyörünün, boynuna doladığı bir ton koyu şifon eşarbının içinde, kendini son derece iyi hissediyordu. Anne kız, Yalova'daki bu pek ünlü Çınaraltı çay bahçesinde, gölgede kalan masaya yürüyüp oturdular.

"Garson bekletmeden gelse keşke," dedi Füreya, "Babamı uzun süre yalnız bırakmak hoşuma gitmiyor."

"Kızım, o tek başına kalıp kitaplarını okumaktan çok memnun. Biraz fazla üstüne düşüyorsun," dedi annesi. Füreya, şık beyaz çantasını açtı, içinden elbisesiyle uyumlu mavi uzun ağızlığını çıkardı, ucuna sigarasını taktı.

"Kibrit sizin çantanızda mıydı?" diye sordu annesine. Hakkiyanım, tasvip etmeyen gözlerle baktı kızına ama itiraz etmedi. Öyle büyük bir badire atlatmışlardı ki... öldüğünü zannettiği kızının yaşama döndüğü günlerde, ona hiçbir müdahalede bulunmamaya, onu bir daha asla azarlamamaya kendi kendine söz vermişti. Kibriti çıkarıp verdi.

Garsona çaylarını ısmarladılar, Füreya sigarasından derin bir nefes çekti. Tam üfleyeceği sırada, bahçede bir hareketlenme, bir telaş oldu. Garsonlar koşuştular. Annesi yüzü kapıya dönük oturuyordu,

"Aaa, Füreya! Aman Allah'ım, Atatürk geliyor," dedi. Füreya dizlerinin çözüldüğünü hissetti. Çocukluğunda ilk bakışta âşık olduğu Atatürk'ü İzmir'in kurtuluş yıllarından beri görmemişti. Araya babasıyla yaşanan kırgınlığın girmiş olmasına rağmen, derin bir sevgi besliyordu bu muhteşem adama. Heyecanlandı. Ne yapacağını bilemedi.

"Dönme o tarafa, dönme. Belki bizi görmezler, çayımızı içer kaçarız," dedi Hakkiye. Kızını siper almaya çalıştı. "Anneciğim hâlâ bu mahkeme faslını unutmadınız mı siz? Yıllar geçti aradan," dedi Füreya. Atatürk de bu arada onları görmüş ve tanımıştı. Yanındakilerle birlikte, masalarına yürüdü. Hakkiye ve Füreya ayağa kalktılar.

"Nasılsınız hanımefendi?" dedi Atatürk elini uzatarak.

"İyiyim efendim," dedi Hakkiye soğuk bir sesle.

"Bu küçük hanım, kızınız mı?"

Füreya saç diplerine kadar kızardı. Atatürk, ne yazık ki yıllar önce gördüğü o ince, sarı saçlı ilah değildi ama insanın içine işleyen gözleri hâlâ çakmak çakmaktı.

"Füreya'yı tanımadınız mı Paşam?"

"Aman yarabbi, o küçücük çocuk bu hale ne zaman geldi? Hâlâ keman çalıyor musunuz küçük hanım?" Füreya'nın elini ellerinin arasına aldı.

"Zaman buldukça. Ne yazık ki bir konser solisti olamadım, efendim..." dedi Füreya. Atatürk etrafındakilere döndü,

"Bu hanımefendiler, Emin Paşa'nın eşi ve kızıdır," dedi.

Şükrü Kaya ve Kılıç Ali de onları selamladılar. Hakkiye ve Füreya, bu kişileri her gün okudukları gazetelerden tanıyorlardı zaten.

"Bizim masamıza buyurmaz mısınız?" diye sordu Atatürk.

"Rahatsız etmeyelim efendim," dedi Hakkiye Hanım.

"Ne münasebet." Atatürk etrafında dikilen garsonlara dönüp emir verdi, "Masamı büyütün. Hanımefendiler de bize katılacak."

Hakkiye'nin bu durumdan kurtulamayacağını bildiği için, içi içini yiyiyordu. Otele döndüklerinde ne diyecekti kocasına. Emin Paşa, çok kırgın olduğu Mustafa Kemal'in masasına oturduğu için ona kızacak, gücenecek miydi, yoksa böyle bir oldu bitti karşısında kaldığı için anlayış mı gösterecekti?

Füreya ise heyecandan ve mutluluktan uçmak üzereydi. Türkiye'de yaşayan her genç insan gibi, sonsuz hayranlık beslediği önderin masasına davet edilmek lütfuna ermişti. Hemen onlarla gitmek üzere ayağa fırladı. Annesinin sert bakışlarını görmemezliğe gelerek yürüdü. Bir elinde beyaz çantasını, öteki elinde mavi uzun ağızlığını taşıyordu.

Garsonlar iskemleleri çekmiş oturmalarını bekliyorlardı. Mustafa Kemal Paşa, hanımlara yer gösterdi, Şükrü Kaya ve Kılıç Ali, hanımlar ve Mustafa Kemal oturana kadar beklediler. Füreya, Şükrü Kaya ve Mustafa Kemal'in sohbete daldıkları bir sırada, Kılıç Ali, sessiz ve sinirli olduğunu belli eden Hakkiye Hanım'a eğilerek alçak bir sesle sordu.

"Emin Paşa hazretleri nasıllar, iyiler mi?"

"Nasıl olmasını bekliyorsunuz? Elbette moralman çökük. Sağlığı da iyi değil. Sürekli ağrıları var. Zaten onun ağrıları için geliyoruz Yalova'ya."

"Aaa, Emin Paşa burada mı?"

"Otelde. Dinleniyor," dedi Hakkiye Hanım.

"Onu muhakkak ziyaret etmek isterim," dedi Kılıç Ali.

"Zahmet buyurmayınız." Hakkiye bu laf ağzından çıkar çıkmaz pişman oldu. Kocasının başına gelen haksız muamelelerden dolayı için için Mustafa Kemal'in çevresini suçluyordu, ama galiba fazla ileri gitmişti. Biraz sonra, yanında artık susan ve başı eğik oturan Kılıç Ali'ye doğru kendisi eğilerek,

"Ben şahsen size bir teşekkür borçluyum," dedi.

"Estağfurullah, hanımefendi."

"Evet. Dayım Nedim Bey, annemin hususi ricalarını size ilettiği zaman, yaşlı ve kederli bir annenin duygularına bigâne kalmamanız, yardım elini uzatmanız, büyük bir âlicenaplık örneği idi."

Hakkiye, ağabeyi Cevat Şakir'in adını ağzına almadan, onun hapisanelerde çürüyeceğine, Bodrum'a sürgün edilmesinin ardında olduğunu bildiği Kılıç Ali'ye, annesi adına teşekkür ediyordu.

"Bizim hem askeri, hem siyasi hem de kültür hayatımıza bunca katkısı olan bir ailenin ricasını nasıl kırardım," dedi Kılıç Ali, "özellikle babanıza, yazmış olduğu tarih kitaplarından dolayı sonsuz saygım vardır."

Hakkiye Hanım'ın sessizliği ve durgunluğu, Kılıç Ali'nin içten tavırlarıyla geçer gibi olmuştu. Ama yine de fazla gecikmeden otele dönmeleri gerekiyordu. Bir cumhurreisinin masasından kalkmak yakışık alır mıydı acaba? Kızına baktı. Füreya cıvıl cıvıldı. Heyecanını yenmiş, şimdi de Kılıç Ali'ye, Atina'da gezip, görüp hayran olduğu yerleri anlatıyordu.

Hakkiye Hanım'ın tedirginliği Mustafa Kemal Paşa'nın gözünden kaçmadı.

"Otele dönmekte acele ediyorsanız, biz size mani olmayalım hanımefendi," dedi. Hakkiye Hanım teşekkür ederek kalktı. Mustafa Kemal ve arkadaşları da kalktılar. Füreya sigarasını söndürdü, ağızlığını çantasına koydu. Vedalaştılar.

Mustafa Kemal, Emin Paşa'ya dair tek kelime etmemişti. Hakkiye Hanım'la Füreya'yı bahçe kapısına kadar Kılıç Ali geçirdi. Kapıda hem Hakkiye Hanım'ın hem de Füreya'nın ellerini öptü.

"Emin Paşa'ya hürmetlerimi iletin efendim," dedi. Kapıdan çıktılar.

"Görgüsüz adam," dedi Hakkiye Hanım, "Hiç genç kızların eli öpülür mü?"

"Anne, ben genç kız değilim ki. Başımdan bir evlilik geçti," dedi Füreya.

Kılıç Ali, hanımları geçirdikten sonra, masasına döndü.

"Şu Emin Paşa'nın kızını görüyor musun Kılıç," dedi Mustafa Kemal, "ben onu şu kadarcık, piç kurusuyken tanıdım. Büyümüş de adam olmuş, karşımda oturdu, ağızlığı ile püfür püfür sigara içti."

Füreya, Termal Otel'de kaldıkları sürece, ne zaman odasından aşağı inse, Kılıç Ali ile karşılaşıyordu. Kılıç Ali, ayrıca ne yapmış etmiş, Emin Paşa'yla görüşmeyi başarmıştı, iki eski dost, Emin Paşa odasından çıkmak istemediği için, bir sabah odada buluşmuşlar, kahve içmişler, bir başka gün de, yine odanın balkonunda çay içmişlerdi. Bu sohbetler uzun zamandır, kimseyle teması olmayan Emin Paşa'ya iyi gelmişti.

Akşamları yemekten sonra, annesi ve babası odalarına çekildiklerinde, Füreya otelin salonuna iniyor, Hikmet Bayur, Şükrü Kaya ve Kılıç Ali ile bezik oynuyordu. Bu arada uzun uzun sohbetler de yapıyorlardı. Birlikte bezik oynadığı beylerin hepsi, kendinden çok büyüktüler. Ama Füreya'ya bir genç hanım muamelesi yapmaktan geri kalmıyorlardı. Son derece terbiyeli ve mesafeli olmakla birlikte, Füreya ara sıra, güzel yüzünde dolaşan hayranlık dolu bakışlarını yakalamıyor değildi. En çok da Kılıç Ali'ninkileri.

Füreya, anne ve babasıyla birlikte, Yalova'da on beş gün kalıp İstanbul'a döndükten bir ay sonra, evlerine bir ziyaretçi geldi. Ziyaretçi, daha önce telefon ederek Emin Paşa'yla özel bir hususta görüşmek istemişti. Emin Paşa, kurtuluşun önemli muharebelerinden Conk Bayırı kahramanı Nuri Conker'i, gönülsüz kabul etti. Yalova'da karşılaşmalarından sonra, ona yeniden bir vazife tevdi edeceklerse eğer, kesinlikle istemiyordu. Artık en hafif bir göreve getirilmeye bile müsait değildi sağlık durumu. Divan-ı Harp olayı, bu eski askeri perişan etmişti.

Oysa Nuri Conker'in bambaşka bir isteği vardı. Emin Paşa'nın kızı Füreya Hanım'ı, Kılıç Ali'ye istemeye gelmişti.

Emin Paşa, kulaklarına inanamadı. Kılıç Ali, neredeyse Füreya'nın babası yaşındaydı. "Olmaz öyle şey," demekle yetindi.

"Füreya Hanım'ın da görüşünü alsaydınız," dedi Nuri Conker, ayrılırken.

Akşamüstü, gezmeden eve dönen Füreya'ya neredeyse alay ederek anlattı annesi, sabahki olayı.

"Neden o kadar garibinize gitti, anneciğim," dedi Füreya, "Şakir Paşa ile anneannemin de arasında yirmiden fazla yaş farkı yok muydu?"

"Zaman değişiyor," dedi Hakkiye Hanım. "O yaş farkları eskidendi. Şimdi insanlar akranlarıyla evleniyor."

"Ben evlendim de ne oldu?" diye sordu Füreya. "Demek eskilerin bir bildikleri vardı. Yaşlı kocalar hiç olmazsa karılarının kıymetini biliyorlar."

"Yani sen şimdi bu işe gönüllü müsün? Kılıç Ali ile evlenmek mi istiyorsun?" Hakkiye Hanım, kızının şaka ettiğini sanıyordu.

"Bilmiyorum anne. Ama ciddi ciddi düşüneceğim," dedi Füreya.

Akşam Füreya odasına çekildikten sonra, "Kızımız aklını kaçırmış olmalı," diye söylendi Hakkiye Hanım. "Düşünecekmiş! Düşünülür tarafi var mı bu işin? Hadi yaşından geçtim, adamın dört tane hayta gibi oğlu var. En büyüğünün yaşı, Füreya'ya yakın olmalı. Karısı var."

"Karısı olsa, kızımı istemeye cesaret edemezdi," dedi Emin Paşa.

"Ayol bu koca oğlanları kim doğurdu? Meryem Ana mı?"

"Belki kadıncağız ölmüştür."

"Ya ölmediyse?"

"Herhalde boşamıştır, o zaman."

"Füreya yüzünden boşuyorsa, vebali kızımın üstünde kalır. İstemem."

"Ben de istemem ama, bizi kim dinler. Şimdiki gençlere baksanıza, hanım. Şu Aliye'nin yaptıklarına mesela..."

"Allah benzetmesin," dedi Hakkiye Hanım. Beterin beteri vardı gerçekten. Ama onun kızı akıllıydı, dengeliydi. Bu gece hele bir geçsin, yarın aklı başına gelir, menfi yanıtını gönderirdi Kılıç Ali'ye.

Füreya bütün gece, kendine yapılan evlenme teklifini düşündü. Kılıç Ali, iri yapılı, uzun boylu, başı açılmış ama muntazam hatlı ve hareketleri kadınlara karşı son derece nazik bir erkekti. Yaşını göstermiyordu. Davranışlarında ömrünü cephelerde geçirmiş bir erkeğin tavrından çok, bir salon adamı edası vardı. Füreya, Atina'dayken servetin keyfini sürmüştü. Paranın, bir kadının hayatını nasıl değiştirebildiğine, etrafi nasıl ışıl ışıl bir parıltıya boğabildiğine yakından tanık olmuştu. Fahrünissa Teyzesi, artık hiç görmediği kadar mutlu ve güzeldi. İçinde yanan bir ışık, yüzüne, tenine yansıyordu sanki. Kocası dünyanın en iyi yürekli, en anlayışlı adamıydı hiç şüphesiz. O kısa boylu, tombalak, açık başlı Emir Zeid, Atina'daki bonkörlüğünden sonra, Füreya'ya bile yakışıklı gözükmüştü. Para sihirliydi. Dokunduğu her şeyi değiştiriyordu.

Füreya, titiz ve otoriter annesiyle, sürekli ağrılarla boğuşan hasta babasının evinde onlarla yaşamak, tahsil çağındaki kardeşi Şakir zaten bir emekli maaşına kalmış olan aile bütçesini zorlarken, bir de kendi masraflarını eklemek istemiyordu. Evlenirse, babasının yükü azalacaktı. Ve evlenirse, Füreya bu kez asla âşık olmayacağı ve ona ızdırap çektiremeyecek birini seçecekti. Aşktan fena halde canı yanıktı.

Ama Kılıç Ali'nin bu teklifini asıl cazip kılan, O'na yakın olmaktı. Henüz dokuz yaşındayken, bir görüşte vurulduğu ve hayranlığının her geçen gün arttığı... sıtmanın, çaresizliğin, açlığın kırdığı halkın içinden, değil elinde silahı, ayağında postalı bulunmayan perişan insanlardan, vatan aşkıyla dolu bir ordu yaratarak, milletinin kaderini değiştiren... Füreya'yı diğer hemcinsleriyle birlikte, onurlu, haysiyetli, özgür insanlar mertebesine yükselten... etrafını ışığa boğan O'na, o 'mucize'ye yakın olmak!

Füreya, hiçbir zaman ezilen, horlanan bir kadın olmamıştı. Kişiliğini örseleyen ilk evliliğinden silkinmesini bilmişti. Ama bu ülkede herkes onun kadar şanslı değildi.

Atatürk, kendini savunmaktan aciz Türk kadınlarını savunan, koruyan kanunlar getirmişti. Atatürk, yalnızca yüzde sekizi okur yazar olan bir milletin, üç ay gibi kısa zamanda, her yaştan insanıyla okur yazar olmasını sağlamıştı.

Atatürk, insanını kendi öz dilinde konuşturmuştu tanrısıyla. Kadınların güzel yüzlerini güneşe, insanların beyinlerini ışığa açmıştı. Üç beyazlar, şeker, un ve pamuk, Türk fabrikalarında üretiliyordu tıkır tıkır. Varsın arada babası ve babası gibi başkalarının gönlü kırılmış olsun! Bir vatan yaratmıştı Atatürk, bir millet yaratmıştı... Bütün bunlar, Füreya'nın ilerici, atılımcı karakterine çok uygun düşüyordu.

Füreya kendini, apartmanlarının balkonundan yarı beline kadar sarkmış, Refet Paşa'nın, kurtuluştan sonra, İstanbul caddelerinden atının üzerinde muzaffer bir kumandan olarak geçişini seyrederken hatırlıyordu. O inanılmaz coşkuyu, sevinci yeniden yaşıyor gibiydi. Halk yerlere halılar sermiş, muzaffer askerlerini çiçek yağmuruna tutmuştu. Herkes sevinçten çıldırmış gibiydi. Herkes mutluluktan ağlıyordu. Annesi, işgal günlerinde maruz kaldığı onur kırıcı muamelenin acısını çıkarmak için, erkek çorapları atmıştı balkondan...

Ve şimdi Füreya, bu evlilikle, her gün onu görebilme, ona yakın olabilme fırsatını yakalayacaktı. Ondan feyz alacaktı. O kadar heveslenip de Bursa'da yapamadığı çalışmalarını, cumhuriyet'in eğitim ordusuna katılarak, Ankara'da yapacaktı. Belki de kader, içinden fışkıran enerjiyi kanalize etmesi için, yolunu Bursa'dan Ankara'ya doğru bilhassa saptırmıştı.

Sabahın ilk ışıklarıyla, kulağına gelen ezanı dinledi. Sanki, sadece ona seslenen gizli bir mesaj vardı müezzinin sesinde. Ve ne tuhaf, hiç uyumamış olmasına rağmen, yorgun değildi. Umutlu, heyecanlı ve kararlıydı.

Yatağından kalktı, annesinin yattığı odaya yürüdü, kapıyı tıklattı.

"Hayrola," diye seslendi annesi, "Şakir, sen misin oğlum?"

"Benim anne. Uyuyor muydunuz?"

"Eh, uyandım artık. Ne var?"

"Bir şey söylemek istiyorum."

"Bu saatte mi? İçeri gel Füreya."

Füreya odaya girdi. Annesi doğrulmuş, başucundaki lambayı yakmaya çalışıyordu.

"Ne oluyor kuzum?" Annesi dikilip oturdu yatağında. Füreya pencereye yürüyüp, perdeleri açtı. İçeri sabahın iyimser aydınlığı doldu.

"Ben kararımı verdim. Kılıç Ali'nin teklifini kabul ediyorum," dedi.

***

Nuri Conker, geçen gelişinde hem çok tedirgindi, hem de çok kısa kesmişti ziyaretini. Şimdi, Hakkiye Hanım'ın sunduğu kahveyi içerken, bir taraftan da evi tetkik ediyordu, belli etmeden. Eşyalardan, resimlerden, biblolardan, kitaplardan anlaşılıyordu buranın görmüş geçirmiş bir aileye ait olduğu. Ev, Ankara ve İstanbul'da ziyaretine gittiği yeni zenginlerin evlerine hiç benzemiyordu. Füreya'nın aristokrat geçmişinin aynası gibiydi... Ömrünün büyük bir kısmını savaş meydanlarında geçirmiş, mütevazı ve orta yaşlı bir emekli asker ile bu dünya görmüş, çok genç ve çok güzel kadının müştereklerini bulmaya çalıştı.

"Âşığım Nuri. Bu yaşımda fena âşık oldum," demişti Kılıç Ali arkadaşına.

"Duyduğuma göre, o da aşıkmış Kılıç. Boşandığı kocasına âşıkmış hâlâ."

"Ama onu bırakmış değil mi?"

"İçkici ve çapkınmış adam."

"Demek şefkate ve ihtimama ihtiyacı var. Bunları ben ona verebilirim."

"Mantık evliliği yapmak için, o henüz çok genç. Sen de aşk evliliği için geç kaldın."

"Hayatım savaşlarda çarpışarak geçti. Birkaç yıl öncesine kadar hep mücadele ettim. Artık hayatın tadına varmak ve mutlu olmak benim de hakkım. Üstelik, ben sadece aşk evliliği yapıyor değilim. Benim için aynı zamanda bir mantık evliliğidir bu. Yanımda, Gazi'nin tam istediği gibi, kültürlü, dil bilen, modern bir eş olacak. Türk kadınına örnek olabilecek bir eş. Gençliği, güzelliği de cabası."

Nuri Conker, belki de Kılıç haklı, diye düşündü. Kendi eşi de dahil olmak üzere, Atatürk'ün yakın çevresindeki kadınların arasında, bir yıldız gibi parlayacaktı Füreya. Cumhuriyetin kurucuları, kızlarını okullarda, üniversitelerde, yabancı diller öğreterek yetiştiriyorlardı, ama eşleri, ne kadar intibak etmeye çalışırlarsa çalışsınlar cumhuriyete, bir başka devirden kalmışlardı. Üzerlerine giydikleri modern elbiseler bile iğreti duruyordu sanki. Çekingen ve ürkektiler.

Emin Paşa'nın endişeli sesiyle sıyrıldı düşüncelerinden,

"Ne dersiniz Nuri Bey, Kılıç iyi koca olur mu? Onu siz çok yakından tanıyorsunuz."

"İyi koca olur," dedi Nuri Conker.

"Sizin de çok düşkün olduğunuzu, üstüne titrediğinizi bildiğim bir kızınız var, Kıymet Hanım'ı istemiş olsaydı, verir miydiniz ona?"

Nuri Conker'e birden bir sıkıntı bastı. Dört çocuklu, kırkını geçmiş birine verir miydi kızını?

"Emin Paşa," dedi, "Kılıç Ali, yumuşak, terbiyeli, iyi bir insandır. Çok içki içilen bir muhitte olmasına rağmen ben onun zilzurna sarhoş olduğunu, saçmaladığını hiç görmedim. Çocuklarına iyi babalık etmiştir. Sağlıklıdır. Hali vakti oldukça yerindedir. Bulunduğu konumda ikbal sahibidir. Füreyanım'ın maddi açıdan bir sıkıntısı olmaz. Onu el üstünde tutacağına da eminim. Ben kızımı verir miydim? Kızımı onunla evlensin diye zorlamazdım. Ama kendi rızasıyla gidiyorsa, mani de olmazdım." Konuşurken, gözleri hep yerdeydi Nuri Conker'in.

Emin Paşa arkasına yaslandı. "Azizim," dedi, "benim fikrimi sorsalar hayır derdim. Ama kız olurunu verdi. Kendi rızasıyla gidiyor. Üstelik tecrübesiz de değil, başından bir talihsiz evlilik geçti. Evlenme diye zorlayamam ki. Sonra başka kısmeti çıkmazsa, hesabını bana yazar. Ben ne diyeyim?"

"Hayırlı olsun deyin," dedi Nuri Conker, "hayırlısı neyse o olsun."

ANKARA YILLARI

(1935-1938)

Füreya ile Kılıç Ali, Yenişehir'de, Bayındır Sokak'ta, bahçe içinde bir villaya yerleştiler. Kılıç Ali'nin bu evliliğe şiddetle karşı çıkan oğullan Fahir, Gündüz ve Keskin onlarla birlikte oturmuyordu.

Çocukların arasında Füreya'ya tek tepki göstermeyen ve henüz on iki yaşında olan en küçük oğlu Altemur ise, yarı onlarla yarı kendi annesiyle kalıyordu.

Altemur, güzel bir bahçe içindeki istasyon binasında doğmuştu. Üst katlarında İsmet Paşa ve ailesi otururdu. Bu yüzden İsmet Paşa'nın çocuklarıyla çok yakın arkadaştılar.

Füreya, başlarda, üvey oğullarının huzurlarını bozacağından

çok korkmuştu. Ama beklediği gibi olmadı. 1917 doğumlu olan Fahir zaten çoktan kendi hayatını kurmuştu. Gündüz ile Keskin'in tepkilerini, babaları genç karısına yansıtmamayı başardı. Füreya sadece onlar tarafından sevilmediğini, istenmediğini bildi, o kadar. Altemur ise ağabeylerinin tesiri altında, annesinin yerini alan bu yabancıya her ne kadar kötü muamele etmek istediyse de başaramadı. Çünkü onu hem çok güzel hem de çok ilginç buluyordu. Füreya, bu genç çocuğun ufkunu genişletiyor, ona o güne kadar duymadığı müzikleri dinletiyor, okuması için kitaplar veriyordu. Üstelik eğlenceli ve neşeliydi. Kendine kötü muamele yapacağından korktuğu bir üvey anne beklerken, hiç annelik taslamayan bir arkadaş bulmuştu. Füreya'yı sevmeye ve benimsemeye de gönlü el vermiyordu. Ne de olsa, annesi değildi o. Kendini ona yakın hissettiği günlerin sonunda, yatağına yattığında adeta bir vicdan azabı ve suçluluk duygusu çekiyordu, öz annesine karşı.

Füreya, Kılıç Ali'den beklediği baba şefkatini fazlasıyla bulmuştu. Kocası onu şımartıyor, onun bir dediğini iki etmiyordu. Cebinde harcaması için, istediği kadar parası, evinde hizmetkârları vardı. Evin mevcut eşyalarını beğenmediği için, sarayda çalışmış olan bir Ermeni ustaya yeni koltuk takımları ısmarlamış, bütün mobilyalarını değiştirmişti. O sıralarda, Çubuklu'da bir Osmanlı konağında yapılan bir müzayededen, annesine bir kanepe ve antikalar aldırtmış, bunları trenle Ankara'ya naklettirmişti. İstanbul'dan getirttiği sadece mobilya değildi. Luka isimli bir Rus metrdotel ve bir aşçı da İstanbul'dan yollananlar arasındaydı.

Füreya, Ankara'ya ilk gittiğinde, onu bir hayal kırıklığı bekliyordu. O konuda çok kitap okuduğu için çok iyi bildiği Fransız Devrimi'ni gerçekleştiren aydınlar gibi, Ankara'da münevver bir çevre bulacağını sanmıştı. Devrimin arka plandaki kahramanları, o müthiş kafalar, filozoflar, düşünürler, elbette Paris'te olduğu gibi, Ankara'da da Atatürk'ün yakınında olacaklardı. Ama ne acı ki Mustafa Kemal'in yakın çevresi bomboş insanlarla doluydu. Hiçbirinde ne kültür ne birikim ne sanat tutkusu vardı. Füreya'nın on beş yaşında okuduğu kitapları bu insanlar duymamışlardı. Radyoda tüm gün çalan klasik müziği bile dinlemiyor, gecenin geç saatlerinde, ancak kantolar, göbek havaları söylüyorlardı. Atatürk büsbütün büyüdü gözünde. Evet, savaşı silah arkadaşlarıyla birlikte kazanmıştı şüphesiz. Ama cumhuriyet sonrası verdiği savaşta yapayalnızdı. Sadece kendi saçtığı ışıkla parlıyordu etrafi. Ve o ışık, halkı aydınlatır, ısıtırken, kendi yakın çevresi karanlıkta kalıyor, ışıktan nasibini alamıyor gibiydi. Atatürk'ün yakınındakilerin tek hünerleri, bu büyük dehaya olan bağlılıklarıydı. Onun projelerine destek veriyorlardı, o kadar.

Füreya'yı tedirgin eden bir başka şey de evdeki silahlardı. Kılıç, kavgacı bir adam olmamasına karşın, hep dört beş tabancayla dolaşıyordu nedense. Bir tabanca evin girişinde dururdu, başka bir tane yatak odasında, baş ucunda. Arka cebinde, ön cebinde, her tarafinda bir tabanca bulunurdu.

Evine yerleştikten sonra, Füreya, Ayşe Teyzesini Ankara'ya çağırmıştı.

Teyzesi poker oynamasını çok sevdiği için, ona bir kare hazırlamış, iyi poker oynayan Nuri Conker ile Salih Bozok'u da oyuna davet etmişti. Ayşe Hanım, masada Kılıç Ali ve misafirlerinin karşısına yerleşmiş, kartları karıştırmaya koyulmuştu. Birdenbire, masanın üç tarafindaki adamlardan tak tak sesler gelmeye başlamıştı. Tak bir tabanca Nuri Conker'den, tak tak iki tabanca Salih Bozok'tan, tak tak tak üç tabanca Kılıç Ali'den. Adamlar, muhtelif ceplerinden çıkarttıkları tabancaları masaya bırakıyorlardı. Ayşe Hanım'ın zaten büyük olan mavi gözleri yuvalarından firlamış,

"Ne oluyor kuzum, ihtilal mi var!" diye sormuştu.

Kılıç Ali, tabancalardan çocukluğundan beri çok korkan genç karısını kıramayacağı için, taşıdığı tabanca sayısını bire indirdi. Bu, Atatürk'ün keskin gözlerinden kaçmayacaktı. Bir gün, "Çıkart bakayım tabancalarını Kılıç," demişti... Kılıç Ali'nin üzerinden tek bir tabanca çıkınca da,

"Görüyorum ki senin de hakkından hanımın gelmiş," diyerek dostunu alaya almıştı.

Füreya'yı Ankara'ya ziyarete gidenler arasında, Hakkiye Hanım ve küçük Şirin de vardı. Annesi Berlin'de olduğu için, yalnızlık çeken yeğenini de yanında götürmek istemişti teyzesi. Bu, Şirin'in ilk yolculuğu idi.

Heyecandan yerinde duramıyordu. Toros Ekspres'le gelen annesini ve Şirin'i karşılamaya istasyona giden Füreya'yı şık tayyörü ve şapkası ile karşısında görünce, hayranlığından bir çığlık atmıştı çocuk. Ankara'da on güne yakın kalmışlardı. At yarışlarına gitmişler, bağlarda gezmişler, Ankara Palas'ta yemekler yemişlerdi. Şirin, villanın bahçesinde komşuların çocuklarıyla oynamıştı, İstanbul'a döndüğünde, Ankara'da en çok neyi beğendiğini soranlara, "Füreya Ablamı," demişti, "Bizi karşılamaya geldiğinde o kadar hoştu ki, önce onu bir film yıldızı sandım. Tanrım ben de keşke onun gibi olabilsem, büyüdüğüm zaman."

Füreya'nın Kılıç Ali'yle evlendikten sonra Atatürk'le ilk karşılaşması Dolmabahçe Sarayı'nda verilen bir ziyafete rastgeldi.

İstanbul'a bir ziyaretleri sırasında, Füreya ve kocası, Şakir Paşa Apartmanı'nda kalıyorlardı. Öğlene doğru kapıcı elden verilmiş bir mektup getirdi. Akşama Dolmabahçe Sarayı'nda yemeğe bekleniyorlardı. O sabah Atatürk'ün Arkeoloji Müzesi'ni ziyarete gittiğini biliyordu... Füreya, Ata'nın Müze'de Cevat Paşa Kütüphanesi'ni gördüğü için, onu davet ettiğini sandı. Sevindi. Yanında getirdiği tuvaletlerinden birini seçti, ütülenmesi için yatağının üstüne serip, berbere koştu. Akşam sekizde karı koca hazırdılar. Füreya heyecan içindeydi.

"Aman kızım, sakın Gazi'nin sofrasında içki ve sigara içme,

öyle yapan hanımları hafifmeşrep addedermiş," diyordu annesi. Füreya'nın, masasında ağızlığı ile sigara içtiği için, Atatürk'ün kocasına yaptığı yakınmayı duymuş olduğundan, hiç niyeti yoktu, ne içki ne sigara içmeye.

Dolmabahçe Sarayı'nın yemek salonuna kurulan otuz-kırk kişilik sofrada, Atatürk tam ortada oturuyordu. Sağına Afet İnan'ı oturtmuştu. Füreya'yı da soluna buyur etti. Füreya bacakları titreye titreye gitti oturdu ilk bakışta Galip Bey'i, İsmet Paşa'yı ve Şükrü Kaya'yı gördü.

Afet İnan, İsviçre'de bir üniversitede tezini hazırlıyordu. Önce bir süre bu tez üzerine konuştular. Sonra Atatürk, Füreya'ya döndü,

"Sizin Fransızcanız hepimizinkinden daha iyi, şimdi Afet Hanım'a tezi yüksek sesle okutturacağım, yanlışlıkları varsa, lütfen müdahale edin, düzeltin," dedi.

Afet İnan ayağa kalkıp elindeki notları okumaya başladı. Atatürk sürekli okumayı durduruyor, Füreya'nın fikirlerini soruyordu. Sofrada Fransızca bilen başkaları da vardı. Onlar da bu sorulardan nasiplerini alıyorlardı. Tezin okunması bitti. Eğitim üzerine bir sohbet başladı. Füreya'nın tam karşısında, Cevat Abbas'ın yeni evlendiği karısı oturuyordu. Bu hanım, bir okulda hocalık yapmaya hazırlanıyordu. Hoş bir kadındı. Atatürk ona dönerek bu konuda fikirlerini sordu. Kadıncağız kıpkırmızı oldu, kekeledi,

"Bu konuda hazırlıklı değilim efendim," diyebildi. Atatürk'ün sinirlendiği belli oluyordu. Füreya'nın elleri ter içinde kalmıştı, soru sırası ona da gelir mi diye düşünüyordu. Merakı uzun sürmedi, biraz sonra Atatürk bu kez Füreya'ya döndü ve Afet İnan'ın tezini, masada Fransızca bilmeyenler için Türkçe açıklamasını istedi.

"Ben not almamıştım efendim, yanlış bir şey söylemeyeyim," dedi Füreya. Cevat Abbas'ın karısının yanında oturan Kılıç Ali'ye baktı. Kılıç'ın yüzü bembeyazdı.

"Ama aklımda kalanları aktarabilirim," dedi hemen. Ayağa kalktı ve tezin konusunu açıklamaya başladı. Önceleri dizleri sıtmaya tutulmuş gibi titriyordu. Sonra sakinleşti, kendinden emin bir sesle anlatmaya devâm etti. Ara sıra Afet İnan'a dönüyor, "Yanlışım varsa düzeltin lütfen," diyordu.

Nihayet son cümlesini söyledi ve yerine oturdu. Atatürk'ün Galip Bey'e,

"Ben sana demedim mi, o bilir, en iyi o anlamıştır," dediğini duydu.

Başını kaldırınca Kılıç Ali'yle göz göze geldiler. Kocasının kendini süzen bakışlarında derin bir hayranlık vardı.

Atatürk'ün sofraları, bir okul gibiydi. Tartışılmasında fayda gördüğü konuları, o konuya yakın kimseleri masa başına toplar ve tartışmaya açardı. Masada, konuyla hiç ilgisi olmayan kişiler de bulunabilirdi. Belki de bunu her fikri duyabilmek, her tepkiyi alabilmek için özellikle yapardı. Bugün, tüm dünyada 'beyin fırtınası' diye adlandırılan fikir üretme toplantılarının adı konulmamış örnekleriydi bu sofralar.

Füreya, Kılıç Ali ile Ankara'ya döndükten kısa bir süre sonra, bir gün evlerinin önünde bir otomobil durdu. O zaman Ankara'da özel araba sayılıydı. Füreya, motor gürültüsünü duyunca, pencereye koşup dışarı baktı. Atatürk'ün arabasıydı bu.

"Aman Allah'ım," dedi, "aman Allah'ım, ben şimdi ne ikram edeceğim ona, böyle hazırlıksız... Kılıç da evde yok!"

Arabadan önce Afet İnan, sonra Gazi indiler. Füreya saçına bir tarak vurup, paldır küldür aşağı koştu.

"Size 'Ankara'ya hoş geldiniz' ziyareti yapmak istedik," dedi Gazi... Paltosunu çıkardı, Füreya paltoyu alıp Luka'ya verdi. Luka'nın da heyecandan bembeyaz kesilmişti yüzü.

"Kılıç Ali evde değil, hemen Meclis'e haber yollatayım," dedi Füreya. Her nedense Luka'nın ortalıktan kaybolmasını istiyordu. Oysa Luka taş kesilmiş gibi duruyordu orada. Salondaki koltuklara karşılıklı oturdular. Atatürk tepesinde dikilen Luka'ya baktı, "Oğlum, pardesümün cebinde tabancam var, al da getir," dedi. Luka tabancayı aldı, geldi, yüzünde hep o sersemlemiş ifadeyle Atatürk'e uzattı. Atatürk bir şekerli kahve istedi. Luka mutfağa giderken, peşinden fırladı Füreya,

"Ben pişireyim kahvenizi Paşam," dedi. Maksadı Luka'ya ortadan toz olmasını söylemekti. Neden adamın Rus kimliğini saklamak istediğini kendi de bilmiyordu. Belki Atatürk'ün onu züppe bulmasından korkmuştu. Belki de asırlardır horlanmış Türk milletine öz güven aşılamaya çalışan önderin karşısına, yabancı uyruklu bir garson çıkarmaktan rahatsızdı.

"Yok, siz oturun, bizimle sohbet edin," dedi Atatürk. Gelip yerine oturdu Füreya. Biraz sonra Kılıç Ali, eve dönünce sakinledi. Ama o günü hayatı boyunca hiç unutamadı. Sanki bir ilah, evini ziyaret edip nura boğmuştu.

Ankara'da yaşam olağanüstü hareketliydi. Hafta sonları Gazi Koşularının yapıldığı Hipodrom'a gidiliyordu. Diplomatların ve bürokratların hanımları at yarışlarına en şık tayyörlerini ve şapkalarını giyerek geliyorlardı. Pazar öğlen yemekleri, Çiftlik'te yeniyordu çoğu kez. Herkes herkese aşinaydı... Kocaman bir aile gibiydi Ankara. Yenişehir'in Çankaya'ya uzanan geniş caddesinin iki yanına yazın gölge veren ıhlamur ağaçları dikilmişti. Ankaralılar bu caddede yürüyüşe çıkarlardı. Yenişehir'de kasap, manav, bakkal gibi temel ihtiyaçları karşılayan dükkânların dışında, tek bir manifaturacı ve bir de Özen Pastanesi vardı. Hanımlar, diğer ihtiyaçlar için, otobüse binerek Ulus'a gitmek zorundaydılar. Kumaşçılar, ayakkabıcılar ve ev gereçleri için dükkânlar Ulus'taydı. Ne yazık ki Ankara, yeni yüzyılın şehri olma imkânını elinden kaçırmıştı.

Harf ve kıyafet devrimlerini yapmaya, padişahlığı ve hilafeti kaldırmaya gücü yeten Atatürk, milletlerarası bir yarışmayı kazanarak şehri planlamaya hak kazanan Prof. Yansen'in şehir planını gerçekleştirememişti. Çünkü Türk insanı, maddi menfaatlarına dokunulacağını sezdiği anda, her engeli yıkmaya hazır, aç bir kurda dönüşüyordu.

Prof. Yansen, "Bir şehir planını tatbik edebilecek kadar kuvvetli bir idareniz var mı?" diye sormuştu Atatürk'e. 'Vatanı yedi düvelin elinden kurtarmış, bir ortaçağ saltanatını yıkarak, yerine bir yeni çağ devleti kurmuşuz. Bir şehir planını tatbik edecek gücümüz olup olmadığını ne cüretle soruyor bana?' diye düşünmüştü Atatürk.

"Elbette!"

"O zaman size şehircilik sanatının son örneklerini getireceğim. Dünyaya bir örnek vereceksiniz. Atatürk Bulvarı'nı otomobillere ayırdım. Yan yollar bu caddeyi ancak yarım kilometrede bir kesecekler. Binaların bu caddeye kapısı olmayacak. Arabalar yüz kilometre hızla seyredebilecek. Yan yolların her biri, caddeyi bir bloka bağlayacak. Tıpkı araba yolu gibi, blokların arkasında da yayalar için yemyeşil bir yolunuz olacak. Trafik polisine hiç ihtiyacınız kalmayacak."

Atatürk neşe içinde dinliyordu.

Ankara örnek bir şehir olabilecekken, ufuksuz bayındırlık bakanlarının, inatçı ve bilgisiz belediye başkanlarıyla, arsa yatırımcılarının gadrine uğramıştı. Zamanın Bayındırlık Bakanı, kendine bağlı Yüksek Mühendis Mektebi diplomalılarına ucuza Gar Binası'nı yaptırıvermiş, Belediye Başkanı Nevzat Bey, "Ben Malatya'da dağ başlarına yollar yapmışım, Yansen bana şehir içinde sokak yapmayı mı öğretecek?" diye tutturmuştu. Her şeye rağmen, Ankara yine de temiz, ağaçlı ve az çok planlı bir şehirdi. İlkbaharda mis gibi leylak ve yasemin, sonbaharda ise ıhlamur kokardı.

Akşamları Ankara sosyetesinin buluşma yeri Ankara Palas'tı. İlk gidenler bir masaya oturur, daha sonra Atatürk maiyetiyle gelir ve masa, diğer gelenlere de yer açmak için, büyüye büyüye kırk kişiyi barındırmaya başlardı. Masada genellikle günün politikası konuşulurdu. Füreya'nın Ankara'da bulunduğu yıllara rastlayan günlerde, sofranın en gözde konusu, Dil Kurultayı'ndaki gelişmelerdi. Atatürk Türk diline ve Türk tarihine büyük ilgi gösteriyordu. Bu nedenle insanlar çoğu kez, bu konuya hazırlıklı gelirlerdi sofraya. Tartışmalar bittikten sonra, saat iki sularında Atatürk, ekseri Füreya'ya, "Siz yoruldunuz galiba hanımefendi," derdi. Füreya hemen anlardı gitme vaktinin geldiğini.

"Evet Paşam," der, kalkardı. Yaver onu arabasına kadar götürür, Füreya evine dönerdi. Hanımların masadan ayrılmasından sonra Marmara Köşkü'ne veya Bar'a geçilir ve gece, sabaha kadar sürerdi. Salih Bozok, Cevat Abbas, Hikmet Bayur, Şükrü Kaya, Nuri Conker, Hasan Rıza Soyak gibi yakın çevrenin başı çektiği bu toplantılarda kadın olarak bir tek Falih Rıfkı'nın eşi sabahlardı onlarla. Füreya, ilk evliliğinin aksine, Kılıç Ali'nin böyle horozlar öterken, aydınlıkta eve dönmesinden hiç gocunmazdı.

Bazen de, öğleden sonra, dört-beş sularında, başyaver telefon eder, Atatürk'ün akşam yemeğe geleceğini haber verirdi. Bu tür haberlere alışık olduğu halde, eli ayağı kesilirdi Füreya'nın. Zaten Luka ve aşçı, böyle günler için getirtilmiştiler taa İstanbul'dan.

Atatürk'ün yemeğe gelmesi demek, misafirlerin dışında, yaklaşık bir yirmi kişinin daha ağırlanması demekti. Bir sofra da yaverler için kurulur, bir başka sofrada şoförler ve koruma polisleri oturtulurdu. Füreya, alelacele çeşitli mezeler hazırlardı. Çünkü yedi buçuk sıralarında gelen Atatürk, saat ona kadar yemek yemez, demlenirdi. Ankara Palas veya Karpiç Lokantası'ndan yemeğini ısmarlayabilecekken, evde kendi özel menülerini hazırlamayı tercih ederdi Füreya. Üstelik o zamanın Ankara'sında, çeşit bulmak da mümkün değilken. Hem değişik yemekleri, hem de çok özenle hazırladığı masaları, beyaz eldivenli garsonları yüzünden, Füreya'nın sofraları Ankara'da meşhur olmuştu.

Yemek daveti vermek isteyen Ankaralı hanımlar, onun sofralarını örnek alırlardı.

Füreya bu sırada ilkokulu bitiren Altemur'un, Robert Kolej'de tahsil görmesi için, kocasına baskı yapıyordu. İngilizce, dünyada birinci dil olarak yerini almaya başlamıştı. Çocuğun Robert Kolej'de okumasının, ona büyük yararları olacağına inanıyordu Füreya. Cevat Şakir de bu okula gitmiş ve engin kültürünün temelini Robert Kolej'de edinmişti. Altemur ise çocukluğun verdiği bilinçsizlikle, Ankara'da babasının yanında kalmak istiyordu. Kılıç Ali gibi, altında şoförlü arabası, kapıda korumaları olan, nüfuzlu bir babanın yanında, rahatı ve fiyakası yerinde olacaktı. Okulda bile, konumundan dolayı ayrıcalıkları vardı. Füreya'nın, Altemur'u yatılı okula yollamak istemesinin nedenlerinden biri de buydu. Çocuğu, koruma polislerinin, onu Kılıç Ali'nin oğlu olduğu için pohpohlayan kimselerin çevresinden koparıp, yaşıtlarıyla bir arada bulunabileceği iyi bir okulda okutmak. Ama Altemur, üvey annesinin bu girişimini, ondan kurtulmak istemesi olarak değerlendirdi ve huysuzluklar yaptı. Ne var ki, Kılıç Ali için, karısının istekleri adeta bir emir mahiyetindeydi. Altemur'a okulun istediği giysiler, eşyalar alındı ve çocuk Robert Kolej'e yollandı. Bülent Ecevit, Ahmet İsvan, Tunç Yalman, Nezih Neyzi ve şu tesadüfe bakın ki, babasının ölüm fermanını verdiği, Maliye Nâzırı Cavit Bey'in oğlu Şiar Yalçın ile aynı yatakhaneye yerleşti. İstiklal Mahkemeleri'nin idama mahkûm ettiği Cavit Bey'in oğlu Şiar ve İstiklal Mahkemeleri'nin reislerinden Kılıç Ali'nin oğlu Altemur, düşman olabilecekken, dost olmasını becerdiler. Bunda, öğrencilerine geniş açılardan bakmasını ve ufuklu insanlar olmasını öğreten okulun da payı vardı belki. Altemur, Robert Kolej'de geçirdiği bir yılın sonunda, üvey annesine ilişkin görüşlerini değiştirmişti. Onu bu okula zorla yollayan Füreya'ya ömür boyu şükran borçlu olacaktı.

***

Füreya, Ankara'da yıllardır özendiği, gönül koyduğu atılımları yine gerçekleştiremedi. Değil bir Çalıkuşu olmak ve çocuklara, gençlere eğitim vermek, bir sanat ortamının bile içine giremedi. Ama bu kez, ellerinin bağlı olması, kocasının kısıtlamalarından dolayı değil, vakit bulamadığı içindi. Her günü Çankaya'ya yönelik beklentiler içinde yaşamak, hayat tarzları olmuştu. Kılıç Ali, sürekli Atatürk ile birlikteydi. Füreya da gece gündüz her an gelebilecek davetlere hazırlıklı olmalıydı. Köşk'ten gelen emirlerle, hangi saatte nereye gidecekleri hiç belli olmuyordu. Bazen sadece akşam çağırılıyorlardı bazen de öğlen yemekleri için.

Füreya ve Kılıç Ali'nin yaşamları Ankara ile de sınırlı değildi. Sık sık İstanbul'a, Bursa'ya, Eskişehir'e gidiyor, Atatürk'ün peşinde fır dönüyorlardı.

Bu gezmelerden hiç gocunmuyordu Füreya. Işığa koşan pervaneler gibi, Atatürk'ün etrafında uçuşmaktan memnundu. Ama en çok İstanbul'da olmayı seviyordu, İstanbul'daki ilk yazlarını, Florya'da Atatürk için yaptırılan Sırıklı Köşk'ün yakınındaki Yaver Köşkü'nün üst katındaki dairede geçirmişlerdi. O yazın sonunda, Kılıç Ali, Yaver Köşkü'nün karşısına düşen caddenin arkalarında, ahşap bir ev satın almıştı. Her gün Atatürk ile birlikte oluyorlardı. Hatta bir keresinde, Atatürk'ün köşkünde tamirat bitmediği için, birkaç gece onu evlerinde misafir etmişlerdi. Atatürk, özellikle yabancı misafirleri ağırlayacağı zamanlar, Füreya'dan sofraların ve menünün tanzimini rica ediyordu.

İstanbul günlerini daha da renklendirebilmek için, bir kotra satın almıştı Kılıç Ali.

"Haydi kotramıza güzel bir isim bulalım," demişti Füreya.

"Ben bir isim teklif edebilir miyim?" diye sormuştu Altemur.

"Söyle bakalım."

"Esen."

"Ah, harika bir isim bu Altemur. Kotramızın adı Esen olsun. Ama bana itiraf et bakayım, bu senin sevdiğin kızın adı olmasın sakın?"

"Füreya Abla! Neler düşünüyorsunuz," demişti Altemur, kızararak. Üvey annesiyle arası çok iyi idi. Ona annelik taslamıyor ama ablalık yapıyordu Füreya. Cevat Abbas'ın oğlu ve kuzeni ile Atatürk'ten tokat yediklerinde de çok üzülen Altemur'u teselli etmek Füreya'ya düşmüştü.

Bir yaz günü köşkün terasından dürbünle etrafı seyreden Atatürk, denizin içinde oynaşan çocukları görmüş, kız arkadaşları ile şakalaşmaları haddini biraz aşınca, Salih Bozok'u yanlarına yollamıştı. Bozok, çocukları kulaklarından tutarak Atatürk'ün huzuruna getirmişti. Atatürk, "Ben laubalilikten hiç hoşlanmam, bir daha böyle saygısız bir davranışınızı görmeyeyim," diyerek birer tokat patlatmıştı oğlanlara.

Kadınlarla erkeklerin bir arada yaşamayı öğrenmeleri, kadının çarşaftan kurtulup, toplum içinde yer alabilmesi için elinden geleni yapan Mustafa Kemal, saygısızlığa ve edepsizliğe hiç gelemezdi. Danslı toplantılarda bile, kadınların aşırı dekolte veya aşırı makyajlı olmalarından hoşlanmadığını hemen belli ederdi.

Füreya'nın zaman içinde, Atatürk korkusu geçmişti. Ama hayranlığı hiç geçmedi. Onun seyyal zekâsı, pratik çözümleri, her konuyu en ince ayrıntısına kadar irdeleme merakı, filozofça yaklaşımları, ölçülü olması ve muzipliği Füreya'nın hayranlığını pekiştiriyordu. Son zamanlarında, hastalığı nedeniyle zaman zaman ani çıkışlar da yapsa, Mustafa Kemal kimseyi incitmek istemeyen, hassas bir insandı.

Bir akşam, Florya Köşkü'nde, dil konusu üzerinde tartışma yapacakları söylendi. Sofraya bu konuda söz sahibi kişiler davet edilmişti. Atatürk, Yahya Kemal'in dil devrimine karşı olduğunu duymuş, görüşlerini dinlemek için, onu da çağırtmıştı. Yahya Kemal, saat yediden itibaren, gidebileceği her yere bakılmasına rağmen, bir türlü bulunamıyordu. Saat sekiz, dokuz, on oldu, Yahya Kemal yoktu. Bu arada Atatürk, Hikmet Bayur'la dil kuralları üzerine bir münakaşaya girmişti. İlla da ona kendi görüşünü kabul ettirmek istiyor, fakat başaramıyordu. Saat on bir, on iki oldu. Ne ortada Yahya Kemal vardı, ne de Hikmet Bayur, inadından vazgeçmişti. Bir ara Füreya dayanamadı,

"Paşam," dedi, "neden illa Hikmet Bey'in de sizinle aynı fikirde olmasını istiyorsunuz? Bizler aynı fikirdeyiz ya, varsın o da karşı çıksın. Ne fark eder?"

"Çok önemli," dedi Atatürk, "çünkü, eğer o kabul ederse, herkes kabul eder."

Kabul ettirmek istediği kurallar son derece akılcıydı. Dilimiz, bizim olmayan, konuşurken asla kullanmadığımız, sadece edebiyatçıların ve âlimlerin yazarken kullandıkları kelimelerle doluydu. Bu nedenle bir Osmanlı gencinin, yüksekokul gördükten sonra bile, imla hataları yapması çok olağandı. O kadar ki, 'imlası düzgün' demek, Osmanlıcada 'yarı-bilgin' anlamına geliyordu. Şöhretli yazarlar arasında bile, Arapça ve Farsça kelimeleri doğru okuyamayanlar vardı. Örneğin, 'trdd' ve 'mcld' kelimelerini, eğer Arapça bilmiyorsanız, aynı bugün okuduğunuz gibi telaffuz ederdiniz. (Oysa birincisi 'tereddüt' ikincisi 'mütecellid'dir.) Dolayısıyla, dili sadeleştirmek ve ihtiyacımız olmayan kelimeleri atmak en akılcı çözüm gibi duruyordu. Aslında, yeni alfabenin kabulünün, Arap harflerinin Türk gırtlağına uygun düşmemesinin ve zor okunur olmasının çok daha gerisinde yatan derin bir nedeni daha vardı. Birinci Dünya Savaşı sırasında ve sonrasında, Arap dünyası tarafından sırtından hançerlenmiş olan Osmanlıların mirasından, bir Türk milleti doğmuştu. Atatürk, ulusal bir alfabe yaratmakla, Türk ulusunu yüzyıllardır etkisi altında tutan Arap dilinin ve kültürünün boyunduruğundan kurtarmayı, yeni kimliğine kavuşturmayı amaçlıyordu. İşte bu nedenle, fikrini benimsetmeye çalışıyordu arkadaşına.

Yahya Kemal hâlâ bulunamamıştı. Atatürk, Vali Muhittin Bey'i çağırttı,

"Yahu," dedi, "ben saatlerdir dostumu arıyorum. Ne biçim Valisin? Neden Şair'i bulduramıyorsun?"

Yahya Kemal, saat beşe doğru Harbiye Hamamı'nda bulundu. Atatürk'ün kendini arattığını duyunca, korkusundan oraya saklanmıştı. Füreya, olacakları o kadar merak etmişti ki âdeti olmadığı halde, o gün sabaha kadar bekledi. Hiçbir şey olmadı neticede. Atatürk, "Enteresan bir tartışma kaçırdın Üstad," demekle yetindi ve yatmaya gitti.

Zaten Atatürk'ün Florya'dayken yatma saatleri, genellikle sabahın beşi, altısı, bazen de yedisi oluyordu. Saat üçe, dörde kadar uyuyor, kalkınca uzun süren bir banyo faslından sonra, Kılıç Ali'yi, Hasan Rıza'yı, Cevat Abbas ve Salih Bozok'u yanına çağırıyor,

"Çocuklar, ben dün gece fena bir şey yaptım mı?" diye mahcup mahcup soruyordu. Artık bu dönemler, onun hastalığa boyun eğmeye başladığı dönemlerdi. Füreya da güneşin batmak üzere olduğunu fark ediyordu.

1937 yılına girildiğinde, Atatürk sık sık ateşleniyor, günden güne zayıflıyor ve burun kanamaları geçiriyordu. Sofralar eski tadını kaybetmişti. Hele Atatürk, bu sofralarda sık sık soluğunu kesecek kadar şiddetli öksürük krizlerine tutulmaya başladıktan sonra. Doktorlar henüz karaciğerinde siroz başlamış olduğunu bilmiyorlardı. Ama gözle görünür bir biçimde kötülemesi, yıllardır onun en yakını olan Kılıç Ali'yi fazlasıyla müteessir ediyordu. Artık evin de eski neşesi kalmamıştı. Aşçı mutfakta, evde ziyafet olmadıkça iş de olmadığı için oflaya poflaya oturuyor, Luka bahçede sürekli sigara içiyordu.

Atatürk'e siroz teşhisi 1938 yılında kondu. O sıralarda Atatürk, Hatay olayları üzerine yoğunlaşmıştı. Hatay'da Türkiye ve Fransa'nın garantisi altında müstakil bir cumhuriyet kurulması için aylar öncesinden kabul edilen anlaşmada ciddi pürüzler çıkmaya başlamıştı. Atatürk kendini iyi hissetmemesine rağmen, her gün çok uzun ve önemli çalışmalar yapıyor, doktor tavsiyelerini kulak ardı ediyordu.

1938 baharında, Mersin ve Adana'yı da kapsayan bir yolculuğun sonunda İstanbul'a geldiler. Bu yolculuğu hakkında çıkan hastalık söylentilerini yalanlamak için, Atatürk istemişti. Gezi esnasında, Atatürk törenlerde uzun süreler ayakta durmuş, Silifke yolu üzerindeki harabeleri gezerken de aşırı sıcaktan rahatsız olmuştu. İstanbul'a vardıklarında çok yorgundu. İlk geceyi Atatürk Dolmabahçe'de, Füreya ve Kılıç Ali ise Şakir Paşa Apartmanı'nda geçirdiler.

Ertesi sabah, Florya Köşkü'ne gitmek üzere arabalarla yola koyuldular. Atatürk yolda rahatsızlandı. Arabayı bir kenara çektiren Kılıç Ali, telaşla Füreya'nın bindiği arabaya koştu.

"Füreya, Gazi galiba kalp krizi geçiriyor," dedi. Eli ayağı titriyordu.

Füreya, Atatürk'ün bulunduğu arabaya geçti. Atatürk'ün arkaya yasladığı başı ter içindeydi. Yüzü bembeyazdı. Füreya, mendiliyle Ata'nın soğuk terlerini sildi, gömlek düğmelerini açtı. Çantasından çıkarttığı kolonyayı şakaklarına sürdü.

"Teşekkür ederim kızım," dedi Atatürk. "Söyleyin şoföre, yola devam etsin. Daha iyiyim."

Yanındakiler, Dolmabahçe'ye dönmenin daha uygun olacağını düşündüler. Bunu Ata'ya söylemeye çekiniyorlardı. Kılıç Ali, "Paşam, müsaade buyurursanız, saraya dönelim, biraz istirahat buyurun. Kendinizi iyi hissediyorsanız, Florya'ya öğleden sonra gideriz," dedi. Teklifinin kabul göreceğini sanmıyordu. Ama Atatürk, kendini ne kadar bitkin hissediyor olmalı ki, hiç itiraz etmedi.

Dolmabahçe'ye varır varmaz, Prof. Dr. Neşet Ömer İrdelp'e haber saldılar. Ata'yı muayene eden doktor, bu krizin kalple ilgisi olmadığını söyledi. Atatürk bir karaciğer krizi geçirmişti.

O akşam odalarına çekildiklerinde, Kılıç Ali, göz pınarlarında titreşen yaşlarla, "Füreya, korkarım geri sayım başladı," dedi karısına. Sonra başını ellerinin arasına alıp, hıçkıra hıçkıra ağladı.

1 Haziran 1938 günü, Savarona yatı Dolmabahçe Sarayı'nın önüne demir attı. Bir Amerikalı'dan satın alınan bu yatı, hemen ziyarete gitti Atatürk. Bir çocuk gibi sevinçliydi. Kılıç Ali, onun, "Ne olurdu bu gemi elimize birkaç yıl evvel geçmiş olsaydı," dediğini duydu. Yat birkaç gün içinde hazırlanınca, Atatürk Dolmabahçe Sarayı'ndan yata taşındı ve çalışmalarını orada sürdürmeye başladı. Her gün Ankara ile görüşüyor, hükümetten ve Genel Kurmay'dan gereken bilgileri alıyor, elçileri kabul ediyor ve özellikle, yeni bir savaşa doğru sürüklenen dünyada, ülkesinin yerini tespite çalışıyordu.

Füreya, yatı sık sık ziyaret ediyordu. Kendi özel yatı ile İstanbul'a gelmiş bulunan Romanya Kralı Karol'u kabul edeceği gün, ikramın aksamaması için, yine Füreya'dan yardım rica etmişti. İnce bir zevkle donanmış sofrayı görünce, Füreya'ya teşekkür etmiş, "Sizin gibi bir yardımcının eksikliğini hep hissettim Füreyanım," demişti.

Haziran ayı içinde, akşam yemeklerini büyük yemek salonunda, arkadaşları ve davetlileri ile yiyordu. Füreya ve Kılıç Ali, bu yemeklerde yatın müdavimi olmuşlardı. Ama temmuz ayının ortalarında, halsizliğinden dolayı bu yemeklere son verildi. Artık, sadece geminin büyük salonunda veya güvertede şezlonguna uzanarak istirahat ediyor, kitap okuyor ve gramofonda sevdiği şarkıları dinliyordu. Füreya bu kez de ona kitaplar ve plaklar taşıyordu. Ara sıra ziyaretçileriyle koyu sohbetlere daldığı da oluyordu. En fazla ilgilendiği konular, Dil ve Tarih Kurumu'nun konuları ve Hatay meselesi idi.

Füreya, Atatürk'ün son deniz gezilerinde de yanındaydı. Dolmabahçe'den başlayarak Florya'ya kadar uzanan ve sonra Boğaz'ı bir baştan bir başa geçen Atatürk, geminin küpeştesine dayanarak, İstanbulluların sevgi gösterilerine karşılık vermişti. Hayatını adadığı halkı ile son buluşmasıydı bu. Gezinin sonunda, çökmüş, tükenmiş bir halde kendini bir koltuğa atmıştı.

Yine bir başka akşam, Dolmabahçe önünde demir atmış olan Savarona'nın güvertesinde, hasır koltuğunda güneşin batışını seyrediyordu. Ufuk, minarelerin arkasında kıpkızıl bir renk almıştı. İstanbul, camileriyle ateşten bir fona yaslanmış gibiydi. Füreya, Atatürk'e son okuduğu kitabı getirmiş, yanıbaşında oturuyordu.

"Söyler misiniz, bana bir Münir çalsınlar," dedi Atatürk.

Yaveri koşup gramofona bir taş plak koydu. Az sonra, minarelerin birinde yanık sesli bir müezzinin ezanı duyuldu. Atatürk başıyla işaret verdi. Plağı susturdular. Hepsi huşu içinde ezanı dinlediler. Füreya, başını öteye, camilerden yana çevirmiş olan Ata'nın göz pınarlarında yaşların biriktiğini gördü. Bir damla süzülmüş, yanağından aşağı akıyordu. Atatürk, uzun müddet yanındakilere doğru dönmedi. Nihayet başını çevirdiğinde, hem ezan bitmişti, hem o kendini toparlamıştı.

"Ne yazık ki ezanı tekrar ettirmemize imkân yok, Füreyanım," dedi yumuşak bir sesle.

"Sabah ezanını bekler, hep birlikte dinleriz Paşam," dedi Füreya.

"Siz o saatte mışıl mışıl uyuyor olursunuz. Ben yalnızlığımı ancak..." Sustu. Belki de çok büyük kalabalıkların içinde, arkadaş dolu sofraların ortasında yaşarken çektiği derin yalnızlığından söz edecekti. Ama lafının gerisini getirmedi.

Birkaç akşam sonra Atatürk ateşlendi. Füreya annesinin evinde, gecenin o saatinde çalan telefonun hayra alamet olmadığını biliyordu. Arayan Kılıç Ali'ydi ve sesi çok telaşlıydı. Atatürk'ün ateşini düşüremiyorlardı. Hakkiye Hanım, evde gül sirkesine batırılmış tülbentler hazırladı. Füreya, sanki elinde bir hayat iksiri taşıyormuş gibi, göğsüne bastırdığı sirke ve tülbentlerle yata koştu. Sabiha Gökçen, Hasan Rıza Soyak ve Kılıç Ali, sabaha kadar, bu tülbentleri Atatürk'ün alnına kollarına ve bacaklarına sararak, ateşi düşürmeye çalıştılar. Ertesi gün, Kılıç Ali karısına,

"Füreya, artık yata gelmen doğru olmaz. Ziyaretlerine son ver lütfen," dedi.

"Neden?" diye sordu Füreya, çok gücenmişti.

"Ben Gazi'yi iyi tanırım. Bu haldeyken kimsenin onu görmesini arzu etmez. Yanında ancak en yakınları olan ve onun her halini bilen bizler kalacağız."

"Bunu kendisi mi istedi?"

"O asla böyle bir şey söylemez," dedi Kılıç Ali.

23 Temmuz'da, Atatürk yatla son gezintisini yaptı. Artık yatın odalarındaki sıcak dayanılmaz hale gelmişti ve Atatürk'ü Dolmabahçe Sarayı'na taşınmaya ikna etmişlerdi. Hasan Rıza ve Kılıç Ali, Ata'nın taşınması için bir sedye hazırlattılar, fakat Atatürk buna şiddetle karşı koydu. Bu sefer, başka bir çare düşündüler. Yata yanaşmış olan Acar motorundaki hasır koltuğu yata çıkardılar ve Atatürk'ü, Kılıç Ali, İsmail Hakkı Tekçe ve bir sivil polisin taşıdığı bu koltukla önce motora, sonra Saray'ın alt katındaki asansöre götürdüler...

Atatürk, asansörden odasına kadar kendi başına yürüyerek gitti. Geceyarısıydı.

O günden itibaren Füreya, Kılıç Ali'yi çok az gördü. Kocası sürekli Dolmabahçe Sarayı'nda, Atatürk'ün başucunda nöbetteydi. Ara sıra Taksim'deki eve uğruyor, bir banyo yapıp, üstünü değiştirip geri dönüyordu.

Kocası, 10 Kasım günü, gözleri kan çanağına dönmüş bir

halde eve geldiğinde, Füreya, acı haberi radyodan çoktan duymuştu. Ona sarıldığı zaman, hıçkırıklara boğularak,

"Son anda, son nefesini vermeden bir saniye önce, birdenbire gözlerini açtı ve başını sert bir hareketle sağa çevirdi Füreya. Hasan Rıza ile düşündük ki bağlandığı ve inandığı aziz milletini, etrafındaki dostlarının şahsında, son defa askerce selamlamak istedi," dedi. Füreya kocasını, rahatça ağlayabilmesi için yatak odasında yalnız bıraktı.

Dokuz yaşından beri tarifsiz bir hayranlıkla, belki de bilinçaltında aşkla sevdiği insanın kaybı karşısında, uyuşmuş gibiydi. Annesini ya da babasını kaybettiği için ne yapacağını bilemeyen, şaşkın bir çocuktan farkı yoktu. Ama bu duygusunda yalnız değildi. O anda, yurdunu seven her Türk, yüreği yanarak, kendine çağdaş bir ülke armağan etmiş, bir daha yeri asla doldurulamayacak Ata'sı için gözyaşı döküyordu.

Füreya'nın Ankara'dan yolladığı mektup, *"Sevgili anneciğim ve babacığım,"* diye başlıyor ve 21 Kasım günü Atatürk'ün naaşının bir top arabası üzerinde Etnografya Müzesi'ne götürülüşünü anlatıyordu. Emin Paşa, kızının mektubunun bir bölümünü, eski bir asker olmanın verdiği derin haz duygusuyla birkaç kere üst üste okudu.

'... Sizlerin topraklarımızdan dişinizle tırnağınızla söküp attığınız İngiliz askerleri, Fransız askerleri ve daha nice yabancı asker, tören elbiseleri içinde sıraya girmiş, silahlarının namlularını ve bayraklarını aşağıya eğmiş, ağır ağır ilerliyorlardı... Müze'nin önünde bekleyen sefirlerin, yabancı generallerin arasında yaşlı biri dikkatimi çekti. Atatürk'ün tabutu önünden geçerken, elindeki mareşallik asasını yukarı kaldırarak, onu askerce selamladı. Gözlerinde yaşlar vardı. Kim bu yaşlı asker? diye sordum, Kılıç'a. Çanakkale'de Atatürk'ün karşısında savaşmış, yenik düşmüş ve ayağının birini o savaşta kaybetmiş olan İngiliz Mareşali Birdwood'muş, meğer...'

İSTANBUL YILLARI

(1939-1946)

Füreya ve Kılıç Ali, Atatürk'ün ölümünden sonra, Ankara'daki evlerini kapatıp, İstanbul'a döndüler. Teşvikiye'de, Hüsrev Gerede Caddesi'nde Gözem Apartmanı'nın bir katını kiraladılar. Taşınma telaşındaki ilk haftalar geçtikten sonra, Füreya kendini çok zor günlerin beklediğini fark etti. Kılıç Ali derin bir bunalımın eşiğindeydi. Kimse ile görüşmek, hiçbir yere çıkmak istemiyordu.

Sanki koca adamın varoluş nedeni, Atatürk'ün ölümüyle yok olmuştu. On beş yılı aşkın bir süre, Ankara'da en önemli konumlarda bulunan, devlet reisinin en yakını olan Kılıç Ali, şimdi bir hiçti. Cumhurbaşkanı İsmet Paşa, Atatürk'ün hiçbir zaman sevmediği yakın çevresini ezmiş geçmişti.

Füreya, kocasını bunalımdan çıkarabilmek için elinden geleni yaptı. Birçok bankada ve iş yerinde hatırlı tanıdıkları vardı. Onlardan herhangi biri, ordu disiplinini bilen, Meclis'te milletvekilliği yapmış, devlete bu kadar yakın yaşamış tecrübeli bir kişiye, bir yerde bir yönetim kurulu üyeliği, bir danışmanlık kolaylıkla bulabilirdi. Kılıç Ali, bu teklifleri duymak bile istemedi. Hiç kimseden iş dilenmeyecekti. Az çok parası vardı. Eski şaşaalı hayatlarını sürdüremeseler bile, kimseye muhtaç olmadan yaşayabilirlerdi.

"O zaman, senin bu depresyondan kurtulman için, bir seyahate çıkalım," dedi Füreya. Kılıç Ali kabul etti. Herhangi bir yerde olmak, Ankara veya İstanbul'da bulunmaktan çok daha iyiydi. Prag üzerinden geçerek, Paris'e uzanan bir seyahat yaptılar. Yolculuk boyunca, her ikisi de müthiş hüzünlüydü. Ama yeni yerler görmenin, yeni tatlar tatmanın etkisiyle, günlerin nasıl geçtiğini fark etmiyorlardı.

Füreya için asıl sorun, İstanbul'a döndükten sonra başladı.

"Perşembe günü, Büyük Kulüp'e akşam yemeğine davetliyiz," dedi Füreya.

"Ben gitmem. Sen tek başına git."

"Neden gitmiyorsun?"

"Bir zamanlar beni görünce iki büklüm olan kapıcılar, şimdi kapı tokmağını bile tutmazlar benim için Füreya."

"Kılıç, bir zamanlar sana iki büklüm olan adamlara bol bahşiş verirdin. Şimdi bir mislini verirsin gerekirse, bak bakalım iki büklüm oluyorlar mı, olmuyorlar mı?"

"İstemiyorum. Başkaları da olacak orada. Selam vermeyebilirler."

"Nereden çıkarıyorsun bunları? İnsanlar sana niye düşman olsun?"

"Düşmanlıklarından değil, benimle dostluk kurmaları bugünkü iktidarın kulağına gider diye çekinirler."

"İnönü ölene kadar evinden dışarı çıkmayacak mısın?"

"Ölene kadar değilse bile, iktidardan düşene kadar."

"Çok beklersin Kılıç," dedi Füreya, "anlayamadığım bir şey var. Bu aranızdaki derin husumet neden kaynaklanıyor?"

"Hasan Rıza, Atatürk'ün son günlerinde, İnönü ile muhaberatını kesmiş. Son gelişinde odaya mı sokmamış ne?"

"İyi halt etmiş," dedi Füreya.

"Ne kadar bitkindi, hatırlamıyor musun?"

"Bence Atatürk'ün bitkinliğinden öte nedenleri vardı. Onu sevmediği için sokmamıştır... Her neyse, bundan sana ne? Sen Hasan Rıza değilsin ki."

"O hepimizi aynı kaba koyar ve hiçbirimizi sevmez. Sanıyor ki istesek Atatürk'ün içkisine mani olabilirdik."

"Kılıç, bunlar mazide kaldı artık. Bak önümüzde kocaman bir hayat uzanıyor. Senin siyasetle hiçbir ilişkin yok. İnönü seni sevse ne olacak sevmese ne olacak. Bu vesveselerden vazgeç. Bırak, biz hayatımızı yaşayalım."

"İçimden hiçbir şey yapmak gelmiyor güzelim," dedi Kılıç Ali. "Ne yemek yemek, ne içki içmek, ne başkalarıyla lak lak etmek istiyorum. Beni rahat bırak Füreya. Sen çık, git, gez. Beni hatıralarımla baş başa bırak. Lütfen."

Kılıç Ali evinin deniz gören arka balkonunda Müzeyyen Senar'ın plaklarını dinleyerek ve rakısını yudumluyarak geçirmeye başladı günlerini. Bir kış uykusuna yatmış gibiydi.

Füreya, kocasının kabuğunu kırabilmek için, neler yapması gerektiğini düşünüyordu sürekli. Gözem Apartmanı'nın kasvetli havasından çıkıp, bahçeli bir eve geçmenin ona iyi gelebileceğini düşündü. Belki çiçeklerle meşgul olur, oyalanırdı. Bu nedenle Erenköy'de bahçe içinde şirin bir eve taşındılar. Kılıç Ali'nin ruhi durumunda hiçbir değişiklik olmadı. Yine odasına kapandı. Füreya, derin ve karanlık bir kuyunun dibinde uzun süre oturamayacak kadar genç ve hayat doluydu. Kendine Ankara'da üç yıl boyunca çok güzel günler yaşatmış olan Kılıç Ali'yi kuyuda tek başına bırakamayacak kadar da insaflı ve kadirşinastı.

PENTİMENTO
(Osmanoğlu Kliniği)

Bir insanın bedeninin yatağa bağlı kalması mı daha korkunçtur, yoksa ruhunun dört duvar arasına düşmesi mi? Ben her ikisini de yaşadım, biliyorum. İnanın bana, ikincisi daha azap veriyor, hem insanın kendine hem de etrafındakilere. Şimdi ben, burada kalıp gibi yatarken, en azından vicdan azabı içinde değilim. Etrafımdakiler de odamda dolanıp durduktan, tüm ihtiyaçlarımın yerine getirildiğini gördükten sonra çekip gidiyorlar kendi dünyalarına, kendi hayatlarını yaşamaya. Benden kurtuluyorlar.

Ben veremken de kaç kez yataklara mahkûm kalmıştım, böyle... Günlerce karlı bir dağa bakan hastane odasında, tıpkı şimdi yaptığım gibi, gözlerimi pencereye dikip, bej renkli perde bir sinema ekranıymışçasına, orada yaşamımı seyretmiştim. Yine ziyaretime gelen gelmiş, ziyaret saatleri dolduğunda, beni düşüncelerimle baş başa bırakıp, çekip gitmişlerdi. Hayatımı sorgularken, üstesinden gelmiştim yalnızlığımın, çaresizliğimin, hastalığımın.

Ama ruhun tutsaklığını kocamla birlikte yaşarken, anladım ki ikincisi daha zor. Ölüm gibi bir şey hayata küsmek. Hatta ölümden bir başka hayata geçiş umudu bile taşıyabiliyor da insan, yaşarken yaşamdan vazgeçmek... üstesinden gelinir gibi değil.

Kılıç Ali, heybetli gövdesini çaresiz bir bebeğin bedenine hapsetmişti sanki, 10 Kasım itibariyle. O bebeği, ben kucaklamıştım. Sarıp sarmalamıştım. Ama nasıl emzireceğimi, onu nasıl hayatta tutacağımı bilmiyordum. Yüreğim, hiçbir zaman aşkla sevmediğim kocam için çığlık çığlığa idi. Ona yardım etmek, onu içine düştüğü o derin kuyudan çekip çıkarmak istiyor, beceremiyordum. Her ikimiz birden debeleniyor ve kuyunun daha derinlerine iniyorduk, hızla.

Evet, kesinlikle ruhun tutsak düşmesi çok daha korkunç, bedenin çaresizliğinden.

Kılıç Ali, tüm apoletleri bir hamlede sökülüp atılmış bir mareşal gibiydi. Boynu bükük, başı eğikti. Hayatta en değer verdiği insanı kaybetmiş olmanın üzüntüsüne teselli bulamıyordu. Ayrıca, bir süre önce, gözünü kırpmadan verdiği kararların altında ezilmeye başlamıştı. Çünkü artık sorguluyordu. Ve görüyordu ki hiçbir rejim, insan hayatından daha değerli değildir. İnsan hayatının değerini, Atatürk ölürken öğrenmişti sanırım. O ölüm döşeğinin başında beklerken, bir ölüm meleği karşısına geçip,

"Ey Kılıç Ali, yatakta yatan dostunu, istediğimi verirsen bağışlamaya hazırım," deseydi ve Mustafa Kemal'in diyeti olarak cumhuriyeti isteseydi, kocam, paşayı yaşatmak için, bekçiliğini üstlendiği rejimi gözünü kırpmadan feda ederdi, eminim.

Ama Mustafa Kemal ölmüştü ve ölürken Kılıç Ali'nin yaşam sevincini birlikte götürmüştü. Geride bana bir enkaz bırakarak. Kocam eminim şaşırmıştır, üç yıllık karısının ilk kez yatakta ona sımsıkı sarılarak uyumaya başlamasına, ama bir yıl boyunca ben Kılıç Ali'yi ana şefkatiyle, ihtimamla, bir çocuğu sever gibi sevdim ve kollarımda uyuttum. Onun, ruhunu öldürmesine izin vermeyecektim. Her ne yaptıysa, doğru veya yanlış, vatanı için ve vatan aşkıyla yapmıştı. Onu, 10 Kasım'dan sonra iktidara çıkanlar değil, tarih yargılardı gerektiği gün. "Başını dik tut Kılıç Ali," diyordum, "yaralarını gizle gözlerden. Varsın bizi görmezliğe gelip selamlamasınlar, varsın kapıları açmasın, etrafımızda pervane olmasınlar. Davet etmesinler, aramasınlar. Yeni dostlar buluruz kendimize." Kocamı bunalımdan çıkarmak, işim olmuştu benim.

"Bir yürüyüş yapmaya ne dersin, Maçka'ya doğru. Taşlık Kahvesi'nde bir çay içer, dönerdik."

"Yorgunum, sen çık istiyorsan."

"İtalya'dan bir tiyatro grubu gelmiş dediler..."

"Sen git. Ben erken yatacağım."

"Boğaz'da bir balık yemeğe gidelim mi?"

"Hiç aç değilim. Canım balık çekmiyor."

Kılıç, yeni bir kitap çıktı..."

"Okumak istemiyorum Füreya. Dikkatimi toplayamıyorum nedense. Sakın kitap getirme bana."

"Ben senin yerinde olsam ne yaparım, biliyor musun? Hatıratımı yazarım. Kaç kişi bu kadar yakın olmuştur Atatürk'e? Bir avuç insansınız. Neler var kimbilir anlatacağınız. Öyle bir kitap çok ilgi çekerdi. Bence ilk davranan sen olmalısın. Ben de sana yardımcı olurum."

Boş gözlerle taa uzakta görünen bir avuç denize bakıyor.

"Bana bir Müzeyyen koysana. Bir yüksük de rakı ver, güzelim."

Müzeyyen Senar'ın plaklarından bir tane seçip koyuyordum

gramofona. Biraz meze hazırlıyordum rakının yanına. Bir gün daha geçiyordu. Ufku seyrederek geçen kaçıncı gündü bu?

"Sen bana baksana, yırtınıp duruyorsun kocan için, bir bunalıma da sen girersen, sana kim bakacak?" dediydi Aliye.

"Bana da sen bakarsın."

"Ay ben hiç gelemem öyle sıkıntılı işlere. Bunalıma filan gireyim deme bana güvenip, bakamam. Ben ancak bir tek kişinin derdiyle uğraşabilirim. Bana yetiyor da artıyor."

"Kim o, Berger mi?"

"Evet canım, Berger. Dünyada fedakârlık edebileceğim tek o var, benim için. Füreya biliyor musun, onsuz yaşayamam."

"Yaşarsın Aliyoşa. Herkes acının üstesinden gelmeyi öğreniyor. Anneannem kocasının kaybına, Nissa çocuğunun ölümüne dayandı..."

"Aşk ayrı bir şey."

"Ne kadar kendine dönüksün Aliye. Sanki bu dünyada senden ve senin aşkından daha önemli hiçbir şey yok."

"Hepimiz öyle değil miyiz? Nissa benden değişik mi? Suat, Cevat? Annen?"

"Aaa, bak annemi ve Ayşe Teyzemi karıştırma. Onlar başka. Onlar çok şeye göğüs gerdiler."

"Ama ikisi de aşkı bilmiyorlar. Başkalarının onlar için seçtiği adamlarla evlendiler ve o adamları sevmek zorunda bırakıldılar. Aşkı tanımıyorlar, zavallılar."

Aliye için en önemli duygu, aşktı. Aşk da Berger'di. Bu derin bakışlı, beyaz yüzlü adamın dışında kimse sevilmeye layık değildi onun gözünde. Aile fertlerimi düşünüp sorguluyorum da teker teker, hepsi birbirinden eksantrik ve kendine dönüktüler. Ben neye borçluydum, onlara kıyasla sıradanlığımı, yere basan ayaklarımı? Babama mı? Herhalde, bir cami imamının oğlu olarak doğan ve yedi yaşında hatim indiren babam, Şakir Paşa Ailesi'nin rüzgârına ne kadar kapılmış olursa olsun, hayatının sonuna kadar halkın arasından gelmiş, mütevazı ve dengeli bir insan olarak kaldı. Sanattan, edebiyattan nasibini almamış olabilirdi. Ama nazik ve dürüsttü. Onu çevreleyen şatafata ve sivriliğe karşın, hep sade ve uyumluydu. Babamın genleri, ana tarafımdan gelen aşırılığı ve ayrıcalığı dengelemiş bende. Vefa duygumu ise, hem annemden hem babamdan almış olmalıyım. Annem, ihanete uğramasına rağmen, nasıl bırakmadıysa kocasını hasta yatağında, ben de artık gözden düşmüş, yüreği kırılmış kocama kanat germeye kararlıydım. Ama onu hayata geri döndürmenin bu kadar zor olduğunu tahmin etmemiştim doğrusu. İşim zordu.

YAŞAMA DÖNÜŞ

Kılıç Ali'nin yaşama dönüşü, karısının ona oyun grupları kurup, haftada üç-beş gece bezik, poker, briç gibi kart oyunları düzenlemesinin sonucu gerçekleşti. Önceleri, evde toplanıp oyun oynayan konukların yanına bile çıkmayan Kılıç Ali, yavaş yavaş misafirlerin geleceği günler, tıraş olmaya, giyinmeye ve salona geçip oyun oynayanları omuz başlarından seyretmeye başladı. Füreya, arkadaşlarına kocasına baskı yapmamalarını özellikle tembih etmişti. Kimse ağzını açıp, hadi sen de bize katıl demiyordu. Kılıç Ali bir süre ayakta oyun seyrettikten sonra, önce oynayanlara fikirler vermeye, sonra da onlara katılmaya başladı.

Füreya, kocasına haber vermeden onu hem Moda hem de

Cercle d'Orient kulüplerine âzâ yazdırmıştı. Uzun süre bu yerlere insanlar ona itibar etmez korkusuyla gitmeyen Kılıç Ali, bir süre sonra kulüplere de gitmeye başladı ve korkularının yersiz olduğunu gördü. Ankara'da siyasi nedenlerle aşırı yaltaklanmalara veya tam tersi aşırı horlanmalara uğramak mümkün olabilirdi, ama İstanbullular siyasi ikbal veya düşüşlere, özel menfaatleri olmadıkça, meraklı değildiler.

Füreya ve kocası artık haftanın hemen hemen her gününü oyun partilerinde geçiriyorlardı. Oyundan sonra İstanbul'un Boğaziçi meyhanelerinde geç saatlere sarkan akşam yemekleri yeniyordu. Poker akşamlarında ise oyun sabaha kadar sürebiliyordu.

Kılıç Ali, depresyondan ve matemden nihayet çıkmış gibiydi. Ama bu kez de Füreya bunalmaya başlamıştı. Hayatının geri kalan kısmının bir oyun masasının başında geçebileceğini düşündükçe içine fenalıklar basıyordu.

Yaşam, akşamların sabahlara sarktığı oyun masaları, geç kalkmalar ve yeniden briçe, pokere, beziğe hazırlanış kısır döngüsü içinde geçiyordu. Hafta sonları danslara ve yemeklere gidiliyordu, ama Füreya sıkılıyordu.

Genç kızlığında özendiği atılımlar, onun çok uzağında kalmıştı. Şimdi o, çok güzel giyinen, çok güzel sofralar hazırlayan bir hanımefendi, eşi bulunmaz bir ev sahibi olmuştu. Bu rolünden şikâyetçi değildi. Ama sadece bununla yetinemiyordu. Kılıç Ali'yi sosyal yaşama geri döndürdüğünden beri, sonunu göremediği bir boşluğa kendi düşmüştü. Hayatın hiçbir anlamı kalmadığını düşünüyordu. Sonunda bu boşluğu dolduracak bir uğraş buldu. Beğendiği Fransızca kitapları Türkçeye çevirmeye başladı. Derken bir yakın dostu ona bir teklif getirdi. Müzikle çocuk yaşından beri haşır neşirdi. Çok iyi keman çalıyor, hiçbir konseri kaçırmıyordu. Neden *Vatan* gazetesinde müzik eleştirmenliği yapmasın?

Füreya önce biraz çekingen davrandı. Ama yazdığı bir iki yazı o kadar olumlu tepkiler aldı ki, kendini dört yıl boyunca, *Vatan* gazetesinin müzik eleştirmeni olarak buldu.

O yıllarda, Fahrünissa teyzesi de Maçka'da Ralli Apartmanı'nda kocaman bir daire kiralamış, ayrıca Beşiktaş'a inen sokakların birinde bir resim atölyesi edinmişti. Fahrünissa bir süredir içine düştüğü ruhi bunalımlardan ve hayali hastalıklarından resim yaparak kurtulmuştu.

Bu yıllar 'D grubu ressamları'nın çıkış yaptığı yıllardı. Fahrünissa da D grubu ressamlarıyla sergilere katılıyor ve çok beğeniliyordu. Resim yapmak ona çok iyi geldiği için, bunalan yeğenini de resme yönlendirmek istedi. Ailede hemen hemen herkesin resme istidadı vardı. Cevat ve Şakir Paşalar hem iyi birer ressam hem de fotoğrafları Fransa'da ödüller kazanmış amatör fotoğrafçılardı. Füreya'ya nedense ailede herkesin hobisi olan resimde bir kaçış aramak ters geldi. Teyzesinin resimle oyalanma teklifine karşı çıktı.

Teyzesinin evi bu sıralarda ressamlarla, yazarlarla, entelektüellerle dolup taşmaya başlamıştı. Füreya da bu toplantılardan eksik olmuyordu. Akşamları izlemek zorunda kaldığı konserler, öğleden sonraları katılmak istediği sanatçı toplantıları, sabahları yazı yazmasını gerektiren çalışma saatleri... Kılıç Ali ve Füreya, kendilerine yeni dünyalar inşa etmekle birlikte, beraberliklerini de sürdürüyorlardı.

Füreya sık sık beraber oldukları çevrenin içinde, annesinin yakın dostlarından birinin kocasının kendini hayran gözlerle izlemekte olduğunun ne zamandır farkındaydı. Aralarındaki yaş farkından ve adamın evli olmasından dolayı, uzun süre kendini yanıldığına inandırmıştı. Ama bu zarif erkekten gelen ilgi, biteceğe benzemiyordu. Şevki Bey, Füreya'ya Fransa'dan en son basılan kitapları ve plakları taşıyor, teyzesine göstermesi için sergi kataloglarını getiriyor ve onu ilgilendiren her konuda uzun ve renkli sohbetler yapıyordu. Füreya kendine gösterilen bu alakadan memnundu. Tuhaf bir şekilde gururunu okşuyordu, kendinden yaşça bu kadar büyük ve son derece akıllı, aydın, hoş bir adam tarafından beğenilmek.

"Şevki Bey'in sana olan hislerinin farkında mısın?" diye sormuştu Aliyoşa.

"Hislerinin hayır, ilgisinin evet."

"İlahi Füreya, ilgiyi sevgiden ayırabilir misin?"

"Elbette. His, yani sevgi bambaşka bir şeydir. Şevki Bey benimle sadece ilgileniyor."

"Neden bunca kadın arasında seninle ilgileniyor?"

"Ne bileyim ben. Belki genç olduğum için."

"Rezzan da genç, Nanaka da genç... Ben bile genç sayılırım."

"Senin sahibin var."

"Senin yok mu?"

Füreya duraladı. Gerçekten de pek aptalca bir laf etmişti. Üstelik evli olan Aliye değil, kendisiydi.

"Sen âşıksın. Birine delice âşık olduğu her halinden belli olan kadınlarla erkekler zaman kaybetmek istemez. Üstelik Şevki Bey de evli."

"Ama onun evliliği... sadece formalite evliliğine dönüşmüş."

"Kimin dönüşmemiş ki," dedi Füreya. Sesinde belli belirsiz bir hüzün vardı. Kendi evliliğini mi yoksa annesiyle babasını mı, hatta anneannesiyle büyükbabasını mı düşünüyordu, belli değildi.

"Şevki Bey'den hoşlanıyor musun, Füreya?"

"Evet hoşlanıyorum. Onu zeki, esprili ve müthiş kültürlü buluyorum. Çok ince tarafları var. Ama aramızda hiçbir şey olamaz, ikimiz de evliyiz ve onun eşi, benim çok saydığım biri."

"Ve senden otuz yaş büyük."

"Yaşın önemi yok."

"Yaa, demek yok. Benim öğrenmek istediğim de buydu Füreya. Eğer Şevki Bey'in yaşı seni rahatsız etmiyorsa, diğer engelleri sayma bile. Sen bu kapana sıkıştın, güzelim."

"Biliyor musun Aliyoşa, Berger sana bir iki ruhi analiz öğretti diye, kendini psikolog zannetmeye başladın."

"Füreya, ben senin vücut diline bakıyorum."

"Bunu da mı Berger'den öğrendin?"

"Evet. Dikkat ettim, hep onun oturduğu kanepeye ilişiyorsun. O salona girince gözlerin parlıyor. O odada yoksa, gözlerin hep kapıda..."

"Çünkü," diye Aliye'nin lafını kesti Füreya, "sadece onunla diyalog kurabiliyorum. Okuduğum kitapları o da okuyor, sevdiğim müziği o da seviyor..."

"Ve sana çok güzel güller yolluyor."

Füreya kızararak vazoda duran uzun saplı güllere baktı.

"Geçen akşamki yemeğe teşekkür etmek için yollamış."

"Aşkolsun ona," dedi Aliye, "bana da kaç kere içkiye ve yemeğe geldi, ama daha gül mül görmedik."

Hayat, İstanbul'un çok hızlı temposunda akmaya devam ediyordu. Sergiler, konserler, tiyatrolar, yemek davetleri, dansingler ve elbette oyun geceleri... Şevki Bey ile hemen hemen her gece kalabalık bir dost çevresinin içinde birlikteydiler. Füreya, Aliye'ye itiraf etmek zorunda kalmıştı, "Evet, Şevki Bey, sanırım bana âşık." Bu olgu onu hem memnun ediyor hem de vicdan azabı çekmesine neden oluyordu. Her ne kadar Şevki Bey'in evliliğinin içerik olarak ve duygusal anlamda bitmiş olduğunu bilse de tanıdığı, saydığı biriydi karısı.

"Sakın beni bu yüzden itme Füreya," demişti Şevki Bey. "Bu evlilik o anlamda yıllar önce bitti. Biz artık çok yakın iki dostuz. Lütfen senin yakınında olmama izin ver. Sen, benim yaşlı ruhuma iksir gibisin. Senin varlığın bana yaşama sevinci veriyor."

Füreya'nın itiraz edecek hali yoktu. O da bu beraberlikten

gıda alıyor gibiydi. Şevki Bey ile ilişkisi platonik düzeyde kaldıkça, kimseye zarar vermeyeceğine inanıyordu. O, fikir alışverişine susamış genç bir kadındı, Şevki Bey ise, onun etrafında uçuşan bir pervane, o kadar!

Fahrünissa 1945 sonbaharında, oturduğu Ralli Apartmanı'nda sadece kendi resimlerini sergileyeceği kişesel bir sergi açmaya karar verdi. Füreya büyük bir heyecan içinde, teyzesine yardıma koştu. Sergileyecekleri resimleri grup grup ayırdılar, atölyeden Ralli Apartmanı'na taşıdılar, çerçevelerini yaptırdılar. Bu sergi Fahrünissa'nın ilk kişisel sergisi olacağı için, çok özen gösteriyorlardı. Füreya, bu hazırlığın bizzat içinde olabilmek için, günlerce evine gidemedi, Ralli Apartmanı'nda kaldı. Fahrünissa çok güzel resimler yapmıştı. Resimlerin çoğu empresyonist ve klasik çizgiler taşıyordu. İstanbul camilerinin içleri, limanlar, kayıklar ve kayıkçılar... hepsi son derece renkli ve canlı resimlerdi.

Ralli Apartmanı'nda kaldığı o günlerin birinde, Fahrünissa ile sabah kahvaltısından sonra karşılıklı sigaralarını tüttürürlerken,

"Sana bir şey söylemek istiyorum Füreya," dedi teyzesi.

"Çok ciddi bir şeye benziyor."

"Evet, ciddi bir şey. Hoşuna gitmeyebilir ama yine de söyleyeceğim."

"Meraklandırma beni. Bir mesele mi var?"

"Var. Mesele sensin Füreya."

"Ne demek istiyorsun, Nissa?"

"Hayatını bir boşluk içinde sürdürdüğünü görüyorum. Güzel davetler vermenin, sabahlara kadar oyunlar oynamanın ve şık elbiselerle gezmenin dışında hiçbir şey yok. Buna daha ne kadar zaman tahammül edeceksin? Bir şeyler yapmanın zamanı gelmedi mi?

"Fahrünissa! Neler diyorsun sen? Oyunu kocam oynuyor.

Ben gazetede yazılar yazmıyor muyum? *Vatan*'ın sanat sayfasını desenleyen ben değil miyim?

"Amatörce işler bunlar. Sanatı ciddiye almalısın."

"Bıktım bizim ailenin sanata olan düşkünlüğünden. Sanatkâr olmak şart mı? Bir insan illa da resim yapmalı, piyano veya keman çalmalı, roman, hikâye mi yazmalıdır? Yoksa, adamdan sayılamaz mı yani?"

"Füreya, hayatına bir çeki düzen ver. Senin iyiliğin için söylüyorum bunları."

Füreya kalkıp odasına gitmişti. Peşinden odaya dalan Şirin, "Niçin ağlıyorsunuz Füreya abla?" diye sormuştu.

"Ağlamıyorum Şirinaki. Gözüme sigara dumanı kaçtı."

"Hiç de değil, bu gözyaşı değil mi?" demişti çocuk, Füreya'nın yanağına süzülen damlaya parmağını değdirerek.

Serginin açılışına birkaç gün kala, Füreya kendinde bir bitkinlik hissetti. Sergi yüzünden o kadar çok yorulmuşlardı ki üstünde durmadı. Sergi günü ateşi yükselmişti. Bunca emek verdiği sergiyi kaçırmaya niyeti yoktu. Son bir gayretle toparlandı, berbere gitti, makyajını yaptı ve gelen konukları Fahrünissa ile birlikte karşılamaya başladı.

Kılıç Ali, taa Erenköy'den geldiğinde, sergi epey kalabalıklaşmıştı. Füreya bir haftadır Ralli Aparatmanı'nda kalmakta olduğu için ancak telefonla görüşmüşlerdi. Kalabalığın arasında karısını aradı. Füreya pencerenin kenarında biriyle konuşuyordu. O tarafa yürüdü.

"Füreya! Ne bu halin! Gözlerin çakmak çakmak. Ateşin mi var senin?" dedi.

"Evet. Grip oluyorum herhalde." Kendine sarılmaya çalışan kocasını usulca itti. "Öpüşmeyelim Kılıç, sana da geçmesin gribim."

"Ne zaman hastalandın böyle?"

"Bir iki gündür halsizdim. Bu sabah ateşim de çıktı."

"Hasta hasta dolanma bari, git içeri yat. Ben giderken sana haber veririm, eve bir taksiye atlar gideriz. Vapurda üşütürsün yoksa."

"Merak etme, göründüğüm kadar kötü değilim. Yorgunluk alt tarafı. Sen bana bir kadeh rakı getirsene."

"Ellerin ateş gibi Füreya. Biz bir an evvel evimize gidelim," dedi Kılıç Ali.

"Haftalardır bugüne hazırlanıyorduk. En son misafir bu odadan çıkmadan önce, ben gidemem. Çok emeğim geçti sergiye. Üstelik satışla da ben ilgileniyorum," dedi Füreya.

Sergi muhteşem oldu. Resimlerin çoğu satıldı. Basın olağanüstü ilgi gösterdi. Sergiye İstanbul'da ünlü ressamların, yazarların, gazetecilerin tümü ve sosyetenin en ünlü kişilerinin yanı sıra, genç sanatçılar ve kalabalık bir akademili grup da katılmıştı. O gün konukların arasında, henüz yazar olarak ismini duyurmamış, ama sanata meraklı olduğu için, sergiyi görmeye gelmiş biri daha vardı; Teşvikiye çevresinin havagazı sayaç memuru, Yaşar Kemal.

Serginin bitiminde, Füreya teyzesinin yatak odasındaki koltuğa yığıldı kaldı. Onu apar topar Teşvikiye Sağlık Yurdu Kliniği'ne götürdüler.

Ertesi gün Füreya'ya verem teşhisi kondu.

VEREM, SOYGUN VE ÖLÜM

Tevfik Sami Paşa bakımı altındaki Füreya'ya kış boyu sıkı bir kür uyguladı. Yazı temiz havalı ağaçlık bir yerde geçirmesini tavsiye ettiği için, yaz gelince Büyükada'nın tepelerinde, çamlar içinde bir küçük ev tuttular. Füreya, gün boyu sürekli yemyeşil ağaçlara bakan odasında yatıyor, ancak bir-iki saat için dışarı çıkabiliyordu. Annesinin yapıp yolladığı besleyici yemeklerin dışında her gün bol süt içiyor, taze yumurta, bol sebze, meyve ve et yiyordu. Hayattaki yegâne keyfi, çamların gölgesine uzanıp, klasik müzik dinlemek ve kitap okumak olmuştu.

Saatler süren istirahatlarında, düşünme firsatı da bulmuştu. Hastalanmasının Fahrünissa'nın sergisine denk gelmesi üzerine, teyzesi ona, "Bak gördün mü Füreya, sanatla ilgilenmediğin için, tam serginin açılış günü, bir tepki olarak hastalandın. Bu sana tanrının bir işareti," demişti. Nerdeyse inanacağı gelmişti Füreya'nın. Yüreğinde sanatla kucaklaşmak için müthiş bir hasret vardı. Yukardan bir ses ona "Yaşadığın hayat sana göre değil, kendine bir uğraş bul" mu diyordu acaba? Şevki Bey ile olan romantik ilişkisi için, tanrının onu cezalandırmış olabileceği düşüncesi ise tüylerini ürpertmişti. Gerçi bu işte onun bir günahı yoktu ama artık gençliğini ve güzelliğini çoktan geride bırakmış, yaşlanmış bir kadına çok acı vermişti herhalde, kocasının gönlünün çok daha genç birine kayması. Sabahattin ile evli kalsaydı ve bir gün kendini Emine Hanım'ın yerinde bulsaydı, ne çok üzülebileceğini düşündü. Hatta o gün ziyaretine gelen Aliyoşa'ya,

"Biliyor musun canım, kadınların kocalarıyla aralarında mutlaka çok yaş farkı olmalı. Büyükannelerimiz yaşlı erkeklere vararak ne kadar doğru yapmışlar. Yıprandıklarında, kocalarının başkalarına bakacak hali kalmıyor," demişti.

"Çünkü, yıprandıklarında kocaları çoktan ölmüş oluyor," diye yanıtlamıştı Aliye, "senin de kocanla böyle bir sorunun olmayacak. Yani Kılıç Ali'yi senden genç kadınlardan hiç kıskanmayacaksın."

"Aliyoşa, ben veremim unuttun mu? Hangimizin daha uzun yaşayacağı belli değil."

"Ah Füreya, annen seni öyle bir besledi ki, bu gidişle sen veremden değil mide fesadından öleceksin ya da patlayarak."

Füreya gülmeye başlamıştı. Kendini bildi bileli, ailede en çok bu delidolu teyzesini seviyordu. En mutsuz günlerinde bile güldürmesini bilirdi onu. Daldan dala konarak konuşması, aydınlık yüzü, şaşkın bakışlarıyla yaşı ne olursa olsun, hep neşeli bir çocuk gibiydi. Kaprisli, aklı beş karış havada, ama can bir çocuktu.

Aliye'nin gözleri yine başucundaki güllere takılmıştı.

"Füreya bu çiçekler bahçe çiçeği değil. Şevki Bey mi yolladı bunları?" diye sormuştu.

"Evet."

"Her gün gül mü yolluyor sana?"

"Aliyoşa, bozdun benim güllerimle. Berger'e söyleyeceğim sana ara sıra gül getirsin."

"Bana cevap ver. Her gün mü yolluyor?"

"Her pazartesi ve her perşembe."

"Kocan bir şey demiyor mu?"

"'Bu adamın bir gül serası var herhalde,' diyor."

"Kıskanmıyor mu?"

"Aliyoşa, niye kıskansın? Yaralı ciğerimle, flört edecek halim mi var? Beni memnun eden davranışlara, o benden çok seviniyor."

"Yaşlı ve göbekli olabilir ama iyi huylu bir kocan var. Kıymetini bil," demişti Aliye.

Füreya, kocasının kıymetini bilmiyor değildi. Ayrı dünyaların insanları olmalarına karşın, bir denge kurabilmişlerdi. Pek çok kişi, Füreya ile Kılıç Ali'nin, Atatürk'ün ölümünden sonra, boşanmalarını beklemişti. Ata'nın yakın çevresinin imtiyazlı ve görkemli yaşantısı sona erdiğine göre, onların evliliği de sona ermeliydi. Oysa onlar, pek çok insanı şaşırtarak, ölçülü bir sevgi ve saygı içinde birlikte yaşamayı sürdürüyorlardı. Kılıç Ali, genç karısının hastalığına pek çok üzülmüş ve onu tedavi ettirebilmek için hiçbir şeyden kaçınmamıştı. Füreya da nekahat döneminde kocasının eve kapanıp sıkılmaması, tekrar bir bunalıma girmemesi için, yine dostlarını evinde toplamaya devam ediyordu.

1946 yılında yeni bir parti kurulmuştu. Demokrat Parti'nin kurucularının arasında Kılıç Ali'nin pek çok dostu vardı. Partiye girmesi, aktif bir görev alması için teklifler gelmişti. Ama Kılıç Ali, tüm teklifleri reddedecek, Demokrat'ların sadece sadık bir dostu olarak kalacaktı.

Demokrat Parti'nin önde gelenlerinden Fuat Köprülü ve Refik Koraltan, sık sık eve poker oynamaya geliyorlardı. Ayrıca Fahrettin Altay ve İzzet Paşalarla görüşüyorlardı. Füreya yukarda odasında kitap okuyup müzik dinlerken, onlar aşağıda oyunlarını oynuyorlardı. Kalabalık oldukları zaman, küçük eve sığamayacakları için, Fuat Köprülü'nün kardeşinin sahildeki evine iniliyordu. Füreya'nın nekahat devresinde olmasına rağmen, neşeli geçiyordu yaz.

Yaz boyunca ne Kılıç Ali ne de Füreya, Ada'dan hiç inmediler. Eylül başında, kontrol röntgenlerini çektirmek için, İstanbul'a gitmeleri icap etti. Füreya, nisan başından beri ilk defa tayyör giyecekti. Etekliğini gardroptan çıkardı, üstüne geçirdi ve bir çığlık attı. Belini kavuşturmasına imkân yoktu. Başka bir etek denedi, olmadı. Emprime elbisesine girmeye çalıştı. En sonunda pes etti.

"Kılıç, sanırım İstanbul'a inemeyeceğiz. Hiçbir şeye giremiyorum," diye seslendi kocasına.

"En az on kilo aldın Füreya, giremezsin tabii," dedi Kılıç Ali, "Sen en iyisi yine o keten eteğini ve bol bluzunu giy de gidelim. Sana yeni bir gardrop düzeriz artık, karıcığım."

Füreya homurdana homurdana giyindi. Kendini besili bir ineğe benzetiyordu. Karı koca kolkola yokuşu inip yola çıktılar, kendilerini bekleyen arabaya binerlerken, Kılıç Ali,

"Ah, yanıma para almayı unutmuşum. Sen bin, ben geliyorum," dedi karısına. Füreya arabaya kurulup bekledi. Uzun zaman gözükmedi Kılıç Ali. Füreya meraklanmaya başlamıştı ki yokuşun başında gözüktü. Koşar adım geliyordu. Yüzü kıpkırmızıydı.

"Sandığın anahtarını sen mi aldın?" diye sordu.

"Yoo. Bende anahtar yok."

"İyi düşün, Füreya."

"Kılıç, o anahtar hep sendedir. Niye alayım ki?"

Kocasının kıpkırmızı yüzü birden bembeyaz oldu. Kaldırımın kenarına yığılırcasına oturdu.

"Ne oldu Kılıç? Neyin var allahaşkına? Sandığın anahtarı, kilerin anahtarının yanındadır hep. Oraya baktın mı?"

"Biri... sandıktaki kutuyu almış."

"Neee!"

"Kutu yok Füreya, kutu yok!"

Füreya'nın da yüzü bembeyaz oldu. "Telaştan görememişsindir Kılıç, bir de ben gidip bakayım."

"Otur oturduğun yerde kızım. Ben tam üç kere sandığı baştan aşağı boşaltıp yeniden yerleştirdim. Kutu uçmuş."

Kutuyla birlikte, ellerinde ne var ne yoksa, altınları, paraları, paraya çevrilmiş tahvilleri ve Füreya'nın tüm mücevherleri de birlikte uçmuştu. Şimdi karı koca, ceplerinde onları ancak İstanbul'a kadar götürebilecek bozuk paralarıyla, başlarına gelene inanamadan şaşkın şaşkın oturuyorlardı, biri kaldırımın kenarında, diğeri at arabasının içinde.

Kılıç Ali'nin alnında soğuk terler birikmişti. Ağzı kurumuştu. Rengi kül gibiydi. Tirtir titriyordu. Füreya kocasının kalp krizi geçirmesinden korktu.

"Kendine gel Kılıç," dedi. "Alt tarafı giden maldır, can değil. Bir çaresine bakarız. Haydi kalk yerden, üşüteceksin. Kalk bin arabaya da polise gidelim."

"Hiçbir şeyimiz kalmadı, Füreya hiçbir şeyimiz kalmadı. Sıfıra intikal ettik. Sıfırız. Sıfır. Sıfır. Sıfır. Sıfır."

Aklını kaçırmak üzere olan Kılıç Ali ve altı ay sonra ilk kez bu kadar uzun bir yola çıktığı için bacakları tir tir titreyen Füreya, kendilerini Ada karakolunda bulduklarında, Füreya da olayın dehşetini kavramaya başladı.

Kılıç Ali savaş yıllarında İstanbul'un bir düşman işgali altında kalabileceğinden korkarak tüm tahvillerini altına ve paraya çevirtmişti. Ne olur ne olmaz, hep elinin altında bulunsunlar diye, bunları evinde bir sandık içinde saklıyordu. Füreya Ada'ya taşınacakları zaman, hiç olmazsa altınları bir banka kasasına yatırması için ikna etmeye çalışmıştı kocasını. Ama çok savaş görmüş ve hem Anadolu'da hem de İstanbul'da işgali yaşamış insanların bankalara güvenmeleri kolay değildi. Banka, bir gece içinde kapanabiliyordu. Bankadaki altına ya da paraya el konabiliyordu. Altınlarını ve paralarını sedef kakmalı kutusuna koyup, sandığın içinde Ada'ya taşımıştı, Füreya'nın tüm mücevheriyle birlikte.

Karı kocanın karakola vardıklarında sinirleri iyice bozulmuştu.

"Ben sana demedim mi?" diyordu Füreya, "ısrar etmedim mi o kadar, hiç olmazsa bir kısmını bankaya yatıralım, diye. Bak benim mücevherlerim bile gitti. Şimdi ben hangi parayla tedavi olacağım, inadın yüzünden benim hayatımla oynadın."

"Beni deli etme, Füreya! Mücevherlerini kendin getirmek istedin. Bütün yaz inmeyeceğiz Ada'dan, yanımda olsunlar, demedin mi?"

"Sen de uygun gördün ama... Belki kulübe gideriz, takmak istersin, diyen sendin."

"Senin moraline giyinip, süslenmek iyi gelir diye düşünmüştüm. Bunun için beni mi suçluyorsun?"

Polis âmiri araya giriyordu, "Efendim olan olmuş. Bırakın bunları şimdi. Bana şüphelilerin adlarını verin ki bir an önce işimi yapayım. Kimlerden şüpheleniyorsunuz? Evinize girip çıkanlar, hizmetçiler, tamirciler, dostlar..."

"Dostlar mı?" dedi Kılıç Ali, "bizim dostlarımız böyle şey yapmazlar."

"Hiç belli olmaz efendim."

"Yapmazlar dedim oğlum... Kafamın tasını attırma benim."

Füreya müdahale etme gereği duyuyordu, "Memur bey, kocam şok geçiriyor. Kusuruna bakmayın. Her şeyimiz gitti de... her şeyimiz... her..."

Birden korkunç gerçekle yüz yüze geldi. Kılıç'ın hakkı vardı. Şu karakoldan çıktıklarında, sıfırdılar. Ay başı geldiğinde, kirayı ödeyecek paraları bile kalmamıştı. Tek umut, çalınanların bir an evvel bulunmasındaydı.

***

Ada'daki ev iki katlıydı. Aşağıda küçük bir oturma odası ve mutfak, üst katta da içiçe geçen iki oda vardı. Birinci odada Kılıç Ali yatıyordu. Sandık, Füreya'nın yattığı balkonlu odada duruyordu. Bir gece önce eve misafirleri gelmişti. Aşağıda oyun oynuyorlardı. Füreya, saat on ikiye doğru odasına çıkıp yatmıştı. Bir ara gözlerini açtığında, balkonun önündeki incir ağacının sallandığını görmüş, fırtına çıktığını zannetmişti. Kalkıp balkona çıkmıştı. Hayret! Rüzgâr yoktu, yaprak kımıldamıyordu, hava limonata gibiydi. Hırsız, o uyurken girip sandıktan kutuyu almış olmalıydı.

Kim bilebilirdi sandığın içindeki sedef kutuyu?

Evde çalışan kadının kızı da verem olduğu için, Füreya ona özel bir yakınlık duyuyor, sürekli para yardımında bulunuyordu. Buna rağmen hırsız, kadının haylaz oğlu olabilir miydi? Yoksa, birileri Kılıç Ali'nin Füreya'nın ısrarıyla bir müddettir yazmakta olduğu hatıratını mı çalmak istemişlerdi? Sorular soruşturmaları kovalıyor ama bir türlü sonuca ulaşılamıyordu.

Füreya ve Kılıç Ali, ümitlerini ellerinde kalan tek mülke bağladılar. Milletvekilliği sırasında Kılıç Ali, bir Ermeni tüccardan, bir yağ fabrikası satın almış ama 'Atatürk'ün yakınları istismar yapıyorlar' denmesin diye, fabrikayı kız kardeşinin kocasının üstüne yazdırmıştı. Fabrikayı onlar idare ediyorlardı. Hiç hesap sormamıştı Kılıç Ali. Paraya ihtiyacı yoktu. Annesi ve kız kardeşinin ailesi fabrikadan gelen parayla geçiniyorlardı. Ara sıra onlara teneke içinde zeytinyağı yollarlardı.

Kılıç Ali ilk defa hesap sormaya kalkıştığında, bir şok daha yaşadı. Kız kardeşi ve ailesi, "Senin bu fabrikada hakkın yok. Burası bizim üzerimize kayıtlı," dediler, "biz bu fabrikaya dünyanın masrafını yaptık."

Kılıç Ali, aklını kaçıracağını sandı. Felaket geldi miydi gerçekten de zincirleme geliyordu. Avukatlar, münakaşalar, toplantılar sonucunda zar zor bir anlaşma sağlanabildi ve Kılıç Ali zamanın parasıyla, kardeşinden, bir elli bin lira kadar para alıp, yaşamını sürdürmeye devam etti.

Karı koca, başlarına gelenlerden o kadar bunalmışlardı ki Kılıç Ali eline geçen para ile Paris'e yerleşmeye ve orada bazı ticari işler yapmaya karar verdi. Füreya birkaç yıldır Paris'e gidememişti. Sevincinden uçtu. Paris'te, aylarca yatakta kaldığı günlerin acısını çıkaracaktı. Hemen konserlerde tiyatrolarda yer ayırttı. Çok güzel sergiler vardı. Hepsini görmek istiyordu. Hiçbir elbisesine sığamadığı için, alışveriş de yapacaktı. Bu hengâme içinde, kocası "Buraya kadar gelmişken bir de burada doktora görün," diye tutturmasaydı, belki çok şey değişik olabilirdi. Füreya, Kılıç Ali'yi kırmadı, bir doktordan randevu aldılar ve dünya başlarına yıkıldı...

Füreya, onca bakıma, beslenmeye ve istirahate rağmen iyileşememişti. Fransa'da çekilen röntgenlerden çıkan sonuç kötüydü. Hastalık devam ediyordu.

Doktorun tavsiyesi üzerine Fransa'da bir dağa çıkıp on beş gün kaldılar. Daha önce, hasta ciğerine hava verilmişti. Kılıç Ali, on beş gün süreyle karısına bebeğe bakar gibi baktı. Süre bitince, Paris'e dönüp yine doktorun karşısına oturdular.

"Böyle olmayacak. Uzun süre bir sanatoryumda tedavi görmeniz gerekiyor, Madam Kılıç," dedi doktor.

"Ama ben hem Ada'da hem de Fransa'da dağda istirahat ettim."

Sözünü kesti doktor, "Bu iş dağlarda istirahatla olmaz, İsviçre'de size adını vereceğim sanatoryuma yatacaksınız. Uzun süre. Belki bir, belki iki yıl. Bakım, istirahat ve tedavi aynı anda, aynı elden sürdürülecek. Ancak o zaman bir iyileşmeden söz edebiliriz."

"Hemen mi yatmalıyım. Memleketime dönüp, ailemi göremez miyim?"

"Gidin, ailenizi görün. Kendinizi yormamaya gayret edin ve

ilaçlarınızı muntazam için. Ama sonunda, sanatoryuma gitmeyi göze almalısınız."

"Yaz sonuna kadar Ada'da kalmak isterdim."

"O halde size eylül sonundan itibaren yer ayırtacağım," dedi doktor.

Kılıç Ali ve Füreya, İstanbul'a, Paris'te yaşama hayalleri kırılmış olarak döndüler. Kılıç Ali, o güne kadar sırt çevirdiği idare meclisi üyeliklerinden birkaç tanesini, artık talep etmek zorundaydı. Allah'tan iktidarda yardımlarını göreceği yakın dostları vardı. Ve önünde yıllar sürecek çetin bir yol. Füreya asla vereme yenik düşmemeliydi.

İstanbul'a dönüşlerinden kısa bir süre sonra, aile yeni bir facia ile sarsıldı.

Füreya, annesinin evinde kalıyordu o gece. Ertesi gün Ada'ya gidip, Berger'in Avrupa turnesinde vereceği konserin repertuarını dinleyecekti.

Aliye ve Berger, yirmi yılı aşkın fırtınalı bir kara sevdadan sonra nihayet evlenmişlerdi. Yıllar önce, genç yaşında ülkesinden siyasi nedenlerle kaçan Charles Berger, Türkiye'ye sığınmış ve ömrünü Suriye Pasajı'ndaki evinde keman dersleri vererek sürdürmüştü. Füreya'ya ders vermek için Ada'ya gittiği gün tanıştığı Aliye ile inişli çıkışlı bir aşk yaşamışlardı. Her ikisi de birbirlerini delice sevmiş ve delice üzmüşlerdi. Ama birbirlerinden hiç vazgeçmemişlerdi. Aliye, Berger'in ilişki kurduğu kadını vurarak sadece kendini ve ailesini rezil etmekle kalmamış, Berger'in ekmeği ile de oynamıştı. Bir süre bu skandala sebep olan adama hiç kimse keman dersi için çocuklarını, özellikle de kızlarını yollamak istememişti. Berger büyük sıkıntılar çekmesine rağmen affetmişti Aliye'yi.

Aliye de ömrünü ona adamış, ailesinin, dostlarının, tanıdıklarının hatta tüm İstanbul'un ayıplayan nazarlarını ve dedikodularını göğüsleyerek yıllarca onunla güya gizli buluşmuştu. Ama Berger, Aliye'nin göze aldıklarına rağmen birçok ilişkiyi aynı anda yürütmüştü. Hatta birlikte yaşamaya yeni başladıkları sırada, genç bir Ermeni kızından bir erkek çocuk sahibi olmuştu. Aliye de bu durumu sineye çekmişti.

Birlikte çok şey göğüsledikten sonra, nihayet evlenmişlerdi. Nikâhları Şakir Paşa Apartmanı'nda kıyılmıştı. Nikâh boyunca ağlamıştı Aliye. Berger, ailenin hatırı için Müslüman olmuştu. Ada'da manastıra bakan çamlar içinde küçük bir eve yerleşmişlerdi. O sırada, Macaristan'da iktidara, Berger'in yakın arkadaşları gelmişti. Şimdi karı koca, dişlerinden tırnaklarından artırarak ellerine geçen parayı Berger'in Macaristan'dan başlayacak olan Avrupa turnesi için biriktiriyorlardı. Berger, yirmi beş yıl aradan sonra, vatanını tekrar görecekti. Çok mutluydular. Aliye, çamların arasındaki küçücük evini bir kuş yuvasına benzetiyordu. Bu yuvada kuşların yanı sıra, gün boyu Berger'in kemanından dökülen melodiler de şakıyordu.

"Macaristan'a gittiğimiz zaman, Budapeşte'nin en güzel kadını sen olacaksın. Macarlar sana âşık olacaklar Aliyoşa," diyordu Berger, "Yanına en güzel şapkalarını al. Sana şapka çok yakışıyor."

Aliye, son öğrencinin de parasını kumbarasına koyarken, "Kendime yeni bir şapka alabilir miyim, yola çıkmadan önce?" diye soruyordu.

"Alacaksan çabuk ol. Bu ay sonu gidiyoruz. Haftaya yerlerimizi ayırtacağım Aliyoşa. Konser ekimin onunda ama biz daha önce gidelim, sana tanıştırmak istediğim kişiler, göstermek istediğim yığınla yer var," diyordu Berger. Yirmi beş yıldır uzaktı vatanından. Bazı geceler heyecandan ve sevinçten uyuyamadığı oluyordu.

"Haydi, Füreya'ya haber ver de gelsin repertuarımı dinlesin. Onun kulağına güvenirim," demişti.

"Verdim, yarın geliyor."

Yazdan kalma bir eylül akşamıydı. Mis gibi ıhlamur kokuyordu ev. Füreya, "Bu güzel koku nereden geliyor anne?" diye sordu.

"Arkada bir ıhlamur ağacı var," dedi annesi. Telefon çalmaya başladı.

"Hayırdır inşallah. Bu saatte kim arar? Baksana telefona Füreya," dedi Hakkiye Hanım. Füreya telefona yürüdü, ahizeyi kaldırdı,

"Alo," dedi, "Evet burası... Ne? Ben torunuyum. Ne olmuş?"

"Ne var? Nedir?" dediler annesiyle babası.

"Susun bir dakika, Ada karakolundan arıyorlar, duyamıyorum... Evet... evet... Ne zaman?" Ahize elinden düştü. Annesiyle babasına baktı, bembeyazdı yüzü.

"Karakoldan bir polis aradı," dedi

"Ne dedi?" diye sordu babası.

"Şakir Paşa'nın damadı iskelede ölmüş," dedi.

Füreya olduğu yere çöktü. Babası ayağa kalkmış, tirtir titriyordu.

"Baba sakin olun canım. Sakin olun. Nedir bu haliniz. Şimdi size de bir şey olacak."

"Ben hemen gidiyorum. Ayşe'nin yanında olmalıyım," dedi annesi.

Füreya annesinin karşısında belki de ilk kez diklenerek konuştu.

"Hayır anneciğim. Siz burada babamla kalın. Ada'ya Kılıç'la ben gideceğiz. Siz yarın, babam sakinleşince gelirsiniz."

Ada'da oturan yakın arkadaşı Rezzan Yalman'ın telefonunu çevirdi.

"Bize bir yer hazırla Rezzan," dedi, "Ahmet Eniştem vefat etmiş. Ev çok kalabalıksa, sende kalırız."

Telefonu kapattı, gözyaşları yanaklarından sel gibi akıyordu. Bir kuş daha uçmuştu aileden. Onu çocukluğuna, çocukluğunun o vurdumduymaz, neşeli, oyunbaz günlerine bağlayan zincirden bir halka daha çözülmüştü. Ada evinin bolluk, bereket ve inceliklerle örülü resimlerinden biri daha eksilmişti hayatından. Azaldığını, eksildiğini hissetti. Ürperdi.

PENTİMENTO
(Osmanoğlu Kliniği)

Kalkacağım bu yataktan. Beni son yolculuğuma uğurlamaya hazırlananları şaşırtacağım. Ben böyle şaşırtmacaları çok yaptım, hasta yataklarımda. Kurtulma şansımın yüzde on olduğu ameliyata girerken Paris'te, içimden bir ses yırtacağımı söylüyordu. Demiştim ya, biri valizimi hazırlıyordu son yolculuk için diye... dün gece bir rüya gördüm. Aliye, "Acelen ne yahu, nasılsa sonunda geleceksin, biraz daha oyalan oralarda bari," diyor ve o gizli elin valizime doldurduğu bütün eşyalarımı teker teker geri çıkartıyordu. En son fırınımı çekip aldı ve odanın tam orta yerine koydu. Gözlerimin içine bakıp, "Çalış!" dedi.

Yapacağım, dediğini teyzemin. O da Fahrünissa'nın sözünü

dinlediği için ölümden dönebilmişti zaten. Ben de onu dinleyeceğim ve döneceğim ölümden. Çalışarak.

Ölüm! Hayal meyal hatırladığım büyükbabamın, beni günlerce ağlatan minik Faruk'un, hatta Atatürk'ün içimi yakan, yaşamımı değiştiren ölümlerinden daha da korkunç bir ölüme, ciğerim yaralıyken tanık olmuştum. Daha önce de söyledim size sanırım, ölüm denince aklıma, ilk önce Berger gelir.

Kılıç'la iskelede buluşup, akşam vapuruyla Ada'ya geçmiştik. Eve hızlı hızlı yürümüştük. Kapı açıktı. Önce ben girdim içeri. Ön salondan bir inilti geliyordu. Yaralı bir hayvanın ağlamasını andıran, iç parçalayan ince, uzun, acılı bir inilti. Hiç bitmeyen bir çığlık. Salona girdim. Dipte, masanın üzerinde duran tabuta eğilmiş biri vardı. Oda loştu. İyi göremiyordum.

"Teyze, Ayşe Teyzeciğim," dedim fısıldar gibi. Döndü ve bana baktı. Saçları didik didikti. Gözleri insan gözü olmaktan çıkmış, derin birer kan kuyusuydu, elinde gümüş saplı bir ayna tutuyordu. ALİYE!

"Canlanacak," dedi bana bakarak. "Bak Füreya, bak, nefes alıyor."

Tanrım, Berger'miş ölen. Berger'miş.

Kılıç Ali arkamda durup beni tutmasa yere yıkılacaktım. Telaşlı ayak sesleri duydum. Ayşe Teyzem, Ahmet Enişte, çocukları Erdem ve Nermidil, birileri doluşuyordu odaya.

"Acısız, eziyetsiz bir ölüm," diyordu Ayşe Teyze, "Ne kendi çekti ne etrafına çektirdi. Hepimiz aynı yolun yolcusuyuz, kızım, anlatamıyorum ki Aliye'ye."

"Nasıl olmuş efendim?" dedi Kılıç Ali. Ölümün nasıl geldiği her nedense pek önemlidir geri kalanlara. En ince ayrıntıya kadar sorulur, en ince ayrıntıya kadar anlatılır.

"Sabah, Budapeşte'ye gitmek için, biletlerini ayırtmaya gideceklerdi. Vapura yetişmek için araba bulamayınca, yol boyu koşmuşlar." Teyzem sesini alçaltıyor, gözüyle Aliye'yi işaret ediyor,

"Zamanında hazırlanamamıştır her zamanki gibi. Saraylıhanımın* orada bir sancı girmiş göğsüne. Hemen içeri girmişler, yere yatırmışlar Berger'i. Aliye yakasını çözmüş, nefes vermeye çalışmış. Kollarını oynatıp durmuş nefes aldırabilmek için ama o çoktaaan..."

Yavaş yavaş Aliye'nin yanına gidiyorum. Berger'e beyaz bir gömlek giydirip tabuta yatırmışlar. Tabutun kapağı açık. Bakıyorum, Berger huzur içinde. Aliye hâlâ elindeki aynayı tutuyor kocasının ağzına.

"Saat on birden beri tabutun başında. Elinde ayna, Berger'in canlanmasını bekliyor," diyor Ahmet Enişte.

"Kaçırdı galiba." Erdem'in sesi bu. İrkiliyorum. Yok kaçırmadı. O her zaman böyleydi aşırı duygu yüklü, aşırı iyimser ve aşırı karamsar.

Şimdi Aliye ile yan yana seyrediyoruz Berger'i. Gözyaşlarımı, çok eski dostumun, eniştemin beyaz gömleğine damlıyor.

Berger, bana sanatta hem mükemmeliyeti, hem de asla ödün verilmemesi gerektiğini öğreten sevgili, sevgili hocam... Beş yaşındaydım karşısında durup elime yayımı ilk kez aldığımda.

"Macaristan'da krala karşı darbe yapanların arasındaymış. İstanbul'a kaçmış. Sarayda Mecid Efendi'nin çocuklarına ve sultanlara ders vermiş zamanında. Nadir Nadi ile Remzi Paşa'nın çocukları da ondan ders alıyorlarmış," demişti anneannem, "Füreya'yı kemana başlatmak istiyorsanız, Berger'den iyisi olmaz."

Karşısında duruyordum ve dizlerim titriyordu. Elimi tutmuş, kemanın bir ipeği andıran pürüzsüz yüzeyini okşatmıştı. Bir tahtanın bu kadar yumuşak dokusu olabileceğine şaşırmıştım. Dizlerimin titremesi geçmişti.

"Füreya, yanağını kemanın üzerine daya ve dinle onu. Bak

---

* Büyükada iskelesindeki ünlü dondurmacı.

sana ne güzel şeyler anlatacak," demişti, "Sev onu Füreya, onu sev, onu hisset, onun parçası ol!"

Sonra Aliye'yi sevmişti, onu hissetmiş, onun parçası olmuştu. Dünyanın en müthiş filozofu ve en müthiş pedagogu...

"Aliye, gel canım, içeri gidelim, beni kırma," diyorum. Beni duymuyor bile. Sabaha kadar başında oturacak sevgilisinin, belki uyanır umuduyla.

"Çok çalışmıştı son günlerde bu konser için. Çok da heyecanlıydı. Nasıl olmasın, Macaristan'dan başlayacak bir Avrupa turnesi..." diyor Ahmet Enişte.

Herkes geceyarısına doğru birer birer yatmaya gidiyor.

"Füreya, sen de yatmalısın. Bugün gereğinden fazla yoruldun," diyor Kılıç Ali.

"Ben onu yalnız bırakamam. İcap ederse salonda uyurum."

"Çocukluk etme, Füreya. Sen mutlaka yatıp dinlenmelisin. Sonra yine ateşin çıkar. Ben otururum salonda."

"Siz gidip yatın, ben beklerim Aliye Abla'yı," diyor Altemur, Kılıç Ali'nin en küçük oğlu.

"Füreya Abla, söz veriyorum, hiç yalnız bırakmayacağım onu."

Salondan çıkıyoruz, ince, dokunaklı, çığlığı andıran inilti hiç bitmiyor. Bir kez daha bakıyorum arkamı dönüp salona. Aliye, tabutun başında, porselenden yapılmış, kırılgan bir biblo gibi oturuyor, elinde aynası.

Cenazeden sonra, eve geri döndüğümüzde Aliye beni odaya sokup kapıyı kilitlemişti.

"Sana bir şey göstereceğim. Kimseye söylemeyeceksin. Söz ver."

"Veriyorum."

Üzerine bir kurdela bağlanmış, pembe kadife bir kutu getirmişti. Yavaş yavaş çözmüştü kurdelayı. İçinde bir sürü altın vardı. Altınları yatak örtüsünün üzerine yaymıştı.

"Saydım, tam iki yüz altın var burada."

"Nedir bunlar kuzum?"

"Bunlar benim ve Berger'in biriktirdiğimiz altınlar. Her öğrenci parasını getirdiğinde ben gidip bir altın alırdım. Macaristan seyahatimiz ve Avrupa turnemiz için."

Yüzüne bakıyorun Aliye'nin.

"Füreya, şimdi bunları gidip Çarli'ye vereceğim. Senin de benimle gelmeni istiyorum."

"O da kim Aliyoşa?"

"Berger'in oğlu."

"İyi düşündün mü canım. İstersen yarısını ver. Senin de hakkın var bu altınlarda."

"Hepsini vereceğim. O benim sevgili kocamın oğlu."

"Ama bu jesti anlayacak yaşta değil."

"Büyüyünce anlar," diyor Aliye. Hiçbir şekilde fikrini değiştirmeyeceğini biliyorum. Kafasına koyduğunu yapmazsa huzura eremeyecek. Pembe kutu elimizde, çıkıyoruz evden. Nereye gittiğimizi soranlara, "Kiliseye gitmek istiyor, üstüne varmayın," diyorum. Ortaköy'de bir eve gidiyoruz. Hoş karşılanmıyoruz. Aliye veriyor altınları. Küçük oğlana sarılmak istiyor, ağlayarak kaçıyor çocuk. Kocaman açık kahverengi gözleri ve babası gibi duyarlı bir yüzü var. Aliye ağlıyor. Çocuğu yanına çağırıyor. Çocuk hep kaçıyor Aliye'den.

"Lütfen artık gidiniz," diyor annesi.

Ah Aliyoşa, bu kadar parasızsın, niçin verdin altınların hepsini? Bir teşekkür bile almadın. Ya şimdi sen ne yapacaksın?'

Tüm bunları içimden söylüyorum. Eve geri dönüyoruz. Aliye konyak şişesini alıp odasına çıkıyor.

***

Berger'in ölümü iki kişilikti. O, Ada'daki mezarlığa gömüldü. Aliye ise, Ada'daki çamların arasında sürekli ağlayarak dolaşan, yaşayan bir ölüye dönüştü.

Ey ölüm! Uzağa git. Bak rüyamda, valizimdeki eşyalar gerisin geriye yerleştirildiler yerlerine. Bordo şalımı sırtıma ver. Şöyle uzanacağım, 1947 yılının sonbaharına doğru. O sonbahar, benim küllerimden bir kez daha doğduğum mevsimdir.

LEYSİN

(1947-1949)

Füreya'nın sanatoryumu Leysin'de, çam ağaçlarının birbirinden değişik yeşillerle yamaçları süslediği tipik bir İsviçre dağındaydı. Yatağından, karşısındaki dağların duman inmiş zirvelerini ve güneş vurduğunda, kristal avizelere dönüşen çamları görebiliyordu. Bir sabah penceresinin önüne gelip karşı tepelere baktığında gözleri kamaşmıştı. Ağaçların üzerindeki kar taneleri güneşi yansıtarak, simden yapılmış damlalar gibi parıldıyordu. Her taraf ve her şey o kadar temiz, beyaz ve saftı ki burada her türlü dertten arınmamanın imkânı yok gibiydi.

Füreya, 'Bu havada iyileşemezsem, başka hiçbir yerde iyileşemem,' diye düşündü. Gerçi Ada'daki nekahat sürecinde de böyle yemyeşil çamların arasında oturmuş ve iyi beslenmişti.

Ama orada, etrafında akaduran yaşamın gürültüsünü, homurtusunu duyabiliyordu. Dostları gidip geliyor, sohbet ediyor, etrafta sigara içiyorlardı. Oysa, şimdi bu durgun beyazlığın içinde, bir sinek dahi uçmuyordu. Ara sıra, yine beyazlar içinde ilaçlarını vermeye gelen hemşireler ve yemek tepsisini getiren, beyaz önlüklü, yanaklarından kan damlayan İsviçreli genç kızın dışında, dünya durmuş gibiydi.

Füreya düşünüyordu, acaba kitapları bittiğinde ve durmaksızın dinlediği müziğinden bıktığında bu beyaz cennet bir beyaz kâbusa dönüşecek miydi?

İlk on beş gün Füreya'ya ziyaretçi gelmesine izin vermediler. Genç kadın sessizliğin ve beyazlığın ortasında, kendi kendiyle baş başa, iç sesini dinlerken, yalnızlığın yanı sıra hiçliğin de farkına vardı. Yaşam bir hiçti. Ölüm, o kadar ani gelebiliyordu ki insana, tüm çabalar bir anda boşa gidiyordu. On milyon Türk'ü kurtaran ama kendi kaderi karşısında çaresiz kalan Mustafa Kemal'i düşündü. Yirmi yıllık bir kovalamacaydı Füreya'nınki, onun peşinde. Dokuz yaşında vurulduğu erkeğin, yaşamı boyunca her zaferini, her devrimini ve nihayet çöküşünü izlemişti, adım adım. Onun karaciğerini kurtaramayan doktorlar şimdi Füreya'nın ciğerini kurtaracaklardı sözümona. Ölüm bir karış mesafede duruyordu Füreya'ya. Niçin?

Ölüm, Berger'i, yirmi beş yıl bekledikten ve özledikten sonra, ülkesine kavuşmasına on gün kala almıştı. Neden?

Ölüm Aliye'ye başka bir yöntemle vurmuştu. Mutluluğu yakaladığına inandığı nikâh gününden birkaç yıl sonra, yaşayan ölüye çevirmişti onu. Saçlarında bile can kalmamıştı, didiklenmiş ota dönmüştü güzelim lepiska saçları. Hep bir çocuk şaşkınlığı ile bakan mavi gözlerinin feri kaçmıştı.

Evet, kesinlikle bir hiçti hayat. Bugün varsan yarın yoktun. Ve eğer bugün varolacaksan, bir anlamı, bir sevinci olmalıydı bu varoluşun.

Füreya sürekli hayatını sorguluyordu. Uzun yıllardan beri ne büyük bir boşluk içinde yüzmekte olduğunu fark ediyordu. Çocukluk günlerinin sona ermesiyle, tesadüflerin akışına bırakmıştı kendini. Hiçbir şeye bilinçli olarak karar vermemişti. Hiçbir sınırı zorlamamıştı. Olaylar dalga dalga gelmişler, Füreya'yi önlerine katıp sürüklemişlerdi. O, hep şartlara uymuştu.

Füreya tam on beş gün boyunca kendini, etrafını saran yeşil lekeli beyazlığa bırakıp düşündü. Bu hastalığı atlatabilirse eğer, yaşamına bir amaç bulacaktı. Bir şeye bağlanması şarttı. Çocuk yapmak için belki geç kalmıştı. Ama çocuktan başka şeyler de olmalıydı insanı hayata bağlayan. Aliye'yi aşkı bağlamıştı yaşama. Fahrünissa'yı sanatı kurtarmıştı. Annesi çocukları için yaşamıştı, anneannesi gibi... O da bulacaktı bir şey, eğer yaşarsa... eğer.

On beş gün sonra, kırmızı yanaklı kız, kapıdan başını uzattı.

"Bir ziyaretçiniz var madam," dedi, "salonda bekliyor. Odada mı kabul etmek istersiniz, aşağı inmek mi?"

"Kimmiş?"

"Bir beyefendi. Adını aklımda tutamadım."

"Kılıç Ali değil herhalde," diye düşündü Füreya. "Eğer bir sürpriz yapmak istemiş de gelmişse, 'kocasıyım,' derdi."

"Bana bir on beş dakika müsade etsin, hazırlanmam için. Sonra yukarı alın."

Banyoya girdi, saçlarını topladı ensesinin üstünde. Yanaklarına allık sürdü, sanatoryuma gelirken aldığı uçuk pembe sabahlığını giydi ilk kez. Aynaya baktı. Hastalıklı, hele veremli birine hiç benzemiyordu. Gülümsedi aynadaki aksine.

Birazdan kapı vuruldu.

"Girin," dedi Füreya. Kapı açılınca önce gülleri gördü. Uzun sapların ucunda henüz tam patlamamış, sürüyle pembe tomurcuk...

"Şevki Bey!"
"Evet güzelim."
"Ne arıyorsunuz burada?"
"Çok güzel bir kadını arıyorum."
"Hoş geldiniz," dedi. Gülüşü bütün yüzüne yayıldı.
"Yok yok... sarılmayın bana. Lütfen Şevki Bey, doğru değil, mikrop..."
Adam Füreya'nın ince gövdesini güçlü kollarıyla sardı.
"Bu kadar yol geldim. Beni üç metre öteden selamlayacak değilsin herhalde."
"Ben sizin iyiliğiniz için..."
"Benim iyiliğim, senin en yakınında olmaktır."
Şevki Bey, güllerin yanı sıra Füreya'ya bir sürü kitap, kutularla çikolata, dinlemesi için bir radyo ve bir şişe de parfüm getirmişti. Balkonun önündeki koltuklara karşılıklı oturdular.
"Müthiş bir manzara bu," dedi Şevki Bey.
"Evet. Gerçekten öyle. İnsan derin bir yalnızlığa düşünce, tek tesellisi etrafındaki görüntü oluyor."
"Füreya, derin bir yalnızlığa düşmeyeceksin."
"Diğer hastalarla sohbet etmekten hoşlanmıyorum. Müşterek hiçbir şeyimiz yok."
"Onlarla da sohbet etmek zorunda değilsin. Benimle sohbet edeceksin. Eskisi gibi."
"Ne kadar kalacaksınız burada?" diye sordu Füreya.
"Sen buradan çıkana kadar."
"Ben iki yıl kalabilirim."
"O zaman ben de iki yıl kalırım."
"Şevki Bey!"
"Leysin'de bir ev tuttum."
"Bana her zaman ziyaretçiye izin vermiyorlar."
"Verdiklerinde görüşürüz."
"Delilik bu."
"Aşk biraz da deliliktir."

Biliyordu Füreya, aşkın delilik olduğunu Aliye'den öğrenmişti.

"Ben... ben..."

"Sen bana âşık değilsin. Zarar yok. Benim sana olan aşkım ikimize de yeter. Senden tek istediğim beni itme. Beni uzaklaştırma. Hayat çok kısa Füreya. İnsan ne istediğini biliyorsa, onun için yaşamalı. Ben seni istiyorum. Senin de beni isteyeceğin günü sabırla bekleyeceğim."

"Şevki Bey, biz evliyiz... Ayrıca ben veremim."

"Sen iyileşene kadar burada kalıp sana arkadaşlık edeceğim. Bunda ne kötülük var? İlerde, yine düşünürüz."

Füreya bir şeyler söylemeye hazırlanıyordu ki elini tuttu Şevki Bey, "Bana sakın 'etraf deme,' dedi. "Ben yaşlıyım, sen veremsin. Etrafa ayıracak zamanımız kalmamış olabilir."

Füreya güller kucağında, hasır koltuğun üzerinde oturdu kaldı akşama kadar.

Pencereden içeri dolan beyaz, yavaş yavaş maviye, sonra griye çaldı. Titreşen kar taneleriyle ay ışığını yansıtan çamları gördüğünde akşam olduğunu anladı.

Yine olayların akışına bırakıyordu kendini. Sınırları zorlamadan, kendine gerçekten neyi isteyip istemediğini sormadan. Yine bir başkası yönlendiriyordu onu. Yaşamındaki derin boşlukta şimdi bir de cümle yankılanıyordu, giderek yükselen bir tonda, 'Zamanımız kalmamış olabilir!'

Şevki Bey her sabah onda geliyor, Füreya'nın yemek saatine kadar kalıyordu. Her seferinde Füreya'ya taze çiçekler, yeni dergiler, çikolatalar ve pastalar getiriyordu. İki saat boyunca, sanattan, politikadan, dünyanın gidişinden konuşuyorlar, son okudukları kitapları tartışıyorlardı. O gittikten sonra, yine yalnızlığına ve düşüncelerine dalıyordu Füreya.

***

Yine bir sabah kapısı hafifçe vurulduğunda, "Girsenize Şevki, bakalım bugün ne çiçekler topladınız benim için," diyerek kapıya dönmüş ve donup kalmıştı. Bern'de büyükelçi olan Yakup Kadri Karaosmanoğlu, yüzünde ekşi bir ifadeyle kapıda duruyordu.

"Buyrun Yakup Kadri Bey," diyebildi, dudakları titreyerek.

"Sizi ziyarete geldim Füreya Hanım. Leman da sevgilerini selamlarını yolladı," dedi mahcup mahcup.

"Çok iyi ettiniz. Şevki Bey de İsviçre'deymiş. Bugün yine uğrayacağını söylemişti de... sizi o zannettim," dedi Füreya. Hafifçe kızarmıştı.

Karşılıklı oturup sohbet etmeye başladılar. Yakup Kadri, yanında Türk gazeteleri getirmişti. Memleketten haberler pek parlak değildi. Cumhuriyet Halk Partisi son seçimlerde çok itibar kaybetmişti. Halk artık kesinlikle bir değişim istiyordu. Yakup Kadri, bir büyükelçi olarak kişisel fikirlerini söylemekten kaçmıyordu ama onun da bir değişime sıcak baktığı belliydi. Kılıç Ali adına sevindi Füreya.

Ertesi gün, Şevki Bey, "Avluda forslu arabayı görünce, Yakup Kadri'nin yukarda olduğunu anladım, geri döndüm," dedi.

"Boşuna zahmet etmişsiniz Şevki, ben tek başıma bir çuval inciri berbat etmeyi başardım," dedi Füreya.

Şevki Bey gittikten sonra düşündü. Neyi kimden gizlemeye çalışıyorlardı acaba? Aralarındaki ilişki, yaşını almış bir adamın, genç bir kadına olan hayranlığının tezahüründen ibaretti. Füreya'yı da memnun eden bir dostluktan öte gitmiyordu. Gelebildikleri en aşırı nokta, konuşurlarken, Şevki Bey'in Füreya'nın elini sıkıca tutması, Füreya'nın da 'bey'i kaldırıp ona Şevki diye hitap etmesiydi. Ama, her ikisinin de evli olması, bu kadarını bile günaha dönüştürebiliyordu. Belki de bu ilişkinin en keyifli yanı, işte bu günah duygusuydu.

***

Füreya, annesinden gelen mektubu heyecanla açıp, bir solukta okudu.

"Canım kızım," diyordu annesi, *"Şakir yine evlenmeye kalktı. Bu çocukla ne yapacağız bilemiyorum. Birinci evliliğinden hiç ders almamışa benziyor. Ben şahsen bu evliliğe karşıyım. Daha yeni boşandı. Baban her zamanki gibi, tepki göstermiyor. Şakir de babanın bu tutumundan güç alıyor. Babanın güzellere zaafı olduğunu bilirsin. Kız fena değil, sarışın, akça pakça bir kız. Baban onu görünce, 'varsın evlensin hanım, eve yeni kan girer, neşe girer' demez mi. Öldürür insanı Emin Paşa. Şakir bana altı ay için söz verdi. İyice düşünecek, kızı tanıyacakmış. Bu işi tekrardan altı ay sonra konuşacağız."* Füreya İstanbul dedikodularını çabuk geçti. Annesi onu en ilgilendirecek konuyu sona saklamıştı. *"Aliye'nin durumu giderek kötüleşiyor. Elinden konyak bardağı düşmüyor. Nerdeyse gün boyu sarhoş. Anneciğim, başlarda acısını ancak böyle unutabiliyor diye ses çıkarmıyordu, ama artık sağlığı bozulacak diye endişe ediyor. Zar zor ikna ettik, Londra'ya, Fahrünissa'nın yanına yolluyoruz. Bu mektup eline geçtiğinde, o Londra'ya varmış olur. Seni mutlaka ziyarete gelecektir. Ne olur Füreyacığım, sen de onunla konuş, hayatına bir çeki düzen vermesi için. Bilirsin, teyzen olmasına rağmen, o senin küçük kardeşin gibidir. Seni hem sayar hem sözünü dinler. Bizleri dinlemiyor."*

Füreya bıraktı mektubu, yatağın üzerine. Tarifsiz üzgündü. Keşke İstanbul'da, Aliye'nin yanında olabilseydi! Ne yapılabilirdi acaba, onu oyalamak için. Fahrünissa, Füreya'ya resim yaparak oyalanması için kâğıtlar, kalemler, suluboyalar yollayıp duruyordu. O hep tepki göstermişti resme yönelmeye. Belki Aliye kabul ederdi. Onun kurtuluşu da Fahrünissa'nınki gibi, resimle olurdu belki. Londra'ya bir telefon istetse, kaç saatte bağlarlardı acaba?

"İyi sabahlar olsun," diye içeri girdi Şevki Bey. Elinde Füreya'nın ne olduğunu anlayamadığı bir büyücek paket vardı.

"Bu sabah bana çiçek yok mu?"

"Bu sabah sana başka bir şey var."

"Nedir, nedir?"

"Önce sen bana söyle Füreya, gözlerindeki hüzün neden?"

Şaşırdı Füreya. Bu adam gerçekten de onu annesiyle babasından, kardeşinden, hatta kocasından daha iyi tanıyordu.

"Evden mektup aldım," dedi, "Aliye'nin durumu iyi değilmiş. Ne yapmalı acaba?"

"En iyi ilaç zamandır," dedi Şevki Bey. "Sabırla bekleyeceksiniz.

"Çok üzülüyorum Şevki."

"O zaman seni eğlendirecek bir şey bulalım." Elindeki paketi Füreya'nın kucağına koydu. Füreya paketin üzerindeki kâğıdı itinayla açtı, dizlerinde duran karton kutuya baktı hayretle.

"Kapağını aç."

Bir çığlık attı Füreya. Kutuda dünyanın en şirin köpeği, mahzun gözleriyle Füreya'ya bakiyordu. Füreya yavru köpeği kutudan çıkarıp yatağın üstüne koydu. Kuyruğunu sallaya sallaya gelip Füreya'nın elini yalamaya başladı.

"Bak ne akıllı. Sahibini hemen tanıdı," dedi Şevki Bey.

"Gerçekten de öyle. Bir şeytan bu. Haydi buna bir ad bulalım."

"Sen buldun bile. Şeytan!"

"Harika!" diye bağırdı Füreya. "Odamda kalmasına izin verirler mi acaba?"

"Verecekler. Vermeyecek olsalar alıp getirmezdim. O konu halledildi."

"Siz bir... bir..."

"Ben bir neyim?" diye sordu Şevki Bey.

"Müthişsiniz Şevki. Beni şımartıyorsunuz. Siz olmasaydınız, burada günlerim nasıl geçerdi, düşünemiyorum bile," dedi Füreya minnetle.

Birkaç gün sonra, Fahrünissa telefon etti. Sesi ağlamaklıydı.

"Bu Aliye ile başa çıkamıyorum şekerim," diye dert yandı. "Sefaret sigara külü içinde, her tarafta içki şişeleri... Ev leş gibi kokuyor. Bizimki krizde, laf anlamıyor. Başka adam olsa, onu kapıya koyardı, ama Emir Zeid o kadar anlayışlı ki, ona evladı gibi muamele ediyor. Sabahlara kadar karşılıklı oturup konuşuyorlar. Şimdi, sana bir türlü yaptıramadığımı onda deneyeceğim. Bakalım bu sefer başarabilecek miyim?"

"Aliye'den ressam mı yapacaksın Nissa?" diye sordu Füreya.

"Ona ya koca bulacağım ya da onu ressam yapacağım."

"Allah kolaylık versin," dedi Füreya.

Fahrünissa kolay pes etmedi. Önce tuval ve boyalar verdi Aliye'ye. Aliye boyaları o kadar kötü kullandı ki boyaları elinden almak zorunda kaldı. Bu kez karakalem ve kâğıt verdi kardeşine.

"Berger'i yaşatmanın tek bir yolu var Aliye," dedi, "onun hayatını yazacak ve resimleyeceksin. Eğer onu seviyorsan, onu ancak böyle yaşatabilir, ölümsüz kılarsın."

Aliye Londra'da resim dersi ve gravür tekniği öğreten bir atölyeye yazıldı. Görülmemiş bir şevkle çalışıyordu; iki yıl içinde, elli adet gravür yaptı. Londra'da yaptığı gravürlerle çocukluğundan beri olan hayatını anlatıyordu sanki. İç dünyasını yansıtıyordu. İçini bu şekilde dökünce rahatladı. Yeniden hayata dönüyor gibiydi.

Aliye, Füreya'yı Leysin'de ziyarete gittiğinde, tamamen toparlanmıştı. Her ne kadar zaman zaman Berger'den söz ederken gözlerinden yaşlar ip gibi inse de konuyu değiştirebiliyor ve etrafındaki güzelliklerden zevk alıyordu.

Fahrünissa bu kez Füreya'ya boya ve kâğıt yerine birkaç kutu plastik yollamıştı.

"Benim ressamlığımdan ümidini kesti nihayet," dedi Füreya.

"Kesti, çünkü şimdi benim üzerime yoğunlaştı. Ama senden

tamamen vazgeçmiş değil. Al bak bunlara." Plastikleri masanın üzerine koydu.

"Nedir bunlar allahaşkına Aliyoşa?"

"Plastik bir madde canım. Bak elinde böyle yoğurup şekil veriyorsun." Aliye parmaklarını sarı renkli çamura daldırmış, bir şeyler yapıyordu.

"Deli misiniz nesiniz? Bu yaştan sonra çocuk oyuncaklarıyla mı uğraşacağım."

"Yaşın neymiş ki senin?"

"Otuz yedi oluyorum."

"Hadi ordan," dedi Aliyoşa, elindeki çamurdan bir çiçek yapıp uzattı.

"Kirletme yatağımı sakın," dedi Füreya, "Bunları al oteline götür. Akşam sen oynarsın."

"Kalsınlar burada. Benim çizimlerim var, oyalanmak için. İstemiyorsan at gitsin, taa Londra'dan getirdim. Daha fazla taşıyamam bunları," dedi Aliye.

"Yarın kaçta gelirsin?"

"Sabah erken gelir, Şeytan'ı yürüyüşe çıkartırım istersen," dedi Aliye, "etraf çok güzel, biraz dolanmak istiyorum doğanın içinde."

"Erken gel."

Aliye çıktı. Füreya, kucağında Şeytan, pencereye kadar yürüyüp arkasından baktı. Aliye fuşya eşarbının uçlarını savura savura yürüyordu. Şevki Bey haklıydı. Zaman, en tesirli ilaçtı.

TOPRAK VE SU

Aliye çıkıp gittikten sonra, Füreya odasını derleyip topladı. Yastıklarını kabarttı, perdeleri çekti. Fahrünissa'nın yolladığı plastikleri ve Aliye'nin yaptığı çiçeği atmak üzere, çöpe yürüdü. Tam atacakken vazgeçti. Taa Londra'dan buraya kadar taşımıştı onları Aliye. Kıyamadı. Madem teyzesi oyalansın istemişti, bu akşam kitap okuyacağına çamurla çocuklar gibi oynar, oyalanır, sonra atardı. Kutulardan birini aldı, yatağına oturdu. Servis masasını önüne çekti, plastik maddeyi çıkardı kutudan, ellerinin arasında yoğurmaya başladı.

Bir saat sonra, kırmızı yanaklı kız yemeğini getirdiğinde hâlâ önündeki çamurla uğraşıyordu.

"Ne yapıyorsunuz öyle Madam Kılıç?" diye sordu kız.

"Bir kutu yapıyorum. Bitince sana vermemi ister misin?"

"Ah, madam! Teşekkür ederim." Kimseden bir şey almaya alışık olmayan İsviçreli kız, sevinç içinde, yemek tepsisini masaya bırakıp çıktı. Yaptığına alıcı bulunca, daha bir özenle çalışmaya başladı Füreya. Yarım saat sonra hemşire tepsiyi almaya odaya girdiğinde, "Aaa Madam Kılıç, yemeklere dokunmamışsınız," dedi, "Neden? Beğenmediniz mi?"

"Aaa, sahi," dedi Füreya, "dalmışım. Özür dilerim."

"Buz gibi olmuş çorbanız. Isıtıp geri getireceğim." Bir karış suratla tepsiyi aldı çıktı.

Füreya banyoya ellerini yıkamaya gitti. Tırnaklarının arasına plastikler yapışmıştı. Fırçalamadan çıkaramadı. Birazdan hemşire tepsiyle geri geldi. "Lütfen hemen yiyin yemeğinizi."

"Emredersin komutanım!" dedi Füreya Türkçe. Aval aval baktı kadın, çekti gitti. Füreya alelacele yemeğini bitirdi, masanın üzerini boşalttı, yine yaydı plastiklerini. Hemşirenin odaya girdiğini duymadı.

"Nedir o, sizi bu kadar meşgul eden?" diye sordu kadın.

"Çocukluğumu özlemiş olmalıyım," dedi Füreya. Kutuyu bitirmeden yatmayacaktı. Enteresan bir şeydi bu ellerinin arasındaki plastik. İstediği formu verip, bir kenara bıraktıktan sonra kuruyup katılaşıyordu. Gece on ikiye kadar uğraştı kutuyla. Suratsız hemşire sonunda, "Uyumanız lazım," diye ışıkları söndürene kadar kutunun üzerine süsler yaptı.

Ertesi gün krem ve sigara kutularının üzerini süslemeye başladı. Bir kutuyu babasına yolladı, bir başka kutuyu kırmızı yanaklı kızın küçük kardeşi için süsledi. Bu arada heykelimsi şeyler de yapıyordu tek tük. Bu durumdan Şeytan hiç memnun değildi. Sahibesi tüm dikkatini ellerinde yoğurup durduğu bir şeylere veriyor, onunla eskisi kadar meşgul olmuyordu.

Bir gün Fahrünissa'nın yolladığı beş kutu plastik tükeniverdi. Füreya, kendini sigarasız kalmış gibi çaresiz hissetti.

"Ben sana Cenevre'ye gider bulurum bu plastiklerden," dedi Şevki Bey, "İsviçre'de bulamazsam, Londra'ya ısmarlarım."
"Biliyor musunuz, bir şey düşündüm. Acaba plastik yerine çamurla mı uğraşsam?" dedi Füreya.
"Kil bulabilir miyiz acaba burada?"
"Bulunmaz olur mu. İsviçrelilerin de seramik işleri var."
"Ben bu işle ilgileneceğim," dedi Şevki Bey.

Şevki Bey ertesi gün eli kolu kitaplarla dolu geldi. 'Toprakla nasıl uğraşılır', 'Toprakla yapıt nasıl meydana getirilir' gibi isimler taşıyan kitaplardı bunlar. Füreya romanlarını ve tarih kitaplarını bir kenara bıraktı, toprakla ilgili kitapları okumaya koyuldu. Birkaç gün sonra, önüne toprak getirilip konduğunda, az çok ne yapacağını biliyordu. Çalışmıştı dersini.

Tepsinin üzerine yığılmış kili avuçladı. Bir serinlik yayıldı parmaklarından kollarına doğru. Sanki beyaz bir ışık, güneşten toprağa, topraktan Füreya'nın ellerine geçiyor, ellerinden yüreğine ve beynine yürüyordu. Sanki, bembeyaz odada günler boyu sırt üstü yatıp da sorguladığı hayatının şifresi, şimdi avuçlarında tuttuğu bu hafif kaygan çamurdaydı. Elleri sürekli çalışıyor ve sanki ona hiç danışmadan, bir kuğuyu şekillendiriyordu. Günlerce gözlediği, Leman Gölü'nde süzülen o uzun boyunlu mağrur ve narin kuş, onun iradesi dışında var olmaya başlıyordu avuçlarında, içinde ve etrafında hissettiği o derin boşluk, çamurla doluyor, şekil alıyor, anlam kazanıyordu. Silkindi. Uzun zamandır aradığı yanıtlar, elinin altında mıydı şimdi? Bir insana ya da bir şeye tutkuyla bağlanmak istemişti. Her neyse o, onu hep aramıştı. Ada'da çamların altında yatarken de, Fransa'da dağda ve burada karlı yamaçlara bakarak, hep onu, o şeyi aramıştı. O, şimdi avucundaydı. Toprak ve su, yani çamur! Füreya'nın dehasıyla şekil almak, biçim ve anlam kazanmak için, bekliyordu toprak. Tıpkı insanoğlu gibi, önce suyunu, sonra kimliğini, en sonra da ateşini bekliyordu, yaratıcısının elinde pişmek için.

Füreya, biliyordu, emindi, bu ilişki tanrı ve kul arasındaki ilişki gibi sonsuz ve kopmaz olacaktı. O yaratacak, toprak ona boyun eğecekti. Toprak baş kaldıracak, Füreya sabırla ve aşkla devam edecekti. Yaşam boyu, ölene kadar. Füreya, avuçladığı toprağı yüzüne, yanaklarına, alnına, kollarına sürdü. Çamuru kendinin bir parçası yapmaya, tutkuyla sevmeye hazırlandı.

"Füreya, İstanbul'da işlerimle ilgili bazı pürüzler çıktı. Dönmem gerekiyor. İşlerimi yoluna kor komaz geri geleceğim," dedi Şevki Bey.

İsviçre'de ana dilini konuşan tek dostu onu bırakıp gidiyordu. Hiç paniğe kapılmadı. Ne zamandır tüm vaktini işine vermek istiyordu zaten.

"Dönmek için acele etmeyin Şevki. Kılıç da önümüzdeki ay geleceğini yazıyordu. Ben yalnız kalmaktan müşteki değilim," dedi.

"Farkındayım Füreya. Bu çamurla oyalanmak çok hoşuna gidiyor olmalı. Acaba daha ciddiye mi almalısın bu işi?"

"Nasıl yani?"

"Bir hoca bulsan, teknik yönlerini öğrenmek için."

"İyi fikir. Araştıracağım," dedi Füreya.

Doktoru, Polonya'da Akademi'yi bitirmiş ve İsviçre'ye sığınmış bir kadından söz etti Füreya'ya. Paraya ihtiyacı vardı ve seve seve ders verebilirdi. Anlaştılar. Bir iki dersten sonra, Füreya okuduğu kitaplar yüzünden kadından çok daha fazla bilgi sahibi olduğunu anladı. Kadın ona değil, o kadına öğretmekteydi çamurla haşır neşir olmayı.

"Bana resim dersi verir misiniz?" diye sordu. Paraya ihtiyacı olduğunu bildiği için, dersleri kesmek istemiyordu.

"Seve seve veririm," dedi kadın. Haftada iki gün desen dersi alıyor, geri kalan zamanda çamurlarıyla küçük heykelcikler yapıyordu.

***

"Nihayet muradına erdin teyze, resim dersleri almaya başladım," diye yazdı Fahrünissa'ya. Teyzesinin yanıtı gecikmedi. *"Sevgili Füreyacığım, senin resimden kaçamayacağını biliyordum işte. Son derece memnun oldum. Sakın pes etme. Aliye de bu arada kendini gravüre verdi, deli gibi çalışıyor. İçki ve sigara içmeye vakit bile bulamıyor. Bu gravür işi, onun kurtuluşu oldu Füreya. Allah'a çok şükür,"* diye yazıyordu.

Ne tuhaf. Hastalık, ölüm ve felaketlerle sarsılan Şakir Paşa ailesinin bütün kızları için sanat önce yaşama dönüş yolu, sonra da bir yaşam biçimi oluyordu.

Füreya, sanatoryumdan çıktıktan sonra, Lozan'da bir seramik atölyesine devam etti. On beş günde bir ciğerlerine hava vermeleri için sanatoryuma çıkıyordu. Geri kalan zamanlarda, çamurlarıyla uğraşıyordu. Memnundu hayatından. Artık eskisi gibi, amaçsız, isteksiz ve gayretsiz değildi.

Bir süre sonra doktorlar bir konsültasyon yaptılar ve hastalığın tüm bu ihtimama rağmen devam ettiğini saptadılar.

Doktor Werber, soluk ve ciddi yüzünde belli bir endişeyle, gözlüklerinin üzerinden baktı Füreya'ya uzun uzun. Nasıl başlayacağını bilemiyor gibiydi.

"Madam Kılıç," dedi. "Çok müteessirim ama tüm çabalarımızın boşa gittiğini görüyorum. Yara hâlâ kapanmadı."

"Ne yapmamı istiyorsunuz doktor?" dedi Füreya, "Yatın, dediniz yattım. Yiyin, dediniz yedim. Sigarayı bile bıraktırdınız bana. Eğer hiç ümit kalmadıysa, açıkça söyleyin, istediğim gibi yaşayayım kalan zamanımı."

"Asla böyle bir şey söylemem. O kadar gençsiniz ki madam, tüm kartlarımı oynamadan, vazgeçmeyeceğim. Size söylemek istediğim bir şey var." Doktor sustu. Sabırla bekledi Füreya. Söylemekte bu kadar zorluk çektiği şey, neydi acaba?

"Madam, bir ilaç var. Yeni çıktı piyasaya. Henüz İsviçre'de onay almış değil. Yan etkileri fazla. Fransa'da kullanılıyor ve bazı vakalarda çok olumlu sonuçlar alındı. Bu ilacı denemek ister misiniz?"

"Nedir bu doktor?"

"Streptomisin."

"İlk defa duyuyorum."

"Bu ilacı kullanmayı kabul ederseniz..."

"İyileşir miyim?"

"Kati bir şey söyleyemem Madam Kılıç, ama klasik tedaviye cevap vermiyorsunuz. Belki ilacı denememizde fayda vardır."

"Hemen başlayalım," dedi Füreya.

"İşte sorun orada. İlacın bu memlekette kullanımı henüz yasak. Fransa'ya geçebilir misiniz? Sizi Paris'te bir meslektaşıma yollayacağım."

"Meslektaşınızı hemen arayın," dedi Füreya. "Hiç vakit kaybetmeden başlayalım. Doktor, ilacın yan tesirleri nedir?"

"Baş dönmeleri, kulak çınlamaları yapabiliyor. Tabii bu ilacı alırken sıkı bir kontrol altında olacaksınız."

"Hemen kocamı arayacağım, Paris'te gereken hazırlıkları yapması için. Yan tesirleri göze alıyorum," dedi Füreya.

Füreya, Paris'te tedaviye başlamadan önce, İstanbul'a ailesini görmeye geldi. Doktorun gizemli hali, bazı şeylerin ters gidebileceğinin işaretini veriyordu. Ayrıca İstanbul'u çok özlemişti. Kardeşi Şakir evlenmişti, karısı hamileydi. Daha tanışmamıştı kardeşinin karısıyla. Paris'te sonucu belli olmayan bir tedaviye girmeden önce tüm ailesini görmek istiyordu.

İstanbul'a gelmişken, her şey yolunda gider de bir gün kentine dönmesi nasip olursa, orada seramikle neler yapabileceğini de öğrenmek istedi. Çamur işlerini pişirebileceği bir fırın var mıydı mesela? Nejat Eczacıbaşı'na telefon edip sordu. "Ben seramikle uğraşıyorum, İstanbul'da neler yapabilirim?" diye.

"Valla pek bir şey yapamazsın," dedi Eczacıbaşı. Başkalarına sordu, aynı yanıtı aldı. İstanbul'da çalışabileceği bir fırın yoktu. Sadi Diren henüz Akademi'de öğrenciydi. Yaptığı işleri, Küçüksu'da Behzat Usta'nın fırınında pişiriyordu. Seramik kürsüsü açılmamıştı daha. Bir de Ankara'da İsmail Hakkı diye biri merak sarmıştı seramiğe. Füreya'nın içine sıkıntı bastı.

Arkeoloji'nin müdürü Prof. Gabrier dostuydu. Ona danıştı. "Aldırma Füreya, bulunur bir çaresi. Sen işine bak, sakın vazgeçme," diye akıl verdi Gabrier.

"Paris'teyken bir okula gitmek istiyorum Prof. Gabrier."

"Ben sana Paris'te yaşayan ünlü bir seramikçinin adını vereceğim. Gidince onu ara, o seni en iyi şekilde yönlendirir," dedi profesör.

Füreya'ya İstanbul'daki bu kısa dönem içinde tüm dostları ve akrabaları büyük bir yakınlık gösterdiler. Kısa bir süre için de olsa, geldiğine çok memnundu.

Kardeşinin yeni eşi Afife, bir gün onunla özel olarak konuşmak istemişti.

"Füreya, biliyorsunuz hamileyim. Bu sizi rahatsız etmiyor değil mi?" diye sormuştu.

"O nasıl söz Afife. Ben neden rahatsız olayım. Küçük bir yeğenim olacağı için o kadar çok seviniyorum ki."

"Ahh! Sahi mi?"

"Elbette. Nereden çıkardınız rahatsız olacağımı?"

"Benim hamile kalmam, kayınvalidemin hoşuna gitmedi. Hatta bebeği aldırmamın doğru olacağını bile söyledi. Çok üzüldüm. Sebebini Şakir'e sordum, 'Füreya'nın çocuğu olmadığı için, annem o üzülmesin ister. Ondan öyle söylemiştir,' dedi."

"Afife, bakın beni iyi dinleyin. Her kardeş gibi, bizim de aramızda kıskançlıklar, geçimsizlikler oldu. Benim doğumum ailenin bolluk dönemine, Şakir'in doğumu da darlık dönemine rastladı. Bu nedenle o benim hep daha imtiyazlı büyüdüğümü düşündü. Asla böyle bir şey yok. Aramızda sekiz yaş fark var. Benim ona annelik etmeye kalkmama sinirlenmiş de olabilir. Herhalde hakkı vardı, insana bir anne yetiyor. Ama ben çok teyzeli bir evde büyüdüğüm için, müdahaleye alışıktım. Kardeşim alışık değildi, tepki gösterdi. Annem, bebeği belki yeni evli olduğunuz için erken bulmuştur. Yani, evlilik otursun, ayrılık olmayacağına emin olduktan sonra bebek yapın anlamına. Şahsen, ben sevinç içindeyim ve yeğenimi dört gözle bekliyorum," dedi Füreya.

Gerçekten de eve bir küçük bebeğin katılacağı fikri ona sevinç ve heyecan veriyordu. Bu yeni ilaca cevap verebilirse, göğsünde sıkabileceği, öpüp koklayabileceği, kollarında uyutabileceği bir minik bebeği olacaktı yakında! Güzel bir düş görmek gibiydi, bunu düşünmek.

PARİS

(1950-1951)

Füreya ve Kılıç Ali Paris'te buluştular. Plaza Athenèe'ye yerleşip, küçük bir daire aramaya başladılar. Savaş sonrasında kiralık ev bulmaya imkân yoktu. Evlerin çoğuna Amerikalılar yerleşmişti.

"Otelle bir anlaşma yapalım, bize sürekli bir oda ayırsın," dedi Kılıç Ali.

"Çok pahalı olmaz mı?"

"Önce bir üç ay için anlaşırız, sonra gerekiyorsa uzatırız. Devamlı müşterisi olacağımız için, bir indirim yapmalarını isteyeceğim."

Kılıç Ali, İstanbul'da İş Bankası'nda idare meclisi üyeliği yaptığı için, karısının yanında sürekli kalamayacak, ancak sık sık gidip gelecekti.

***

Füreya tedavisine başlamadan önce, Prof. Gabrier'in tavsiye ettiği ünlü seramikçi Serre'yi aradı. Serre, uzun yıllar hocalık yaptıktan sonra emekli olmuştu ve Sevr'de oturuyordu. Önce ona bir mektup yazdı, sonra da hiç üşenmedi, bir trene atladı Sevr'e gitti.

"Paris'te seramik okuluna kaydolabilmem için, bana yardımcı olur musunuz?" diye sordu.

Serre, Füreya'yı atölyesine götürdü, orada şevkle ellerini çamura daldırışını, küçük kuşlar, vazolar, fincanlar yapışını seyretti.

"Okula gitmenize hiç gerek yok kızım," dedi, "sizde okulun vereceği formasyon zaten var. Boşuna vakit kaybetmeyin, hemen bir atölyeye girerek çalışmaya başlayın."

"Bir atölyeye girdiğim zaman, oranın tarzına uymak zorundayım. Oysa ben hiçbir atölyenin tesiri altında kalmak istemiyorum. Sadece işin tekniğini öğrenmek istiyorum, efendim."

"Benim iki eski öğrencimin çalıştırdığı bir atölye var. Sanatla ilgileri yok. Sadece ticari seramikler yapıyorlar, işin tekniğini en iyi orada öğrenirsiniz. Size hemen adresini yazayım," dedi Serre.

Füreya, Sevr'den bulutların üstünde döndü. Kılıç Ali'ye bir atölye bulduğunun müjdesini verdi. Paris'in şehir haritasını açıp baktı kocası. Bourget havaalanına giden yolun üzerinde, cehennemin dibinde bir yerdi.

"Füreya, sen buraya seramik yapmaya mı geldin, tedavi olmaya mı?" diye sordu.

"Seramik yapmak, benim tedavimin bir parçası Kılıç."

"Nasıl gidip geleceksin oraya kadar? Her gün gidiş geliş taksi, dünyanın parası tutar."

"Taksiye binmeyeceğim ki," dedi Füreya, "metro ile gidip geleceğim."

"Kızım sen aklını mı kaçırdın. Metroda üşütüp hastalanacaksın."

"Ben zaten hastayım."

"Daha fena ya!"

"Beni anlamaya çalış, eğer kurtuluşum yoksa, çok istediğim bir şeyi yaparak öleceğim."

"Önce kurtulsan da sonra yapsan, o çok istediğin şeyi."

"Kurtuluşum biraz da ona bağlı. Biliyorsun, insanlar mutlu değillerse, iyileşmeleri de mümkün olamıyor."

"Senin mutluluğun bir avuç çamura kaldı, öyle mi Füreya," dedi Kılıç Ali, gücenmişti. "Ailede aklı başında bir sen vardın, sana da oldu olanlar."

Kılıç Ali, meclis idare üyeliklerinden birinin genel kurulu için, İstanbul'a döndü. Füreya, Doktor Tibaux ile, streptomisin tedavisine ve yeni atölyesinde çalışmalarına başladı. Tedavi için doktoruna on beş günde bir, seramik için atölyeye her gün gidiyordu.

Her Allah'ın sabahı saat sekiz buçukta, kar, yağmur demeden metroya biniyor, son istasyonda iniyor, durakta otobüsünü bekliyor, otobüsle sabah trafiğinde bazen bir saate yaklaşan bir yolculuktan sonra, inip, on-on beş dakika da yol yürüyordu. Yolda yürürken, soruyordu kendine, tüm bunlara değiyor mu?

Atölyenin kapısından girer girmez, burnuna pişmiş toprak kokusu çarpınca veriyordu yanıtı: 'Değiyor!' Toprağa su verip çamur yapıyordu. Çamuru yoğururken, çamura biçim verirken, sadece kafası değil, bedeni de giriyordu işin içine. Füreya'nın elleri, aklı, ruhu ve yüreği aynı anda, aynı ritim içinde çamurla birleşiyordu. Panolarının üstüne, doğduğu büyüdüğü toprakların labirentlerinden gelen birikimi yansıyordu. Mevlevi dervişleri, Türk işlemelerinden esintiler, kilimlerin geometrik şekilleri... Adeta yıllardır şuuraltında biriktirdiği her şeyi, farkına bile varmadan dışavuruyordu.

Evet, değiyordu, bitmez tükenmez yollara düşmeye! Toprağın rengini vermeyi öğreniyordu. Toprağın kıvamını tutturmayı da.

Değiyordu, değiyordu!

Sonra doktoruna gidiyordu iğnelerini olmaya, ilaçlarını içmeye... Sonra yine ağır işçi gibi çalışıyor, çalışıyordu. Tükendiği anda, kendini tiyatrolara, konserlere, sinemalara atıyordu. Birkaç gün istirahat ediyordu. Enerjisini toplayınca, yeni baştan yollar, su, toprak ve çamur. Bazı akşamlar yorgunluktan uyuyamıyordu. Çoğu kez bileklerinden dirseklerine kadar tutulmuş oluyordu kolları.

Bir gün metroda, atölyeye giderken, tam karşısında duran adama baktı hayretle. Acaba deli miydi zavallıcık? Akvaryumdaki balık gibi, sürekli ağzını açıp kapıyordu, hiç ses çıkarmadan. 'Benimle dalga geçiyor,' diye düşündü, kaçırdı gözlerini. Bir az sonra yanındaki kadına takıldı gözü. O da aynen adam gibi sessiz bir şeyler söylemekteydi. Garibine gitti. Dönüp kadına, bir şey sordu. Yanıtlıyordu kadın, ama sesi yoktu! Metroda kimsenin sesi yoktu! Bir kâbus gördüğünü düşündü. Sesi olmayan insanlarla tıkış tıkış bir vagona bindirilmiş, hızla gidiyordu yeraltında... Birden uyandı: 'Aman Tanrım duymuyorum! Hiçbir şey duymuyorum!'

Metrodan iner inmez, istasyondaki telefona koştu. Cebinde bozuk para ararken hatırladı sağır olduğunu. Doktorun yanıtını duyamayacaktı! Hemen bir taksiye atladı, kliniğin adresini verdi.

"Madam Kılıç, size nasıl söyleyeceğimi bilemiyorum. Bu ilaç, hastalığınıza çok iyi geldi, ama yan tesiri umduğumdan daha ağır oldu," dedi doktoru.

Füreya, doktorun dudaklarını okumaya çalıştı. Doktor, bir kâğıda söylediklerini yazdı.

'Dozu düşüreceğim. Kısa bir zaman sonra yine duyacaksınız. Evde istirahat edin. Birkaç gün atölyeye gitmeyin. Hafta sonuna doğru yine duymaya başlarsınız. Çok yoruyorsunuz kendinizi. Siz

veremli kalmakla, seramik yapmak arasında bir karara varmalısınız. Cumartesi akşamı benimle yemek yer misiniz?'

Füreya şaşırdı. Karşısındaki adama baktı. Kırk yaşlarında görünüyordu. Elleri, tırnakları, beyaz gömleği tertemizdi. Şakakları ağarmış ve ona çok yakışmıştı. Neden olmasın?

"Evet," dedi, "eğer duymaya başladımsa, yemeğe çıkarız."

"Sizi pek az kişinin bildiği çok güzel bir tavernaya götüreceğim."

Füreya duymadı. Teşekkür edip kalktı. Oteline geldi. Yatağına uzandı ve düşündü. Sağır olarak yaşamaktansa, ölmek daha iyiydi.

Dört gün sonra, bir karara daha vardı. Seramik yapmak için, veremli kalmaya razıydı.

Füreya ve Doktor Tibaux, masalardaki mumların aydınlattığı loş salonda karşılıklı oturuyorlardı. Doktor, doğunun gizemini taşıyan bu güzel kadın hakkında çok şey öğrenmek istiyordu. Neden ölüme meydan okuyordu böyle? Çok mu mutsuzdu? Neden kocası çok yaşlıydı? Nasıl bir Fransız'dan bile iyi konuşuyordu bu dili?

"Kendinizi belirli kalıplara hapsetmişsiniz dostum," dedi Füreya, "güzel kadınların kocaları yakışıklı ve genç olmalıdır. Hasta olanlar köşelerine çekilip, ölümü beklemelidir. Türkler sadece Türkçe konuşmalıdır. Bütün bunlar, insanların kendi kendilerine uydurup, kendilerini uymaya mecbur ettikleri aptalca kurallar. Oysa hayat hiçbir kurala uymuyor. Çağıl çağıl akıp gidiyor dört bir yanımızdan. Yaşlı erkekler de sevilebilir, hastalar da ağır işçi gibi çalışabilir, bazen mecburiyetten, bazen de benimki gibi sırf istekten. Ve Türkiye'de Fransızcayı bir Fransız kadar iyi konuşabilen onlarca insan vardır. Fransa kültürün, sanatın ve bilimin beşiğidir. Acaba burada Türkçeyi iyi konuşan bir Fransız bulunur mu?"

Doktor Tibaux şaşkındı. Karşısında bir derya duruyordu:

Müzikten, edebiyattan, tarihten konuşan, kültürlü, görgülü ve sivri dilli, dünya güzeli bir esmer derya.

"Bir doktor olarak bütün hastalarımla ilgilenirim ve onları severim madam," dedi, "ama size olan ilgim, itiraf etmeliyim ki doktor-hasta ilişkisini aşıyor. Hayatımda ilk defa, bir hastama âşık oluyorum. Size adınızla hitap edebilir miyim?"

"Doktor Tibaux..."

"Roger, lütfen."

"Roger, oldukça zor günler yaşıyorum," dedi Füreya, "bana adımla hitap edin ama, hayatımı daha fazla karıştırıp, zorlaştırmayın. Şu dönemde tek ihtiyacım olan şey, huzur."

Oteline dönüp yatağına uzandığında, 'Yarın, ne pahasına olursa olsun atölyeme mutlaka gitmeliyim,' diye düşündü, 'Gitmeli, tüm benliğimle çamura dönmeli ve tehlikeli eğilimlerden arınmalıyım.' Çok uzun bir süredir yalnızdı, hâlâ çok gençti ve Roger çok yakışıklıydı, çünkü.

Streptomisinin yavaş yavaş kesilmesiyle, kulakları açıldı. Şimdi baş dönmeleri vardı sadece ve klasik tedavisi devam ediyordu. Doktor Tibaux ile iki dost olmuşlardı. Füreya'nın ona âşık arkadaşlarının sayısı kabarıyordu.

'Kısmetimin bu kadar açık olduğu bir dönemde keşke verem olmasaydım,' diye düşünüyordu ara sıra. Yine çılgın bir tempoyla çalışmaya başlamıştı. Ha babam bir şeyler üretiyordu. Bir taraftan da yaptıklarından memnun değildi, 'Bir tarz edinmeliyim, bir şeyden başlamalıyım,' diyordu kendi kendine. "Mutlaka bir şeyden başlamalıyım. Ama nereden?'

Eski kumaş desenlerinden başlamaya karar verdi. Eski Osmanlı kumaşlarının desenlerini ve hat yazılarını stilize edip, seramiğe uygulayabilirdi. Yeni bir şevkle çalışmaya başladı. Bu arada bir stiloyu ve bir blok kâğıdı çantasından eksik etmiyor, nerede hoşuna giden bir şey görse, hemen çizmeye başlıyordu. Fahrünissa, ona, "Çini mürekkebi ya da stilo ile çabucak çizmeyi öğren," demişti. Leysin'de ders aldığı Polonyalı kadından öğrenmişti çabuk çizmeyi, Allahtan. Çizdiği desenlerin bir kısmını, mesela ağaçları, seramik karoların üzerine uygulamaya başladı.

Sonbaharda Fahrünissa Paris'e geldi. Onu tanıdığı ünlü sanatçılara ve galeri sahiplerine tanıştırdı. Bir de aklını fena halde karıştıracak bir soru sordu.

"Yığınla yapıt üretmişsin. Neden bunları sergilemiyorsun?"

Bu soru kafasında bir çığlığa dönüşmeye başladı ve önlenemez bir istek haline geldi.

Sergi açma isteğini içinde saklıyordu. Dışa vurmaya cesareti yoktu.

Bir gün Fahrünissa ile Paris'te birlikte gittikleri bir sergide, Charles Estienne'ye rastladılar. Fahrünissa'nın Paris'te yaşayan pek çok sanatçı ve sanat eleştirmeni ile yakın dostlukları vardı. Bu çok ünlü eleştirmene yeğenini tanıştırdı. Sergiden çıktıktan sonra bir grup oluşturarak yemeğe çıktılar. Füreya, yemekte cesaretini toplayabilmek için yeteri kadar şarap içtikten sonra, yanında oturan Estienne'ye, "Bir gün uğrayıp yaptıklarımı görmek ister miydiniz?" diye sordu.

"Son derece memnun olurum," dedi adam. "Siz de teyzeniz gibi yetenekli misiniz bakalım?"

"Ben daha çok seramik üzerine çalışıyorum."

"Olsun. Gelip görmek isterim. Prenses Zeid ile bir gün kararlaştıralım. Haftaya çarşambaya ne dersiniz?"

Füreya kulaklarına inanamıyordu. Koskoca Charles Estienne, gelip yapıtlarını görecekti! Haftaya çarşambanın, kliniğe gideceği gün olduğu bile çıkmıştı aklından. Şu anda ciğerini düşünecek hali yoktu.

"Bekliyorum. Bekliyorum. Mutlaka gelin," dedi.

Heyecandan ölmek üzereydi. Acaba seramiklerini görünce ne söyleyecekti?

Fahrünissa, "Eğer beğenmezse, hiçbir şey söylemez. Susar. Bilirim huyunu," demişti. Susacak mıydı? 'Seramikten vazgeçin, resimle devam edin mi,' diyecekti. O kadar değişik yapıtları vardı ki bir stil edinememişti henüz. Tarzına karar vermek için, Estienne'nin yol göstermesini bekliyordu.

İple çektiği çarşamba günü, nihayet geldiğinde, dudaklarının ucunda ağızlığı, tüm yapıtlarını teker teker inceleyen Estienne'nin yanında durdu, ağzından çıkacak fetvayı bekledi.

"Ağızlığınıza sigara takmayı unutmuşsunuz," dedi Estienne.

"Unutmadım. Bana sigara yasak."

"Ağızlık niye ağzınızda?"

"Sigarayı bıraktığımdan beri, ilk kez bugün nedense bir sigaraya çılgınca ihtiyaç duydum."

"Neden acaba?" dedi Estienne ve hemen ekledi. "Siz bunları sergilesenize."

Füreya dili tutulmuş gibi kaldı.

"Sergilemek mi?" diye sordu korka korka.

"Elbette."

"Hepsini mi?"

"Evet."

"Ama bunların içinde yok, yok. Bir bütün oluşturmuyorlar."

"Belki bir iki tanesini çıkartabilirsiniz."

Adam gittikten sonra, Füreya başını ellerinin arasına alıp, saatlerce oturdu. Düşünüyordu. Eğer bir sergi açacaksa, baştan başlayacaktı. Tarzını tamamen değiştirecekti. Kocaman panoların üzerinde 'soyuta' gidecekti. Çıkış yolu, yine kendi ülkesinin esintileri, motifleri ve renkleri olacaktı. Kocaman tablolar yapacaktı seramikle. Boya yerine çamuru kullanacaktı panolarının üzerinde. Toprak ile suyu...

Delice bir tempoyla yeniden çalışmaya başladı. Yemek yemeyi, ilaçlarını almayı, verdiği tüm randevuları, hatta zaman zaman uyumayı bile unutarak.

"Böyle giderse hastalığın tüm şiddetiyle geri tepecek. Biraz soluk al. Dinlen," diyordu Tibaux.

"Bu benim ilacım Roger. Benim gıdam bu," diye yanıtlıyordu Füreya ve klinikten çıkar çıkmaz, görülmemiş bir oburlukla saldırıyordu çamura.

Ruhunu, yüreğini, tüm enerjisini katarak çalışıyordu. O kadar ki oteline dönüp, her tarafı sızlayarak yatağına yattığında, uykusunda bile çalışıyordu.

Bir gün Estienne'ye telefon etme cesaretini buldu.

"Yeni bir tarz deniyorum. Fikrinizi almak isterdim," dedi. İki gün sonra geldi Estienne. Yanında uzun boylu, çok hoş bir adam vardı.

"Sizi tanıştırayım," dedi, "Bu bey, Jacques Lassaigne. Herhalde duymuşsunuzdur adını, Füreya."

"Duymaz olur muyum. Elbette duydum." Paris'in en ünlü sanat eleştirmenlerinden biri daha karşısında duruyordu. Bu lütfu hak etmek için ne yapmıştı acaba! Lassaigne ve Estienne, yaptığı işlere baktılar. Sonra Estienne, "Devam," dedi. "Füreya, çok iyi gidiyor. Sakın vazgeçmeyin. Müthiş bir sergi olacak bu."

Onlar çıkıp gittikten sonra, bir müddet çalışamadı Füreya. Mutluluktan nutku tutulmuştu.

Akşama otele geldiğinde, o günkü şansını kutlamak için, bir şişe şampanya ısmarladı odasına. Birkaç arkadaşını çağırmaya niyetliydi. Tam telefona doğru yürüyordu ki telefon çaldı.

"Ben Jacques," dedi telefondaki kalın erkek sesi, "Sizin de yapıtlarınız kadar ilginç olduğunuzu seziyorum. Benimle bir içki içer misiniz?"

"Hangi Jacques?" diye sordu Füreya.

"Bugün, Estienne ile birlikte işlerinizi görmeye gelen Jacques."

"Jacques Lassaigne!!"

"Niye şaşırdınız?"

"Şaşırdım... Evet şaşırdım. Beklemiyordum."

"Bu Türklere özgü bir alçakgönüllülük mü madam? Fransa'da bir kadın sizin kadar hoş ise eğer, arandığı zaman hiç şaşırmaz."

"Otele gelin, ben bir şampanya ısmarlamıştım. Barda buluşalım, birlikte içelim," dedi Füreya.

"Bir şey mi kutluyorsunuz?" diye sordu Lassaigne. Füreya, 'Bugünü,' diyemedi.

"Özel bir nedeni var. Ama bana katılabilirsiniz," demekle yetindi.

Jacques Lassaigne hem sanatına hem de kişiliğine hayran olduğu Füreya'ya sergisini açabilmesi için, elinden gelen yardımı yaptı. Füreya çılgın temposunda çalışmalarını sürdürürken, Lassaigne onun yapıtlarını sergileyebileceği en uygun galeriyi arıyordu. Sonunda, akademinin giriş kapısının hemen yanındaki M. A. I Galerisi ile anlaştı. Bütün akademi öğrencilerinin ve hocalarının, dolayısıyla sanat dünyasının yolunun üstünde bir galeri! Füreya'nın inanılmaz güzellikteki rüyası devam ediyordu.

Sergi, 1951 Haziranı'nın ilk haftasına programlandı. Jacques Lassaigne, Paris'in sanat dünyası ile iş çevresinin listesini üstlenirken, Füreya İstanbul'dan birçok tanıdığını davet etti.

Dönemin tanınmış Türk ressamlarından biri olan Rasin, serginin düzenlenmesine yardımcı olmak üzere, açılıştan bir hafta daha önce geldi Paris'e. Sergide Füreya'nın ilk dönem Paris seramikleri de vardı, sergi açma fikrinden sonra yaptığı işleri de. Hat sanatından, işlemelerden, Mevlevi dervişlerinden izler taşıyan panolara günlük hayattan esintilerini katmıştı. Eserlerinin tümü karoydu. Hiçbir form yoktu. Karoların üstüne çamurla soyut resimler yapmış gibiydi. Ayrıca litografileri de sergileniyordu aynı sergide.

Füreya, siyah bir kuğu gibi konuklarının arasında süzülüp dururken, birden gözüne, uzun saplı konca güllerden oluşan bir buket çarptı. Pembe koncalar... Yok, olamaz!

"Seni bu en önemli gününde yalnız bırakacağımı mı sandın Füreya?" dedi Şevki Bey.

"Bilmeliydim. Geleceğinizi bilmeliydim Şevki."

"Bu gece Maxims'de yer ayırttım. Akşam yemeği için..."

Füreya'nın gülümsemesi dudaklarında dondu. Bu akşam bütün sanatçılar, hep birlikte serginin büyük başarısını kutlamaya Lipp'e gideceklerdi.

"Bizimle gelin siz de," dedi.

"Yok, bu gece sen git başarını kutla. Ben seni yarın çıkarırım. Baş başa bir yemek yeriz. Sana anlatacaklarım var."

"Yarın otele uğrayın," dedi Füreya, "Şeytan sizi görünce çok sevinecektir."

Etrafları o kadar kalabalıktı ki gürültüden birbirlerini zor duyuyorlardı. Sürekli flaşlar patlıyor, gazeteciler sorular soruyorlar, birileri Füreya'yı ya tanımak ya tebrik etmek istiyordu. Bir akşamüstü, bir saatin içinde yıldız olmuştu Füreya.

Ertesi sabah gazeteleri aldı ve hakkında çıkan yazıları okudu.

"Füreya'nın, bu Türk sanatçının sergisi, doğu ile batı kültürünün bir sentezidir," diyordu bir sanat eleştirmeni.

"Bu kadına dikkat edin. Takip edilmesi gereken bir sanatçı," diyordu bir başkası.

Füreya, o sergide bir değişim yaşamıştı.

O artık bir seramikçiydi!

III. BÖLÜM

Toprak ve Su Ateş ve Sır

Kuşlar Füreya'nın özgür ruhunu,
ağaçlar dengeli yalnızlığını,
figürleri ise her zaman inandığı
insanca değerleri yansıtmaktadır.

Candeğer Furtun

YENİ HAYAT

(1951)

"Çok büyük bir başarıya imza attın Füreya," dedi Şevki Bey, "Fransa'da eleştirmenlerden böylesine övgüler alabilmiş olmak her Türk'e nasip olmuyor."

"Onlara başka bir ülkenin sanatından izler görmek ilginç geldi," dedi Füreya.

"Çevren sana hayran insanlarla dolu. Sende pek az insanda olan özel bir... bir... nasıl desem, bir karizma var. Dikkat ettim, etrafındaki bütün erkekleri büyülemişsin."

"Onlar benim dostlarım Şevki."

"Dostlarının çoğu sana âşık!"

"Kıskandınız mı?"

"Endişelendim. Benden çok daha genç ve yakışıklı olan bu

adamların, bana ayırdığın vakitten çalmalarından korkuyorum. Mesela şu eleştirmen, neydi adı?"

"Jacques mı?"

"Adı Jacques mı o uzun boylu adamın. Tüm sergi boyunca gözünü senden ayırmadı ve peşini bırakmadı."

"Bu sergiyi onun yardımları olmadan gerçekleştiremezdim."

"Pabucum dama atılıyor, öyle mi?"

"Şevki, benim hayatımda sizin yerinizi kimse tutamaz. Leysin günlerimde tek dostum sizdiniz. Beni hiç yalnız bırakmadınız. Verem zor bir hastalıktır. Kimse yanınıza yaklaşmak istemez. Benimle aynı kaderi paylaşanlarla bindiğim gemide, çevremdeki kalabalığa rağmen, tek başıma bir yolculuğa çıkmış gibiydim. Dilimi konuşmayan bir genç kadın, hiçbir ortak noktam olmayan faşist kılıklı bir adam, Türkiye'nin haritada bile yerini bilmeyen bir genç... Bütün bu bana çok uzak insanların arasında yaşarken, tek dostum siz oldunuz aylar boyunca. Benim dünyaya açılan penceremdiniz. Geleceğiniz, benimle sohbet edeceğiniz saatleri iple çekerdim." Füreya sustu. Duygularını belli etmekten hiç hoşlanmazdı. Oysa, boğazına bir yumru oturmuştu konuşurken. Elini uzatıp, Şevki Bey'in masanın üstünde duran elini tutup sıktı.

"Evet hayranlarım var. Sizden daha gençler. Yakışıklılar. Ama onların hiçbiri sizin yerinizi dolduramaz. Siz benim has dostumsunuz. Doğrudur, seramiğe ilk adımımı Fahrünissa Teyzemin ve Aliye'nin sayesinde attım ama bu başarımın arkasında, sizin de desteğiniz, bana yolladığınız kitaplar, hastane odasına kadar getirttiğiniz çamur var. Baksanıza bugün de en büyük sevincimi sizinle paylaşıyorum. Minik yeğenimin doğumunu birlikte kutluyoruz."

"Doğru Füreya," dedi Şevki Bey. "Sara'nın doğumu çifte sevinç oldu senin için."

"Biliyor musunuz, serginin başarısına mı, Sara'ya mı daha çok sevindin, diye sorsanız, size cevap veremem. Bu çocuğu o kadar büyük bir heyecanla bekliyordum ki... dokuz aydan beri sanki doğuracak olan benmişim gibi, tuhaf bir duygu içindeydim. Ailemize nihayet yeni bir hayat geldi. Annemin ve babamın adına da çok seviniyorum. Canlarından bezmiş gibiydiler. Her ikisini de yaşama bağlayacak bu bebek."

Yemek boyunca Füreya sürekli yeğeninden söz etti.

"Bana benziyormuş. Öyle dediler. Annem, *'seni yeniden kucağıma alıyor gibi oldum Füreya,'* diye yazıyor, Benim bütün mücevherlerim çalınmıştı ya, Ada'daki evden, tek bir broşum kalmıştı Rus işi. Onu, gardropta tayyörümün yakasında unuttuğum için sadece o kurtulabildiydi, hırsızdan. O broşu Sara'ya yollamak istiyorum. Halasının anneanne yadigârı, yegâne mücevheri onun olsun da, onu ne çok sevdiğimi bilsin. İstanbul'a gidecek birini duyarsanız, bana haber verin olur mu?"

Şevki Bey, yemek boyunca Füreya'nın kuş gibi cıvıldamasını dinledi. Yemeğin sonuna doğru, "Füreya, sana söylemek istediğim bazı şeyler var. Biliyorsun, İstanbul'a gidip bir süre orada kalmam icap etti," dedi düşünceli bir ifadeyle.

"Ailenizi görmeye gittiniz."

"Aslında ailemi görmeye değil, ailemle konuşmaya gittim."

İrkildi Füreya.

"İşler istediğim gibi gitmedi."

"Hayrola, bir aksilik mi var?"

"Emine Hanım'ı boşanmaya razı edemedim."

"Boşanmak istediğinizi bilmiyordum," dedi Füreya.

"Elbette istiyordum. Beraberliğimizi saygın bir hale getirmek istiyordum."

Füreya dondu kaldı. Şevki Bey'le evlenmek aklının ucundan bile geçmemişti. Onu kendine hayran bir dost olarak düşünmüştü hep.

"Şevki Bey, ben de evliyim."

"Benim eşimle olan düzenim kabul edilebilir. Her ikimizde

yaşımızı almış insanlarız. Ama sen genç bir kadınsın Füreya. Kocan neden yanında değil?"

"Çünkü onun İstanbul'da bulunması gerekiyor. Tedavimin masraflarını karşılamak kolay değil. Yanımda olmadığı için onu suçlayamam."

"Sıkıntılarınıza ben yardımcı olabilirdim."

"Kılıç Ali'nin böyle bir yardımı kabul edebileceğini nasıl düşünebiliyorsunuz?"

Yanıtlamadı Şevki Bey.

"Ondan hoşlanmayabilirsiniz, İstiklal Mahkemeleri'nin çok kimseye antipatik geldiğini öğrendim artık. Ama kocam onuruna düşkündür."

"Seni gücendirmek istemedim Füreya. Sadece seni korumak ve mutlu etmek istiyorum. Boşanabilseydim, tamamen korumam altında olurdun. Hepsi bu."

"Teşekkür ederim. Dostluğunuz beni yeterince mutlu ediyor Şevki."

"Gerçekten mutlu musun Füreya? Yalnızlık çekmiyor musun? Paris'in dışına çıkmak, seyahat etmek istemez miydin? Mesela Amerika'ya gitmek? Ya da İstanbul'a dönmek?"

"Hayır. Olduğum yerde iyiyim."

"Gerçekleşmesini istediğin bir arzun yok mu? Mutlaka vardır. Dünyada en çok istediğin nedir? Çalınan mücevherleri yerine koymak olabilir mi, mesela."

"Hayır. Mücevherler umurumda değil."

"Peki, ne isterdin?"

Hiç duralamadan yanıtladı Füreya, "Kendime ait bir seramik fırını ve bu fırını içine yerleştirebileceğim bir stüdyo."

"Gerçekten, istediğin bu mu?"

"Tek istediğim bu."

Bir hafta sonra, Şevki Bey, Füreya'yı, bir sürprizi olduğunu söyleyerek taksiyle otelinden aldı ve Rive Gauche'a götürdü.

Taksi, dar sokakların birinde durdu. Şevki Bey, taksinin parasını ödedi, cebinden çıkardığı anahtarla kapıyı açtı, koridorun sonuna yürüyüp bir iki basamak indiler.

"Bana otelden çıkıp, bu daireye yerleştiğinizi söylemeyin, sakın," dedi Füreya. Açılan kapıdan girdi, hole açılan az eşya ile döşeli iki odayı şaşkın gözlerle dolaştı. Mutfakta bir seramik fırını vardı.

"Nasıl, beğendin mi?" diye sordu Şevki Bey.

"Nedir bu?"

"Bu, dünyada en çok istediğin iki şey. Bir daire ve bir seramik fırını."

"Delisiniz siz! Asla böyle bir şeyi kabul edemem," dedi Füreya.

"Altı aylık kirası peşin ödendi. Boş mu dursun?" diye sordu Şevki Bey.

"Neden yaptınız bunu?"

"Seni mutlu etmek için. Mutluluğunda benim de katkım olsun istedim."

"Bu eve geçemem. Mümkün değil bu."

"Yaşlı bir dostunu çok üzersin. Sana istediklerimi yeterince veremediğim ve boşanamadığım için zaten çok üzülmekteyim."

Füreya, "Boşanabilseydiniz, sizinle evlenmezdim," diyemedi. Adam o kadar sevgi ve şefkat yüklüydü ki onu kırmak istemiyordu.

"Füreya, gece kalmasan bile, eve fırını kullanmak için gel bari ara sıra," dedi Şevki Bey.

Füreya'nın nutku tutulmuştu. Büyülenmiş gibi fırına yürüdü ve elini uzatıp kapağına dokundu. Soğuk demirden bir sıcaklık yayıldı parmak uçlarına. Sanki genç kadına güç, enerji ve ilham veriyordu fırın.

"Atölyeye kadar gidip, çamurlarımı, malzemelerimi getireyim," dedi Füreya. Bir an evvel çalışmaya başlamak istiyordu, kendi fırınında.

Füreya Paris'te iken, İstanbul da nihayet bir galeriye kavuşmuştu. Maya Galerisi'ni Adalet Cimcoz, Avrupa'daki galerileri aratmayan bir işletmecilik zihniyetiyle yönetiyordu. Maya'nın Sabahattin Eyüboğlu gibi sanat danışmanları vardı. O güne kadar, İstanbul'da ressamlar işlerini genellikle Fransız Konsoloshanesi'nin salonunda sergilerlerdi. Ülkenin tek özel galerisi, Ankara'daki Helikon Galerisi'ydi. Füreya'nın Paris sergisi Türk basınında da yer alınca, Adalet Cimcoz, Füreya'yı sonbaharda Maya'da sergi açmaya davet etti. Fahrünissa ile Aliye de sergisini bu galeride tekrarlaması için ısrar ediyorlardı. Füreya, Fransız basınında hakında çıkan olumlu eleştirileri ve yapıtlarının fotoğraflarını Maya'ya yolladı.

"Sonbahar sezonunu sizinle açalım," diye ısrar ediyordu Adalet Cimcoz.

Füreya, Paris'teki sergide satılan yapıtların yerine yenilerini koymak düşüncesindeydi. Ayrıca Jacques ona,

"Anadolu'dan yansıyan mistik hava, Parislileri büyüledi Füreya, ama Türklere değişik şeyler götürmen lazım," demişti. Deliler gibi, sabah akşam çalışmaya başlamıştı yine. Üstelik yorgunluktan tükendiğinde yatağına da atamıyordu kendini eskisi gibi. Şimdi artık meşhurdu. Yeni sergileri, galerileri, müzeleri sürekli gezmek, değişik yaklaşımları yakından görmek, yenilikleri izlemek zorundaydı. Galerilerde rastladığı çoğu sanatçı tarafından tanınıyordu. Bakımlı ve iyi giyimli olmaya da mecburdu.

"Füreya, iyileştin iyileşmesine ama, kendini bu kadar yorarsan, hastalığın nüksedebilir. Yara her an açılabilir," diyordu doktoru. Doktor Tibaux ile çarşamba akşamları birlikte konsere gidiyorlardı. Konserden sonra, hafif bir şeyler atıştırıp, ayrılıyorlardı.

Jacques Lassaigne ise, çok yakından takip ediyordu çalışmalarını. Sık sık atölyeye geliyor, akşam saatlerinde Füreya'yı alıp yeni açılan resim ve heykel sergilerine götürüyordu. Ara sıra da seramikçiler ve heykeltıraşlarla işbirliği yapan mimarların binalarını görmek için turluyorlardı Paris'in içinde. Miro'nun seramikçi Artigas'la işbirliği yaptığı o ünlü sergi, seramikle çok şeyin, hatta her şeyin yapılabileceğini sermişti gözler önüne. Avrupa'nın fuarlar yoluyla tanıştığı doğu seramiklerinin sırları sanatçılar tarafından incelenmiş ve meraklıları uygulamalara çoktan geçmişlerdi. Seramik teknolojisi hızla gelişmeye başlamıştı. Seramik üstüne yayınlar da öyle. 1886 yılında, Gauguin'in, bir çömlekçinin atölyesinde kil kullanarak yaptığı heykellerin yadırganmış ve itilmiş olmasının üstünden çok sular akmıştı. Gauguin'in yapıtlarındaki derinliğin değeri, zamanın sanatçıları ve sanatseverleri tarafından anlaşılmaktaydı artık.

Miro'dan sonra, Picasso'nun da Madoura atölyelerinde ürettiği işler, seramik alanında bir devrimdi başlıbaşına.

Avrupa, seramiği sevmiş ve onu da bir sanat dalı olarak kabul etmişti.

Füreya bir kurt gibi koklaya koklaya iz sürüyor, seramiğin serüvenini yakından takip ediyordu. Yol göstericisi, Lassaigne'ydi.

Ama en yakını, her gün görmese bile mutlaka telefonda uzun uzun konuştuğu, içini döktüğü, Şevki Bey'di Füreya'nın. Şevki Bey, kendini hangi konuma koyarsa koysun, Füreya onu, bir babaya beslenebilecek sevgi ve saygıyla seviyor, aynı zamanda çok yakın arkadaşıymış gibi de duygularını, sevinçlerini, korkularını hep onunla paylaşıyordu.

Otelinden çıkıp, Şevki Bey'in tuttuğu küçük daireye yerleşmişti. Parası ödenmiş apartmanda, fırın onu bekliyorken, fırından uzakta kalamamıştı. Böylece gece yarılarına kadar çalışabilme fırsatı doğmuştu ona. Bu eve taşınmasının bir nedeni de Şeytan'dı. Köpek bahçeye açılan balkondan dışarı çıkabiliyor, işini görüp, evin etrafından dolanarak kapıya gelip havlıyordu. Her Allahın sabahı erkenden üstüne bir şey geçirip, Seytan'ı sokağa çıkartmaktan kurtulmuştu. Evinin her köşesine yeni bebeğin resimlerini yerleştirmişti. Hemen hemen her hafta bir başka resmini yolluyorlardı İstanbul'dan. Sara gerçekten de gün geçtikçe daha çok benziyordu Füreya'ya. O da çamurlarından ve malzemelerinden artırdığı para ile sürekli bebek eşyaları alıyordu. Paris'e gelip gidenlerle İstanbul'a yollamaya çalışıyordu aldıklarını.

Bir Mevlevi dervişini daha pişmeye koymak üzereydi, gece yarısına doğru telefon çaldığında. İşini yarıda bırakmak istemediği için, aldırmadı telefona. Arayan bir daha arar diye düşündü. Ama telefon susmuyordu. Söylene söylene gitti açtı.

Önce anlayamadı karşı hattaki adamın sözlerini. Tekrar sordu.

"Neden bahsediyorsunuz, kuzum? Kim ölmüş?"

Mevlevi dervişi elinden düştü. Bir an sonra, kendi de yanına çöktü dervişin, aynı onun gibi, kolu kanadı kırık kalakaldı yerde.

Şevki Bey'in ölümü, hiç kimsenin kaybına benzemiyordu. Kendini koşulsuz seven ve karşılıksız veren dostu, babası, ağabeyi, âşığı, arkadaşı yoktu artık. Hamisi yoktu. Şımarabileceği, omzunda ağlayabileceği, sonsuza kadar güvenebileceği tek dostu, yoktu. Füreya tüm acısının yanı sıra, otel odasında yatan bir cesetle baş başa kalmıştı.

"Kimin yanında öldüyse, o kaldırsın cenazeyi," diye haber yollatmıştı karısı. Kim bilir ne zannediyordu aralarındaki ilişkiyi.

Cenazenin İstanbul'a yollanabilmesi için gerekli her işi tamamlayıp, sevgili dostunu yolcu ettikten sonra evine geldi. Şeytan, mahzun gözlerini yerden kaldırıp yüzüne dikti ve uzun uzun baktı Füreya'ya.

"Gel buraya," dedi Füreya. Köpek yattığı yerden kalktı, tembel tembel yürüdü sahibesine.

"Şeytan, burada yaşayamayız artık. Yapayalnız kaldık Şeytan. Yapayalnız kaldık. Paris'i tek başıma sırtlayamam. Gitme vaktimiz geldi. Evimize döneceğiz. Orada yeni doğmuş bir bebeğimiz var. Sara bizi bekliyor," dedi. Hayvan şaşkın şaşkın bakıyordu yüzüne. Başını Seytan'ın kıvırcık tüylerine gömüp hıçkıra hıçkıra ağlamaya başladı Füreya.

Lassaigne, "Dönmeye karar vermen, delilikten başka bir şey değil," diyordu Füreya'ya. "Burada müthiş bir atılım yapmak üzeresin. İlk serginle başarıya ulaştın Füreya. Burada kal, arkasını getir. Teknik açıdan bin bir yetersizliğin elini kolunu bağlayacağı bir kente dönmek istemeni anlayamıyorum. Orada çalışabileceğim fırın bile yok, demiyor muydun? Neden gidiyorsun öyleyse, hem de seramik Avrupa'da bir patlama yaşarken? Picasso, Miro, Chagal, seramik ateşini hazır burada tutuşturmuşlarken, neden gidiyorsun?"

"Orası benim memleketim, Jacques. Çini geleneğinin doğduğu, yeşerdiği ülke. Hamam kubbelerinin, cami ve saray duvarlarının, çeşmelerin, türbelerin çiniyle kaplandığı yer. Yurduma dönüp, bu geleneği yeniden yeşertmek istiyorum. Sapsız üzüm gibi ortada kalmaktan bıktım. Kendi yerime, kendi toprağıma ait olmak istiyorum. Ayrıca, bir de yeni bir hayat var, orada beni bekleyen. Yeni bir can, minicik bir bebek. Benim yıllardır beklediğim, kızım." Füreya'nın sesi öylesine kesindi ki sustu Lassaigne.

Gökyüzünde parlamakta olan yaşlı bir yıldız, sanki yol gösteriyordu, genç kadına. Füreya, kendine işaret edilen istikamete doğru gitti. Uçakta yerini ayırtıp, evini toplamaya başladı.

ATEŞİN KIZI

Füreya İstanbul'a sergisinin açılmasına ancak üç hafta kala dönebildi.

Havaalanında onu karşılayan Kılıç Ali ile birlikte, evlerine giderlerken,

"Herhalde eve gitmeden önce bebeği görmek istersin Füreya," dedi Kılıç Ali, "annenlerde duralım mı?"

"Ah, Kılıç bebeği görmek istemez miyim? İnan bana, doğduğu günden beri, beş aydır başka şey düşünemiyorum," dedi Füreya, "ama bebeği bu yolculuk kıyafetimle kucağıma alamam. Önce eve gidelim, bir banyo yapayım, elbiselerimi değiştireyim, hediyelerimi çıkartayım valizden, sonra, hemen gidelim."

Ön koltukta şoförün yanında oturan Şeytan, koltuğun üstünden atlayarak, Füreya'nın kucağına geldi.

"Hoşşt," dedi Kılıç Ali. "Yerine dön bakayım. Hanımının elbisesini buruşturuyorsun."

Köpek dişlerini göstererek hırladı. "Kusuruna bakma," dedi Füreya, "yolculuk yordu zavallıyı. Huysuzlanıyor. Zamanla alışır sana da." Kılıç Ali köpeği sevmek üzere elini uzatınca yine hırladı köpek.

"Sus Şeytan," dedi Füreya, "terbiyesizlik etme."

"Adı kendine çok uymuş," dedi Kılıç Ali. "Pek sevimsiz bir şey."

Füreya sesini çıkartmadı. Karı koca El Irak Apartmanı'na geldiler. Füreya Erenköy'deki evin eşyalarının bu apartmana taşınmasına yardımcı olmuştu, ama tedavisi yüzünden içinde uzun süre yaşayamamıştı. Yine de arkadaşlarını davet edecek zamanı bulmuştu. Ahmet Emin ve Rezzan Yalman, Nanaka ve Fahri Arel, Kâmuran Cemal, Cimcozlar gibi yakın dostları, on iki kişilik mumlu çiçekli sofralarında, leziz akşam yemekleri yemişlerdi.

Şimdi, keyfini çıkaracaktı bu ferah, güzel apartmanın. Çabucak banyosunu yaptı, üstünü değiştirdi, bebek için aldığı eşyaları bir çantaya doldurdu.

"Bir taksiye bineyim," dedi. Ev çok yakındı ama hem heyecandan ayakları birbirine dolaşıyordu hem de yükü ağırdı.

Şakir, karısı ve bebeği, Emin Paşa ve Hakkiye Hanım'la birlikte oturuyorlardı. Füreya annesinin kapısını çalarken, yüreği ağzına gelmek üzereydi. Kapıyı evde çalışan kız açtı. Annesi kızının sesini duyunca koşarak geldi. Sımsıkı sarıldı annesine. Ne kadar çok özlemişti onu.

"Babam nerede?" diye sordu.

"Oturma odasında, seni bekliyor."

Kızını görünce güçlükle ayağa kalktı Emin Paşa.

"Babacığım, rahatsız olmayın, oturun." Koştu yanına, babasına da sarıldı.
"Nerede o?" diye sordu heyecanla.
"Afife onu uyutuyor. Bugün biraz huysuzluk yaptı," dedi babası.
"Tıpkı sana benziyor Füreya, sanki senin kızın."
"Ama o benim kızım." Şakir kapıda belirdi. Füreya sevgiyle öptü kardeşini.
"Şakir, aferin sana. Benim bir türlü beceremediğimi sen başardın. Bu aileye bir sevinç kaynağı oldu Sara. Şu babamın haline bak, gözleri pırıl pırıl bakıyor," dedi Füreya. "Bu çocuk ne zaman uyanır?"
"Yeni uyudu Füreya Abla," dedi Afife. Kapının yanında durmuş, Füreya'nın onu da kucaklayıp öpmesini bekliyordu.
'Uyutacak zamanı ne güzel seçmiş,' diye düşündü Füreya, 'Tam ben çocuğu görmeye gelirken.'
"Ne kadar uyur?"
"Belli olmuyor. Bir iki saat."
"Aman Tanrım. O kadar bekleyemem."
"Gelin, uyurken görün," dedi Afife. Afife'nin peşinden yürüdü Füreya.
"Sizin odanızda mı yatıyor bebek?"
"Evet. Bazen gece ağlıyor. Ev halkını uyandırsın istemiyorum, hemen yanıma alıyorum."
Çocukluğunda ümitsizce şımarık olan Aliye'nin dışında, her bebek kendi odasında uyumuştu Şakir Paşa ailesinde. Bir tek Aliye'ye söz geçirememişlerdi. Bağırmaya başlar, annesinin koynuna girene kadar susmazdı. Öyle garip davranışları vardı ki Aliye'nin, babası onu beş yaşındayken bir doktora götürmüştü, zekâsı normal, aklı tam mı diye. Aklından biraz zoru olabilirdi ama zekâsı normaldi. Sadece aşırı hırçın bir çocuktu. Şimdi Sara da Aliye gibi, annesinin yanında mı uyuyacaktı? Canı sıkıldı ama belli etmedi.

Sara küçük yatağında pembe bir battaniyenin altında yatıyordu. Saçları terden alnının üstünde kıvrılmıştı. Minik yumruğu battaniyenin üzerinde duruyordu. Elini uzatıp dokunmak istedi, uyanır korkusuyla geri çekti elini. Gözleri kapalıyken kimseye benzemiyordu. Ama mis gibi bir bebek kokusu geliyordu burnuna. Sabunun, talk pudrası ve masumiyetin birbirine karıştığı, sadece bebeklere mahsus o koku... Füreya, kokuyu içine çekti,

"Ponpon," dedi yavaşça, "minik bir ponpon bu."

Parmaklarının ucuna basa basa yaklaştığı yataktan, yine parmaklarının ucuna basa basa uzaklaştı. Çay servisi bitene kadar, nasılsa uyanırdı. O zaman görecekti yüzünü.

Annesi ve babası arkası gelmeyen sorular soruyorlardı. Sergi hakkında her şeyi duymuşlardı, ama bir kere de ondan dinlemek istiyorlardı. Sağlığı tamamen düzelmiş miydi, tedavi tamamlanmış mıydı yoksa yine geri dönmeyi düşünüyor muydu? Kılıç Ali'yi bir yıl daha tek başına bırakması ne kadar doğru olurdu? Ne de olsa onun da bakıma, ilgiye ve sevgiye ihtiyacı vardı. Zavallı Şevki Bey, bir otel odasında tek başına mı ölmüştü kalp krizinden? Acı çekmiş miydi? Neden ailesinden biri meşgul olmamıştı da kızlarının üstüne kalmıştı yurda nakledilmesi? İstanbul'daki sergi için hazır mıydı?

Füreya'nın kulağına bir ara ince bir çocuk ağlaması çarptı. Fırladı yerinden. Afife ile aynı anda kapıdan çıkmaya çalışıp, çarpıştılar.

"Müsaade edin," dedi Afife, önden koştu. Füreya ağır ağır yürüdü bebeğin odasına doğru.

"Bebeğim, güzelim, bir tanem, uyandın mı sen? Bak halan seni görmeye gelmiş," diyordu Afife'nin sesi. Füreya odanın kapısında durdu. Diğerleri de bu hala-yeğen karşılaşmasını kaçırmamak için, peşinden gelmişlerdi. Yavaş yavaş yürüdü yatağa. Gözleri açıktı Sara'nın. Aman Tanrım! Uçları aşağı doğru inen, kocaman kara gözler, ortası bitişik uzun kaşlar, belirgin bir burun, ince, biçimli dudaklar. Bu çocuk o kadar çok benziyordu ki Füreya'ya, kesinlikle onun kızıydı. Yirmi yıl önce, Bursa'da tahta masanın üzerinde içinden aldıkları, ona göstermeden gömdükleri minik kızıydı. Elini bebeğe doğru uzattı, ve tam o anda belki de heyecandan, bir öksürük takıldı boğazına. Eliyle ağzını kapayıp öksürdü. Babası, annesi, Şakir ve Afife göz kesilmiş ona bakıyorlardı. Çıt çıkmıyordu kimseden. O veremdi. Öksürüyordu. Yüzüne bakanlar, onun en yakınları, bebeğin başından çekilmesini istiyorlardı herhalde.

"Bebek, önce mamasını yeseydi," diyordu babası. Yer Füreya'nın altından kayıyordu. Başı dönüyordu. Kulakları zonkluyordu. Şuraya yığılıp kalsa, hiç anlatamayacaktı neden fenalık geçirdiğini. Hastalığının tezahürü sanacaklardı. "Tanrım, bana güç ver," diye yalvarıyordu içinden.

"Bebeği kucağınıza almak istemez misiniz Füreya Abla?"

Başını kaldırdı. Afife, Sara'yı yatağından çıkarmış ona uzatıyordu. Diğerlerinin yüzündeki endişeyi gördü.

"Sonra alırım Afife," dedi. "Babamın hakkı var. Önce mamasını yesin." Arkasını döndü, çıktı odadan. Kulaklarındaki uğultu sürüyor, ateşten bir el yüreğini sıkıştırıyordu. Banyoya girdi, kapıyı kilitledi, başını kapının arkasında asılı duran bornoza gömdü. Çocuğu kucaklayamamıştı. Sel gibi akmaya başladı gözyaşları.

Füreya'nın seramik fırını İstanbul'a serginin açılmasından birkaç gün önce ulaştı. Füreya seramik fırınının ne işe yaracağını gümrükçülere anlatmakta zorluk çekeceği için, ekmek fırını olarak soktu gümrükten.

Yemek fırınının yanına zar zor yerleştiği için, adım atacak yer kalmadı mutfağında.

"Bakalım bana bu fırında neler pişireceksin?" diye dalga geçti Kılıç Ali.

"Sergiye katmak istediğim bir iki parça var, önce onlar pişecek. Ama sergi sonrasında düşünürüz," dedi Füreya.

Üç gün boyunca hiç uyumadan çalıştı. Kılıç Ali sabaha karşı uyanıp evin içinde dolandığında, karısını elleri kolları çamur içinde, yüzü harlı ateşten dolayı kızarmış, fırının başında buluyordu.

"Füreya, yine hastalanacaksın. Nedir bu halin. Nefes al, dinlen."

"Sergiden sonra," diye yanıtlıyordu Füreya.

Sergi ekim sonunda açıldı. Açılış muhteşem oldu. İstanbul'da yaşayan sanatçıların yanı sıra, İstanbul sosyetesinin tamamı ve şehirde aileyi tanıyan herkes renklendirdi açılışı. Bütün yapıtlar daha ilk gününden kapışıldı. Seramikleri kimileri, beğendiği, ilginç bulduğu için alırken, kimileri de Füreya'nın hatırı için satın aldı. Ama Paris'teki eleştirmenlerin aksine, İstanbul'un sanatçı çevreleri, Füreya'nın üç boyutlu çalışmayıp, sadece panoların üzerini bir tual gibi işlemesini sorguladılar. Şaşırmıştı Füreya. Yüzyıllar boyu, çinilerle yaşamış bir toplumdan beklememişti böyle bir tepkiyi. Ama o günlerde Füreya da sorgulamaktaydı sanatını. Geleneksel çiniyi yine duvarlarda çağdaş yorumlarla mı işlemeliydi, yoksa yaşamın içine mi taşımalıydı işlevsel olarak?

"Sergi bittiğine göre, normal yaşamımıza dönecek miyiz, yoksa yine fırının başında sabahlamaya devam mı, ateşin kızı?" diye sordu bir gün Kılıç Ali.

"Ateşin kızı mı?"

"Sürekli ateşin önündesin."

"Benim işim bu."

"İşin değil karıcığım, hevesin bu."

"Seramiğe benim hevesim olarak mı bakıyorsun Kılıç?"

"Ne yani? Para kazanmak için yapmıyorsun ya bunu. Eğlenmek, vakit geçirmek için yapıyorsun."

"Sergiden çok para kazandım ama."

"Her zaman aynı satışı bekleme," dedi Kılıç Ali. "Değişik bir şey diye aldılar seramikleri. Dostlar da hatırın için aldı. Hep böyle gitmez."

"Peki, ne yapmamı istiyorsun? Bu işi bırakmamı mı?"

"Eskisi gibi, evinin kadını olmanı, benimle meşgul olmanı, birlikte gezmemizi, aynı odada yatmamızı. Seramiği bırakman elbette şart değil, oyalanmak için yaparsın," dedi kocası. "Sergin kapandığında fırında yemek pişirmeye söz vermiştin, hani?"

Füreya yanıtlamadı kocasını. Kılıç Ali'nin söylediklerinde haklı olduğunu düşünüyordu. Ama artık eski hayatına dönemezdi. Oyun masaları, gece eğlenceleri, içki sofraları ve sabun köpüğü gibi konuşmalar... Asla geri dönemezdi bunlara. Dönmeyecekti.

İki gün sonra mutfağa girdi ve kocasıyla dostlarına, kile sarıp sarmaladığı bir iskorpit pişirdi fırınında. Yanına karışık bir yeşil salata yaptı. Rakı sofrasının mezelerini hazırladı ve eski günlerdeki gibi, mükemmel ev sahibesi rolünü oynadı baştan sona. Konukları, balığı yiyebilmek için kilin küçük bir çekiçle kırılmasını şaşkınlık ve hayranlıkla seyrettiler, iskorpitin lezzetini anlata anlata bitiremediler. Kocasının ağzı kulaklarındaydı. Kadehler hep Füreya'nın şerefine kalkıyordu. En iyi aşçı, en şık, en güzel sofraların mimarı ve üstelik de seramiğin kraliçesi Füreya'nın şerefine. Hiçbiri bunun bir veda yemeği olduğunun farkında değildi, İstanbul'un gezen, eğlenen, oyun oynayan ve dans eden şık insanlarına verilmiş bir son yemek!

Füreya Paris'ten döndüğünden beri, Kılıç Ali ile ayrı odalarda yatıyorlardı. Aslında, verem teşhisi konduğu gün ayırmışlardı odalarını. Bunu ısrarla Füreya istemişti. "Uykularım çok kötü, ateşliyken uyuyamıyorum, seni de rahatsız ederim Kılıç, ayrı odalarda yatalım," demişti. Ama şimdi bir de köpek çıkmıştı Kılıç Ali'nin başına. Şeytan Füreya'nın odasında kalıyor, Kılıç Ali içeri girmek istediği zaman hırlıyor, hırçınlaşıyordu.

Füreya, bütün gün atölye olarak kullandığı odaya koydurduğu kocaman masanın üzerinde elleri çamur içinde çalışıp duruyordu. Akşama doğru, Sara'yı görmeye annesine uğruyor, çocuğu kucağına almadan, uzaktan seviyor, sonra da Maya Galerisi'ne gidiyordu. Galeri, sanatçıların uğrak ve sohbet yeriydi. Galeri'nin üst katında oturan Sabahattin Eyüboğlu, Bedri Rahmi, artık kendini yazar olarak kanıtlamış Yaşar Kemal, Ahmet Hamdi Tanpınar, Aloş,* Ferruh Başağa, Oktay Günday, Kuzgun Acar, bürokrat ressam İhsan Cemal Karaburçak gibi Maya'da sergi açan sanatçılar hemen hemen her akşam orada buluşuyor, sonra birlikte yemeğe çıkıyorlardı. Ara sıra Nurullah Ataç da geliyordu Ankara'dan. Füreya, evi bu kalabalığı kaldırabilecek kadar büyük olduğundan, sık sık onları eve davet ediyordu yemek için.

Kılıç Ali evine döndüğünde, tanımadığı bir sürü insanı salonunda, ellerinde tabaklar, sağa sola çökmüş yemek yerken, içki içerken buluyordu.

"Füreya, bana haber vermedin, misafir geleceğini," diyordu karısına.

"Önceden planlanmış değildi Kılıç. Galeriden hep birlikte çıkıp geliverdik işte. Sen de katılsana bize," diyordu Füreya. Kılıç Ali sıkılıyordu bu insanlarla. Konuşacak şey bulamıyordu. Apayrı dünyalardan, bambaşka insanlardı. Konuları onu hiç ama hiç ilgilendirmiyordu. Suratını asıp, odasına çekiliyordu.

Çoğu akşam da zaten geç geliyordu eve. Füreya'nın Paris'te tedavide olduğu yıllarda, yeğeni Berrin İnsel, yalnız kalmaması için, onu kendi muhitine almıştı. Gerçi yaşı, birlikte gezdiği insanlardan çok fazlaydı ama, özellikle genç kadınlar onu hoş tutuyor, gençlik ve Çankaya anılarını anlattırıyorlar, sevgi ve saygı

---

* Ressam Teoman Germener.

gösteriyorlardı. Gezmeyi, eğlenmeyi fıkra anlatmayı ve dans etmeyi çok severdi Kılıç Ali. Atatürk'lü yıllarda sabahlamaya alışmıştı. Bu genç insanlarla hiç gocunmadan sabahlara kadar gezip tozuyor, eğleniyordu. Bu nedenle, eve gidip, hoşlanmadığı adamlarla, anlamadığı sanat konularında konuşacağına ya da asla inanmadığı politik söylemlere katılacağına, Berrin'in çevresinde kalmayı tercih ediyordu. Füreya'nın da çok yakında bu az paralı, çok laflı, komünist eğilimleri olan arkadaşlarından bıkacağını ve normal yaşama döneceğini düşünüyordu.

Normal yaşamda sanat, alaturka şarkılar olarak icra edilirdi, onun gözünde. Haydi, karısının hatırı için, bir de kayınvalidesi Hakkiyanım'ın yemeklerden sonra verdiği Chopin'li, List'li piyano konserlerini de sineye çekiversin...

Hem Füreya hem de Kılıç Ali, Füreya yaşam tarzını değiştirmeyecek olursa, bu evliliğin yürüyemeyeceğinin bilincindeydiler ama kimse ilk adımı atmıyordu.

Füreya, 1951'in sonlarına doğru, atölyesini, seramik yapmak isteyen kimselere açarak, seramikseverlere bir fırsat tanımak istedi. Kendisi gibi bu sanata gönül vermiş bir sürü genç vardı. Çamurla çok güzel işler yapıyorlar, ama fırınları olmadığı için, işlerini pişiremiyorlardı. Ankara'da, Gazi Eğitim Enstitüsü'nde Hakkı İzzet adında bir hoca, kendi özel fırınını kurmuş ve öğrencileriyle bu işin meraklılarına fırınının kapağını ardına kadar açmıştı. Abidin Dino bile kullanmaktaydı ara sıra fırını. O niye bu işi İstanbul'da denemesindi?

Harbiye'deki El Irak Apartmanı'nı geceleri sanatçı çevre doldururken, gündüzleri de öğrenciler ve amatör seramikçiler doldurmaya başladı.

Kılıç Ali'nin, evinde hiç rahatı kalmamıştı. Evinden el ayak çekildikten sonra bile, gece tuvalete gitmek üzere odasından çıktığı zaman da kendine kötü kötü hırlayan Seytan'ı sineye çekmek zorunda kalıyordu.

***

Füreya'nın Maya Galerisi ve fırını arasında koşuştururken tek durağı, her gün uğradığı Şakir Paşa Apartmanı'ydı. Ponpon adını verdiği minik yeğeni Sara ile hemen hemen her gün meşgul oluyordu. Paris'ten gelirken bebek bakımı hakkında bir sürü kitap getirmişti. Afife'nin bu kitapları okumasını ve bebeği kitapların doğrultusunda büyütmesini istiyordu.

"Ben Fransızca bilmiyorum," demişti Afife, "bu kitapları anlamam."

"Bir kursa yazılıp, öğrensene," demişti Füreya.

"Vaktim yok. Ponpon tüm vaktimi alıyor."

"Anneme bırakabilirsin."

"Çocuğumu kimseye bırakmak istemiyorum. Hem kaç kişi kitapla büyümüş ki ne gerekirse yapıyoruz işte," demişti Afife.

"Bir şeyi bilerek yapmak, rasgele yapmaktan çok daha iyi netice verir. Hele bu bir çocukla ilgiliyse." Füreya esirgemiyordu lafını.

"Füreya Abla beni neden sevmiyor? Ona karşı bir hata mı işledim?" diye sormuştu bir keresinde Afife kayınpederine.

"Sende onun çok çok istediği, ama bir türlü sahip olamadığı bir şey var kızım. Bir çocuk! Bu yüzden seni biraz kıskanmasını hoş görmeli, alttan almalısın," demişti Emin Paşa. Hakkiye Hanım, kocasının bu sözlerini duysa, kıyamet koparırdı. Annesi için Füreya, sadece ve hep doğru olanı yapardı. Kızını, kusurları ve hataları olabilecek bir insan gibi değil, asla yanlış yapmayacak olağanüstü bir varlık olarak görmüştü ömür boyu. Bu nedenle, onun hoşlanmadığı kimselerden Hakkiye Hanım da hoşlanmazdı. Ama Emin Paşa, evde karısı kadar etkili olmasa da daha tarafsız olabiliyordu. Afife, kayınpederini severdi. Emin Paşa'yı üzmemeye ve sözünü dinlemeye karar verdi.

Sara tek tük kelimeler söylemeye başlamıştı. Füreya'nın onu yine uzaktan sevmeye geldiği bir gün, kayınpederinin ricasını kırmayarak, "Füreya Abla, siz Ponpon'a ikinci anne gibisiniz, ister misiniz size 'hala' yerine 'Füreya anne' desin?" diye sordu Afife.

Füreya sarsıldı, istemez olur muydu hiç! Çocuk acaba onu gerçek annesi gibi de sevebilir miydi ilerde? Dünyada belki de tek istediği buydu artık... Sara'nın annesi olmak.

İstanbul yeni bir yıla girmenin heyecanlı hazırlığı içindeyken, Füreya, bir kere daha rahatsızlandı. Çocuğu görmeye gittiği bir öğleden sonra,

"Kızım yüzün bembeyaz, neyin var?" diye sordu annesi.

"Biraz ateşim var galiba anne," dedi Füreya. "Bir derece versene bana."

Hakkiye Hanım'ın getirdiği dereceyi Füreya, koltuğunun altına koyup bekledi. Biraz sonra dereceye baktı ve annesi görmeden hemen silkeleyip, dereceyi yıkamak üzere banyoya yürüdü.

"Ateşin kaçmış?" diye sordu annesi.

"Otuz yedi civarında," dedi Füreya.

"Sana bir aspirin vereyim mi?"

"Ben çıkıyorum anneciğim. Eve gidince alırım," dedi Füreya.

"Ponpon'u görmeden mi gidiyorsunuz Füreya Abla?" dedi Afife. "Birazdan uyanacak."

"Yarın uğrarım."

Füreya, serin havada yavaş yavaş yürüdü evine kadar. Ateşi kırka yakındı. Demek hastalık yine nüksediyordu. Bıkmıştı bu hastalıktan, bıkmış usanmıştı. Önünde kendini bekleyen günleri düşündü. Çalışmak yok, gezmek yok, Maya'ya gitmek, seramik yapmak yok ve en korkuncu da Sara'yı görmek yok! Çocuğu zaten kucağına almıyordu. Onunla aynı odada mümkün olduğu kadar az kalmaya gayret ediyordu. Ailesi ile sessiz bir dayanışma içinde gibiydiler. Kimse neden odasında bu kadar az kaldığını ve onu kucaklamadığını sormuyordu. Ama herkes nedenini biliyordu. Şimdi, verem nüksettiyse eğer, ona uzaktan bakması bile mümkün olamayacaktı. Yine bir sanatoryumda sırt üstü yatacak, sabahtan akşama kadar bal, tereyağ ve taze yumurta yiyerek şişko bir domuza dönecekti. Ne için? Birkaç ay normal bir yaşam sürüp, sonra yine sanatoryuma çekilmek için mi?

Evinde kocasını bulmayı umuyordu ama henüz gelmemişti Kılıç Ali. Berrinlerde olabileceğini düşünerek, oraya telefon etti. Hizmetçi kadın, "Jale Hanım'a beziğe gittiler, akşam yemeğini orada yiyeceklermiş," dedi. Kapattı telefonu Füreya. Biriyle dertleşmek istiyordu. Onun dertlerini hiç sıkılmadan dinleyen sevgili dostu yoktu artık. Birden Şevki Bey'i müthiş özledi. Belki hakkı vardı Şevki'nin onu koruması altına almak istemekle. Yalnızdı, yapayalnızdı, tıpkı sevgili dostunun dediği gibi.

Füreya, Kılıç Ali'nin evine dönmesinden umudunu kesince, Paris'e bir telefon yazdırdı. Telefonu akşamın geç saatlerinde bağlayabildiler.

"Hayrola Füreya," dedi Doktor Tibaux, "Beni özlediğin için mi arıyorsun, yoksa bir sorun mu var."

"Seni çok özledim ama bir de sorun var," dedi Füreya. "Ateşim kırka çıktı."

"Yarın hemen röntgen çektir ve neticeyi bana bildir, Füreya. Kendini de kızağa çek lütfen. Çamurla filan uğraşma, hemen yatağına gir," dedi Tibaux, "Fransa'da bir doktor, vereme kesin çare bulduğunu söylüyor. Yarın onunla konuşacağım."

"Nasıl bir çare? Yeni bir ilaç mı?"

"Hayır. Kökünden halletmek de diyebiliriz. Hasta ciğeri kesip atıyor."

"Tek ciğerle yaşanır mı?"

"Sağlamsa, evet."

"Neden bunu bana uygulamadınız bunca zamandır."

"Çok yeni bir olay bu. Hastanın ameliyata dayanacak güçte olması lazım. Önce buraya gelip, testleri yaptırmalısın. Riskleri düşünmelisin."

"Riski, hastalığın tekrarı mı?"

"Hayır Füreya. Bu ameliyatta tekrar riski yok. Ama ölüm riski var."

"Yaşamayı becerebilirsem, seramiğe devam edebilir miyim?"

"Elbette."

"Küçük bir bebeği kucağıma alabilir miyim? Öpebilir miyim? Yatağımda yatırabilir miyim?"

"Ameliyata dayanabilirsen, veremle ilgin kalmayacak," dedi Tibaux. "Bebeğe ne istersen yaparsın. Kendi bebeğini bile yapabilirsin."

Füreya telefonu kapattı. Gözlerini de kapattı. Birkaç saat yattı öyle yatağın üstünde. Kör olmakla, verem olmanın arasında büyük bir fark olmadığını düşündü. Her iki durumda da yapmak istediklerini yapamıyor, sevdiklerini göremiyordu insan, ve hayat bir cehennem azabına dönüşüyordu. Hayır, hayır, hayır! Kör olmak bin kere daha iyiydi verem olmaktan. Kör olsaydı, ellerini çamura daldırarak çiçekler, kuşlar, balıklar yaratabilirdi. Kör olsaydı, o mis kokulu bebeği yüreğinin üstüne yatırabilir, burnunu boynuna gömebilirdi. Onu koklaya koklaya öpebilirdi. Yanağını yanağına dayayabilirdi. Açtı gözlerini. Sabah olmak üzereydi. Kılıç Ali henüz dönmemişti. Ateşi vardı. Çok ateşi vardı. Alev alev yanıyordu elleri, alnı. Kocası söylemişti zaten; ateşin kızıydı o, cehennemin kapısında sürekli beklemede duran.

Bir hafta sonra, Doktor Sami Paşa'ya yalvaran gözlerle bakıyordu Füreya.

"Olmaz kızım. Olmaz evladım. Bu ameliyattan sağ çıkan olmuyor. Ben asla kabul edemem. Onayımı veremem. Bakma yüzüme öyle."

"Başka çarem yok efendim."

"Ne demek başka çarem yok! Seni kaç kere sağlığına kavuşturduk klasik tedavilerle. Kendi özel durumunu unutup, çılgınlıklar yapmasan, yorulmasan, uykuna, yediğine dikkat etsen, turp gibiydin. Yaşadığın hayat, verem olmayanı bile hasta eder Füreya."

"Ot gibi yaşayamam."

"Ot gibi yaşama. Müziğini dinle, kitabını oku. Ne bileyim ben..."

"Ponpon'u kucağıma almaya korkuyorum. Daha bir kere bile kucaklayamadım onu."

"Kucaklamak şart mı. İngilizler gibi olsana. Onlar çocuklarını gözleriyle sever."

"Paşa, lütfen, Paris'teki doktorla bir kere daha konuşun."

"Gereken her şeyi konuştuk, kızım. Ben senin bu ülkedeki doktorun ve baba dostun olarak bu tehlikeli ameliyata 'hayır' diyorum. Ucunda ölüm var. Bunu göze alamam."

"Hepimiz için yaşamın ucunda ölüm var."

"Sen ölümü düşünecek yaşta değilsin."

"Veremli yaşamanın ölümden farkı yok. Bu ciğer iflah etmiyor. Belli oldu artık. Ben ölümü göze alıyorum. Ya iyileşeyim ya da öleyim."

"Benden medet umma. Ben hayatını tehlikeye sokacak bir ameliyata peki diyemem. O Fransız zibidileri, seni benim gibi taa çocukluğundan beri tanımıyorlar. Sen benim elime doğdun," dedi Sami Paşa. Yatağa yaydığı röntgenleri toparladı, zarfin içine soktu. Reçetesini yazmaya başladı.

"O halde, yine bana sanatoryum yolu gözüktü, demek ki," dedi Füreya.

"İstersen burada Heybeli'de sana yer ayırtabilirim. Ama havası, Alp dağları gibi olamaz. Ne de olsa rutubet vardır. Önümüz kış. Git kışı geçir, yaza kadar iyileşir, turp gibi dönersin, kızım," dedi Sami Paşa. Uzun uzun elini tuttu Füreya'nın avuçlarında. "Kocana söyleyeceğim. Bir an önce gidin."

***

"Bu ameliyatı unut Füreya. Ben annenle babana sözünü bile etmeyeceğim, boşuna üzülmesinler," dedi Kılıç Ali. Sami Paşa onun da kanına girmişti besbelli. "Geçen seferlerde olduğu gibi, tedavini olursun, döneriz. Çok gerekliyse, yine bir dağa çıkarız belki."

"Senin benimle Paris'e gelmene gerek yok, Kılıç," dedi Füreya, "bu sefer doktorumu, hastanemi, her şeyi biliyorum artık. Birkaç hafta müşahade altına alınacağım hastanede. Sen Paris'te yapayalnız kalacaksın kış günü. İstersen, hastaneden çıkışıma yakın bir tarihte gel. Birlikte döneriz İstanbul'a."

Kılıç Ali, zaten Füreya ne derse onu yapmaktaydı genelde.

"Nasıl istersen karıcığım," demekle yetindi. "Ay sonuna doğru gelirim."

"Ben yokken Şeytan'a bakar mısın?"

"Annene yolla."

"O evde bebek var."

"Aliye baksın."

"Aliye her sabah onu sokağa çıkaramaz."

La havle çekti Kılıç Ali, "Döndüğünde Şeytan'ı seramik fırınında pişmiş bulursan, bana kızma, sakın," dedi.

Füreya Paris'te hastaneye yatmadan önce bir sürü kartpostal satın aldı, üstlerine önündeki haftaların değişik tarihlerini koydu. Annesiyle babasına, kardeşine, kocasına, Aliye'ye ve Pon-pon'una mektuplar hazırladı. Ameliyattan sonra, yazı yazamayacak halde olursa, onu merak etmesinler istiyordu. İstanbul'dakiler onun tedaviye gittiğini sanıyorlardı. Hiç kimsenin, Füreya'nın bu sonu belli olmayan ameliyata gireceğinden haberi yoktu. Kararı kendi başına almıştı, ipi tek başına göğüsleyecekti.

İnceldiği yerden kopacaktı ip.

PENTİMENTO
(Osmanoğlu Kliniği)

Ben demedim mi size, henüz vakit tamam değil diye. Bugün öğleden sonra Sara gelecek, Müşerref'le birlikte çıkartacaklar beni buradan. Evime döneceğim, yeniden başlamak için. Pencere pervazındaki kuş, boşuna bekleyecek beni yarın sabah. Sara Halam da öyle. Kuş, selamımı iletse, "Bitirilecek işleri varmış Füreya'nın, evine döndü," dese ya, halama. Kuşlar bilir aslında benim öyle kolay kolay pes eden cinsten olmadığımı. Ama sadece benim kuşlarım bilir bunu. Hiç vazgeçmem. Hiç üşenmem. Yeni baştan başlarım hep, yeni bir gayretle. Kaç kere fırından çıkardığım baykuşları, kumruları, bir yerlerinde renk fazla açılmış ya da kanatlarının ucuna bir taraz oturmuş diye hemen kırıvermişimdir, oracıkta. Yeniden başlamak için. Daha iyisini, daha mükemmelini yapmak için.

1951'de, ciğerimin alınacağı ameliyata girerken de böyle bir 'yeniden doğuş'un beklentisi içindeydim, ölebilirdim. Göze almıştım ölümü. Ama ya yaşarsam! Yaşarsam, veremli olmayacaktım artık. Geceleri sabahlara kadar çamurumu şekillendirip, sıcak fırının önünde alnımdan akan terleri işlerime damlatarak, yeni kırlangıçlar, yeni balıklar, ağaçlar, çiçekler, dervişler üretecektim. Otuz yıl daha uğraşacaktım seramikle. Tam otuz yıl! Neden acaba bu otuz'a takılmıştım böyle. Kırk, elli değil, yirmi beş değil, illa da otuz yıl. Kimbilir, belki yeniden âşık olup, dolu dizgin sevişecektim. Kendimi veremli günlerimdeki gibi, esirgemeyecek, kana kana sunacaktım sevdiğime. Ama en önemlisi, en can alıcısı -ölüme böylesine korkusuzca sıçramamın arkasında kesinlikle bu vardı- o çocuğu, bana benzeyen, benim kanımdan gelen o küçük kızı doyasıya sevecek, büyütecek, yeşertecek, geliştirecek, şekillendirecektim. O benimdi. Benim kızımdı Sara. Bana yirmi yıl sonra dönen, Bursa'da kaybettiğim bebeğimdi. Onu yetiştireceksem sağlıklı olmam şarttı.

"Kurtulma şansım nedir?" diye sormuştum Tibaux'a. Odanın içinde bir aşağı bir yukarı yürüyüp duruyordu. Pencerenin önüne gitmiş, arkası bana dönük konuşmuştu.

"Az."

"Yüzüme baksana Tibaux," demiştim. Kıpırdamamıştı.

"Dön ve bana bak," dönmüştü. Göz pınarlarında yaşlar mı parlıyordu, bana mı öyle gelmişti?

"Şansım az, ama yine de bu riski almamı söylüyorsun."

"Hayır. Söylemiyorum. Ağzıma laf koyma Füreya."

"Bu ameliyatı göze alayım mı? Cevap ver!"

"Kararını kendin verdin, zaten."

"Kararımı onaylıyor musun?"

"Seni iyi tanıdığım için evet. Hayat dolusun. İçinden enerji fışkırıyor. Hasta ciğerle günde iki saat gidiş, iki saat dönüş yolu yapıyordun, elinde kilolarca malzemeyle. Sağlam insan yapsa, yorgunluktan hastalanırdı. Bu yaşam sevincinle, ancak sağlıklı yaşarsan mutlu olursun, sen. Çalışarak, üreterek, sevişerek, coşkuyla yaşarsan. Rüzgârdan korkarak, güneşten sakınarak yaşamak sana göre değil."

"Beni anladığın için teşekkür ederim," demiştim, usulca.

"Benim de bir sorum var. Kurtulursan, dudaklarını verem bahanesinin arkasına saklanarak esirgemeye devam etmeyeceksin benden, değil mi?"

"Küstah! Başka bir bahane bulurum."

"Neden?"

"Tibaux, doktorların hastaları ile duygusal ilişki kurmaları tıp ahlakına aykırıdır."

"Sen artık benim hastam değilsin ki. Seni başka biri ameliyat edecek," demişti Tibaux.

"Yüz kişide bir kişi kurtulabiliyormuş bu ameliyatta. O bir kişi ben olursam, düşünürüz," demiştim. Ne kalleşçe bir davranıştı benimki. Ölüm yolculuğumda, elimi tutacak tek dostumu, küçük bir ümitle başucuma bağlamak istiyordum. Yalnızlık korkunçtu.

O yüz kişideki bir kişi, ben olacaktım. Hayat beni bekliyordu. İşim vardı, sevgimi vereceğim bebeğim vardı. Yaşama azmim vardı. Dört saat kırk beş dakika süren ameliyata girdim. Sürekli kan vermişlerdi bana ameliyat boyunca. Her türlü tedaviye direnen inatçı, huysuz, hasta ciğerimin yarısını söküp almışlardı bedenimden. Bir buçuk ciğerle kalmıştım.

"Kalanlara gözünüz gibi bakın, Madam Kılıç," demişti doktorum, "Dikkat ederseniz, yüz yaşına kadar yaşarsınız."

Bembeyaz bir odadaydım. Her tarafımdan söndalar, ince hortumlar çıkıyordu. Başucumda armut gibi sallanan serum ve kan şişelerini görüyordum göz ucuyla.

"Füreya, başardın... başardın..." Tibaux olmalıydı konuşan. "Artık haber verelim mi ailene?"

Gözlerimle 'hayır' demeye çalışıyordum.

Kaç gündür yatıyordum acaba? Kaç gün daha yatacaktım? Bir süre sonra arkamdaki yastıkları kabartıp, oturttulardı beni yatakta.

"Görmek istediğin biri var mı?" diye sormuştu, her gün ziyaretime gelen Tibaux.

"Yok."

"Lassaigne'yi görmek istersin diye düşündüm."

"Neden?"

"Çünkü..."

"Çünkü, ne?"

"Çünkü sezgilerim kuvvetlidir."

"O zaman neden soruyorsun bana?"

Lassaigne ertesi gün gelmişti. Elleri kolları çiçekler ve kitaplarla doluydu. Gözlerim pembe uzun koncaları, sesini bir daha asla duyamayacağım sadık dostumu aramıştı.

"Hayatımda gördüğüm en güçlü kadınsın sen Füreya," demişti Lassaigne. "Seni tanıdığım için şanslıyım. Çok özel birisin sen."

En güçlü kadın! Böylece, kendime biçtiğim rolün karakteri biçimlenmişti kafamda. Güçlü kadını oynamak bana yakışacaktı. Siyah saçlarıma, keskin bakışlarıma, uzun boyuma yakışacaktı. Çamuru avuçlayan, şekillendiren ellerime, yirmi yaşımdan beri içtiğim sigaradan kalınlaşmış sesime de yakışacaktı. Oysa ailede oynamak, Aliye'nin işiydi. Belki biraz da Fahrünissa'nın, ama Aliye'nin çapında değil. Küçük teyzemin kendi kişiliğini değil de olmak istediği başka birini oynadığını fark ettiğimde, henüz çocukluktan çıkmamıştım. On dört-on beş yaşlarındaki Aliye, karamsar, içine kapanık, hatta az biraz da melankolikti. Benim yanımda bu niteliklerini hiç saklamazken, kalabalığın içine girdi miydi, kendini neşeli, eğlenceli göstermek için yırtınırdı. Sormuştum bir keresinde,

"Neden çok neşeliymişsin gibi rol yapıyorsun, özellikle Suat Dayımın ve arkadaşlarının yanında?" demiştim.

"Beni sevsinler diye," demişti.

Bir şey daha fark etmiştim ona dair. Büyük kardeşlerine kendini ezdirmemek için, onların yanında aptal, aciz ve onlara muhtaç rolü yapardı. Ablaları ve Suat Ağabeyi onu sevsinler, ona acısınlar isterdi. Ama kişiliğinden çok fazla taviz vermeden oynardı tüm bu rolleri. Şimdi ben de bana yakıştırılan ve çok da hoşuma giden 'güçlü kadın'ı oynarken, onun tutturabildiği o ince dengeyi tutturabilecek miydim acaba? Sevimsiz olmadan güçlü olmak mümkün müydü?

Zor da olsa başaracaktım. Ben ki yüz kişide bir kişinin kurtulabildiği ameliyatı atlatmıştım...

Sara Hala, söyledim size o kadar, beklemeyin pencere önlerinde boşuna, diye. Şimdi gidiyorum işte, diğer Sara ile birlikte. Bunu da atlattım. Evime dönüyorum yine.

Evimde fırınım yok artık. Birkaç yıl önce sattımdı fırınımı, söyleyecek bir şeyim kalmadı diye. Kendimi tekrar edip duruyordum. Yeni bir şey çıkaramıyordum. Bitmiştim. Tükenmiştim. Ama yanılmışım. Fırınımdan ayrıldıktan sonra, içimde ve etrafımda büyüyeduran boşluğu yine çamurla yorumlamak varmış kaderde. Terakotadan insancıklarımı yaparken, bir de ne göreyim, meğer söyleyeceklerim bitmemiş. Ben, bitmemişim. Böylece seksen yaşından sonra bir şey daha öğrenmiş oldum, can çıkmadıkça, söz bitmiyor. İşte halacığım, bunun için gelmek istemedim sizinle. Sanki son bir sözüm daha var söylenecek... Hissediyorum bunu, Paris'te ameliyata girerken olduğu gibi. O zaman da söylenecek sözüm, yapılacak işim vardı. Hazır değildim ölüme. Nitekim hastaneden çıkar çıkmaz, hemen İstanbul'a dönmek istemiştim. Bir kez daha yalvarmıştı Lassaigne, "Burada kal Füreya," demişti önce, "Paris'te sanat ortamının göbeğindesin. Her köşesinden sanat fışkıran bu kenti bırakma, İstanbul'da yeşeremezsin." Kararımın değişmediğini görünce de,

"Sıfirdan başlayacaksın. Biliyorum, güç, dayanılmaz bir şeydir bu. Ama başaracaksın," demişti.

"Belki sıfirdan, ama Fahrenheit sıfirdan başlayacağım," demiştim.

Çünkü, İstanbul'da da güzel şeyler oluyordu. Maya Galerisi açıldığı gün, sanatçıların buluşma odağı haline gelmişti. Çeşitli sanat dalları, bugün olduğu gibi birbirinden ayrı ve kopuk değildi. Şairi, yazarı, ressamı, tiyatrocusu hepsi bir aradaydılar ve birbirlerinin işlerine duyarlıydılar. Halk ise, sanatın her türüne aç ve açıktı. Seramik yapmak isteyen İstanbullular fırınım için beni bekliyordu. Ben ise Sara'yı bağrıma basacağım günü bekliyordum. Son bir kez sormuştum doktoruma, "Sigaraya başlayabilir miyim?"

"Sizin yerinizde olsam, başlamazdım."

"Minik yeğenimi öpebilir miyim?"

"Öpmek mi! Tabağınızdan yemek bile verebilirsiniz. Veremle ilişkiniz kalmadı Madam Kılıç."

Döndüm. El Irak Apartmanı'nda yeniden bir hareket başladı. Seramik meraklıları hemen hemen her gün fırınımın çevresindeydi. Kılıç Ali'nin bu işlerden hoşlanmadığını biliyordum. Ölüme meydan okuyup, bu dünyada kalmayı başardıktan sonra, hiç kimse umurumda değildi artık. Kendimi, her zaman yaptığım gibi şartların hazırladığı durumlara, tesadüflere teslim etmeyecek, hayatımın dizginlerini sımsıkı tutacaktım avuçlarımda. Yaşadığım sürece canım ne istiyorsa onu yapacaktım. Canım, seramik yapmak istiyordu. Canım, Maya'da buluştuğum sanatçı dostlarımla birlikte olmak istiyordu. Canım sigara içmek istiyordu. Ve en çok da Sara'ya annelik etmek!

"Annelik etmek mi?" diye sormuştu Suat Dayı.

"Evet."

"Ama sen halasın, Füreya. Ponpon'a, annelik değil, halalık et!"

"Bu başka bir durum. Sizler anlayamazsınız."

Benim annelik saatlerim, akşamüstüne rastlardı. Günümün en değerli, en duygu yüklü anlarıydı. Maya'ya giderken uğrardım Sara'ya. Onu yedirir, banyosunu yaptırırdım.

Sabahın erken saatlerinde sırlı topraklaydı işim. Bu toprağı kullanır ama sorgulamazdım. Sorgulamadığım için de zorlamazdım. Sırlarımı Almanya'dan getirtiyordum o yıllarda. Kili Göksu'daki Hasan Usta'dan alıyordum. Sonraları Hasan Usta toprağı benim için karmaya ve tornaya çekmeye de başladı. Ben de denemiştim tornayı. Ameliyattan yeni çıkmış bedenimle, yarım saat torna yapınca, dört saat sırt üstü yatmak zorunda kalıyordum. Çabucak yoruluyordum. Oysa Hasan Usta ben bir sigarayı yakıp, bitirene kadar, çıkarıveriyordu istediğim formu, iş bölümünü hemen yapmıştık. Ben çiziyordum, o yapıyordu.

Öğleden sonra, seramik meraklıları doldurmaya başlardı evi. Çalışmalarımı seyreder, yardımcı olur, ya da kendi yapıtlarını pişirirlerdi fırınımda. Ben onlara öğretmek için değil, sadece yardımcı olmak için oradaydım.

Akşam saat dokuzdan sonra, dostlarım doluşurdu eve. Ressam, şair, yazar, mimar, eleştirmen, heykeltıraş ve seramikçi dostlarım. Dolu dolu geçen günün sonunda, yatağa yattığımda, ertesi gün toprağın sırla nasıl buluşacağını düşünürdüm, bu kez.

Kılıç Ali'ye yer kalmamıştı hayatımda. O da farkındaydı bunun.

"Bizi ayırırsa, bu çamur ayıracak," diyordu sık sık.

Son sergisinde büyük başarı kazanan bir ressam arkadaşımın kutlamasına hazırlanıyordum evde. Yetmişe yakın konuk davet etmiştim. Eşyalar oradan oraya taşınıyordu, kalabalığa yer açmak için. Kılıç Ali eve erken gelmiş, bu koşuşturmanın içine düşmüştü.

"Ne oluyor kuzum? Neden oynatıyorsunuz eşyaları yerinden?" diye sormuştu çalışanlara.

"Akşama hanımın daveti var."

Beni mutfakta yemek hazırlarken buldu.

"Gelir misin bir dakika odama Füreya," dedi.

"Ellerim soğanlı, Kılıç. Ne var?"

"Ellerini yıka ve gel lütfen." Tersti sesi. Ellerimi yıkadım, odasına gittim.

"Akşam davet mi var bu evde?"

"Evet."

"Neden benim haberim yok?"

"Anlayamadım."

"Sen bana bu davetten söz ettin mi? Bu hoşlanmadığım insanları çağırırken bana sordun mu?"

"Yoo."

"Neden?"

"Sen, ben Kirazlı Yayla'da ya da yurtdışında tedàvideyken bu evde bir sürü akşam yemeği yaptın. Bana haber verdin mi Kılıç? Koraltanları, Menderesleri davet ederken bana sordun mu? Yemekleri, sofraları da Afife'ye hazırlattın üstelik."

"Sen burada yokken misafirlerimi kardeşinin karısı değil de kim ağırlasaydı, peki?"

"Mesele o değil. Sen de benim hoşlanmadığım insanları evime çağırmakta, onlarla sıkı fıkı olmakta hiçbir mahzur görmedin, şimdi bana niye kızıyorsun?"

"Kimmiş onlar?"

"İhsan Doruk, Tütüncü Selman, Şükran Özer, diğerleri... Koraltanlar vesaire. Ekâbir dostların."

"Kirazlı Yayla Sanatoryumu'ndaki müdürlüğümü, bankadaki yönetim kurulu üyeliğimi onlara borçlu olduğumu unutma.

Bir kere bile çıkmadın yanlarına. Evimize davet etmekten vazgeçtim, kaç kere yalvardım sana, çağırdıklarında birlikte gidelim diye."

"Kimseye bir şey borçlu değilsin, Kılıç. Senden daha iyisini bulsalar, bu işlerin başına seni getirmezlerdi."

"Konumuz bu değildi."

"Tamam, konumuza dönelim. Eğer istemiyorsan, sen de benim misafirlerimin yanına çıkma bu akşam."

"Bir anlaşmaya varmalıyız Füreya. Eve birilerini çağıracağın zaman, bana bildirmen şart. Zaten bütün gün eve giren çıkan belli olmuyor. Akşamları da bana kalsın bari."

"Kılıç, burası benim de evim. Küçük çocuk gibi sürekli izin alarak yaşayamam."

"Son sözün bu mu?"

"Evet."

"Anlaşıldı," dedi kocam.

Ertesi gün Kılıç Ali, birkaç bavula doldurduğu şahsi eşyalarını yanına alarak, gitti. Koskocaman daireden bir çöp bile almamıştı.

Leysen'de günler boyu, saatlerce düşündüğümde, hep evliliğimi bitirmek istemiştim. Seramiğe bulaştığım andan beri ise çamurla arama girebilecek her şeyden ve herkesten nefret etmeye hazırdım. Uzun zamandır beklemekteydim bu ayrılığı. Oysa, Kılıç Ali'nin arkasından kapıyı kapadığımda, hüzün doluydu içim. Gönlüm kırıktı. Karşımda kuyruğunu sallayıp duran Şeytan'a, ona hiç rahat vermemiş olduğu için, "İçeri git! Çabuk! Gözüm görmesin seni," diye bağırdım. Köpek, kös kös gitti.

Büyük salonun ortasında kollarımı yanlara açarak durdum ve kendi etrafımda dönerek kapladığım alana baktım. Kollarımın eriştiği yere kadar benim kaplama alanımdı. Sadece benim! İkinci evliliğim de bitmişti. Avazım çıktığı kadar bağırdım, pek de inanmayarak.

"Yaşasın Özgürlük! Yaşasın Özgürlük!"

Üçüncü evliliğimi yapmaya hazırdım artık. Toprak ve sırla, sır ve ateşle, kısacası seramikle ömür boyu sürecek son evliliğimi.

METAMORFOZ

(Atölye Yılları, 1954-1974)

Füreya'nın El Irak Apartmanı'ndan Şakir Paşa Apartmanı'ndaki daireye taşınması kolay olmadı. Kılıç Ali, evden bir çöp bile almadan ayrılmış, tüm eşyaları olduğu gibi karısına bırakmıştı. Buna karşılık Füreya'nın hiçbir geliri yoktu. Peşin ödenmiş üç aylık kiranın sonu geldiğinde, evi boşaltması gerekecekti. Gidebileceği tek yer, Şakir Paşa Apartmanı'nın giriş katındaki iki bölmeli minicik daire idi.

"Gel bizimle kal," demişti annesi. "Ponpon'la aynı odada yatarsın." Annesinin evinde Şakir ve Afife ile yaşamayı aklının ucundan bile geçirmiyordu, ama Ponpon'la aynı odayı paylaşmaya davet edilmesi, güzel bir müzik gibi gelmişti kulağına. Ona birkaç yıl evvel, kimse böyle bir teklifte bulunmayı göze alamazdı. Demek ki verem, gerçekten çıkıp gitmişti hayatından. Ciğerini altı yıl boyunca kemiren bu yüzsüz ve arsız mikrobu, sadece kendi iradesiyle yenmişti. Annesine, babasına, kocasına kalsa, o hâlâ mızmız tedavilerle uğraşıp duruyor olacaktı ve asla Ponpon'un odasında yatmaya terfi edemeyecekti.

Güçlü kadını oynamaya soyunmuşken, gerçekten de güçlü bir kadın olup çıkmıştı. Şimdi sıra, hayatını yeniden düzene koymaya gelmişti. Artı ve eksilerinin dökümünü yaptığında, artılarının fazla olduğunu görüyordu. Severek yapmakta olduğu bir mesleği vardı, yıllarca özlemini çektiği bir minik kıza, özlemini çektiği bir sanat ortamına ve sağlığına kavuşmuştu. Tek ihtiyacı olduğu şey, paraydı! Öylesine parasızdı ki, eşyalarını bir evden öteki eve taşıyacak olan hamallara ödeyecek kadar bile parası yoktu. Olgunlaşma Enstitüsü'nde açtığı son sergisinden elde ettiği gelirin hepsini harcamıştı çoktan. Ponpon'una dünyanın eşyasını almıştı. Yakınlarını hediyelere boğmuştu. Evinde dillere destan ziyafetler vermişti ve şimdi beş yüz metrekarelik apartmandan çıkacak onca eşyayı nereye nasıl sığdırabileceğini düşündükçe, içine fenalıklar basıyordu. Bu parasızlıkla, Şakir Paşa Apartmanı'nın girişindeki hap kadar daireye taşınmaktan başka çaresi kalmamıştı. Annesi, kızının o kadar küçük bir evde asla yaşayamayacağını düşünüyordu. Oraya kanepesi bile sığmazdı. Yatak odası hiç sığmazdı.

"O kadar da üzülme Hakkiye Hanım. En azından yemeklerini yemek için, bize çıkar, eskisinden daha sık görürüz kızımızı," demişti, her işin iyi yanını görmeye yatkın babası.

"Zaten her gün geliyor Ponpon'u görmeye Emin Paşa, görmüyor değiliz ki onu. Nasıl yaşar o delikte Füreya'm?"

"Kafasına koyduysa, yaşar," demişti Emin Paşa.

Füreya, ellerindeki kili temizledikten, tırnaklarının arasına giren çamurları söküp attıktan sonra, giyindi, kürk etolünü omuzlarına attı ve koşar adım, Portakal'a yürüdü.

Dükkândan içeri öylesine hızla ve kararlı adımlarla girdi ki Aret Portakal'ın hassas burnu, havada bir şeyler olduğunu hemen sezdi.

"Hoş geldiniz Füreyanım," dedi, "Hayrola? Telaşlı görünüyorsunuz. Size bir kahve söyleyeyim, şöyle buyurun. Çok güzel bir Saks parçam var elimde. Sizin evdeki koleksiyona uyacak cinsten."

"Ben almaya değil, satmaya geldim Aret Bey," dedi Füreya.

Şaşırdı Portakal. Karşısında duran ve bir prensesi andıran şık kadının herhalde paraya ihtiyacı yoktu. Belki evindeki antika parçalardan bıkmıştı, onları başka şeylerle değiştirmek istiyordu.

"Bana bir uğrayın da fikrinizi alayım. Evimde bir müzayede yapmak istiyorum."

"Yaaa!"

"Evet Aret Bey. Boşandım ben. Küçük bir daireye taşınıyorum. Eşyalar sığmayacak maalesef. Hepsini satmaya karar verdim."

"İyi ettiniz," dedi Portakal, kırık bir sesle. Kendine müthiş bir iş gözükmüştü ufukta, ama yine de canı sıkılmıştı. Çok uzun yıllardan beri tanırdı aileyi. Füreya bütün eşyalarını gözden çıkarıyorsa, durumu pek parlak değil, demekti.

"Ben bir değerlendirme yapayım. Belki bazı parçaları saklamak istersiniz."

"Hayır. Her şeyi satacağım. Bundan sonraki yaşamımda, onlara yer yok."

"Sizin yaşamınızda zarafete ve sanat eserlerine her zaman yer olmalı hanımefendi," dedi Aret Portakal.

"Şimdi evimde daha başka, daha çağdaş yorumlarla kotarılmış sanata yer vereceğim Aret Bey. Bugüne kadar olanlar bana klasik çizgiyi öğretti, görgümün, birikimimin temelini hazırladı. Ama çağ değişiyor, sanat anlayışı değişiyor. Zamana uymayı bilmeliyiz."

'Bu aile zamana uymayı, hep başarmıştır,' diye düşündü Portakal.

Son Osmanlıların cumhuriyete uyum sağlamaları, çok kolay olmamıştı aslında. Ama Şakir Paşa ailesinin fertleri, cumhuriyeti sevgiyle kucaklamayı bilmiş, ona ve değerlerine barışık yaşamışlardı hep. Pek çok eski ailenin evlerine girmiş, satışlar yapmıştı Aret Portakal. Para, savaş ve ihtilal sonrasında el değiştirirken, değerli antikalarını satan ailelerde boyunlar bükük, gözler yaşlı olurdu. Oysa, Şakir Paşa'nın evlatları, nadide eşyalarından ayrılırken, hep Füreya'nın bugünki vakur tutumu içinde olmuşlardı. Söylemleri, ağız birliği etmişçesine aynıydı; 'Daha güzel günlere erişmek için, fedakârlık lazımdır. Daha güzel günler çağdaş yaşamla, güzel sanatlarla ve daha da ötesi, sanatın günümüzdeki yorumuyla yakalanabilir ancak!'

'Ne mutlu onlara,' dedi içinden, 'hezimetleri zafere çevirmesini başarıyorlar, hem de ne büyük bir zarafetle.'

Füreya, Portakal'ın dükkânından çıktıktan sonra, Şeytan'la birlikte Harbiye'den Taksim'e doğru yürümeye başladı ağır ağır. Köpek ara sıra bir ağacın dibine yanaşarak hanımının hızını kesiyordu. Oysa, sıkı bir tempoyla yürümek istiyordu Füreya. Yoruluncaya kadar hızlı hızlı hatta koşar adımlarla gitmek ve kafasına biriken binlerce sorudan kurtulmak istiyordu.

Müzayedenin getireceği gelir, ne kadar süre için yetebilirdi ona? Hemen yeniden çalışmaya başlaması ve her zamankinden çok daha üretken olması gerekiyordu. Üstelik, şimdi keyif için değil, para kazanmak için üretmeliydi. Panoları boyamakla ve son sergisindeki işler gibi duvar panoları üretmekle olmayacaktı bu iş. İnsanlar evlerine sürekli seramik pano alacak değillerdi ya! Bir şey düşünmeliydi. Bir şey bulmalıydı. Seramiği geçim kaynağına dönüştürecek bir yol, mutlaka vardı. Ama nerede ve nasıl?

***

"Aman ne şeker köpek bu. Adı nedir acaba?"

Silkindi Füreya. Ne kadar da dalmıştı. Lacivert okul formalı bir kızın, yine bir ağaç dibine işemekte olan Şeytan'ı okşadığını fark edememişti. Gülümsedi.

"Adı Şeytan," dedi.

"Ne güzel rengi var. Nedir bu, kaniş mi?"

"Evet."

"Hiç bu kadar güzel köpek görmemiştim."

"Teşekkür ederim."

"Nereden aldınız? İstanbul'da var mı bunlardan."

Kız bir türlü lafını bitirmek istemiyor gibiydi. Tanımadığı insanlarla sohbet etmekten fazla hoşlanmazdı Füreya.

"İsviçre'den aldım," dedi, "haydi bakalım Şeytan, bu küçük hanıma veda edip, biz yolumuza gidelim."

Kız köpeği okşamayı bırakıp, doğruldu. "Affedersiniz," dedi. "Size bir şey sorabilir miyim?"

"Buyrun." Canı sıkılmaya başlamıştı Füreya'nın.

"Siz... O musunuz?"

"Kim?"

"Füreya mısınız?"

"Evet. Füreya'yım."

"Ahh, Füreya Hanım. Ben size çok hayranım. Sizin Olgunlaşma'da işleriniz sergileniyordu. Çok çok beğendim. Tebrik ederim."

"Teşekkür ederim yavrum," dedi Füreya.

"Anneme doğum gününde, Genar'da satılan tabaklarınızdan almak istedim ama çok çok pahalıydılar."

"Bu üstünüzdeki forma... Dame de Sion'lu musunuz yoksa siz?"

"Evet. Son sınıftayım."

"Ben de o okuldan mezunum."

"Ahh, ne güzel," dedi kız. "Benim adım Ayda."

"Sizi tanıdığıma memnun oldum Ayda. İyi günler yavrum," dedi Füreya, yürümeye hazırlandı.

"Bir dakika efendim. Bir şey daha soracağım... Sizin bir atölyeniz varmış. Genar'daki bey söyledi. Acaba oraya öğrenci olarak yazılabilir miyim?"

"Ben ders vermiyorum ki." Füreya, kızın güzel gözlerindeki hayal kırıklığını görünce, ekledi. "Ama seramiğe çok meraklıysan, uğrayabilirsin tabii. Beni çalışırken seyredebilirsin. Denersin de."

"Ah, çok teşekkür ederim. Teşekkür ederim efendim. Ne zaman geleyim? Okuldan çıkar çıkmaz gelebilir miyim, yarın? Dersler dörde çeyrek kala bitiyor."

"Ayda, bana bir süre müsaade et. Evimden taşınıyorum. Bak şu ilerdeki apartmanı görüyor musun, çınar ağacının orada."

"Evet, evet!"

"Orada, giriş katındaki dairede olacağım. İki ay sonra, aynı heyecanı taşıyorsan, bir uğra bakalım," dedi Füreya. Sevinçten uçan Ayda Arel'i arkasında bırakarak, yürüdü.

Seramiği, önündeki yıllarda sadece yaşam biçimi değil, gelir kaynağı da yapacaktı. Emindi buna. Demin rastladığı küçük kız, ona olan hayranlığı, coşkusu, seramik sevgisi ile her şeyin iyiye gideceğine bir işaretti. Füreya'ya umut ve güven veren bir işaret.

Nitekim, 1955 yılında, Cannes'da açılan Uluslararası Seramik Sergisi'nde, 'Gümüş Madalya'yı Füreya kazanacaktı. Parası olmayabilirdi ama altı yıl önce, M. A. I. Galerisi'nde kazandığı uluslararası şöhretini bir kere daha tescil ettiriyordu ve itibarın verdiği keyife paha biçilemiyordu doğrusu. Bu itibarın arkasında ise solunan zehir, nasırlaşan eller, uykusuz geceler, dur durak bilmeyen bir çalışma, azim, merak, umut, heyecan, toprak, ateş ve sır vardı.

***

Portakal'ın düzenlediği müzayedenin de en gözde parçaları, Cevat Paşa'nın sadrazamlığı sırasında, aşure mevsimlerinde saraydan içleri aşureyle doldurularak gönderilen Sevr aşurelikler, tombak sahanlar ve yirmi dört kişilik Limoge yemek takımıydı. Füreya, evdeki eşyaların arasından sadece gümüş çatal bıçaklarla, Saks çocuk banyosunu ayırmıştı. Gümüş çatal bıçakları yeni evinde kendi kullanacak, Saks banyoyu da Sara'ya hediye edecekti.

"Ne anlar üç yaşındaki çocuk Saks banyodan hanımefendi, müzayedenin en nadide parçasını geri çekiyorsunuz," demişti Portakal.

"Ponpon'a bir aile yadigârı kalsın istedim."

"Başka bir parça ayıralım. Bu banyo çok para eder, benden söylemesi."

"Babaannesinin bebekken yıkandığı banyodan onu mahrum edemem."

"Resmini çekelim, büyüyünce gösterirsiniz. Böyle banyoda çocuk yıkanır mı hiç? Ona bin tane banyo alırdınız, en âlâsından..."

Gülmüştü Füreya, "Haklısınız Aret Bey, herhalde annesi Saks'ın içinde yıkamayacak Ponpon'u. Ama ben, bunu ona ayırdım," demişti.

Onaylamayan bakışlarla başını sallamakla yetinmişti Aret Portakal. Saks banyoyu çıkartmıştı listeden.

El Irak Apartmanı'ndaki garsonu Salih'in kollarına, bir battaniyeye sardığı banyoyu büyük bir ihtimamla yerleştirmiş ve çok çok dikkatli olmasını tembih ederek, adamı annesinin evine yollamıştı Füreya. Sokakta koşuşan çocukların garsona çarpacağını, garsonun da ayağının kayıp düşeceğini ve Saks banyonun Sara'ya erişemeden tuzla buz olacağını nereden bilebilirdi?

Füreya, Şakir Paşa Apartmanı'ndaki atölye-konutuna yerleştikten sonra, hayatının sonuna kadar, asla mücevhere ve antikaya para vermedi. Büyükada'daki eve girerek bütün mücevherlerini çalan hırsızdan ve paramparça olan Saks banyodan bir hayat dersi almıştı. Kıymetli eşyaların ve mücevherin, yaşamın akışı içindeki değerleri hiçti. Aslolan dostluklardı, dostlardı ve sanattı, iki küçük bölmeden oluşan minicik atölye-konutunda, Füreya, sevgisini ve sanatını yıllarca bir ipek böceği gibi örerek, elinin, gözünün ve yüreğinin nuruyla, dostlarından ve sanattan oluşan bir dünya yaratacaktı.

Bu derin ve sıcak dünya, iç içe geçmiş iki odadan ibaretti. Odaların birinde, üstüne kilim örtülmüş bir divan, hemen yanıbaşında da seramik fırını dururdu. Oda boyunca uzanan raflarda, mermer parçaları, heykeller, seramikler, ortada ise etrafında tabureleriyle kendi elinden çıkmış bir seramik masa, sağda solda yine kendi yaptığı lambalar ve tabaklar vardı. Tasarımlarını diğer odadaki büyük masanın üzerinde gerçekleştirirdi. Füreya, yeni geçirdiği ciğer ameliyatını göz ardı ederek, sır kovalarıyla dolu odada, yatağının yanıbaşında duran fırından çıkan gazı soluyarak ve ölüme meydan okuyarak çamurla iç içe yaşamaya başladı, dudaklarının ucundan düşürmediği sigarası ile birlikte.

Bu küçük konut-atölye, zamanla gidip gelenin hiç eksilmediği, sanatın bir yemek-rakı-sohbet üçgeninde üretildiği bir 'ocak'a dönüştü. Burada üretilen sanata, Sabahattin Eyüboğlu'nun Anadolu'su, Cevat Şakir'in mavi yolculukları, Amazon'u yakından tanıyan Alain Gheerbrant'ın yerlilerinden izler yansıdı. Kendi gördüklerinin yanı sıra, dostlarının dile getirdiği güzellikler de panolarında ve tabaklarında soyut figürlere dönüştüler. Füreya'nın, Ahmet Hamdi Tanpınar'dan, Ulvi Uraz'a, Melih Cevdet'den Sabahattin Batur'a, Teoman Aktürel'e, karı koca Cimcozlara, Rezzan Yalman ve oğlu Tunç'a, Sevim Moran'a, Azra Erhat'a uzanan dostlar yelpazesini, ailenin sanatçıları Fahrünissa Zeid, Aliye Berger ve Şirin Devrim de sık sık renklendirirdi. Bu buluşma ve rastlaşma günlerinde, sırasıyla herkes gördüğünü, bildiğini, yaşadığını anlatır, diğerleri dinleyerek zenginleşirdi. Konuşmalar, genelde yeni çıkan kitaplar, yeni açılan sergiler, tiyatrolar, yolculuklar üstüne olurdu, ama bazen de siyaset dedikoduları yapılırdı.

Bu toplantılar, zaman içinde Füreya'nın sadece sanatını değil, siyasi bilincini de yönlendirmeye başladılar. Hitit güneşlerini ve Akdeniz balıklarını panolarına ve tabaklarına yansıtırken, 27 Mayıs 1960 ihtilalini hazırlayan sokak yürüyüşlerine katılarak, coşkuyla koşuşturmuştu caddelerde, gençlerin arasında. Kılıç Ali ile evli olduğu yıllarda, Paris yolculuklarına çıkarken, Plaza Athenée odalarında sigarasının küllerini silkmek için, yanında gümüş kül tablalarını taşıyan Füreya için ne müthiş bir dönüşümdü bu! Snob, kuralcı ve varsıl bir hanımefendiden, yarı bohem, sol eğilimli, geniş mezhepli bir sanatçıya dönüşmüştü, hanımefendiliğinden zerrece taviz vermeden. Onda değişmeyen tek şey, cumhuriyete olan gönül bağıydı. Uzun yaşamı boyunca, özgürlük karşıtı hareketlerin, tutucu ve gericilerin hep karşısında duracaktı Füreya.

Füreya, konuklarına Atatürk'lü günlerden kalma bir alışkanlıkla, gümüş bir çanak içinde leblebi, rakı ve kendi yaptığı sarı votkayı ikram ederdi. Sonra da ortaya, kilde pişmiş balıkları, şarapta dinlenmiş av etleri gibi nefis yemekleri gelirdi. Şarabı, kendi fırınından çıkma seramik taslarda sunardı. Küçük odada, bohem havanın içinde verilen bu sıcak ziyafetlerin samimiyeti, çay saatlerinde, asla taviz verilmeyen bir seremoniye dönüşürdü nedense. Çay, hep tiril tiril kolalı beyaz keten örtünün üzerinde, tepside gelir, çaydanlıktan, gümüş tabaklarda oturan büyük cam bardaklara aktarılırdı ve yanında Markiz'den ya da Divan'dan alınma bir pasta bulunurdu.

Füreya'nın, cami ile kilisenin arasında kalmış o muhteşem bahçede geçen çocukluğunun şavkı düşer dururdu küçük evinin her köşesine.

Ve bu birikim yansımasından, özellikle genç öğrencileri,

kendilerine düşen payı olabildiğince almaya çalışırlardı. Seramik dersi vermez, seramik sevgisi bulaştırırdı çevresindeki dostlarına. Böylece, gün be gün sayıları artan öğrencileri, çırakları, çömezleri ile Şakir Paşa Apartmanı'nın giriş katındaki avuç içi kadar atölye-konut, birkaç yıl içinde bir meslek ve hayat okuluna dönüşmüştü.

BAMBAŞKA BİR KADIN

Şakir Paşa Apartmanı'na taşındığının haftasında, yanında kendi yaşında bir başka genç kızla, kapısında bitmişti Ayda Arel.

"Beni hatırladınız mı efendim, hani sizinle sokakta karşılaşmıştık?" diye sormuştu.

"Dame de Sion'lu küçük kız!" demişti Füreya, "adınız neydi kuzum?

"Ayda."

"Hoş geldin Ayda. Bak bu da Leyla.* Benim yardımcım." Yardımcım diye tanıştırdığı, Ayda'nın yaşlarında bir başka genç kızdı. O da Füreya'nın büyüsüne kapılarak seramiğe başlamış ve o

---

* Leyla Sayar.

kadar yetenekli çıkmıştı ki kendine asistan olarak ayırmıştı onu. Sonraki yıllarda, Leyla atölyede tanıştığı Faruk ile evlenecek ve Füreya'nın ilişkisini yaşamı boyunca sürdürdüğü en yakın dostlarından biri olacaktı. Faruk, Şirin'in üvey ablası Remide'nin eski kocasıydı ama Füreya onu çok yakın bir akrabasıymış gibi severdi.

Binay* ise Füreya'yı ilk kez, bir tabağın üzerinde bir imza olarak tanıdı. Tabak, ellili yılların başında, İstanbul kentine bir çığır açmış olan Genar'da satılıyordu. Genar aslında bir kitapçı dükkânıydı. Ama o yıllarda yurtdışından getirdiği, ünlü ressamların tablolarının reprodüksiyonlarıyla, İstanbullulara ışıklı ve renkli bir pencere aralamıştı.

Binay incelemişti tabağı. Anadolu'nun sembolü Hitit Güneşi, görülmemiş bir renk uyumu ile işlenmişti tabağa. Vurulmuştu. Hemen almak istemişti ama parası yetmemişti. Eğilip imzaya bakmıştı. 'Füreya'yazıyordu.

Kimdi bu?

Füreya, 1951 yılında, Mengü Ertel'in genç bir delikanlı iken, Maya Galerisi'nde rastladığı, uzun boylu, esmer, muhteşem kadındı. Üstünde kimseninkine benzemeyen, uzun ve uçuşan bir giysi vardı. İşaret parmağına, giysisiyle aynı renkte, kocaman turkuaz bir yüzük takmıştı. Afrodisias'dan ya da Ephesus'dan kaçıp, Beyoğlu'nun karmaşasına karışıvermiş olduğu için, yerini biraz yadırgamış bir Yunan ilahesinin soylu bütünlüğü içindeydi.

"Kim bu kadın?" demişti Mengü Ertel.

"Bu kadın, bir zamanlar sınıf arkadaşım Gündüz Kılıç'ın üvey annesiydi. Galatasaray'da öğrenciyken hepimiz ona âşıktık. Erişilmez, muhteşem bir güzelliği vardı," diye yanıtlamıştı Utarit İzgi.

"Yine var."

---

* Binay Kaya.

"Şimdi daha fazlası da var," demişti İzgi, "çünkü bu kadın Füreya!"

"Füreya! Meşhur Füreya, ha! Beni ona götür."

"Seramiğe mi başlayacaksın."

"Hayır. Ama onu tanımak istiyorum. Kimselere benzemiyor. Bambaşka bir kadın, o!"

Bingül Başarır ise ressam olmak istiyordu. Bu nedenle, resim sanatını içeren her kitabı almakta, yutarcasına okumaktaydı. Burhan Toprak'ın yazmış olduğu bir sanat tarihi kitabında rastlamıştı Füreya'ya! İlk kez duyuyordu bu adı. "Ne hoş bir isim," diye düşünmüştü, "tam bir sanatçı ismi. Keşke benim de böyle kafiyeli ve uzunca bir adım olaydı."

Sonra, 1959 yılında, Beyoğlu'ndaki Olgunlaşma Enstitüsü'nde açılan bir seramik sergisinde Füreya'nın hem yapıtlarını hem de kendini görmüştü. Tıpkı Mengü Ertel gibi o da büyülenmişti. Adresini öğrenip kapısına dayanmış,

"Sizin öğrenciniz olmak istiyorum," demişti. Onun öğrencisi olmanın yanı sıra, onun gibi de olmak istiyordu. O, alımlı ve soylu ama candan ve samimiydi, mesafeli ama sıcaktı, olgun ama genç ruhluydu, şık ama değişikti... Onunla çalışmaya başladıktan sadece altı ay sonra, kendi atölyesinde açtığı sergisine, Bingül'ün yeni ürettiği birkaç yapıtını katabilecek kadar alçakgönüllü, destekleyici ve kendinden emindi.

Aynı yıl, Tüzüm Kızılcan da katılmıştı Füreya'nın ocağına.

Tüzüm, İzmirli bir çiftçi ailesinin oğluydu. Ellili yıllarda İzmir'de sergi salonu olmadığı için, porselen ve cam eşya satan bir mağazada, Füreya'nın işlerini görmüştü. Bu işleri, diğerlerinden ayrı kılan bir şeyi fark etmişti. O ayrıcalığı keşfedebilmek için sergi süresince her gün gitmişti mağazaya.

1959 yılında, İstanbul'da artık bir üniversite öğrencisi olarak galerileri dolaşırken, Fransız Kültür'de Füreya'nın seramik sergisine rastlamıştı. Serginin kapanmasına dört gün kalmıştı. Dört gün nöbet tutmuştu galeride. Füreya'nın yapıtlarını toplamaya geldiği son gün karşılaşmışlardı nihayet. Tüzüm, karşısındaki kadının tavrından, heybetinden ve genizden gelen kalın sesinden ürkmüştü. Mor ve çok değişik giysisinin çarpıcılığından, işaret parmağını süsleyen tuhaf, uzun yüzüğünden de. Yine de yanına yaklaşıp, seramiği çok sevdiğini, tekniğini öğrenmek istediğini söyleyebilecek cesareti bulabilmişti kendinde.

"Bu konuları bu kalabalıkta ve telaşın içinde konuşamayız. İsterseniz haftaya atölyeme gelin," demişti Füreya.

Tüzüm Kızılcan, bir hafta boyunca, her saniye değişen kararlarla yaşamış, ama sonunda Füreya'nın büyüsünden kurtulamayacağını anlayınca, kendini Şakir Paşa Apartmanı'nda bulmuştu. Karşısındaki gencin seramik tutkusunun geçici bir heves olmadığını gören Füreya, atölyeye haftada iki gün devam etmesine izin vermişti.

Tüzüm ve Bingül, atölyeye haftanın aynı günlerinde gitmeye başladılar. Dostluğunu kazanmış kıdemli öğrencilerin ve şahsi dostlarının dışında, günde iki kişiden fazla öğrenci almazdı Füreya. Zaten, zaman içinde alt kattaki dükkânın da bir merdiven ile eklendiği atölye, bu katılıma rağmen, hâlâ çok küçüktü. Yeni getirilen büyük fırın, aşağıdaki bölüme yerleştirilmiş, Füreya fırının yanıbaşında uyumaktan kurtulmuştu, ama işlerin yapıldığı büyük masa yine yukarda kalmıştı. Plakalar yukarda hazırlanıp, sırlanıyor, dik ve dar merdivenle inilen alt atölyede kurutulup fırınlanıyordu. Füreya günde belki yüz kere iner çıkardı o daracık merdivenlerden. Müthiş bir disiplin içinde çalışır ve durmadan üretirdi. Yanıbaşında kendi işleriyle uğraşan öğrencilerine karışmaz, onların kendilerini istedikleri gibi ifade etmelerine izin verirdi. Ancak soru sordukları vakit yanıtlardı onları.

Usta ile çırakları, belli bir sistem içinde çalışırlardı. Her gün iki öğrenciden biri çay zamanı geldiğinde, çay servisine bakar, diğeri kapı çaldığında kapıyı açardı. Çünkü çay saati ile birlikte, sohbet vakti de gelmiş olur, dostlar teker teker akın ederdi. Füreya'yı gereksiz yere meşgul edecek kimselerden korumak, kapıya bakan öğrencinin göreviydi. Tüzüm, atölyeye yeni başladığı günlerde, ustasının tüm dostlarını tanımadığı için, kapı işinde çok sıkıntı çekmiş, bir keresinde saçları tepesinde toplanmış ve süs olarak soğan çiçekleri takmış birinin içeri dalmasını engellemeye kalkmıştı.

"Çekil önümden oğlum," demişti, soğan çiçekli hanım.

"Efendim, lütfen! Giremezsiniz. İçerde ders var."

"Füreyaaa," diye seslenmiş ve Tüzüm'ü iteleyerek içeri dalmıştı, hanım.

"Ayol, kim bu beni kapıdan sokmayan çocuk?"

"Kusuruna bakma Eren. O daha yeni başladı," demişti Füreya, "Tüzüm, Eren Eyüboğlu'nu tanımadınız mı kuzum?"

Konuğun Eren Eyüboğlu olduğunu öğrendiğinde yerlerin dibine geçmişti Tüzüm. Ama bu gibi kazaların utancı, genç öğrencilerin ülkenin tanınmış yazarlarını, ressamlarını, oyuncularını tanımaları ve onlardan feyz almalarının keyfi yanında devede kulak kalıyordu. Gençlerin ufukları ve solukları ocağın ünlü müdavimlerini yakından tanıdıkça, anlattıklarını dinledikçe, açılıp genişliyordu.

Paylaşmacıydı Füreya. Tanrının kendine verdiği her şeyi, başkalarıyla paylaşarak çoğaltıyordu. Yüzyılların içinden süzülerek gelmiş görgüsünden, Paris'te seramik çalışırken tuttuğu notlardan, özel olarak getirttiği yüksek pişirim killerinden, yeni öğrendiği tekniklere kadar her şeyi ve en önemlisi de dostlarını, herkesle paylaşmayı seviyordu.

Gre tekniğiyle çalıştığı yıllarda, Hasan Usta'nın onun için Pirinçköy'den getirttiği kili, Binay'a da satmasına gözünü kırpmadan izin vermişti, mesela.

Çünkü ailesi, dostları ve öğrencileri onun en değerli varlıklarıydı. Atölyesine kabul ettiği kişileri, ne pahasına olursa olsun, el üstünde tutardı. Sadi ve Müfide Çalık, Candeğer Furtun, Alev Ebüziyya, Lerzan Bengisu, Beril Anılanmert gibi bugünün ünlü seramikçileri de o ocaktan gelip geçmiş, Füreya'nın dostluk tasından su içmiş kişilerdi.

Aynı yıllarda, Bedri Rahmi Eyüboğlu, Avrupa'da olduğu gibi, sanatın mimariyle iş birliği yapması için, bazı kapıları zorlamaya başlamıştı. Görsel sanatlarda, elle tutulur, gözle görülür bir kıpırdanma vardı büyük kentlerde.

Füreya'nın sanatı, ellilerin sonlarına kadar, küçük karolara ve tabaklara yansıyan sıraltı resimleri olarak süregeldi ve sonra, Ayda adındaki o genç öğrenciye rastladığı günün uğuru vurdu yaşamına. Ne zamandır hayalini kurduğu ilk duvar panosu siparişini aldı. Hilton Oteli'nin girişindeki İş Bankası'nın duvarına yerleştirdiği panosuyla, kendi ülkesinde bir ilke imza atıyordu. On yedinci yüzyılın sonuna kadar önce çiniyi baştacı, sonra da birden bire göz ardı etmiş bir topluma, çağdaş bir yorumla, geri veriyordu geleneksel duvar süslemeciliğini. Şimdi artık sadece bir sanatçı değil, ekmeğini topraktan çıkaran bir işçiydi aynı zamanda.

Derken, Rockfeller Bursu'nu kazanarak Güney Amerika'ya yolculuk yaptığı 1957 yılı çıkageldi. Füreya için bir dönüm noktası olan, rengârenk anılarla ve duygularla yüklü 1957 yılı.

PENTİMENTO

(Osmanoğlu Kliniği)

Küçük kiralık uçakta, pilotla arkeologun arasında oturuyordum. Arkeologun adı Philip'ti. Bir kolu omzumda duruyor ve beni fena halde tedirgin ediyordu. Gözlerimin hiç alışık olmadığı bir coğrafyanın üzerinde uçuyorduk.

Ben, bu uçağa binmeden çok önce başlamıştım pembe bulutların üstünde uçmaya. Rockfeller Bursu'nu kazandığımı, evime yollanan mektuptan öğrenmiştim, ama mektup elime geçmeden bir hafta önce, katıldığım bir davette, Amerikan elçisi, "Yakında sana bir müjde var, galiba Füreya," demişti. Müjde, birkaç şey olabilirdi. New York'ta bir konferans vermek için davet bekliyordum, vizemi bekliyordum. İstanbul'u ziyaret eden bir Amerikalı'nın panolarımdan birini satın alma ihtimali vardı.

Ayrıca, bir sergi teklifi de gelebilirdi, ama ağır seramik eşyanın taa Amerika'ya taşınması imkânsızdı. Amerikan Konsolosu, litolarımı sergilemem için baskı yapıyordu. Ben, seramikçiydim. Bir sergi açacaksam kendi dalımdan mutlaka birkaç yapıt bulunmalıydı sergimde. Litografi sergisi açmak ise o işin ustası olan Aliye'ye düşerdi. Zordu işim.

Bana verilen müjde, tüm beklentilerimin üstündeydi; bir yıl boyunca Amerika'da kalmak, Güney Amerika'da araştırma yapmak, Maya ve Aztek medeniyetlerini incelemek fırsatı... Tanrım bu ne büyük bir lütuftu, benim gibi, eksik ciğerli bir kula. Eksik ciğerli olduğumu ben unutmaya çoktan hazırdım, ama annem ikide bir hatırlatıyordu.

"Füreya, sigara dudaklarından düşmüyor. Sana hatırlatırım..."

"Aman sakın, anneciğim, sakın söylemeyin. Ben unutmadım, hatırlıyorum."

" O halde neden tütüyorsun bir baca gibi."

"Tütemediğim yılların acısını çıkartmak için. Altı yıllık miktarı içince söz veriyorum, bırakacağım."

Altı yılı bir üç ay daha uzatmam gerekmişti sonradan. Çünkü Ponpon'dan boğmaca kapmıştım. Boğmacaya yakalanan çocuğun yanına yaklaşmamam için, yine en çok annem ısrar etmişti. Benim yaşımda boğmacaya yakalanmak mı? Annemin dışında hepimiz gülmüştük buna. En çok da Afife gülmüştü. "Bu yaşta boğmaca olunmaz herhalde, efendim," demişti anneme. Hâlâ düşünürüm, acaba ona inat olsun diye mi yakalanmıştım bu sevimsiz hastalığa. Verem tekrar ediyor diye ödüm patlamış, hemen röntgene koşmuştum. Ah hayır. Sapasağlamdı ciğerim. Ama sabahlara kadar öksürüyordum keçi gibi. Kapıcı Ali Efendi sabah gazetesini getirdiğinde,

"Dün gece yine hiç uyuyamadınız Füreya Abla," diyordu. Bu, bizi de uyutmadınız demekti. Sigarayı bırakmak zorunda kalmıştım, boğmacayken. Hiçbir yere çıkamamıştım, tekrar verem oldum, mikrop saçıyorum zannederler diye. Atölyemi de kapatmıştım. Sabahtan akşama kadar müzik dinliyor, kitap okuyordum yattığım yerde. Meksika'da geçen bir aşk romanı vardı elimde. Meksika ve aşk... Ne kadar uzaktılar bana Meksika ve aşk... çok çok uzaktılar.

Yanılıyormuşum!

Altımızda bir renk cümbüşü gördüm önce. Çeşitli morların birbirine karıştığı bir zeminin üstünde uçuyorduk. Ne olduğunu çıkaramıyordum. Uçak, morların değişik tonlarda dalgalandığı bir denize iniş yapar gibiydi.

"Nedir bu aşağıda gördüğüm? Nereye iniyoruz?" diye sordum.

"Bir orkide tarlasına," dedi Philip, "seni alalade bir havaalanına indirecek değilim herhalde." Omzumda duran eliyle başımı kendisine çevirip dudaklarıma bir öpücük kondurmak isteyince başımı hızla öte yana çevirdim. Kendimi kurtarmak istedim yanımda oturan erkeğin omzumda duran kolundan, sonra vazgeçtim. Artık kimsenin karısı değildim. Verem de değildim, iki kere evlenmiş ve boşanmış, kırkını geçmiş, koskoca bir kadındım. Ürkek genç kızlar gibi davranmak bana yakışmıyordu. Ama öylesine alışmıştım ki adını taşıdığım erkeğin onurunu kollamaya, özgür olduğum hemen aklıma gelmiyordu.

"Neyin var canım?" dedi Philip, "düşüncelisin."

"Düşünceli değil, heyecanlıyım," dedim.

Doğruydu. Dünyanın en ilginç ülkelerinin birinde, dünyanın en eski medeniyetlerinden birini gezmekteydim. Bu ülke müzik, sanat ve aşkla iç içe yaşıyordu. Konuştukları dil bile, bir piyano ile bir mandolinin sürekli düet yapması gibi geliyordu kulağıma. Astrolog-din adamlarının tepelerinde müthiş ayinler düzenledikleri piramitleri geziyordum. Yucatan bölgesinin en önemli kenti Mayapan'da, kilden yapılmış heykelcikleri ellerken tarih öncesinin gizemini yakalamaya çalışıyordum. Turuncunun üstünde helezonlar çizen siyah desenleriyle toprak testilerin, tasların, vazoların sade ihtişamı gözümü kamaştırıyordu. Bu diyarın şarabı tatlıydı, başımı döndürüyordu. Tütünü sertti, genzimi yakıyordu. Güneşi parlaktı, içimi ısıtıyordu. Bir de üstelik âşıktım. Ya da aşkı yıllardır çok özlemiş olduğum için, kendimi sırılsıklam âşık sanıyordum. Tanrım ne güzel şeydi, sevdayı kimsenin beni asla tanıyamayacağı bir yerde yaşamak.

Honduras Dağları'nın eteklerindeydik. Azteklerden kalma bir toprak tasa bakıyordum hayranlıkla. "Yedi yüzyıl önce yaşa, bu tası bu incelikle ve bu yalın zevkle yapmasını becer! İnanılır gibi değil," demiştim.

"Sen medeniyetin hep yükselen bir doğru ile giderek bugünlere vardığını düşünüyorsun, değil mi?" diye sordu Philip.

"Elbette."

"Oysa, daha önce yaşamış olan Mayalar, şu baktığın kabı yapan Azteklerden çok daha ileriydiler."

"Yaaa!"

"Aztekler savaşçı bir kavimdi. O toplumda, en iyi savaşan erkek en makbul erkekti. Oysa Mayalar, astronot, bilge ve filozoftular; icat ettikleri takvim, bugün kullandığımızdan daha da mükemmeldi, inanabilir misin? Medeniyete varan doğru, inişli çıkışlıdır Füreya, hep zigzaglar çizmiştir."

Onu hayranlıkla ve merakla dinlediğimi görünce, elimi tutmuştu.

"Füreya, geri dönme. Dünyanın dört bir yanına kazılara gidiyorum. Sen de benimle gel. Geçmişi birlikte keşfedelim," demişti Philip. Karşı konulmaz bir teklifti. Çünkü gerçeğe varmak için en kestirme yolun, yaşanmış tecrübelerden geçtiğine bir kere daha tanık olmuştum burada. Bu serüveni yakından izlemek! Sevdiğim adamla, Philip'le insanlığın sırrını keşfetmek!

Bir hafta boyunca düşünmüştüm. Kalabilir miydim gerçekten? Ben Philip'e mi âşıktım, yoksa âşık olmak fikrine mi? Küçük atölyemi ve Ponpon'umu, dostlarımı ve ailemi bırakabilecek miydim? Alışkanlıklarımı, lüferi, uskumruyu, Bafra sigaramı, rakımı? Boğaz'ın saat başı değişen rengini? Birden bir gün, Anadoluhisarı'nda, deniz kıyısında yaşadığım bir an geldi aklıma. Güneş batmak üzereydi. Kıpkızıldı. Bu kızıllık bir saniye için gri denizin üstüne yansıdı ve denizin rengini altüst etti. Kıpkızıl bir leke, lök diye Boğaz'ın mavisinin üstüne oturdu. Çok kısa sürmüş olmalıydı bu mucize. Çünkü ben kendime geldiğimde, deniz eski rengine kavuşmuştu. Çevremdeki kimse fark etmemişti olanları. Bense büyülenmiş gibiydim. Varoluş ile yokuluşun arasındaki o kısacık anı yaşamıştım, ürpererek. Bu anlatması zor manzarayı, ancak Boğaz'da yaşayabilirdim tekrardan.

Valizlerimi toplamış, Philip'e veda edip New York'a geçmiştim, konferansımı vermeye. Yolculuğumun geri kalan kısmında, aşkından vazgeçmiş gönlü kırık kadın rolümü içtenlikle oynarken, bir gün, bir sergide, sigaramın dumanları arasından gözüken bir resimde, gerçeği görür gibi olmuştum. Yine, tek bir andı beni değiştiren, dünyaya bambaşka bir gözle bakmamı sağlayan. Anadolu kadar eski ve soylu topraklardan, sadece iki yüz yıllık bir geçmişi olan birikimsiz ve görgüsüz yeni dünyaya geçmiştim. Teknolojileri ve adalet duyguları ile yedi bin yılın kültürünün üstünde oturan bizleri, fersah fersah aşıyordu Amerika. Tek bir ortak payda vardı aramızda. Başka kültürlerden de gelsek, başka dilleri de konuşsak, aramızda yüzyılların farkı da olsa, sanat ve sevgi bizi aynı dünyanın insanları yapıyordu. Dünya bir büyük bütündü. Philip'le keşfedeceğimi sandığım gizi, kendi kendime de bulabilirdim, sanatla baş başa kaldığım takdirde.

Evime döndüm. Tam yirmi yıl geçti aradan. Yetmişli yılların sonuna doğruydu sanırım, *Nouvelle Observateur*'ü okuyordum. Saçlarına ak düşmüş bir erkeğin resmini gördüm gazetede. Birini hatırlatıyordu bana. Okudum. Aman Tanrım! Yirmi yıl önce, Meksika'yı birlikte gezip dolaştığım... âşık olduğum, yanında bir ömür yaşayabilir miyim diye düşündüğüm adamı... Philip'i... tarihi eser kaçakçısı olduğu için, yerliler vurmuşlardı. Yırtıcı kuşların paramparça ettiği cesedi haftalar sonra bulunmuştu, vadide. Mina'yı aradım hemen. Mina Urgan'ı. O, *Nouvelle Observateur*'ü de okurdu, benim yılların gerisinde kalmış sevdamı da bilirdi.

"Öldürülen arkeologun haberini gördün mü?" diye sordum.

"Gördüm," dedi, "geçmiş olsun. Ne hikâye olurdu ama! İstanbul hop oturup hop kalkardı. Belki de adamcağız, sen yanında olduğun için, girişmezdi bu karanlık işlere."

Yirmi yıl önce, ayağına taş bağlanmış kuş gibi, geniş ufuklara kanat açamadığım için azarlamıştı beni, Mina.

Kuş bu sefer yok pencerede. Onları da kendim gibi, çok uzaklara uçuramadığım için, beni boykot mu ettiler acaba? Aslında çok istedim kuşların tam o yerden havalandıkları uçuş anlarını seramikte yaşatabilmeyi. Çok denedim, beceremedim. Benim kuşlarım hep yere çakılı kaldılar.

"Siz imkânsızı denemişsiniz," demişti bana Ferit Edgü.

"Neden böyle söylüyorsunuz?" diye sormuştum.

"Çünkü seramikte, uçuşun hafifliğini ve hareketini vermek imkânsızdır da, onun için."

Haklıydı belki. Ama bunu bana değil, kuşlara anlatsın. Çünkü içimde beni cezalandırmakta olduklarına dair tuhaf bir duygu var, onları göklere salıveremediğim için.

Beni yine aynı odaya koydular. Müşerref çok ısrar etti, girişte. "Füreyanım odasına alıştı. Başka oda vermeyin lütfen. Orada yatan hasta bugün çıkacaksa bekleriz," diye tutturdu.

"Müşerref, ne fark eder kuzum, nerede olsa yatarım," diyordum.

"O odayı sevmiştiniz. Pencereden her ne görünüyorsa, hep dışarı bakıyordunuz," dedi. Bir an için düşündüm ona kuştan bahsetmeyi, sonra vazgeçtim. Beni delirdi ya da bunadı sanabilirdi.

Geçen yıl kaldığım odaya yattım, sonunda. Müşerref, bir duruşmaya yetişmek için, beni hastabakıcılara teslim edip gitti. Onlar beni soyup, yatağıma yatırdılar. Oksijen makinesini getirmek üzere çıktıklarında hemen pencereye baktım. Yok, gelmemiş. Kuşun orada olmaması, gidici değilim mi demek acaba? Sizler de anladınız artık, benim çetin ceviz olduğumu. Kolay kolay gitmiyorum. Öğlen tatilinde, Sara geldiğinde söyler bana doktorun teşhisini. Bakalım kaç gün yatacağım bu sefer hücremde. Ama yazık! Gardiyanımın eksikliğini hissediyorum penceremin pervazında. Bu seferki kalışım, bir önceki kadar eğlenceli olamayacak. Kuş gelmiyor bir türlü.

İÇİNDEN AĞAÇ GEÇEN EV

(1958-1968)

Utarit İzgi, Galatasaray Lisesi'nde öğrenciyken, sınıf arkadaşının annesi olarak uzaktan gördüğü ve bir tanrıça kadar muhteşem bulduğu Füreya ile ilk defa Maya Galerisi'nde tanıştı. Bu kez de akademide öğrenciydi.

Füreya artık, ilk gençlik yıllarından hatırladığı baş döndüren bir güzel değildi. Ama taze güzelliğini demlendirmiş, ilginç, derin ve hâlâ muhteşem bir kadındı. Değişik giysilerinin ve kendi üretimi olan takılarının uzun süre belleklerde kalmasının yanı sıra, genizden gelen kalın sesi de kulaklardan silinmiyordu kolay kolay. Utarit İzgi, bir on beş dakikaya varan sohbetten sonra, delikanlılık çağının ilk hayranlığını, belki de ilk bilinçaltı sevdasını en doğru kişiye yönlendirerek yaşamış olduğunu düşündü.

Füreya, Paris'te açtığı sergiyi, Maya'da da tekrarlıyordu ve ilk seramik yapıtında, İznik çinileriyle kaplı bir duvarın önündeki küçük nişte duran rahleyi betimliyordu. Seramiklerinde, renk seçimi ve konu itibariyle İznik geleneği vardı. Coşkulu renkleri kullandığı suluboyalarında ise selvi ağaçlarının yıldızlara uzandığı gece manzaralarıyla naif bir tat yakalıyordu. Utarit İzgi de batıyı kopyalamaktan çok, gelenekten yola çıkarak çağdaşı yakalamak peşinde olduğu için, Füreya'nın işlerine hayranlık duymuştu. Çıraklık devresine rastlayan o günlerde, ilerde yapacağı binalarda, mimar-sanatçı ilişkisini gerçekleştirmek, hayallerinden biriydi. Kimbilir, belki Füreya ile de çalışma olanağı bulurdu bir gün!

Hayali, altı yıl sonra, 1958'de gerçekleşti.

1958 Brüksel Enternasyonal Fuarı'nda, Türk Pavyonunu gerçekleştirme onuru, akademi öğretim görevlileri olarak Utarit İzgi ve üç arkadaşına düştü. Utarit İzgi, Hamdi Şensoy, İlhan Türegün ve Muhlis Türkmen, mimari tasarımlarını Türk sanatçılarının katkısıyla renklendirmeye karar verdiler. Hangi sanatçılarla çalışmak istediklerini kararlaştırdılar.

Bedri Rahmi, 250 metrekarelik bir duvarın üzerinde çalışacaktı. Sabri Berker, bir başka duvarı resimleyecekti. İlhan Koman, bir heykelle katkıda bulunacaktı.

"Füreya'yı da ekibimize katalım," dedi Utarit.

"Zaten iki adet duvar panosu yapıyoruz. Füreya'ya üstünde çalışacak duvar kalmadı," dedi İlhan Türegün.

"Duvar panosu yapması şart değil ki. Belki başka türlü bir katkıda bulunabilir," dedi Hamdi Şensoy.

"Her ne yaparsa yapsın, bir Türk kadın sanatçı olarak, fuara katılması çok hoş olurdu," dedi Utarit. İlk gençliğinden esen bir rüzgâr, bir divanın alımlı hayalini dalgalandırıyordu gözlerinde.

Füreya, Brüksel Fuarı'na seramik fincanlarıyla katıldı. Fuar'ın üçüncü günü sona ermeden, fincanlardan eser kalmamış, hepsi yağmalanmıştı. Çok acele birkaç takım daha ısmarladılar İstanbul'a. Her gelen takım, haftasına kalmadan, sergiyi gezenler tarafından yürütülüyordu. Utarit İzgi, fincanlar çalındıkça, tuhaf bir gurur duyuyordu. Brüksel halkı, Türk sanatçının işine duyduğu hayranlığını onun seramiklerini, yasadışı yollarla bile olsa, evlerine taşıyarak dile getiriyor gibiydi, sanki.

Brüksel Enternasyonal Fuarı, biri mimari diğeri seramik dalında iki ustanın uzun yıllar sürecek dostluğuna ve işbirliğine bir basamak oluşturdu. Utarit İzgi, İstanbul'a dönüşünde, Feneryolu'nda yapacağı ikiz evlerin iç tasarımında birlikte çalışmalarını istedi Füreya'dan.

"Duvarlarına pano mu istiyorlar?" diye sordu Füreya.

"Onlar bir şey istemiyorlar. Ben onları, sanatçıların renkleri, biçimleriyle yapılarına katkıda bulunmalarının çok iyi bir şey olduğuna inandırmaya çalışıyorum."

"İşiniz zor Utarit Bey," dedi Füreya.

"Hayır değil. Onları ikna ettim bile. Şöminelerini yapar mısınız?

Füreya hemen evet diyemedi. Bu iş, bir bankanın dış duvarını yapmaya benzemiyordu. Kabul ederse, sanatını birtakım zengin kişilerin emrine sunuyor olacaktı. Eşleri, kendi zevkleri doğrultusunda, Füreya'ya ters düşen bir şeyler isteyebilirlerdi. Kaprisli olabilirlerdi. Parayı verenin düdük çaldığını bilirdi Füreya.

"Tasarıyı görebilir miyim?" diye sordu, işi yokuşa sürmek için. "Önce bir görelim bakalım, benim çalışabileceğim bir ortam var mı?"

Utarit İzgi, Füreya'nın büroya kolay kolay uğramayacağını sezdiği için, krokileri evine yolladı. Büyük çalışma masasına yaydı kâğıtları Füreya, bir göz attı.

"Hoppalaa," dedi, "Bu da ne?"

Önünde içinden ağaç geçen iki adet ikiz villa duruyordu. Yanlış gördüğünü sandığı için, atölyede dolanıp duran Sara'ya seslendi.

"Ponpon, gel bak şuna. Ne görüyorsun burada?"

Çocuk, kâğıtların üzerine eğildi, "Fifoş Anne, bu ne tuhaf bir ev. İçinden ağaç geçiyor," dedi. Füreya telefona koşup, Utarit'i aradı.

"Utarit Bey, ben mi yanlış gördüm acaba? Evin içinden ağaç mı geçirdiniz?"

"Evet," dedi karşıdaki ses, sakin sakin.

"Neden?"

"Ağacı kesmeye kıyamadım da ondan."

Mimarın, sadece yaratıcı değil, koruyucu da olduğunun bilincindeki bu dostuna, hayır diyemezdi artık. Füreya için koruyuculuk sadece eski yapıları değil, doğayı da korumaktı. Demek, kendi gibi düşünen başkaları da vardı çevresinde. O kadar sevinçliydi ki onun da içinden şarkılar geçiyordu şimdi.

"İçinden ağaç geçen evlerin şöminelerini yapacağımı bildirmek için aradım sizi, Utarit," dedi.

"Çok iyi ettiniz. Ben size bir şömine daha sipariş etmek istiyorum."

"Kimin için?"

"Bir dostum için. Faruk Tanay'ı tanır mısınız? İnşaat malzemeleri yapan bir fabrikası vardır."

"Tanımıyorum," dedi Füreya. "Tanışırız."

Nedim Karakurt ve Haluk Şaman'ın, Feneryolu'ndaki ikiz villalarında çalışmaya başlamadan, Faruk Tanay'ın şöminesini tamamladı Füreya.

Bir şöminenin yapımı için tanıştığı Faruk Bey, Füreya'ya Şevki Bey'den renkler anımsatmıştı. Onun gibi yaşlı olmamakla birlikte, babacan görünüşlü, yumuşak, güvenilir, sakin bir insandı.

Sanatçı ya da sanatçı ruhlu değildi, ama sanata ve sanatçılara büyük saygısı vardı ve en önemlisi, Füreya'ya fena halde tutulmuştu. Kendine hayran bir erkeğin, çevresinde dolaşmasına alışıktı Füreya. Hayatında böyle birinin bulunması onda bir emniyet duygusu uyandırıyordu. Dışarda kar sepelerken, sıcacık bir odada, rahat koltuğa uzanıp güzel bir kitap okumak gibiydi, emrine amade bir hayranın el pençe divan durması. Yalnızlığın ve özgürlüğün dengelenmesiydi, birine 'ait olma' hissiydi. Kadınlara has bir sükûn duygusuydu. İtmedi Faruk Tanay'ı. Evliliğinden de gocunmadı. Onun evli oluşu, kendini tamamen sahiplenmeye kalkmasına engel olacağı için memnun bile oldu. Bekâr erkeklerle giriştiği ilişkilerde, aralarındaki mesafenin kontrolü elinden kaçıyordu Füreya'nın. Hele Türk erkekleri, günün her saniyesinin hesabını sormaya çok meraklıydılar. Oysa onun, kendi yaşama alanını işgal etmeyecek, ona soluk alma fırsatı tanıyacak, güvenilir bir dosta ihtiyacı vardı. Çağırıldığında gelecek, sevgisini, ihtimamını ancak istendiğinde gösterecek, saygılı, efendi bir arkadaşa.

Bir cumartesi günü, öğlene doğru, elinde Hakkiyanım'ın verdiği anahtarla, Füreya'nın öğlen yemeğini aşağı kata indiren Afife, yatak odasından çıkan bir erkekle karşılaşınca, eve hırsız girdiğini zannetmiş, avaz avaz bağırmıştı.

"Bağırmayın efendim," demişti Faruk Tanay, "ben hırsız değilim. Füreya'nın arkadaşıyım."

"Afife, bir daha zili çalmadan eve girmeyin lütfen," demişti buz gibi bir sesle Füreya.

"Anneniz yolladı beni. Yoksa anahtarınız bende ne gezer."

"Annem anahtar da verse, siz yine zili çalın."

"Çalışıyorsunuzdur diye düşünmüştüm. Çalışırken rahatsız edilmek istemezsiniz de."

O günler, Füreya'nın dikkatini dağıtmak istemeden aralıksız çalıştığı günlerdi. Meksika'dan, cebinde çok şeyle dönmüştü.

Yeni dünyada geçirdiği süre içinde, çağdaş sanatı ve değişik kültürlerin ürünlerini yakından tanıyıp, incelemiş, özümsemişti ama hayır, Güney Amerika yerlilerinin sanatını yansıtmayacaktı işlerinde. Başka düşleri vardı. Seramiğin, sadece sıra susamış toprak zeminden başka boyutları da olabileceğini kavramıştı ve zorlayacaktı sınırlarını. Zaten, bu yolculuktan dönerken bir de küçük emay fırını getirmişti yanında. Eski Mısır'ın, kobalt karışımlı hamurunu denemişti ve bu malzemede ölçeği küçük tutmak zorunda olduğu için, takılar yapmaya başlamıştı. Bakır, pirinç gibi maddeleri sırlıyor, bir zamanlar Bizans'tan Rusya yoluyla Avrupa'ya geçen tekniği kullanarak, yüzükler, kolyeler, broşlar üretiyordu.

Afife, Ferruh Tanay ve Füreya, etrafa saçılmış takıların, seramik ve cam parçalarının ortasında, birbirlerine bakmışlardı, ilk kahkahayı Afife patlatmıştı. Füreya da gülmeye başlayınca, Faruk Tanay'ın içi rahat etmiş geri dönmüştü yatak odasına.

"Faruk, cuma akşamları bende kalıyor ekseri, haberiniz olsun," demişti Füreya.

Afife yukarı çıktığında, aşağıdaki konuktan hiç söz etmemişti evdekilere. Füreya'nın bir sırrını paylaşıyor olmasının ve bu sırrı kimseye söylememesinin, aralarındaki soğukluğu gidereceğini umuyordu. Ama o buzdan duvarı çözmeyi yine becerememişti. Çok güçlü bir harcı vardı duvarın, Sara adında. Bu konuda hiçbir suçu, bilgisi, eylemi olmadığı halde, ömür boyu bir kara kedi gibi, annesiyle halasının arasında duracaktı Sara.

Bu yıllarda, Şakir Paşa atölyesindeki müdavimler de hiç değişmemiş, sadece çoğalmışlardı. Utarit ne zaman akşamüstleri Füreya'ya uğrasa, orada Ahmet Hamdi Tanpınar'a, Ahmet Kutsi Tecer'e, Melih Cevdet'e, Sabahattin Eyüboğlu'na, Şakir Eczacıbaşı'na, Cimcozlara rastlıyordu. Onlar her çarşamba, Füreya'da buluşup, ya Jorj'un Kulis'ine, ya Kumkapı'da Kör Agop'un veya Balık Pazarı'nda Lefter'in meyhanesine gidiyorlardı. Moda'daki Koço'ya veya Kalamış'taki Todori'ye gidecek olurlarsa, Kadıköy yakasında oturan Mina Urgan da katılıyordu gruba.

Füreya, ömrünün elli yılını birlikte geçirmiş olduğu zengin çevrelerden, lüks lokantalardan ve yüksek burjuva alışkanlıklarından kendi gönül rızası ile kopuyor, sanatçı dostlarının ödeme sınırları içindeki daha mütevazı mekânlara, başka alışkanlıklara doğru kayıyordu. Ama geçmişinin soylu düzeyinden hiç ödün vermeden. Kılıç Ali'nin karısı iken giydiği Worth, Dior, Givency markalı giysilerle değil, Anadolu desenleriyle süslenmiş, Ayla Eryüksel imzalı, mor ya da turkuaz etnik giysilerle dolaşıyordu. Pırlantalar, zümrütler değil, emay ya da cam takılar takıyordu. Her zaman olduğundan çok daha çarpıcı, havalı ve şıktı.

Füreya zaman zaman, geçmişinin izlerinden yola çıkarak bazı münakaşaların içinde buluyordu kendini. En çok da en yakın ve sevgili dostu Sabahattin Eyüboğlu ile çatışıyordu.

Bir gün dört kişi, Bursa'ya gezmeye gitmişlerdi. Çelik Palas'ın salonunda oturuyorlardı.

"Böyle lüks yerler sinirime dokunuyor. Çıkıp doğru dürüst bir yere gidelim yemek yemek için," dedi Sabahattin Eyüboğlu.

"Buranın neresi lüks kuzum?" diye sordu Füreya.

"Sana lüks gelmeyebilir. Ben halk çocuğuyum. Burası bana göre lüks."

"Burayı lüks bulmadığıma göre, senin gözünde ben ne çocuğuyum Sabahattin?"

"Sen köşk çocuğusun kızım. Köşk çocuğu olduğunu hiç unutamadığın için de buranın lüksü sana batmıyor."

"Buranın lüksü bana batmıyor, çünkü burası lüksten çok uzak, köhne bir otel."

"Köşk çocukları için, öyle olabilir."

Füreya, ilk defa terbiyesini bozmayı göze aldı. "Neden bana

‘köşk çocuğu’ derken, sesinde ‘orospu çocuğu’ dermişin gibi bir tını seziyorum?”

“Durun! Durun, durun, çocuklar. Ne kadar saçma bir şey üstüne tartıştığınızın farkında mısınız?” diye araya girdi Şakir Eczacıbaşı.

“Sen sus, karışma,” dedi Sabahattin.

“Neden, o da mı köşk çocuğu?” diye sordu Füreya.

“Füreya, allahaşkına, ne oldu sana böyle?”

“Bana kızma, ona kız Şakir. Kendi dışında hepimizi şey çocuğu zannediyor.”

“Ne çocuğu zannediyor muşum?” diye üsteledi Sabahattin.

“Sence salaştan hoşlanmak, dökülen pis yerlerde dolaşmak, bir erdem öyle mi?”

“Yahu delirdiniz mi siz? Çocuklar gibi incir çekirdeğini doldurmayacak bir şey üstüne münakaşa ediyorsunuz,” diye araya girdi Şakir.

“Ben münakaşayı bitiriyorum. Burada yemek yemem. Nokta.”

“Ben de buradan başka yerde yemek yemem,” dedi Füreya.

Şakir, resepsiyona yürüdü, hesaplarını ödedi.

“Haydi bakalım, madem öyle, evlerimize geri dönüyoruz,” dedi. Bir karış suratla arabaya doluştular. Araba vapuru kuyruğunda, vapura binmek üzere beklerlerken, bir gülme tuttu hepsini. Füreya, Sabahattin’e döndü,

“Allahaşkına doğruyu söyle bana,” dedi, “köşk çocuğu olduğum için, benim ev de lüks mü senin gözünde?”

“Hayır. Orası senin inin.”

“Yani şimdi de bana hayvan mı diyorsun?”

“Sana hayvan değil, arslan diyorum, Füreya, arslan! Arslansın sen,” dedi Sabahattin. Barıştılar.

Füreya ilk mavi yolculuğunu 1959 yılında yaptı. İçinden ağaç geçen evin şöminelerini yeni bitirmişti ve aynı yıl babasını kaybetmişti. Emin Paşa, Yalova'da geçirdiği bir beyin kanamasından sonra, ambulansla İstanbul'a nakledilmiş, bir süre evinde kendini bilmeden yatmıştı. Zaten yıllardan beri hastaydı. Ölümü kendi için belki de bir kurtuluştu, ama Füreya çok acı çekmişti. Defalarca rüyasında görmüştü babasını. Son gördüğünde babası, paşa üniforması içindeydi ve kızına, "Benim için üzülme yavrum. Hatta acılarım dinmiş olduğu için sevin. Artık huzur içindeyim," diyordu. Yine de babasının, o uzun boylu dimdik adamın son yıllardaki ufalmış kırılgan gövdesini, ızdırap dolu gözlerini hatırladıkça içi yanıyordu Füreya'nın.

O günlerden birinde, Füreya manen ve bedenen ne kadar yorgun olduğunu anlatıp duruyordu bir akşam, konuklarına. Cevat Şakir, gümbür gümbür gürleyen sesiyle,

"Seni Akdeniz'in sularında yıkamak lazım kız! Başka türlü arınıp, dinlenemezsin," demişti.

"Akdeniz'in sularında yıka beni o zaman dayı."

"Öbür gün, Bodrum'a döner dönmez, bir tekne ayarlayacağım sana."

Küçük atölyeyi dolduran onca insandan sesler yükselmişti,

"Beni de yıka."

"Beni de."

"Beni de."

Sonunda, o sırada atölyede bulunmayan Mina'nın da katılmasıyla, tam otuz üç kişi olmuşlardı.

"Nuh'un gemisine döndük yahu!" demişti Cevat Şakir.

Dayısı birkaç yıldan beri, Aliye ve Füreya'nın ısrarlarıyla, gelip gitmeye başlamıştı Şakir Paşa Apartmanı'na. Annelerini kaybettiklerinden beri Hakkiye ve Ayşe, ağabeylerine karşı daha yumuşak bir tavır takınmışlardı. Özellikle de ağabeylerinin Bodrum'da doğan ve büyüyen kızı İsmet'i görmelerinden sonra.

Çocuk, kızıl parıltılar yansıtan sarı örgüleriyle narin bir pa-

patyayı andırıyordu. Cevat Şakir, ağır hasta olduğunu telgrafla öğrendiği annesine, sekiz yaşına yaklaşan kızını tanıştırmak için yanında getirmişti. Çocuk yolda üşütmüş, nezle olmuştu.

"Ağabey, annem bu haliyle bir de nezle kapmasın. İsmet birkaç gün Ada'da kalsın, nezlesi geçince alır getiririz," diye ısrar etmişti Aliye. İsmet'i diğer çocuklarla beraber Ada'daki evde bırakmışlardı.

Sare İsmet Hanım'a, kendi adını taşıyan küçük torununu görmek nasip olmamıştı ama yattığı hastane odasında, sevgili oğlunun kolları arasında vermişti son nefesini.

Cevat Şakir perişandı. Annesinden gelen mektupları, yüreğinin üzerinde taşıyabilmek için, sol yanı cepli ceketler giyen Cevat'ı uzun yıllar hasretini çektiği anasından söküp koparmak zor olmuştu. Onun derin üzüntüsü ve kınalı yapıncağı andıran örgülü küçük kız, kardeşlerin arasındaki buzları eritmiş, zaman içinde kardeşlerin ilişkisi eski sıcaklığına kavuşmuştu.

Uzun zamandan beri, o zaten Cevat Şakir değil, ünlü "merhaba"sıyla etrafındakilerin gününü ışıtan, bir nefeste, Yunan mitolojisini önünüze seriveren Balıkçı'ydı. Homer'di, Oedipius'tu, Poseidon'du. Ve onun, bulunduğu mekânları ışığa, bilgiye ve neşeye boğan kişiliğine uzun süre karşı koymak da imkânsız gibiydi.

1959 yolculuğu, 'Mavi Yolculuk' adıyla dilimize yerleşen gezilerin ilkiydi. Cevat Şakir, tekneyle çok dolaşmıştı o sularda. Yanında bir iki de meraklı turist bulunurdu ekseri. Ege coğrafyasını keşfe çıkmış bir Ulysis gibi adım adım gezerdi koyları. Bu kez, on altı metre boyundaki salaş bir teknenin içinde, uyku tulumları, rakıları, paket paket sigaraları, havlulara sarılmış buz kalıpları, ortasından kesilip buzlara yatırılmış karpuzlarıyla tam otuz üç kişiydiler, tekmili de İstanbul'dan gelmiş!

'Maceracı' adlı tekne, Marmaris'ten kalkıp, burunları dolana dolana, Bodrum'a getirmişti yolcularını. Geceleri uyku tulumlarına veya battaniyelerine sarınıp güvertede uyumuşlardı. On beş gün boyunca denizle, yunuslarla, tarihle ve rakıyla öylesine iç içe girmişlerdi ki, Bodrum'a vardıklarında, aralarında bir süre kendini Likyalı bir balıkçı ya da Xantos'tan gelen bir Yunan Tanrısı sananlar olmuştu. Her güne, daha güneş ufukta kan kırmızı rengiyle yeni yeni gözükürken, Balıkçı'nın genzinden yükselen gür bir "Merhaba!" ile başlamışlar, onun tuttuğu balıkları ateşte kızartıp yemiş, ondan dinledikleri efsanelerin yanı sıra, adını saydığı yüzlerce bitkiyi, çiçeği, otu, ağacı tanımışlardı.

Füreya ve arkadaşları, mavi yolculuksuz edemez olmuşlardı ve her yıl tekrarlanmıştı bu serüven.

Füreya, birkaç yıl sonra, 1962'de, Prag'da Uluslararası Seramik Sergisi'nde en büyük ödül olan 'Altın Madalya'yı kazandı. 1955'te Cannes'da kazandığı gümüş madalyadan sonra, kendini uluslararası arenada bir kez daha kanıtlamış oluyordu böylece.

Artık o bir ustaydı ve seramikte ufkunu genişletmesinin zamanı gelmişti. Teknik Üniversite'nin jeoloji bölümüne başvurdu ve çeşitli araştırmalardan sonra, çok elverişli bir malzeme ele geçirdi. Bu malzemeyle, yüksek pişirimli türleri denedi. Toprağın karışımlarıyla ve atölyeye nakliyle sevgili Hasan Usta'sı uğraşıyordu. Füreya ise sabaha kadar fırınının başında, değişik pişirim dereceleri deniyordu. Alacalı sırlar, yüksek pişirime uymadığı için, renklerden vazgeçiyor, sıraltı oksit boyaları kullanıyor, tek renklerde yoğunlaşıyordu. Gre çalışmaya başlamıştı.

Çok yoğun bir kış geçirmiş olmasına rağmen, o yaz mavi yolculuğa çıkamadı Füreya. Yapılacak özel işleri vardı. Ponpon, Dame de Sion'a başlayacaktı. Çocuğun üniformaları hazır edilecek, kitapları, defterleri alınacaktı. Yaz boyunca, biraz da Fransızca çalışmasını istemişti kızın.

Eylül başında, okulun eski mezunu olarak, yeğenini kayıda

kendi götürdü. Tam beş yıl önce, Sara ilkokula başlarken, okuldaki ilk günlerini hatırladı. Öğretmeni, çocuğa adını sorduğunda,

"Ponpon," demişti Sara.

"Kızım senin başka adın yok mu?" diye sormuştu öğretmen.

Bir an, 'Bu çocuğun adı neydi, sahi?' diye düşünmüştü Füreya.

Şimdi, Dame de Sion'un o çok tanıdık kayıt odasında oturmuş sıralarını beklerlerken, birdenbire,

"Fifoş Anne, lütfen bana onların yanında Sara der misiniz?" diye sordu çocuk.

"Kimlerin yanında, Ponpon?"

"Sörlerin, öğrencilerin. Onların Ponpon olduğumu bilmelerini istemiyorum."

"Nasıl istersen Pon... çocuğum." Füreya, ilk kez Sara'nın artık Ponpon değil, kişilik sahibi küçük bir insan olduğunu fark ediyordu. Kendi adına kavuşmak istiyordu çocuk, haklı olarak.

"Seni Ponpon diye çağırmamalarını evdekilere de söyleyeceğim," dedi. Kardeşinin, "Kızımı nasıl çağıracağımı sen mi tayin edeceksin?" diye soracağını duyar gibi oluyordu. Ama, evdeki anlaşmazlık, Şakir'den değil, Afife'den çıktı.

"Ponpon'u okula kaydettirmişsiniz Füreya Abla," dedi.

"Evet."

"Bana veya babasına haber verebilirdiniz."

"Afife, Sara'nın Dame de Sion'a gideceğine karar verilmemiş miydi?"

"Verilmişti."

"Eeee?"

"Ama kayıda birlikte gidebilirdik."

"Ne fark eder ki. İşte gittik, yapıverdik."

"Velisini kim diye yazdınız?"

"Velisi ben oldum."

"Ama annesi benim."

"Benim veli olmam, senin anneliğine halel getirmiyor ki."

"Bu çocuğun annesi ve babası var. Velisi ikimizden biri olmalıydı."

"Yarın gider, değiştiririm. Mesele yapılacak bir şey değil."

"Velisi sen olursan, Fransızcaya da sen çalıştırırsın Afife," dedi Hakkiye Hanım. Her zamanki gibi, kızının yanında yer alıyordu.

"Babası çalıştırır," dedi Afife. "Üstelik, Dame de Sion'a giden her çocuğun annesi ve babası Fransızca mı biliyor, allahaşkına?"

Füreya, yanıtlamadı gelinini. Şaşkın şaşkın annesiyle halasını dinleyen Sara'nın saçını okşadı, kapıyı usulca çekip, aşağıya, kendi katına indi. Az sonra, küçük ayak sesleri duydu kapısının önünde. Zili çalındı. Gitti açtı kapıyı. Sara mahzun gözlerle kapıda duruyordu.

"Hayrola?" dedi.

"Fifoş Anne, velim annem olursa, siz yine beni çalıştırırsınız değil mi?"

"Elbette Pon... Saracığım. Elbette çalıştırırım."

"O Fransızca bilmiyor çünkü."

"Zarar yok. Baban, babaannen, ben, hepimiz biliyoruz."

"Ben sizin çalıştırmanızı istiyorum, Fifoş Anne. Sizi çok seviyorum çünkü."

Füreya, 'Annenle babanı da çok sevmelisin,' demek istedi ama, kelimeler boğazına takıldı, "Ben de seni çok seviyorum," demekle yetindi. Sara söz konusu olduğu zaman, duyguları mantığına ağır basıyordu. Biliyordu bunu.

Füreya'nın, dünyaya bakış açıları birbirine pek uyan Utarit İzgi ile işbirliği altmışlı yıllarda da tüm hızıyla sürüyordu.

Pendik'deki Kunt Villa'sının hem şöminelerini yapmış, hem de ayırıcı beyaz beton duvarında seramik öğeler gerçekleştirmişti Füreya. Ama en heyecan verici çalışması, 1966 yılına denk düşen, Ziraat Bankası ile Başak Sigorta'nın birleştirici duvarları oldu. Binalar Harbiye'de inşa edilecekti ve 80 metrekarelik yüzeyleri ile bir sanatçı için, inanılmaz güzellikte bir rüya gibiydiler.

Füreya da önce güzel bir rüya gördüğünü sandı. Hayalinde, kafasında, yüreğinde ne varsa sere serpe boşaltabileceği 80 metrekarelik bir boş alan sunuluyordu ona. Yaşasın!

KONUŞAN, SEVİŞEN, DÜŞÜNEN DUVARLAR

Füreya, pelerinine bürünüp, Harbiye'de çalışacağı duvarların önüne yürüdü, iki kardeş kuruluş yan yana duruyorlardı ve binaları, ortalarındaki kolonla ikiye bölünüyordu. İki ayrı pano gerçekleştirebilirdi duvarların üzerinde. Ama o hiç sevmezdi kolaya kaçmayı. Boş duvarların karşısına geçip, durdu. Hava kararmak üzereydi, işinden evine koşuşturan insanlarla, okuldan çıkmış çocuklarla doluydu sokak. Trafiğin gürültüsü bir ara kulaklarını sağır edecek kadar çoğaldı. Hafiften bir de yağmur başlamıştı. Füreya sürekli karşısındaki kolonla bölünmüş duvara bakıyordu. Bu duvarı değiştiremez, ileri ya da geri alamazdı. Büyültüp, küçültemezdi de. Binanın mimarı, onu karşısında duran yüzeye, boyutlara ve ışığa mahkûm etmişti. Füreya, İzgi'nin binasının esiriydi artık. Bir yol bulacaktı ve sevecekti bulduğu yolu. Başka çaresi yoktu. Beşinci sigarasını söndürdü ve yavaş yavaş evine geri döndü.

Sabah yedi buçukta yine aynı yerde buldu kendini. Yanında getirdiği açılır kapanır küçük tabureye çöktü. Sokaklar yeni aydınlanmıştı. Kimseler yoktu yollarda. Duvar, sessiz, sevimsiz ve karanlıktı. O, bir iki sigara bitirene kadar bir uğultu kapladı ortalığı. Sabahın ilk otobüsleri çoktan menzillerine ulaşmışlardı ama en gürültücü kalabalığı taşıyan, en dolu otobüsler yeni yeni çıkıyorlardı seferlere. Bir yarım saatin içinde etrafi okula giden çocukların cıvıltıları, temizliğe giden kadınların yakınmaları kapladı. Güneş yükseldikçe, Füreya'nın duvarı da ışıyor, aydınlanıyordu. Saat dokuz buçukta duvar, apaydınlık, neşe dolu bir yüzeye dönüştü. Füreya evine döndü.

Saat biri biraz geçiyordu geri geldiğinde. Öğle yemeği için annesinde bir şeyler atıştırıp, tekrar koşmuştu duvara. Yanında taburesi yoktu bu kez. Binalarının karşısına düşen ağaca dayanıp duvarı seyre koyuldu.

"Teyze, ne bekliyorsun burada?" döndü baktı, bir delikanlıydı soruyu soran.

"Otobüs."

"Durak burada değil ki."

"Biliyorum."

"O zaman otobüs beklemiyorsun."

"Hayır."

"Birini bekliyorsun şu halde."

"Evet," dedi Füreya.

"Ben de seninle bekleyebilir miyim?"

"Kimi?"

"Senin beklediğini."

"Sana ne benim kimi beklediğimden."

"Ortaya çıktığında sana yardımcı olurum."

"Yardıma ihtiyacım yok, yavrum," dedi Füreya.

"Vardır vardır. Sen kadınsın ne de olsa."

"Ne demek istiyorsun?"

"Yani, başına bir iş miş gelmesin."

"Niye gelsin ki?"

"Eee, bu işler belli olmaz, teyze."

"Hangi işler oğlum?"

"Bu sizin işler."

"Neymiş bizim işimiz?"

"Milli Emniyet'ten değil misin yani?"

Füreya gülmemek için zor tuttu kendini,

"Yoo, değilim," dedi.

"Hep öyle derler. Üç ay önce, şu karşıdaki büfeyi görüyor musun, oraya bir adam geldi, tünedi satıcı gibi, günlerce gazoz sattı büfede. Sonradan öğrendik, bir komünisti mi enseleyecek-lermiş neymiş."

"Ama ben Milli Emniyet'ten değilim."

"Peki ne diye gelip aynı yerde dikiliyorsun günlerdir."

"Duvar için."

"Ne duvarı?"

"Karşımızdaki şu boş duvar var ya, ona bakıyorum."

"Neden?"

"Bana bir şeyler söylemesi için."

Bu sefer şaşırma sırası oğlana gelmişti.

"Yok yaa!" dedi, "ne söyleyecekmiş duvar?"

"Ben de henüz bilmiyorum. Ama bana anlatacağı bir iki şey mutlaka vardır. Bekliyorum işte."

Delikanlı uzaklaştı yanından. Yan sokaktaki dükkânlardan bi-rine girdi. Yanında bir adamla tekrar çıktı dışarı, Füreya'yı gös-terip eliyle deli işareti yaptı. Füreya'nın onlara el salladığını gö-rünce, ikisi birden hemen dükkânın içine kaçtılar.

Haftanın sonuna doğru, Füreya ile duvarın arasında elle tu-tulur, gözle görülür bir ilişki başladı. Sokakta yürüyen insanla-rın, caddeden geçen arabaların sesleri arasında, Füreya, duvarın soluğunu duymaya çalıştı. Gözlerinin önünde yavaş yavaş bir kavram beliriyordu. İki duvarı birbirinden ayırmayan, tersine birleştiren bir kavram. İki ayrı pano yerine, ikiye bölünmüş bir pano düşledi. Birbirini tamamlayan, bununla da kalmayıp, bir birliktelik yakalayan, iki bölümlü ama tek bir pano hayal etmeye çalışıyordu, gözlerini kapamış. Birden bir ses duydu arkasında.

"Duvar konuştu mu teyze?"

Gözlerini açınca, birkaç gün evvel ona sorular soran genci gördü.

"Sonunda konuştu," dedi.

"Ne söyledi?"

"Doğayı oluşturan dört ana unsurdan söz etti."

"Neymiş onlar?"

"Toprak, su, ateş ve hava."

Delikanlı ellerini kafasının hizasında tutup sallayarak, "Sen bir doktora git," dedi Füreya'ya, koşa koşa uzaklaştı. Füreya sakin sakin kâğıdını ve kalemini çıkardı çantasından, her zaman dayandığı ağaca dayanıp çizmeye başladı.

Pano, soldaki Ziraat Bankası'nın duvarından başlıyor, bir kolonla bölünüp dışarı çıkıyor, yeniden içeri girip, Başak Sigorta'nın duvarında devam ediyordu. Bir yarısında sıcak renkleriyle toprak ve ateş, öteki yarısında ise, soğuk renkleriyle su ve hava yer alıyordu. Böylece birbirine karşıt ama yine de birbirini tamamlayan bir resim oluşuyordu panonun bütününde.

Doğayı, yaşamı, varoluşu, sürekliliği simgeleyen bir resim. Üstelik, iç ve dış mekânları birbirine bağlayan, kavramsal bütünlüğü gerçekleştiren bir resim!

Füreya kabataslak çizimini bitirince, kâğıdını ve kalemini çantasına koydu. Delikanlı, dükkânın camına burnunu dayamış, içerden ona bakıyordu. Tam dükkânın önünden geçerken dışarı çıktı.

"Yarın yine duvarla konuşmaya gelecek misin?" diye sordu sırıtarak.

"Hayır, işimi tamamladım."

"Komünisti mi yakaladın?"

"Çocuğumu doğurdum. Yani panomu," dedi Füreya. Hızlı adımlarla evine doğru yürüdü.

Toprak, su ve ateş, atölyesinde onu bekliyorlardı.

Füreya'nın duvarlarla sıkı fıkı ilişkisi, 'toprak ve ateş-su ve hava'yı yarattığı panoyla bitmedi.

Unkapanı'na Manifaturacılar Çarşısı inşa edilirken, bazı sanatçılara süslemeleri için duvarlar verilmişti. Bunlardan bazıları, ana caddeye bakan dış duvarlardı, bazıları yan duvarlardı. Kimi duvarlarsa avlunun içinde yer alıyor ama ana caddeden de bir ölçüde görülebiliyordu.

Füreya'nın payına, bu iç duvarlardan biri düştü.

Kalktı, duvarını görmeye gitti, ilk gün gördüğü, ne çarşıydı ne de duvar.

Sadece Süleymaniye Camii'ni görüyordu. Cami öylesine heybetli, haşmetli ve esrarlıydı ki, etrafında ne var ne yoksa her şey siliniyordu, onun gölgesinde. Bir duvara çöküp huşu içinde, saatlerce bu sanat şaheserini seyretti. Onun elinden ne gelebilirdi ki bu ulu yapının eteklerine kurulacak çarşının içinde?

Yine sancılı bir doğum süreci başladı Füreya için. Günlerce gidip geldi Unkapanı'na. Saatlerce duvarının karşısında oturdu. Sabah, öğlen, akşam saatlerinin değişik ışıklarını ezberledi. Süleymaniye'nin silueti, her ışıkta bir başka gözüküyordu. En çok sevdiği, gün batımındaki görüntüsüydü.

Duvarın karşısında oturma faslından sonra, ana caddeye çıkıp, defalarca ileri geri yürüdü. Çarşı'nın önünde belki yüz sefer yaptı. Sokaktan geçen insanlar, duvarını ancak uzaktan görebileceklerdi. Demek ki onların da gözüne batacak büyüklükte bir desen gerçekleştirmesi gerekecekti. Belki de bir değil, birden fazla, örneğin üç büyük leke... Uzaktan gözü alacak, ama ayrıntıları ancak yaklaştıkça belirginleşecek üç leke!

Her ne yaparsa yapsın, Süleymaniye Camii'nin gölgesindeki bu duvara, mutlaka sevinci, mutluluğu ve aşkı yansıtmak istiyordu. Caminin mistik havasıyla bütünleşecek, sonsuz bir huzur ve sevgi imgesi düşmeliydi duvara. Hiçbir figür düşlemeyecekti. Sadece mutluluk kavramından yola çıkacaktı. Bunu başarabilmek için, Büyükada'daki çocukluk günlerini, bahçedeki koşuşmalarını, anneannesinin bin bir renkli çiçeklerini düşünecekti yapıtını yaparken.

Bir şeye daha karar verdi; cam kullanacaktı, fazla eritmeden. Çünkü cam, fırın sıcaklığı artırıldığı zaman eriyor, seramiğin üzerinde sır etkisi yaratıyordu. Oysa belli bir sıcaklıkta pişirildiğinde, erimiyor ve seramikte prizma etkisi sağlıyordu. Füreya eritmeyecekti camını. Böylece, seramiğin renkleri, bu cam prizmadan süzülerek yansıyacaktı. Unkapanı Çarşısı'nın önündeki ana caddeden geçenler, önce duvarın üstünde oynaşan renkli ışığın şavkını görecek, lekeleri sonra fark edeceklerdi.

Çarşı'nın panosu da, yaptığı diğer duvar panoları gibi, Füreya'nın büyük çalışma masasının üzerinde serili duruyordu. O, gayet yavaş ve sakin fırça darbeleriyle, bir ressamın resmini boyaması gibi, sabırla sırlıyordu metrekarelerce plakayı. Kocaman panoları tasarlayıp gerçekleştirebilecek resim bilgisine sahip olduğundan, kolay ve rahat üretebiliyordu. Panonun sırlanması bittiğinde, masanın üzerinde gri bir alan meydana geliyordu. Plakalar fırınlanıp masaya serildiklerinde, ortaya çıkan renk cümbüşüne şaşıp kalıyordu öğrencileri. Özellikle de Binay. Füreya'nın bu doğurganlık anlarında, Binay, Bingül ve Tüzüm, ona yardımcı olmak için, etrafında kelebekler gibi uçuşarak çalışıyorlardı, hiç konuşmadan. Duyulan tek ses, fırça darbelerinin çıtırtısının yanı sıra, Mozart veya Beethoven konçertolarının çağıldayan sesi oluyordu.

***

Manifaturacılar Çarşısı'nın karoları duvara monte edilirken, avluya doluşmuş olan çocuklar, iskelede işçilerle birlikte çalışan pantolonlu kadını seyrediyorlardı hayretle. Kadın zayıftı ve çevik bir keçi gibi, hiç gocunmadan inip çıkıyordu iskeleye. İriyarı, yaşlı başlı işçiler, ona bir kraliçe muamelesi yapıyorlardı adeta. Şaşkındı çocuklar. Montaj henüz tamamlanmamıştı ama, lekelerin üçü de eni konu belirginleşmişlerdi duvarda.

Birden çocuklardan biri bağırdı.

"Şuraya bakın, iki kuş öpüşüyorlar!"

Füreya iskelenin üzerindeydi. Güçlükle arkasını dönerek, aşağıda cıvıldayıp duran çocuklara baktı.

"Hanginiz söyledi bunu?" diye seslendi. Sıska bir oğlan öne çıktı.

"Ben!" dedi.

"Kuş mu gördün orada?"

"Evet."

Füreya üşenmedi, indi iskeleden. Çocuğu yanına çağırdı.

"Kuşu nerde gördüğünü göster bakayım."

Çocuk birkaç adım geriledi. Füreya takip etti çocuğu. Eliyle işaret etti oğlan.

"Nah orada. İşte, kuşlar gaga gagaya vermiş, öpüşüyorlar."

Dondu kaldı Füreya. Hiç tasarlamadığı halde, çocuğun işaret ettiği yerde masalsı iki kuş kafası beliriyordu. Tıpkı öpüşür gibiydiler. Haklıydı çocuk. Biraz daha geriledi iyice görebilmek için.

'Ne iyi etmişim de elimi çocukluk anılarımın yönlendirmesine izin vermişim,' dedi kendi kendine. Duvarında, cam prizmanın ışığında, mutluluk, sevgi ve sevda yansımaktaydı... Tam düşlediği gibi!

PENTİMENTO
(Osmanoğlu Kliniği)

Aynı odadayım yine. Bir giriyorum bir çıkıyorum bu kliniğe. Odamı, nasıl olsa geri döneceğimi bildikleri için, boş tutmaya gayret ediyorlar. Burası ikinci evim olmuş durumda. İlla bir ikinci evim olacaksa, bunun Bodrum koylarından birinde duran bir tekne olmasını isterdim. Ama benim, bir ikinci eve ya da tekneye yetecek param olmadı hayatım boyunca. Yoo, şikâyet ettiğimi sanmayın sakın. Kimseye muhtaç olmadan yaşamasını becerebildim bir ömür. Sanatımın getirdiği gelir, ancak yaşamın günlük akışındaki masraflarımı karşılamaya yetti. Burası Türkiye. Burada sanatçılar, yazarlar, müzisyenler hiçbir zaman onları zengin etmeye yetecek parayı kazanamazlar. Gerçek sanatçılar her zaman olduğu gibi, yine yolsuz. Olsun! Belki de yaratıcı olabilmenin bir bedelidir yoksulluğun verdiği tevekkül ve alçakgönüllülük.

Kuşu beklemekteyim yine. İnadı tuttu bir kere, gelmiyor. Oysa eminim biliyordur kendi türünün hayatımdaki yerini. Ne çok kuş yaptım ömrüm boyunca. Onlar özgürlüğü ve engini simgeledikleri için değil, plastik biçimleri ilgimi çektiği için de çok uğraştım kuşlarla. Kumrular, güvercinler ve baykuşlar yaptım. Evet, baykuşlar! Kuşlarımın arasında, en çok da insanların uğursuz kabul ettiği baykuşu sevdim nedense. Soylu bir güzelliği vardı bu kuşun. Diğer kuşlardan farklıydı. Karanlığı gören gözleriyle, kendini uğursuz sanan aptal insanlara, alaylı bir ifadeyle tepeden bakar baykuş. Boşuna 'baykuş' dememişler ona, yani beylerin kuşu...

Ama o sığırcıklar var ya, daha önce de sözünü ettiğim... Onları bir panoya işlemem, sanırım, sanat hayatımın en kayda değer olayı idi. Beyaz zeminin üstünde uçurmayı başardığım sığırcıkların öyküsünü anlatmayı bitirdiğimde, içimden bir ses, benim kuşun gelip pencereme konacağını söylüyor. Çünkü artık, dayanılmaz bir hasretle bekliyorum onu.

1968 yılının sonlarına doğru, sadece beyaz ve siyah renklerden oluşan bir işe karşı, müthiş bir istek başlamıştı içimde. O günlerde duvarlarla fena halde haşır neşir olduğumdan, yine üstünde sere serpe çalışabileceğim bir duvar düşlüyordum. Bana duvar sunan çoktu da, herkes renkli istiyordu duvarını. Ama karar vermiştim bir kere. Asla ödün vermeyecektim renklerimden. Bunun dışında, ne bir form ne de bir desen vardı kafamda. Sadece, siyah ve beyaz!

Bir akşamüstü, evime çay içmeye uğrayan mimar dostum Abdurrahman Hancı'ya açtım derdimi.

"Yahu Füreya, şu anda neyle meşgulüm, biliyor musun?" diye sordu.

"Neyle?" dedim.

"Divan Oteli'nin iç düzenlemesiyle uğraşıyorum. Otelin pastanesinde, tezgâhın arkasına yerleşecek duvar için bir çözüm arıyordum. Hay aklınla bin yaşa sen."

"Beni anlayamadın. Ben sadece siyah ve beyaz kullanmak istiyorum."

"İyi ya," dedi Abdurrahman Hancı, "vitrinde duran renk renk pastalarla, keklerle, turtalarla yarışmayacak bir renk lazım oraya. Aynı zamanda da temizlik duygusu verecek bir renk. Bu beyazdan başkası olabilir mi?"

"Siyahımdan vazgeçmem ama."

"Geçme," dedi Abdurrahman.

Kulaklarıma inanamıyordum. Şansıma inanamıyordum. Tanrı bir kez daha, tam istediğim boyutta bir duvarı lap diye kucağıma bırakıvermişti. Sevgili kuluydum. Evet evet, hiç şüphem yoktu, beni sevmeye başlamıştı yukardaki. Bu sevgiyi sanata olan sevdama borçlu olabilir miydim? Ne de olsa, onun doğası da eşi bulunmaz bir sanat eseriydi.

Duvarımı bulmuştum. Rengimi de bulmuştum. Ama ne yapacağımı bilemiyordum henüz. Günde birkaç kez gidip geliyordum Divan Oteli'ne. Allah'tan evime çok yakındı da otel, aklıma estikçe fırlıyordum evden.

Sonra bir gün, otelin önündeki ağaçlara tünemiş sığırcıkları gördüm. Arada bir, hep birlikte havalanıyorlar, yine gelip ağacın dallarına konuyorlardı. Akşamüstüydü. Gök boşluğunda küçücük kanatlarını çırpıp duran kuşların, bu doğa mucizesinin kimse farkında değildi. İşi vardı herkesin. Ben, ayakta dikilip uzun uzun seyrettim onları. Çocukluğumda Ada'da annemle göçlerini seyrettiğim leylekleri anımsatıyorlardı bana. Evet, kanat çırpan tüm kuşlar için yapacaktım panomu. Divan Oteli'nin önündeki ağaçların siyah kuşları, dallardan havalanacak, yükselecek sonra da süzülerek içeri girecek ve pastanenin beyaz duvarında yerlerini alacaklardı. Hep orada kalacaklardı, ben gittikten sonra bile.

Bir tanesi olsun aralarından sıyrılıp, kanat çırparak gelip pencereme konmaz mı?

Haydi kuş, haydi, bekliyorum.'

Oysa beklemeyi hiç sevmem ben. Ne bekletirim başkalarını ne de ben beklerim, on, bilemediniz on beş dakikadan öte. İnsanları bekletmeyi, görgüsüzlük ve saygısızlık olarak belletmişlerdi bana, taa çocukluğumda.

"En büyük ayıplardan biridir," derdi anneannem, "Beyefendiler ve hanımefendiler, zamanında hazır olmayı bilen kimselerdir, kızım. Birisi gecikti miydi, notumu hemen veririm ben; aile terbiyesi eksikliği."

Anneannem haklıydı da görüşünde, bendeki bu beklemeyi sevmemek, daha çok tezcanlı olmamdan kaynaklanıyor aslında. Bir şeyi kafama koydum mu, hemen olsun isterim. Bu yüzden, sırf bu tezcanlılığım yüzünden, beklemeyi sevmediğim, sabredemediğim için, bazı kalpler de kırdımdı zamanında.

Beni hiç affetmedi Afife. Kızını ondan çaldığımı zannetti durdu. Oysa, bir insanı bir başka insandan çalmak mümkün olabilir mi, hele de annesinden?

Sara'yı evlat edinmek istememden doğal ne olabilirdi ki? Tek vârisim oydu. Zaten ona kalacaktı her şeyim. Evlat edinmekle, ilerde bir gün, onun hakkının yenmesine mani olacaktım. Servetim, mücevherlerim yoktu. Yıllarca önce, hırsızın tayyörümün yakasında unuttuğu, bana kalan yegâne mücevherimi, Rus işi gül broşumu da Sara'ya vermiştim zaten. Ama ölümümden sonra, yapıtlarıma başkaları göz dikemeyecekti, atölyeme sadece o sahip çıkacaktı. Karşılığında, soyadı bile değişmeyecekti Sara'nın.

Bu fikri kafama Mehmet Ali ile Adalet sokmuşlardı. Onların da çocuğu yoktu, benim gibi, ama Müşerref'leri vardı. Ben onlarda tanımıştım Müşerref'i. Şakir Paşa Apartmanı'nın bir müteahhide kat karşılığı verilmesinin gerekli kanuni işlemlerini yapıyordu bizim aile için. Gencecik, dünya güzeli bir kızdı. Ben, Aliye, Fahrünissa, hepimiz her türlü işimizin görülmesi, haklarımızın korunması için vekâletnamelerimizi ona vermiş ve zaman içinde onu çok sevmiştik. Sanki Mehmet Ali dostumuzun avukatlık bürosunda çalışan bir stajyer avukat değil de, hepimizin kızıydı. Kardeşimiz gibiydi demeye bile dilim varmıyor. Çünkü, sonunda bir evlat kadar yakın olmuştu bize. Şakir Paşa ailesinin tüm fertlerinin bütün kaprislerini, dertlerini, sorunlarını gıkı çıkmadan çözüyor, bir de üstüne sevgi veriyordu hepimize. Onsuz hiçbir şey yapamaz hale gelmiştik. Başımız sıkıştı mı, hemen Müşerref'e koşuyorduk. Bir gün Mehmet Ali ve Adalet'le içkilerimizi yudumlarken,

"Şu Müşerref olmasa bizim ailenin hali ne olur acaba?" demiştim.

"Bunu biz de düşünüyoruz," demişti Mehmet Ali, "Müşerref olmasa Adalet ile ben ne yapardık. Artık büromun bütün işlerine o bakıyor. Yetmiyormuş gibi bir de sağlık sorunlarımızla uğraşmakta. Evladımız olsa daha yakın olamazdık."

"Çocuklarımız yok ama benim Sara'm var, sizin de Müşerref'iniz."

"Sara hiç olmazsa senin yeğenin Füreya. Vârisin o. Ya, biz nasıl ödeyeceğiz hakkımızı Müşerref'e? Adalet'e diyordum ki bunun tek bir yolu var."

"Neymiş o?" diye sormuştum.

"Müşerref'i evlat edinmek."

"Annesi babası varken, mümkün mü?"

"Kabul ederse, evet. Ben araştırdım, aramızda kanunun emrettiği yaş farkı da var..,"

"Mehmet Ali, ben de Sara'yı evlat edinebilir miyim?"

"Şakir'le karısı isterler mi?" diye sormuştu Adalet.

"Sadece Sara'nın kabul etmesi gerekiyor. On sekiz yaşına gelmesini bekle," demişti Mehmet Ali.

***

Sara benim nüfusuma geçebilecekti demek. Benim kızım olabilecekti.

"Zaten senin kızın o," demişti bana annem. "Ne diye uğraşıyorsun? Afife'yle Şakir, hoşlanmayabilirler bu işten."

Sara ister miydi? Günlerce uyku tutmamıştı beni. Cimcozlar, Müşerref'i evlat edinebilmek için gerekli evrakları hazırlarken, keşke benim evraklarımı da hazır etseler, diye düşünüyordum. Öylesine kafama yerleşmişti ki bu, elimdeki işleri bile doğru dürüst yapamaz olmuştum.

"Sara," demiştim sonunda, "Cimcozlar Müşerref'i evlat ediniyorlar. Ben de seni nüfusuma geçirsem, neyim var neyim yok sana kalırdı."

"Zaten bana kalacak, Fifoş Anne," demişti Sara, "kardeşim yok ki benim."

"Kızım öyle de, annen olmadığım için, sen ancak yeğenim olarak miras haklarımdan yararlanabiliyorsun. Başka akrabalar çıkabilir, kendilerine de pay düştüğünü söylerler, uğraşır durursun. Evladım olsaydın başka kimsenin mirasım üstünde hak iddia etmesi mümkün olmazdı."

"Ben zaten kızınız sayılırım. Soyadımız bile aynı."

"İşte ben de sırf bu yüzden sorabiliyorum bunu. Adını dahi değiştirecek olmadıktan sonra, niye yapmayalım?"

"Annemle babama sormadan mı?"

"Onlar bir kere karşı çıkarlarsa, yapamayız. İstersen hiç kimse bilmesin. Gerçek, ben ölünce meydana çıkar."

"Annem babam duyarlarsa..."

"Duymazlar. Soyadın değişmeyeceği için, sadece ikimizin arasında kalır. Söz veriyorum. Bir de Müşerref bilecek haliyle. Onu da Cimcozlar evlat ediniyorlar, biliyor muydun?"

"Evet, söylemiştiniz," demişti Sara.

Sara'nın on sekiz yaşını doldurmasına çok az zaman kalmıştı. Uğursuz bir yıldı. Gençler sokaklarda Amerika karşıtı gösteriler yapıp duruyorlardı, içimde kötü şeyler olacakmış gibi bir his vardı. Ya ölüverirsem diyordum, kendi kendime, ya onu evlat edinemeden ölür gidersem. Telaş içindeydim. Sanki hemen ölüverecekmişim ve birileri Sara'nın haklarını koparıp almak istiyorlarmış gibi bir paranoyaya kapılmıştım. Ölümden bu kadar çok korkunca, ölüm hiç affetmez hemen gelir.

Nitekim, Sara'yı evlat edinmemin akabinde, ölüm kapımıza dayanmıştı soğuk ve karanlık yüzüyle. Annem ne zamandır rahatsızdı. Yeni yapıtlarımı Taksim Galerisi'nde sergilememden önce iyice kötülemişti. Sergi hazırlığında olduğum için, gerektiği gibi ilgilenememiştim annemle. Sabah akşam uğruyordum nasıl olduğunu sormaya.

"Ben çok iyiyim, sen git işini bitir," diyordu hep. Bitirecek o kadar çok işim vardı ki yanında uzun kalmıyor, gidiyordum ben de.

Serginin açılış günü, sabah çıktım yukarı.

"Nasılsınız anneciğim?" dedim.

"Kızımın sergisine gelemeyecek kadar kötü değilim," dedi. Severdi açılışları. Operaları, tiyatroları, konserleri, gala gecelerini de severdi, bütün kardeşleri gibi. Bu serginin heyecanı içindeydi ne zamandır.

"Allah'tan galeri evimize çok yakın," dedim.

"Uzak da olsa gelirdim Füreya," dedi.

Sergide mutluydu. Bana soru soranları teker teker en sevdiği yapıtların önüne götürüp, bilgi veriyor, gazetecilere resimler çektirtiyordu. Serginin sonunda, her zaman yaptığımız gibi yemeğe gidecektik. Abdullah Efendi Lokantası'nda kocaman bir masa ayırtmıştık.

"Ben yoruldum Füreya," dedi yanıma gelip, "yemeğe gelmek istemiyorum."

"Siz de gelin, ne zaman isterseniz ben sizi eve bırakırım," dedi Utarit.

"Yoruldum yavrum. Eve gideyim."

Israr etmedik. Şakir ve Afife ile ayrıldı, eve gitti. Ben döndüğümde, Afife karmakarışık bir suratla, kapıda beni bekliyordu. Yukarı fırladım. Annem, sergiden eve dönünce hemen yatmıştı. Biraz sonra Afife girmişti odasına. "Uyuyacaksanız, ışığınızı kapatayım," demişti. Ses vermeyince, yanındaki ışığı söndürmek için yatağa yaklaşmış ve anlamıştı bir tuhaflık olduğunu. Çok zor soluk alıyordu. Kendinde de değildi. Doktor getirtmişlerdi.

"Komaya girdi," demişti doktor.

"Ama biraz öncesine kadar iyiydi. Sergide herkesle sohbet etti," demişti Şakir.

Demek ki annem, sergimin sonuna kadar ayak diremişti ölüme. Son gayretiyle mutluluğumu paylaşmaya gelmiş, serginin bitimine kadar kalmıştı. Yatağın yanına yere çöktüm. Elini tuttum.

"Benim anne, yanındayım," dedim. Başıyla bir işaret yaptı gibi geldi bana. El ele ne kadar uzun kaldığımızı bilmiyordum. Zaman durmuştu. Ailenin direğiydi annem. Hiçbir fırtınanın deviremeyeceği kadar güçlü, her acıyı dimdik taşıyabilecek kadar onurlu ve vefalıydı. Bir de üstüne o kadar uyumlu ve akıllı. Cumhuriyete ayak uydurmasını bilmiş, cumhuriyeti sevmiş bir Osmanlı kadınıydı. Son Osmanlıydı o. Okula gitmemiş, evde yetişmişti, ama Belediye Meclisi'nde üye olacak kadar güncelle iç içeydi ve akıllıydı. Aile genlerinde varolan yaratıcılığının kanıtı el emeği işler, çantalar, sepetler odanın dört bir köşesine serpilmişti. Onun sanatı, diğer kardeşlerininki gibi teşhir edilememiş, evin içine hapsedilmişti. Ne yazık! Onlara bakıyordum, tarifsiz bir hüzün ve sevgiyle. Birden, içime doğmuş gibi, yüzüne çevirdim gözlerimi, son soluğunu verdiğini gördüm. Körük gibi inip kalkan göğsü, dümdüzdü artık. İnanamıyordum. Birkaç saat öncesine kadar sıcaklığını hissettiğim, sesini duyduğum annem yoktu. Bir an önce varken, bir an sonra yoktu. Bir kızıllık yansıyordu gözüme. Bu varoluşla yokoluş anını bir yerlerden hatırlıyordum... biliyordum. Daha önce yaşamıştım sanki... Boğaz'da bir gün... Anadoluhisarı'nda... o mucizeyi yaşarken, o doğa mucizesini... güneş bir anda yok olup gitmişti ufuktan. Tıpkı annem gibi, bir an varken yok olmuştu, inanılmazdı. Dayanılmazdı. Katlanılmazdı. Yaşlar art arda düşüyordu gözlerimden. Yanaklarımdan kayarak annemin yüzüne damlıyordu. Yıllar sonra seramiğin üzerine resmedecektim, hep içimde taşıdığım bu varoluş ve yokoluş anını. Yaşamın mucizesini, yani ölümü belki de... Sara'yı evlat edinemeden geliverir diye korktuğum ölüm beni götürmemişti, ama sonunda gelmiş, annemi almıştı benden.

Sara on sekizine girdiği gün, almıştım onu karşıma.

"Sara," demiştim, "karar verme anı geldi. Ölüm çok çabuk gelebiliyor. Hazırlıksız yakalıyor insanı. Biliyorum. Bildiğim için de korkuyorum. Kızım olmaya hazır mısın? Haftaya pazartesi bitirelim mi bu işi?'

"Bitirelim Fifoş Anne."

Söyledim size beklemeyi sevmem diye. Madem karar verilmişti, bir an önce yapılacaktı gereken. Müşerref hazır etmişti tüm evrakımızı. Zeytinburnu Adliyesi'nden gün almıştı.

Sara'yı bir hafta sonra nüfusuma geçirdim. Artık o benim kızımdı. Ama garip bir şey olmuştu, nüfusuma geçtikten sonra, o güne kadar beni Fifoş Anne diye çağıran Sara, bana, 'hala' diyordu artık. Kızım bana 'hala' diyordu.

Çok uzun yıllar sonra, zor bir doğumla Serra'yı dünyaya getirdiği günün akşamı, yanıbaşında otururken öğrenmiştim nedenini. Sara, onu evlat edineceğimi annesinden saklayamamış, bir tek ona söylemişti, gizli kalması ricasıyla.

"Halam bunu sırf benim menfaatim için yapıyor anne," demişti. Bir şartı vardı Afife'nin. Sara, bana Fifoş Anne değil, hala diyecekti.

Kuş, eğer inat etmeyip de gelseydin, soracaktım sana, Afife mi, ben mi, hangimiz kazandık, diye?

Neredesin, kuş?

ARAYIŞLAR

(70'li Yıllar)

Panolardan bıktı Füreya. Geniş yüzeyler, büyük duvarlar üzerinde yeterince çalışmıştı. Çini sanatımıza çağdaş bir yorum kazandırarak, yeniden yaşamın içine, yapıların kalbine sokmuştu çiniyi, yeni kimliğiyle. Adını 'seramik' koyarak.

Şimdi seramiği evlerin içine de sokmak istiyordu. Tıpkı hayran kaldığı Meksika duvar resimlerindeki gibi, sanat, yaşamın tam orta yerinde, insanların yanıbaşında olmalıydı.

Evlerin duvarlarına asılmak üzere, önce küçük panolar, sonra da tabaklar yapmaya başladı. Tabakları, işlevsel nitelikleri için değil, duvarlar için yapıyordu. İnsanlar, bu seramikleri tıpkı birer tablo satın alır gibi alıp, evlerinin duvarlarına asacaklardı. Motifleri değişikti. Kuşlardan balıklara, ağaçlardan evlere uzanan bir yelpaze içeriyordu. Bu yapıtlarıyla Paris'te ve İstanbul'da sergiler düzenledi ve gördü ki yanlış yolda değildi. İnsanlar gerçekten de bu tabakları ve minik panoları duvarları için alıyorlar, onlara sanat eseri muamelesi yapıyorlardı.

Uzakdoğu'nun ve İznik'in tabakları, tabak olarak kullanılmak üzere üretilmişlerdi. Oysa, tabakların sanat değerini görebilen Batılılar, tabaklarını mutfak raflarından salon duvarlarına taşımışlardı. Bizde, İznik tabaklar kullanılmaktan ötürü kırılır ve zamanın içinde yitip giderken, Batı'da kullanılmadıkları, muhafaza edildikleri için, tabakların antika değerleri oluşmuş, zengin koleksiyonlar çıkmıştı ortaya.

Füreya da böyle bir düşle başlamıştı tabaklarını yapmaya. Gre tekniğini kullandığı, yani tabaklarını yüksek ateşte pişirdiği için, çok az renkle çalışıyor, bin bir çeşidini denediği kuş, balık ve ağaç motiflerinde yoğunlaşıyordu. Bu tabakların üçü beşi bir duvarda yan yana geldiklerinde, değişik bir pano havası yaratıyordu.

Füreya, 1970'lerde seramiği, yapıların dışına olduğu kadar, evlerin içine de sokuyordu artık.

Derken beyaz bir düş görmeye başladı. Rüyasında, her tarafın karla kaplı olduğu bembeyaz bir ortamda, yine beyazlar giymiş olarak koşuyor, koşuyor ve yorulup durduğunda, elini yakan bembeyaz bir fincandan çay içiyordu. Elindeki fincan, o kadar beyazdı ki, ışığı geçirebiliyordu içinden. Adeta şeffaftı. Hafifti. Porselendi!

Yüksek pişirim toprağını, '63 yılında bulmuştu. Şimdi, 1200 dereceden de ileri gitmek, porselen düzeyine yaklaşmak, belki de onu geçmek... 900 derecede pişen toprağı en son sınırında sınamak, kilin daha da çok sintelleşmesini sağlamak... denemek... araştırmak... yeni pişirim dereceleri bulmak... sürekli yenilenmek istiyordu.

Porselen yapma fikri, bir tutkuya dönüşmeye başladı içinde.

Neydi porselenle seramiği değişik kılan?

Tamam, killeri ayrıydı. Kili bulabilirdi. Hasan Usta'sı ve onun oğlu Rıfat arkasında oldukça, bulamayacağı toprak yoktu. Porselen ile seramiğin ısı dereceleri de farklıydı, kendi fırınında pişiremezdi porseleni. Böyle bir fırını nasıl elde edebilirdi acaba? İstanbul Porselen Fabrikası'nın Tuzla'daki atölyesinde buldu kendini.

"Porselen yapmak istiyorum," dedi. "Porselenin kendi öz beyazlığını koruyan, hafifliğini, saydamlığını yansıtan çalışmalar yapmak istiyorum."

Buyur ettiler.

Porselen fabrikasından içeri ilk kez bir sanatçı girmiş oldu böylece.

Fransa'daki atölye günlerini anımsatan bir tempoyla çalışmaya başladı. Her sabah gün doğmadan yollara düşüp Tuzla'ya geliyor, geç saatlere kadar, başını işten kaldırmadan çalışıyordu. Kahve ve çay fincanları, yemek tabakları, ibrikler, kuşlar, kuş kandilleri, çorba kâseleri, vazolar, çaydanlıklar yapıyordu. Antep'in pirinç ibriklerinden, Guatemala'nın teneke kuşlarından, Osmanlı motiflerinden yola çıkıyor, hiçbir renk kullanmadan, beyazın üstüne yine beyaz motifler işliyordu.

Yaptığı işler, İstanbul'da Ankara'da kapışılıyor, Anadolu kentlerinde raflarda kalıyordu. Bir ürünün sanayileşebileceği miktarda satılmıyordu yaptıkları. Çünkü çok özeldiler. Çok ince bir zevki yansıtıyorlardı.

Fabrika yöneticileri, sanatın değil, çoğunluğun sesine kulak verdiler.

Oysa bu fabrikada bir gelenek oluşturmak istemişti Füreya. Ondan sonra, arkasından başka sanatçılar gelecek, onlar da kendi düşlerini yansıtacaklardı porselene. Olamadı. Hem seramik sanatının hem de endüstrisinin gelişimini sağlayan, ülkelere saygınlık ve verimlilik getiren sanatçı-endüstri işbirliği kadük kaldı. Füreya'nın bugüne kadar üretilmiş en güzel yemek takımları, el emeği o bembeyaz fincanları, vazoları, kuş kandilleri değeri bilinmeyince üretimden kaldırıldı. Füreya da kalıplarının tümünü kırıp, tuzla buz etti.

Biraz da gönlü kırılmıştı belki. Ama çok değil. Çünkü ne olursa olsun, seramik artık yaşamın içindeydi. Yapılara tırmanmış, sofralara taşınmış, masalara kadar da inmişti. Hilton'a sehpalar yapmıştı seramikten, insanlar onun seramik masalarının üzerinde kahve ve çay içmişlerdi. Taslarından da şarap.

Yetmişli yıllara geldiğinde, uzun bir yol yürümüştü Füreya. Az biraz yorgundu. O yıllar da az yorucu değildi hani. Üniversitelerde boykotlar ve işgaller sürüyor, sağcılarla solcular hemen hemen her allahın günü birbirlerini vuruyorlardı. Siyasi cinayetlerin işlenmediği, huzursuzluğun çıkmadığı tek bir gün yoktu.

1971 yılının 12 Martı'nda, Ordu, hükümete meşhur muhtırayı vermiş, Demirel Hükümeti istifa etmiş, yerine Nihat Erim Hükümeti kurulmuştu. O yılların tek umut verici olayı, 1973'te İstanbul Kültür ve Sanat Vakfi'nın Uluslararası İstanbul Festivali'ni gerçekleştirmiş olmasıydı.

Ortamın yüreklere verdiği ağırlık, sanatçıların işlerine de yansıyordu, haliyle. Oysa Füreya'nın mahzun kuşlar olması gereken baykuşlarında bile bir iyimserlik vardı. Çünkü dallara konmuş baykuşlarını üretirken, memleketin halini değil, Aliye'yi düşünmüştü, Aliye'nin bir akşam alacakaranlığında elinde yeni ateşlediği tabancasıyla, ürkek, umutsuz ve çaresiz mezarlıkta dolaştığı saatleri. İzbeliklerin, mezarlıkların kuşları, selviler arasında titreyerek dolanan genç kadını, şaşkın bakışlarıyla izlemiş, kollamışlardı. Öyle anlatmıştı Aliye. Belki de bu yüzden Füreya baykuşlarının yusyuvarlak gözlerine hep sıcak bir bakış, yüzlerine sevecen bir ifade vermişti.

Yetmişli yılların huzursuz ortamına, bir başka olay, Şakir Paşa Apartmanı'nın bir müteahhite devredilmesi, tuz biber ekti.

Hakkiyanımın ölümünden sonra, çok sahipli bu evde bir düzenlemeye gitmek gerekmişti. Mehmet Ali Cimcoz'un tanıştırdığı bir müteahhitle, kat karşılığı anlaşma yapıldı. Müteahhit buraya kocaman bir iş hanı yapacak, karşılığında Şakir Paşa'nın çocuklarına katlar verecekti. İnşaatın başlayabilmesi için apartmanın boşaltılması gerekiyordu.

Füreya ne yapacağını şaşırmış haldeydi. Acilen bir yer tutup evini ve atölyesini taşımalıydı. Oysa, henüz katı hazır olmadığı için, kirayı karşılayabilecek, sürekli gelen bir akarı da yoktu.

"Kendinizi bu kadar harap etmeyin Füreyanım, nasılsa bir yer bulacağız," diyordu Müşerref. Tüm dostları harıl harıl hem ev hem de atölye olarak kullanabileceği bir yer arıyorlardı Füreya için. Aliye, Beyoğlu'na gelmesinde ısrar ediyordu. Füreya ise ömrünü geçirdiği muhitten ayrılmak istemiyordu. Sonuçta, Harbiye'de caddeye paralel bir arka sokakta, Arif Paşa Apartmanı'nda bir daire bulundu.

"Eh, bir Paşa'dan öteki Paşa'ya geçiyorsun," diye dalga geçti Aliye, "sana da bu yakışırdı doğrusu."

Yerleşeceği kat büyüktü fakat harap bir halde idi. Alışık olduğu gibi, yine bir giriş katıydı. Utarit İzgi, işini gücünü bırakıp, Füreya'nın yeni dairesini düzenlemeye girişti. Seramik fırını, bu kez iş masasının yakınına yerleştirilecekti ki, Füreya öteki evde olduğu gibi sıkıntı çekmesin.

Fırın yerleştirilirken Füreya mutfakta kutuları, paketleri açıyordu ve Utarit'in, "Yavaş olun, çarpmayın, aman dikkat," diye bağırıp duran sesini işitiyordu. Birden, "Allah kahretsin," diye bir haykırma duydu. İçeri koştu. Kan ter içindeki Utarit ve ustalar, bir ayağının üzerinde eğilmiş duran fırına bakıyorlardı şaşkın şaşkın.

"Ne oldu yahu?" diye sordu. Önce kimse yanıtlamadı. "Nedir bu haliniz?" dedi yine Füreya.

"Fırının bir ayağı zemini delip, alt katın tavanına geçti," dedi içlerinden biri.

"Anlamadım."

"Anlamayacak ne var. Şu anda alt katta oturan adamın tavanından bir fırın ayağı sarkıyor," dedi Utarit.

Fırının yeniden askıya alınıp yerinden kaldırılması, zeminin beslenmesi ve yerine yerleştirilmesi günler aldı. Evin içi dandiniydi. Füreya, eskisi gibi her işine koşup ona yardımcı olan Afife'nin yokluğunu hissediyor, ama bunu kendine bile itiraf etmiyordu.

Sara, Dame de Sion'a başladığından beri araları giderek açılmıştı geliniyle. Çocuk okuldan çıkınca, Füreya'nın ödevlerine yardım edeceği bahanesine sığınıp, doğruca atölyeye gidiyordu. Afife, Şakir Paşa Binası'nın yıkımından dolayı, evlerin ayrılmasına memnun olmuştu için için. Kızı artık baba evini bilecekti. Ama işler istediği gibi gitmedi. Sara çocukluktan çıkmış, istediğini yapabilecek yaşa gelmişti. Atölye onun için hem bir bilgi hem de bir eğlence kaynağı idi. Halasının sürekli genç, yaşlı, kadın, erkek bir sürü insanın girip çıktığı, renkli evinde çok hoş vakit geçiriyordu. Okuldan çıkınca ders bahanesiyle gittiği evden, bazen akşam yemeğini yemiş olarak dönüyordu kendi evine.

"Sara'nın en geç saat altıda evinde olmasını istiyor babası," demişti Afife.

"Bazen dersi bitmiyor. Bir şeyler atıştırıveriyoruz karşılıklı."

"Olmaz Füreya Abla. Belli bir disipline alışması lazım."

Yavaş yavaş su yüzüne çıkmaya başlayan bu çekişme sonucunda, Afife, Füreya'nın yeni atölyesine gitmez, konukları için kanepelerini, sarı votkalarını hazırlamaz olmuştu.

Bu yıllar Sara'nın ilk aşklarını, genç kızlık maceralarını yaşadığı yıllardı. Kendini açık fikirli halasına daha yakın buluyor, sırlarını onunla paylaşıyordu. Füreya, Sara'nın güvenini, yakınlığını ve sevgisini kaybetmemek için, Afife'nin hoş görmeyeceği davranışlarını ve arkadaşlarını sineye çekiyor, bu durum büsbütün kızdırıyordu Afife'yi.

Gelin-görümce arasındaki rekabet, Sara 1974 yılında evlenince durulur gibi oldu, ama hiç bitmedi.

ÜÇÜNCÜ BOYUT

Füreya son duvar çalışmasını, Sheraton Oteli için, 1975 yılında yaptı. Sonra da Gürdal Duyar'la çalışarak heykel yapmayı öğrenmeye girişti, ilk yaptığı denemeler, yüzünün her bir çizgisini hatta mimiğini çok yakından tanıdığı, dünyada en çok sevdiği üç kişiye aitti. Aliye'ye, Sara'ya ve Sara'nın oğlu Memo'ya.

Sara, Memo'ya hamile kaldığı zaman, Füreya, Bursa'da geçirdiği hamileliğinin tüm kâbusunu yeni baştan yaşamış, çocuğun doğumuna kadar tek bir gece bile doğru dürüst uyku uyuyamamıştı.

"Bu kadar telaşlanmanızın hiçbir anlamı yok. Elli yıl önceki Bursa'da değil, 1976 yılının İstanbulu'ndayız Füreyanım. Ne Sara'ya ne de bebeğe bir şeycik olmaz," deyip duruyordu Müşerref, ama Füreya'yı ikna edemiyordu. Sara nihayet 9 Mart'ta doğum yaptığında, Müşereref'e dönecek,

"Sara bir kere doğurdu, ama ben dokuz ay her gece dokuz doğurdum Müşerref," diyecekti.

Füreya, üç sevgili yakını için yaptığı büstlere, çaba ve zamanın yanı sıra, sevgi, duygu ve coşku akıtmıştı. En ufak bir tereddüte kapıldığında, hemen bozup, yeni baştan başlamıştı heykellerine. Onları tamamladığında, seramiğe kuşlarıyla ve balıklarıyla geri döndü. Tüm sanat yaşamı boyunca, her ikisinden de hiç vazgeçmeyecekti. Kuşları uçmasalar bile bir özgürlük hissi veriyordu ona. Balıkları ise biçimlerinden dolayı seviyordu.

Ve artık Füreya, bundan böyle seramikle sadece üç boyutlu yapıtlar üretecekti.

Derken, sanat yaşamında değişik bir çığır olan evlerin ilk adımları, 'kapılar' girdi devreye. Kapılar, bambaşka insanların yaşamlarına açılan pencerelerdi. Kimi sizi karanlığının gerisinde duran bir düşe götürmek üzere aralık duruyor, kimi de çevresinde oynayan neşeli çocukları, üstünde uçan kuşlarıyla, sonbaharda yapraklarını dökmüş bir ağaç olarak, yaşamı betimliyordu.

1979 yılıydı. Çalan telefona koştu, açtı, bir meslektaşı vardı karşısında.

"Füreyanım, rahatsız ettiğim için affedin. Seramikçilerin oluşturacağı bir dernek kurma vaktinin geldiğini düşündük arkadaşlarla. Bize katılırsanız onur verirsiniz," diyordu Candeğer Furtun. Füreya, '60'lı yıllarda kurulan Seramikçiler Derneği'nin de üyesiydi vakti zamanında.

"Seve seve katılırım," dedi.

"6 Temmuz'da Binay'ın evinde toplanıyoruz. Sizi saat ikide evden alabilir miyim?"

"Hayhay," dedi Füreya.

Candeğer Furtun, Amerika'da eğitim gördükten sonra, İstanbul'a dönmüş ve altmışlı yıllarda kurmuştu atölyesini, bin bir güçlükle. Füreya'nın hiçbir sergisini kaçırmazdı. Bir keresinde,

"Biliyor musunuz Füreyanım," demişti, "atölyemi ilk açtığım yıl, o kadar umutsuzluğa kapılmıştım ki. Her işim ters gidiyordu. Ama bana, siz gayret verdiniz."

"Ben mi? Nasıl?"

"Sizin kendi atölyenizi on yıl önce, ne mücadelelerle ve ne yokluklara göğüs gererek kurduğunuzu düşündükçe, 'pes etme, Candeğer, başaracaksın,' diyordum. Siz bana ışık tuttunuz."

Füreya, söylenen tarihte, Candeğer'le birlikte gitti Binay Kaya'nın evine. Bu eski öğrencisi şimdi ünlü bir seramikçiydi. Hepsi kendine oranla çok genç olan bu seramikçiler, yaşlı ustalarının da aralarına katılmasıyla, işi çok daha ciddi tuttular ve bir yıl sonra, '80 yazında derneklerini kurmayı başardılar. Bu konuda daha önceden tecrübesi olan Füreya, bilgi ve deneyimleriyle onlara yol gösteriyordu. Başkan seçilmek istemediği halde, onu zorla derneğe başkan da seçmişlerdi.

Çok zor bir yaz geçiriyorlardı. Cinayetlerin ardı arkası kesilmiyordu. Nisan ayında Yazar Ümit Kaftancıoğlu'nun öldürülmesini, mayısta meclis saymanı Sevinç Özgüner'in, temmuz ayında ise, CHP Milletvekili Abdurrahman Köksaloğlu'nun, eski Başbakan Nihat Erim'in ve DİSK eski Genel Başkanı Kemal Türkler'in öldürülmeleri izlemişti. Her yerde yangınlar çıkarılıyor, sağa sola bombalı pankartlar asılıyordu.

12 Eylül'de ordu yönetime el koyunca, tüm dernekleri kapattı ve Seramikçiler Derneği'nin de açılmasıyla kapanması bir oldu. Füreya'nın başkanlığı da düşmüştü, ama ömrünün sonuna kadar ona sevgi ve saygıyla bağlanacak bir dost kazanmıştı. Candeğer Furtun, belki de yetmiş sonlarının en büyük kazanımıydı Füreya için. Tabii bir de Memo vardı. Füreya'ya torun sevgisini tattıran, ona, kardeşi Şakir'in bebeklik günlerini hatırlatıp yeniden yaşatan Memo'su. Sara'ya bebekliğinde nasıl her gün uğradıysa, şimdi de Memo'nun banyo saatlerini kaçırmamaya özen gösteriyordu.

"Bu çocuklar saat başı büyür ve değişirler Sara, bir andan ötekine bir de bakarsın, gülümsemeye veya bakışlarıyla bir şeyleri takip etmeye başlarlar. Gelişmelerini kaçırmak istemiyorsan, gözlerini Memo'dan ayırma," demişti. 'Hiç çocuğu olmayan halam, nereden biliyor bebeklere dair bunca şeyi,' diye düşünmüştü Sara.

Füreya'nın, itiraf etmese de, Fahrünissa'nın küçücük yaşta ölen oğlu Faruk'tan beri, içinde hep bir çocuk özlemi kalmıştı. Kendi kaybettiği bebeğin kız olduğunu öğrendiğinden beri de kızlara karşı derin bir sevgisi vardı. Bu yüzden Şirin'i evladı gibi sevmiş, Cevat Şakir'in kızları İsmet ile Aliye'ye gerçek bir abla gibi davranmıştı. Hatta, İsmet'in yatılı olarak Arnavutköy Kız Koleji'ne verildiği yıl, onunla çok yakından ilgilenmek amacıyla, hafta sonlarını Şakir Paşa Apartmanı'nda geçirmesi için ısrar etmişti. Gençlere, çocuklara, bebeklere karşı zaafa varan ilgisi, sonunda Sara ve çocuklarında odaklanmıştı.

Füreya'nın atölyesinin konukları zaman içinde değişmeye başlamıştı. Ötelere göçen dostların, uzaklara giden arkadaşların yerini, ocağa yeni katılanlar dolduruyordu. Yetmişli yıllarda, evine, Nesibe ve Kemal Türkömer, Sabahattin Batur, Şakir ve Sebla Eczacıbaşı, Ulvi Uraz ve eşi Selçuk, doktor Nejat Harmancı, Inge ve ressam Ali Bütün en sık gelenler arasındayken, yetmiş sonlarında, kendilerini kanıtlamış genç seramikçilerle, Rabia Çapa, Mengü Ertel ve Ferit Edgü müdavimlerin arasına katıldılar. Füreya'nın dostları giderek gençleşiyordu. Etrafına topladığı gençlerden enerji depoluyor gibiydi. Hiç ama hiç yaşlanmıyordu, ne ruhu, ne dünya görüşü, ne giyim kuşamı ne de yaşam felsefesi.

Sara ile alışverişe çıktığı bir gün, Sara'nın kendi için bile 'bu yaştan sonra giyemem bunu' dediği daracık bir tayt pantolonu almakta ısrar etmiş, satıcı kızla yeğeninin biraz alaycı, biraz şaşkın bakışları karşısında, istemeye istemeye vazgeçmişti pantolonu almaktan.

Yetmişli yılların sonunda, yetmiş yaşının başında bir genç kızdı o.

EVLER - İNSANLAR

(80'li Yıllar)

Füreya'nın seramikteki arayışları seksenli yıllarda ilginç bir boyut kazanmıştı. Artık toprak ve sırla resim çizmiyordu eskisi gibi. Şimdi, adeta içini, toprağı şekillendirerek döküyor, ruhunun arayışlarını biçimlerle seriyordu gözler önüne.

Daha önceleri, belki de kuşlardan bir türlü vazgeçemediği, ama onları yapmaktan da yorulduğu için, kuş evleri yapmıştı. Osmanlı mimarisindeki kuş evlerinden haberi olmayan bir küçük oğlan, annesiyle sergiyi gezerken, evlerin içine kuşların girdiğini sanmıştı. Bir şimşek çakmıştı Füreya'nın kafasında. İçine kuşların girdiği evler! İçinde mutlu insanların yaşadığı evler... pencerelerine fesleğen saksılarının dizelendiği evler...

Evler, odalarında yaşayan insanlarıyla her zaman ilgisini çekmişti onun. Kentlerde olsun, köylerde olsun, ne zaman ışıklı bir pencerenin önünden geçse, hep başını uzatıp içeri bakmak geçerdi gönlünden. Acaba insanlar nasıl yaşarlardı evlerinde? Sofra başlarında mı otururlardı, minderlere mi uzanırlardı? Sofraları soğan-ekmekli yoksul evlerin, şiirdeki gibi sarı sıcak rengini görmek ister, daha zengin kurulmuş masaların üstündeki zeytinyağlı çeşitlerini merak ederdi. Saksılarda devetabanı, tenekede sardunya mı yetiştirirdi yaşlı kadınlar, cumbalarına tünediklerinde, fal açar, yün mü örerlerdi? Kuş mu beslerlerdi? Ürküten yüksek beton binalarda değil de, nedense tek veya iki katlı küçük evlerde, samimi mahallelerde yaşayan mutlu insanların ev halini merak ederdi. Her evin bir gizemi vardı onu çeken. Her kapının ardında bir öykü, bir roman...

Önce kapıları yapmış, araladığı kapılardan yürüyerek evlerin içine girmişti Füreya. O evler ki damlarına kuşlar tünemişti, bacalarında duman tütmüştü, hep açıktı pencereleri, güneş ve hava dolsun diye odalarına, sofalarına... kendi ciğerlerine yeterince çekemediği havayı, bolca çeksin diye o evlerin insanları.

Rüya şehir İstanbul'da yitip gitmekte olan, o görmüş geçirmiş, zamanın boyasıyla kararmış, yaşlı, çok yaşlı evler. Sona ermekte olduğunu sezip de, dondurmak ister gibi o rüyayı, birbirlerine dostça yaslanmış evleriyle mahalleler yapmıştı. Yetinmemiş, insanlar koymuştu evlerin içine. Kuşlar, saksılar, testiler koymuştu. Küçük mutluluklar yaratmıştı küçük evlerinde, hayatı yaşanmaya değer kılan.

Beyaz eldivenli garsonların hizmet ettiği, nadide antikalarla süslü konaklardan, görkemli dairelerden çıkıp, iki göz odada mutluluğu, sanatı, gerçek dostluğu ve sil baştan hayatı yakalayan biri için, bir oto-terapi miydi bu sevimli İstanbul mahallelerini yaratmak? Bir iç dökme, bir hesaplaşma mıydı?

Füreya bilirdi yollarda yürüyen insanların yüzlerine, iç dünyalarını gizlemek için birer maske taktıklarını. Sokakta ağlanmazdı örneğin. Bağırıp çağrılmazdı. Hatta kahkahayla gülünmezdi bile. Ama evlerine girdiklerinde, kendi iç dünyalarını dışa vururdu insanlar. Evlerinde sevişir, sevinir, coşar, üzülür ağlarlardı. Aynen onun da yaptığı gibi, yıllar, yıllar boyunca. Şimdi içlerinde insanlarıyla evleri yaparken, onların ruh hallerini, duygularını, iç dünyalarını yansıttığını düşünüyordu.

Evet, kesinlikle bir dışavuruş, bir oto-terapiydi evler. Belki de artık, onca suskunluktan sonra, içini dökmek istiyordu birilerine.

Seksenli yılların birinde, birlikte geçen bir çalışma gününün sonunda,

"Füreya Hanım, kaç yıldır hemen hemen haftanın üç günü birlikteyiz. Siz benim en sevdiğim, en saydığım dostumsunuz. Ama ben size dair çok az şey biliyorum. Ne olur bana kendinizi anlatın," demişti Candeğer.

"Ne öğrenmek istiyorsunuz Candeğer?"

"Sizi bu kadar ayrıcalıklı yapan nedir? Nasıl bu kadar... hoş..." –kelimeyi bulmakta zorluk çekiyordu– "değişik... muhteşem yapan nedir?"

"Ben o dediklerinizin hiçbiri değilim, ama buralara nasıl geldiğimi soruyorsanız, bir gün oturun anlatayım."

Elinde ses kayıt makinesiyle gelmişti Candeğer. Kanepenin üstünde diz dize oturmuşlardı, iki saat boyunca, soluk almaya korkarak dinlemişti Füreya'nın Ada'daki köşkte başlayan yaşam serüvenini. Anıların rüzgârında, kâh bahçenin egzotik bitkileri arasında savrulmuş, Bursa'da bir tahta masada can çekişmiş, kâh Atatürk'ün sofrasında kadeh kaldırmış, kâh bir sanatoryumun terasında öksürüklere boğulmuş ya da Paris'in renkli, gürültülü sokaklarında koşuşmuştu elinde kilolarca malzeme ile.

İki saatin sonunda, hem Füreya hem Candeğer, biri uzun süredir anlatıyor olmaktan, diğeri bir hayatın içinde dörtnala koşmaktan, soluk soluğa idiler.

"Teşekkür ederim," demişti Candeğer, "size çok çok teşek-

kür ederim. Çok değişik, çok renkli bir film seyretmiş gibiyim."
Ses kayıt makinesinin düğmesine basmıştı. Hiç ses gelmediğini görünce, bir daha basmıştı.

"AMAN TANRIM!" Bembeyazdı yüzü.

"Ne var? Ne oluyorsunuz kuzum? İyi misiniz Candeğer? Renginiz uçtu."

Ancak fısıldayabilmişti Candeğer, "Füreyanım... Füreyanım... çok korkunç. Bir şey oldu. Çok çok korkunç... Kayıt düğmesine basmamışım. Bütün anlattıklarınız boşa gitti. Galiba bayılacağım. Bayılmak üzereyim."

Bir kahkaha patlatmıştı Füreya.

"Bunun için bayılmaya değer mi hiç? Üzülmeye değer mi? Ben buradayım. Siz buradasınız. Kayıt makinesi de burada. Çaylarımızı içelim, ben size her şeyi baştan anlatırım, olur biter."

Çayları hazırlamak için mutfağına yürümüştü kendini beceriksiz bir aptal gibi hisseden Candeğer'i odada bırakıp. Candeğer, konuşulanları kaydedememişti ama artık çok iyi biliyordu; Füreya'yı bu kadar ayrıcalıklı yapan, ömründeki zengin birikimdi, yaşam tanıklığı idi.

Füreya, Aliye'nin ölümünden sonra, onun son gravürlerini sergilemek istemişti.

"Bu sergiyi Rabia'nın galerisinde açalım, ne dersiniz?" demişti Ferit Edgü. "Benim şu aralar en beğendiğim galeri orası."

Ferit'le birlikte Maçka Sanat Galerisi'ne gitmişlerdi. Rabia ile ilk kez Aliye'nin sergisi dolayısıyla tanışmış ve ondan sonra, Rabia da onun yakın dostlarının arasına katılmıştı. Torunu yaşındaki Rabia Çapa ile o kadar iyi anlaşacak, o kadar çok eğlenmeye başlayacaktı ki, seksenli yıllardaki yolculuklarının çoğunu onunla birlikte yapacaktı.

Fahrünissa'nın Paris'te açtığı sergiye hep birlikte gitmişlerdi,

Rabia, Candeğer ve Melike Kurtiç ile. O yıllarda Paris'te yaşayan Alev Ebüzziya'nın evinde kalmışlardı. Liseli kızlar gibi fıkır fıkır güle oynaya Paris'in altını üstüne getirmişlerdi. Girip çıkmadıkları galeri, müze, tiyatro kalmamıştı. Rabia ara sıra, Füreyanım'ı çok mu yoruyoruz, diye endişeye kapıldığında veya kendisi yorgunluktan bitap düşüp evde kalmak istediğinde,

"Buraya gezmeye geldik, istirahat etmeye değil," diyerek, çeke çeke çıkartmıştı onu evden.

Rabia ve Candeğer, Füreyanım'ın İstanbul'dayken, sabahları, öğlen saatlerine kadar yalnız kalmayı tercih ettiğini bildikleri için, aynı düzeni Paris'te de sürdürmek isteyeceğini düşünmüş, sabah saatlerine fazla ağırlık vermemiş, programları hep öğleden sonralara kaydırmışlardı.

"Ne diyorsunuz kuzum çocuklar? Paris'in sabahlarını kaçıracak değiliz ya, benim afyonum geç patlıyor diye. Lütfen uyuyakalırsam beni saat sekiz buçukta uyandırın," diye sıkı sıkı tembihler etmişti. Onları önüne katıp yıllar önce kaldığı otelleri, hastaneyi, evi, devam ettiği seramik atölyelerini teker teker göstermişti.

Paris yolculuğunun çok eğlenceli ve uyumlu geçmesi üzerine, bir Bozburun gezisi düzenlemişlerdi İstanbul'a dönüşte.

Ama Füreya'nın ve Rabia'nın unutamadığı yolculuk, yine Fahrünissa'nın, bu kez Amman'da açacağı sergi için, Ürdün'e yaptıkları seyahatti.

Bu sergiye dünyanın çeşitli yerlerinden gelmişlerdi Fahrünissa'nın eşi dostu. Şirin ve kocası Amerika'dan, Füreya, Rabiş, Sara ve kocası İstanbul'dan uçmuşlardı. Füreya ve Rabia, serginin açılış gününden çok önce gitmişlerdi, biraz da Ürdün'ü gezmek için.

Herkes, Fahrünissa'nın canlı, gürültücü ve renkli kişiliğine alışıktı. Hediye vermekteki cömertliğine de. Ama Amman'daki sarayı andıran evine ilk girişleri her türlü beklentinin üzerindeydi.

Bir akşamüstü, bahçe kapısından içeri attıkları ilk adımdan

itibaren, eve kadar uzanan taş yol, Fahrünissa'nın tualleriyle kaplanmıştı. Yol boyunca dizelenmiş meşalelerin ışığında, önce yere çok renkli bir acem halısı serili sanmışlardı. Yerdekilerin ne olduğunu anlayınca, resimlere basmamak için, hoplaya zıplaya yürümüşlerdi eve kadar. Evin içinin de bahçeden farkı yoktu. Yerler, duvarlar, tavanlar, perdelerin önleri, pencereler... her taraf... bahçeye ve sokağa açılan kapıların dışında her yer resimlerle kaplıydı. Değişik boylarda yüzlerce mum yanıyordu dört bir yanda. Yüksek tavandan sarkan kristal avizeye hediye paketleri asılmıştı. Hediyeler o kadar çoktu ki avize gözükmüyordu. Evin her bir köşesine, bir festival, bir bayram, bir kutlama havası hâkimdi. Fahrünissa kocaman yatağında, mücevherler ve kurdeleler içinde uzanmış yatarken, dolaplara sığmayan rengârenk işlemeli giysileri, tıpkı Aliye'nin evinde olduğu gibi, tavandan, çengellerden, dolap kulplarından sarkıyor, odayı bir tiyatro kulisinin gardrobuna çeviriyordu.

Rabia, otelde odasına girdiğinde, yatağa serilmiş yerel giysileri ve çiçek petallerini, masaların üzerindeki çiçek ve meyve sepetlerini görünce hiç şaşırmamıştı. Fahrünissa, otel odasında böyle bir karşılama töreninin benzerini, Paris'te de yapmıştı ona ve zaten meşalelerle aydınlatılmış, resimlerinin serili olduğu yola adımını attığından beri, hiçbir şeye şaşamıyordu artık.

Amman'da her şey olağanüstü renkli, abartılı, çarpıcıydı. Şirin her zamanki gibi eğlenceli ve enerji doluydu. Füreya ise kelimelere sığamayacak kadar sade ve zarifti. Belki de onu, ailenin diğer sanatçı kişilerinden ayıran, değişik kılan, bu yalın, süssüz, keskin zarafetiydi.

Onun kişiliğindeki ve çizgilerindeki bu ayrıcalığa bir kere de Ferit Edgü yakından tanıklık etmişti.

Berlin'de bir sanat sempozyumuna katılmak üzere çağrılmıştı. Onun Berlin'e gitmeye hazırlandığını duyan Füreya, "Ahh," demişti, "biliyor musunuz Ferit, 1936'dan beri Berlin'e hiç gitmedim ben."

"Buyrun, siz de gelin Füreyanım," demişti Ferit.

Aynı tarihlerde Fahrünissa'nın Almanya'nın Aachen kentinde bir sergisi açılacaktı.

İkisi birbirine denk düştüğüne göre, neden olmasın, diye düşünmüştü Füreya. Sara ile kocası Emre de gelmeye karar verince, bir çocuk gibi heyecan içinde valizlerini hazırlamıştı.

Ne çok severdi gezmeyi, yeni ülkelere gidip, yeni sesler duymayı, yeni tatlar tatmayı.

Ferit ile Berlin'de buluşup, çok keyifli bir tatil yapmışlardı. 1936 yılında, Fahrünissa'nın orada sefire olarak bulunduğu sırada, birlikte gezdikleri yerleri, otelleri, lokantaları aramış, ama her şeyi çok değişmiş bulmuştu. Zaman acımasızdı. Bayağı ve çirkine doğru ne büyük bir hızla kayıyordu insanoğlu.

"O yıllarda siz bir prensesle birlikte dolaşmışsınız buraları. Bugün halktan biri olarak gezmektesiniz. O gözle bakın," demişti Ferit.

Hiç itiraz etmeden, o gözle bakmıştı Füreya. Bu kez, bambaşka şeyler görebilmeyi başarmıştı. Çağdaş sanat, dolu dizgin koşmaktaydı. Gençlerde müthiş bir dinamizm vardı. Berlin eski Berlin değildi, ama neresi aynı kalabilmişti ki? Belki de gerekliydi böyle bir değişim. Hayatın yenilenmesi, umut ve heyecan verici olması için şarttı.

Berlin'de dünyanın dört bir tarafından gelmiş sanatçılara -yazarlara, ressamlara, sinemacılara, müzisyenlere- sempozyumun bitiminde bir akşam yemeği düzenlenirdi. Ferit Edgü, Füreya'yı da bu akşam yemeğine götürmek istemişti.

"Amerikalısından Fransızına, Almanından Çekoslovakına kadar bin bir çeşit sanatçı gelecek, dünyanın dört bir köşesinden. Siz de mutlaka gelin, eminim hoşunuza gidecektir," demişti.

Gitmişlerdi birlikte. Kırk, kırk beş kişinin yemek yemekte olduğu salondan içeri girdiklerinde, salonun uğultusu birden kesilmiş, bütün başlar kapıdan girmekte olan Füreya'ya dönmüş ve herkes bir an soluğunu tutmuştu. Sanki kapı girişinde bir hale oluşmuştu ve konuklar o ışığa doğru dönmüştü, tıpkı çiçeklerin güneşe dönmesi gibi. Ferid Edgü seksen yaşına gelmiş bir kadının hâlâ bu kadar karizmatik olabilmesine şaşıp kalmıştı.

BİRDENBİRE SONBAHAR

Dünle beraber gitti cancağızım
ne kadar söz varsa düne ait.
Şimdi yeni şeyler söylemek lazım.
MEVLANA*

"Fırınınızı neden satmak istiyorsunuz?" diye sormuştu Candeğer Furtun.

"Çünkü artık yeni bir şey üretemiyorum," demişti Füreya. "Yaptıklarım, hep daha önce yaptıklarımın tekrarı oluyor. Tekdüzelikten nefret ederim."

Ferit'e de aynen bunları söylemişti.

"Söyleyecek bir şeyim kalmadı."

Ferit, onun, artık çok yaşlı ve güçsüz olduğu için, çamurla, çamura form vermekle, ateşle haşır neşir olmasının onu yoracağını tahmin ettiği için,

---

* Çeviren: A. Kadir.

"Resme dönün Füreyanım. Şimdi çok güzel kalemler çıktı piyasaya. Siyah-beyazla başlayın, hoşunuza giderse renk de kullanmaya başlarsınız," demiş, teşvik etmek maksadıyla ona resim kâğıtları ve mürekkepli kalemler getirmişti.

"Aynı şey değil resim. Seramik bambaşka. Toprağın serinliğini, sıcaklığını avuçlarımda duyumsamanın, fırının önüne dikilip içerdeki parçanın ne şekilde çıkacağını sabırsızlıkla beklemenin o heyecanı var ya, o duyguyu hiçbir şeye değişmem. Bir beklentidir seramik, çünkü fırından yapıtın nasıl çıkacağından hiçbir zaman emin olamazsınız. Bir anlık elektrik kesilmesi, iki derecelik ısı farkı, çok şeyi değiştirebilir. İstediğiniz tonu ya da kıvamı kaybedebilirsiniz. Pişerken, içerde ne olmuşsa, bir de bakarsınız, üzerinde bir leke oluşmuş..."

"Satmayın o zaman fırını."

"Olmaz. Söylenecek bir şey kalmadı."

Bir sevgiliden ayrılır gibi ayrılmıştı fırınından, içi yanarak. İstemeden, ama doğrusunun bu olduğuna inanarak.

Füreya'nın sevdiği kocasından ayrılışı da böyle olmuştu. Tutkuyla bağlandığı genç adamı ayakları geri geri giderek terk etmişti. Bir konser solisti olamayacağını anladığı için, yirmi iki yaşında, on yedi yıldır çaldığı kemanını bırakmıştı. Beş yaşından beri, yanağını serin ve pürüzsüz tahtasına yaslayarak, yüreğinin üzerinde tuttuğu, parmaklarıyla konuşturduğu kemanını... Bağlılığı ve sevgisi ne kadar derin olursa olsun, son noktaları koymayı hep bilmişti Füreya.

Fırını satmış, boyalarını, malzemelerini dağıtmıştı genç seramikçilere. Ferit'in masasının üzerine bıraktığı kâğıt kalemlerle oyalanmıştı bir süre.

Yorgundu. Bundan böyle, kendine büyükanne rolünün daha çok yakışacağını düşünüyordu. İki tane torunu vardı artık.

Sara'nın Serra'yı doğurduğu gün, yaşamın değerini bir kere daha sorgulamıştı, bahçede doğumu beklerken. İlkbahardı. Ağaçlar çiçeğe durmamışlardı henüz, ama taze yapraklarla yeni donanmışlardı. Yemyeşildiler. Yaşamın her bahar sil baştan yinelenmesini gözleriyle görüyor ve soruyordu, "Tanrım, ağaçlara bağışladığını biz kullarından niye esirgedin acaba? Şu tomurcuk demin patladı gözlerimin önünde. Çığlığını duymadım daim. Oysa benim kızım sekiz saattir avaz avaz bağırıyor içerde. Neden? Neden bunca acıyı biz insanlara reva gördün? Sara'ya bir şey olursa, ben şimdi tüm bu dalları kırmaz mıyım teker teker? Yolmaz mıyım yapraklarını ağaçların?"

"Füreyanım, bahçe serin. Üşüteceksiniz, içeri gelin lütfen, başhekim haber yolladı, odasına rica ediyor sizi," demişti karşısında dikilen hemşire.

"Girmem içeri. Sara'nın çığlıklarına dayanamıyorum."

"Her doğum yapan kadın böyle bağırır, inanın bana."

"Saatlerdir bağırıyor kız. Kuzum, tıp bir çare bulamıyor mu bu acıya?"

Memo'nun doğumunda, Füreya'ya çocuk doğduktan sonra haber vermişlerdi. Sara sıkı sıkı tembih etmişti, halasına yine doğumdan sonra haber verilmesi için. Ama Sara doğum katına indirildikten bir saat kadar sonra, nasılsa bebek yakında doğar diye, telefonla haber vermişti kocası. Çok zor bir doğum yapıyordu Sara. Sabahın erken saatlerden beri, birlikte azap çekiyorlardı hala-kız.

Sonra, bebeğin kız olduğu müjdesi gelmişti. Cam bir bölmenin ardında durup, kuvözde yaşam mücadelesi veren o miniminnacık cana bakmıştı Füreya. Ne büyük bir savaşla gelmişti dünyaya ve kim bilir daha ne savaşlar bekliyordu bu küçücük insan yavrusunu. Birkaç saat önce açılışını seyrettiği tomurcuk gibi, tazelenemeyecekti her bahar, ama serpilip gelişecekti, okuyup öğrenecekti, evlenip çoğalacaktı... Bu mucizeye yakından tanıklık etmek istiyordu. Seramik yapmak, çamurla oynaşmak, sergiler açmak değil, Serra ile Memo'nun büyümelerini, gelişmelerini yakından izlemek, onların yaşamının ayrılmaz bir parçası olmak, onları doya doya sevmek, etkilemek, üzerlerinde iz bırakmak istiyordu. Çünkü, ya vakit yoksa! Ya büyüdüklerini göremezse!

Geçen yıllar içinde, sırasıyla annesini, Suat ve Cevat dayılarını, Aliye'yi ve Ayşe Teyzesini kaybetmişti. Ölüm, Şakir Paşa ailesinin baş köşeye kurulmuş, hatırlı konuğu gibiydi. Her yıl birini çekip alıyordu aralarından. Sıcak nefesini yüzünde hissediyordu bazı geceler. Bazen de ne kadar uzakta duruyordu ona ölüm. Özellikle de Memo ile Serra'ya gittiği günler. O küçük bedenlerden çıkan sevgi, güven ve enerji, sanki Füreya'yı, bilinmeyen kötülüklere karşı bir zırh gibi sarmalayıp koruyordu. Onların yanında gençleşiyor, hatta çocuklaşıyor, mutlu oluyordu.

Müşerref'e de söz etmişti duygularından. Yine bir mavi yolculuğa çıkmak üzereydiler. O bordasına mavi yolculuk flamasının Sabahattin Eyüboğlu tarafından çekildiği, güvertelerin yatakhaneye dönüştüğü, çeşit çeşit sanatçının güneşin ilk ışıklarında, Balıkçı'nın merhabası ile uyandırıldığı, Hürriyet ya da Maceracı adlı salaş teknelerin devri kapanmıştı çoktan, ama hâlâ bu yolculuklara çıkıyordu, bu kez genç arkadaşlarıyla.

"Gelmesem diyorum Müşerref, içime sinmiyor bu yaz İstanbul'u bırakmak."

"Aaa, olur mu hiç Füreyanım. Siz olmadan gidilir mi mavi yolculuğa. Ben, her suya atladığınızda 'ahhh Müşerref, ohhh Müşerref,' diye bağırmalarınızı duymazsam, nasıl çıkarırım denizin keyfini?"

"Çocukları bırakmaya gönlüm el vermiyor."

"Onlar çocuk. Bir oyuna daldılar mı farkına bile varmazlar yokluğunuzun."

"İyi de onların hasretini ben nasıl kaldırırım? Ya ben yokken bir şey olursa?"

"Anneleri babaları var. Anneanneleri de burada." Bunu söyler söylemez kızarıp susmuştu Müşerref. Sanki Sara'nın evlat edinilme davasını kendi üstlenmemiş gibi. Nasıl unuturdu! Aptal, aptal kadın!

"Doğru," demişti Füreya, kırık bir sesle.

"Demek istedim ki..."

"Haydi yardım et de, yolculukta yanıma alacağım eşyaları bulup çıkaralım çekmecelerden," diye sözünü kesmişti Müşerref'in.

Havlularını, mayolarını, bir iki pantolonunu ve bluzunu istif etmişti yatağın üstüne Müşerref. Bir taraftan da göz hapsine almıştı Füreya'yı. Ne zamandır eski enerjisi yok gibiydi. Yolculuklara bile eskisi gibi sevinemiyordu nedense. Müşerref hasretle geçmiş günlerin Füreya'sını düşündü.

"Yılan balıklarını hatırlıyor musunuz?" diye sordu.

Yüzüne ışıltılı bir gülümseme yayıldı Füreya'nın. "Hatırlamaz olur muyum! Nasıl da kıyabilmiştin kilolarca balığa."

Müşerref birkaç yıl önce, Enez'de baktığı o davayı anımsıyordu, içi sızlayarak. Meriç Nehri ile denizin birleştiği noktada yumurtlayan yılan balıkları, yumurtalarını bıraktıktan sonra, Meksika Körfezi'ne kadar giderlermiş. Müvekkili ona bu uzun yol yolcularından, bir çuval dolusu armağan etmişti. Eve döndüğünde balıkları ne yapacağını bilemeyen Müşerref, onları kalorifer kazanında yaktırmıştı. Duyduğu zaman küplere binmişti Füreya. Bana getireydin, bir balık daveti yapardım diye tutturmuştu. Sonunda, Füreya'nın sitemlerinden kurtulmak için bir çuval yılan balığı daha istetmişti Müşerref. Füreya evinde hayal ettiği gibi bir balık partisi düzenlemişti. Pırasaya sardığı balıkları kiremitlerin üstünde ateşte pişirip ikram etmişti konuklarına. O yemek davetinde değil miydi Nuri İyem'e, "Kuzum, niye senin kadınların hep çatık kaşlı? Bunlar hiç mi gülümsemezler?" diye sorması?

Uzun zamandan beri, evinde balık davetleri vermiyordu. On günde bir, Müşerref'le iskele lokantasının en ucundaki masada güneşin henüz batmadığı bir saatte buluşup, önce kızaran ufku seyrediyorlar, sonra balıklarını yiyorlardı. Bu yemekler bir geleneğe dönüşmeye başlamıştı. Müşerref, Füreya'dan önce gidip masada oturup onu bekliyordu. En sevdikleri masayı kapmak, mezeleri ısmarlamak, belki biraz da onun içeri girişini görmek için. Çünkü Füreya, uzun etekli, mor ya da turkuaz giysisi ve beyaz saçları ile kapıda gözüktüğünde, başların hayranlıkla ve saygıyla ona doğru çevrilmesini seyretmek hoşuna gidiyordu. 'Bu ailenin kadınlarını ayrıcalıklı yapan nedir acaba?' diye düşünürdü hep Müşerref. Çünkü çok iyi tanıdığı Fahrünissa ve kızı Şirin de aynı böyleydiler, çarpıcı ve etkileyici.

Bir gün, İstiklal Caddesi'nde, Taksim'den Tünel'e doğru yürüyordu Füreya. Kalabalıktı sokak. Her iki yanından da bir sürü insan akıyordu koşar adımlarla. Kimi Tünel, kimi Taksim istikametine doğru koşuşturuyorlardı. Hepsinin acelesi vardı. Hepsi mutsuzdu. Hiçbirinin yüzü gülmüyordu. Baktıkları yeri görmüyor gibiydiler. Ne ağaçların, kuşların ne sokakta yürüyen diğer insanların farkındaydılar. Köşebaşını tutmuş simitçi bile boş gözlerle bakıyordu gelip geçene. Caddeden geçen otobüslerin pencerelerine, yine baktığı yeri görmeyen, donuk yüzlü, düşman bakışlı insanlar yapışmıştı. Füreya tek bir dost yüz, bir sıcak ifade yakalayabilmek için çırpındı. Dükkânlara girdi çıktı. Bir bardak portakal suyu içti bir büfede. Bir kişiyle olsun, diyalog kurmaya çalıştı. Portakalını sıkan, bardağını uzatan, parasını alan adam, bakmamıştı bile yüzüne. Ürperdi. Korku filminde yaşıyor gibiydi. Onun İstanbuluna mı aitti, bunca yabancılık çektiği sokak? Evine geri döndü. Tanıdık ve dost eşyalarının arasına sığındı.

Bu Beyoğlu yürüyüşünden aylar sonraydı. Ferit Edgü ile Füreya'nın evinde karşılıklı içkilerini yudumluyorlardı. Bir ara Füreya,

"Size göstermek istediğim bir şeyler var," demiş ve çalışma odasına yürümüştü.

"Bekleyin biraz."

Ferit bekledi. Füreya iş masasının üzerine bir şeyler diziyordu.

"Gelebilirsiniz."

Ferit, içeri girip, masanın üzerine rasgele dizelenmiş figürleri görünce,

"Bunlar da nerden çıktı?" diye sordu.

"Sokaklardan," dedi Füreya.

Masada, kadınlı erkekli bir sürü insan figürü duruyordu. Gözleri boş birer delikti. Kiminin yüzü ifadesizdi, ama kiminin de yüzünde derin bir acı ve umutsuzluk vardı. Ruhları ölmüş ya da acıyla kavrulmuş insancıklardı. Henüz fırınlanmamışlardı.

"Bunları hemen pişirin," dedi Ferit. "Bugüne kadar yapmış olduğunuz en dramatik işler, bunlar."

"Doğruyu söyleyin," dedi Füreya. "Hepsini bir anda kırabilirim."

"Sakın, sakın! Fırınlayın bunları."

Füreya ilk eleştiriyi Ferit'ten aldıktan sonra, sırasıyla Utarit İzgi'ye, Candeğer'e ve Binay'a gösterdi insancıklarını. Hepsinin fikirlerini bir arada değil de teker teker almayı tercih etti nedense. Aralarından sadece Utarit sordu, "Neden yaptınız bunları? Ne ifade ediyorlar?" diye.

"Bugünün insanını," dedi Füreya. "Bir boşluğa doğru gidiyorlar, baksana. Kişiliklerini yitirmişler. Ruhları ölü. Beklentileri yok. Yaşamıyorlar. Belki çok şeyleri var ama hiçbir şeyleri yok gibi."

Utarit ürperdi. Eski ve sevgili dostunun iç dünyasını mı yansıtmaktaydı bu acıyla bükülmüş ya da hiçbir beklentisi kalmamış gibi duran figürler? Umudun kalmamasını, yaşlılığın ne menem bir şey olduğunu, ancak yolun ortasını geçmiş olanlar anlardı.

Rabia ile Ferit, bu figürleri nasıl sergileyebileceklerini düşündüler kafa kafaya verip. Bir sergiyi doldurabilecek kadar çok değildiler, ama az da değildiler. Öylesine dramatik ve değişiktiler ki, mutlaka göz önüne getirilmeleri gerekiyordu. Füreya'nın seramiğe başlamasının üzerinden tam kırk yıl geçmişti. Neden ona bir kırkıncı yıl sergisi yapılmasın? Neden bu sergiye onun ocağında yetişmiş olsun olmasın, memleketin tüm seramik sanatçıları katkıda bulunmasın.

Fikir Rabia'dan çıktı. Müthiş bir buluştu. Füreya'ya verilebilecek en güzel hediyeydi. Kırk seramik sanatçısına, bu yaşlı ustayı selamlama görevi vermek! Hem de Füreya'nın yapmaktan asla yorulmadığı vazgeçmediği 'kuş' teması ile...

Katılım kırkın da üstünde oldu. Seramiğe bulaşmış profesyonel ya da amatör tüm seramikçiler bu çorbada tuzları olsun istediler. Kuş panolarının boyutları kırka kırk olarak saptandı. Bu sergide kuşlar sadece Füreya için uçacaklardı ve aynı gün, Füreya da dostlarını, son yapıtı olan terakota insanlarıyla selamlayacaktı.

Sergiyi, Maçka Sanat Galerisi'nde Sarkis hazırlayacaktı. Füreya'nın yapıtlarını onun evinden getireceği aile yadigârı bir etajerin üstünde sergileyecekti. Sanki galerinin o bölümü, Füreya'nın odasından bir köşeymiş gibi...

Önce niyetleri bir sürpriz yapmaktı Füreya'ya, ama o kadar heyecanlıydılar ki sırlarını saklayamadılar içlerinde. Füreya duydu. Kulaklarına inanamadı. Büyük bir coşkuyla beklemeye başladı kırk sanatçının onun kırkıncı sanat yılını kutlayacağı günü.

Serginin açılışına on beş gün vardı. Müşerref telefona koşarken, sanki hoş bir haber almayacağını hissederek, 'hayırdır inşallah,' diye kaldırdı telefonu. Füreya'nın evinden arıyorlardı. Temizliğe gelen hanım,

"Nefes alamıyor. Nefes alamıyor," diye bağırıyordu telefonda. Müşerref araba anahtarını kapıp fırladı bürosundan. Çok uzun ve zor bir yolun başında olduğunu bilmiyordu henüz. Öğrenecekti. O kadar iyi öğrenecekti ki sonraki seferlerde, önce hep ambulansı arayacak ve arabasıyla değil, park sorunu olmasın diye taksiyle koşacaktı Füreya'nın imdadına.

PENTİMENTO

(Osmanoğlu Kliniği)

İnsan öyle upuzun, yatağa serilmişken, sıcak suda yıkanmış yünlü kumaş gibi küçülebilir mi acaba yattığı yerde? Mümkün mü bu? Ben gençliğimin büyük bir bölümünü yatağıma uzanmış olarak geçirdiğimden, yatak hallerini iyi bilirim. Bir süre sonra bele, sırta ağrılar girer. Baş dönmeleri olur. İnsanın yatarken uzayabileceğini de Şirin öğretmiştir bana.

On bir-on iki yaşlarındaydı Berlin'de kızıla yakalandığında. Ateşi çok yükselmiş olduğu için hastaneye kaldırılmıştı. İlk evladını ateşli bir hastalıkla kaybeden Fahrünissa o kadar üzgündü ki, onu teselli etmek maksadıyla hem ben hem de Ayşe Teyzem Almanya'ya gitmek zorunda kalmıştık. Her gün hastaneye Şirin'i ziyarete gidiyordum. Göze çarpar bir biçimde uzuyordu çocuk.

"Ölçeceğim seni," demiştim. Ayaklarını uzattığında, ayak parmaklarının değdiği noktayı mimlemiştim yatağının içinde. İnanması zor ama, üç gün sonra iki parmak daha uzamıştı.

İşte şimdi burada yatarken, bana tam tersi oluyor. Yatağın içinde gün be gün kısaldığımı, küçüldüğümü fark ediyorum. Sara'ya söyledim bunu güldü, "Size öyle geliyordur hala," dedi. Belli bir yaşa gelince, kimse ciddiye almıyor insanları. Yaşadıkça öğreniyorum işte.

Şirin'in uzaması hastanede yattığı sürece sürmüş, hastaneden çıktıktan sonra da devam etmişti. Birkaç yıl sonra, hepimizin tepesinden bakacaktı, upuzun boyuyla. Adı gibi, ne şirin bir çocuktu. Bayılırdım ona. Kardeş çocuklarıydık, ama aramızdaki yaş farkından dolayı ben onun kuzini değil, teyzesi konumundaydım. Fahrünissa yolculuklara çıktığında kızını bana emanet ederdi. Emir Zeid ile evlenip yurtdışına gittiği zaman da ben bakmıştım Şirin'e. Gözlerimin önünde uzayıp durmuştu ama bir türlü büyüdüğüne inanamamıştım nedense. O hep benim küçük Şirin'imdi. Sonra bir gün genç bir Amerikalı ile evleniverdi Amerika'da.

"Ne zaman büyüdün de evlendin sen?" diye sorduğumda,

"Boyumu her gün ölçen siz değil miydiniz?" diye yanıtlamıştı.

"Şirinaki, uzamak büyümek değildir ki!" demiştim.

Evet, günden güne uzamak büyümek değildir, ama günden güne küçülmek, bal gibi yaşlanmaktır. Şu yatakta geçen her gün biraz daha yaşlanıyorum ben. Küçüle küçüle sonunda bitiverecekmişim gibi bir his var içimde. Bir gün odaya girecekler ki ben yokum. Pikeyi kaldırıp bakacaklar. Aaa, sadece izim kalmış çarşafta! Ne hoş bir ölüm olurdu yok oluvermek. Cami avlularında ıskatçıların tacizinden kurtulur, hırpalanmazdı aileler. Ama öyle olmayacak. Tantanayla kalkacağım bir camiden. Bizim aile tantanayı pek sever. Buna layık olduğumuza inanırız. Beş parasız kaldığımız zamanlarda bile hiç taviz vermemişizdir törensel ölçülerimizden.

Neydi bu ölçüler? Istakozdu örneğin! Hazır Şirin'den söz açmışken, yine onunla bir örnek vereyim, bari. Şehsuvar Menemencioğlu ile evlenmeye karar vermişlerdi. Sırılsıklam âşıktı. Onu bizlere tanıştırmak istiyordu.

"Teyzeciğim, yarın nişanlımı akşam yemeğine getireceğim, ne olur ailenin şanına layık bir yemek hazırlayın. Ona görgünün, zerafetin ne olduğunu gösterelim," demişti.

"Türk mutfağı mı hazırlayalım? Rakıcı mıdır, rakı sofrasını mı tercih eder?"

"Hayır, hayır. Ona Fransız mutfağı yapın. Istakoz mesela," demişti Şirin.

Balık Pazarı'na koşturmuştu annem. Istakoz bulamamıştı o gün. Çırpınıp durmuştu. Ona yardımcı olmak için, ıstakoz aramaya Boğaz'a gitmiştim. Istakozlar denizin dibine kaçmışlardı sanki. Annem ertesi sabah erkenden Afife'yi hale ıstakoz müzayedesine yollamıştı. Kocaman büyük gümüş tepsiye yaydığı salata yapraklarının üstüne dizelemişti ıstakozları, nefis bir termidor sosuyla. Gerçekten de bir kral sofrası hazırlamıştı annem. Şehsuvar'ı etkilemeyi başarmış, Şirin'i mutlu etmişti. Ama sonra evlerinde, hiç de gocunmadan, günlerce para sıkıntısı çekip nelerden feragat etmişlerdi kim bilir. '*Nobless oblige*'* ailemin yaşam tarzıydı.

Şirin'in, yıllar sonra son kocası Robert'le nişanı da benim evimde olmuştu, şu tesadüfe bakın ki. O sıralarda İstanbul'da bulunan Fahrünissa'nın şerefine bir aile yemeği veriyordum evimde. Şirin, şimdi kocası olan Robert Trainer adlı Amerikalı ile gelmiş ve Robert o gece Şirin'i, ilk evliliğini yapan bir genç kızmış gibi, annesinden istemişti. Kızı üç kez evlenmiş olduğu halde, böyle bir şey ilk defa başına geliyordu Fahrünissa'nın. Heyecandan bayılacak gibi olmuştu. Hiç planlanmadığı halde, o akşam yemeği bir nişan törenine dönüşmüştü.

---

* Yüksek tabakanın uyması gereken etiket kuralları.

"Şampanyasız kutlama olur mu hiç!" demişti Ayşe Teyzem. Son dakika şampanya bulmaya çalışmıştık eşten dosttan.

Şimdi ben de yapıyorum bu şımarıklıklardan ara sıra. Sevmedim hastanenin yemeklerini. Ne tatları var ne de tuzları. Nefesimi türlü ilaçlarla ve oksijen maskeleriyle açtıklarından beri, canım ağız tadıyla bir şeyler yemek istiyordu. Müşerref söz verdi, burdan çıkar çıkmaz Boğaz'da balık yemeğe gideceğiz diye, ama ben bekleyemedim. Derim ya hep, sabırsızımdır diye. Başucumdan ayrılmayan Candeğer'e anahtarı verip eve yolladım ki buzdolabında sakladığım somon fümeden getirsin bana.

"Hiç olur mu Füreya Hanım! Hasta hasta böyle şeyler yenir mi! Ağır gelir, rahatsız olursunuz," diye itiraz ettiydi.

"İnsan ancak sevdiği şeyi yerse iyi olur Candeğer," dedim.

Sonunda hak verdi bana. Gidip getirdi evden istediklerimi. Canım bir de buz gibi rakıyla bir sigara çekiyordu ama söyleyemiyordum. Düşüncelerimi okumuş gibi konuştu. "Sigara dünyada olmaz, denemeyin bile. Hatta düşünüyorum da keşke bu kadar çok içmeseydiniz zamanında, böyle tıkanmayacaktınız şimdi."

"Ohhh, iyi ki içmişim. Ne de iyi etmişim."

Odanın içinde bir süre dolanıp durdu, sonra başucuma gelip eğildi,

"Haklısınız Füreya Hanım," dedi, "insan hayatta çok keyif aldığı şeyleri yapmasını bilmeli. İyi ki içmişsiniz."

Doğrudur. Ne keyif verdiyse bana, yaptım hepsini de. Sigarayı eksik ciğerime rağmen düşürmedim dudaklarımdan. Hediye vermeyi severdim, param olduğu sürece pahalı armağanlar verdim eşime dostuma. Şirin, ona küçük bir kızken Saryan'dan aldığım bileziği hâlâ anlatır. Gözlerine inanamamıştı gördüğünde. Annesi yeni kocasıyla Berlin'deydi. Şirin babasının Harbiye'deki evinde kalıyordu. Ona annesinin yokluğunu unutturmaya çalışıyordum. Çevresindeki kalabalığa rağmen, için için yalnızlık çektiğini seziyordum. Zamanın ünlü kuyumcusu Saryan'a ucunda küçük bir kalp sallanan bir bilezik ısmarlamıştım. Kalbin üstünde, 'seni seviyorum' yazıyordu. Armağan paketini açtığında, on yaşındaki çocuğun sevincini görmeliydiniz. Hediyeler insanlara beklenmedik ani mutluluklar bahşeden periler gibidirler...

Sonraları, yalnız yaşamaya başlayıp hayatımı kendim kazanır olduğumda, bu kez hep eşe dosta verebilmek için küçük balıklar, kuşlar, kâseler, panocuklar üretirdim seramikten. En çok Rezzan'a vermişimdir bunlardan. Bir keresinde küçük bir çekmece yapmış, içine bir de şiir yazmıştım sırf Rezzan için. Oğlu Tunç hâlâ saklar onu.

Erkekler konusunda da istediğimi yapmadım desem yalan olur. Kimini sevdim, kimini... şan olsun diye. Ölümümden sonra, evraklarımı karıştırır da bazı aşklarımı, mektuplarımdan, yazışmalarımdan öğrenirlerse ne âlâ. Yoksa hepsi bir sır olarak benimle birlikte gidecek. Benim, yaşadığım aşklarla dile düşmememin nedeni, hem benim ağzımın sıkılığı hem de bizim kuşağımızın erkeklerinin gerçek birer beyefendi olmalarındandır. Has terbiyeyle yetişmiş bir nesildik. Kimse böbürlenmek için boşboğazlık yapmazdı. Ne aşklar yaşanmıştır İstanbul'un kırklı, ellili yıllarında, gizli gizli. O zamanlar, insanı kuş gibi avlayan kameralar, her sokak başını tutmuş magazin habercileri yoktu. Özel hayat, kişiye özel kalırdı. Biz, İstanbullulardık, paralı ya da parasız, iyi yaşamasını seven ve bilen, kibar ve görgülü insanlardık, İstanbul, zenginine de fakirine de lezzetine doyum olmayan balıklar, çıtır çıtır simitler, eşi görülmemiş bir mehtap, cıvıl cıvıl temmuz ayları, hüzünlü sonbaharlar ve pastırma yazları sunardı. Gönlü zengin olurdu İstanbullu'nun haliyle, bunca güzellik içinde.

Fırınımı sattıktan sonraydı. Artık işim gücüm olmadığı için, sokaklarda dolaşır olmuştum. En çok da Balık Pazarı'na gidiyordum o rengârenk meyveleri, sebzeleri görmek, oranın en durgun günde bile canlı, hareketli havasını yaşamak için. Yine bir gün, Balık Pazarı'nda dolandıktan sonra, Tünel'deki Narmanlı

Han'a doğru yürüyordum, hasret gidermek için. Gidip hanın avlusundaki akasya ağacının altında duracak, bir zamanlar Aliye'nin olan pencereye doğru bakacaktım. Dağınık sarı saçlarıyla bana el sallayan teyzemi görecekmişim gibi. Sonra da Ferit'e uğrarım bir kahvesini içmeye diye düşünmüştüm. Birden caddede yürüyen insanların yüzlerini fark ettim. Karşıdan üstüme üstüme gelen, yanımdan gelip geçen kalabalık ürküttü beni.

Ne Ferit'e uğramış ne de akasyanın altında oturabilmiştim. Ahh Aliyoşa, sana bir merhaba diyemeden avlunda, evime dönmüştüm. Bu insanlar... bu insanlar... bu insanların boş bakışları ve ruhsuz yüz ifadelerini içimden çıkarıp atmalıydım, ama fırınım yoktu. Malzemelerim, spatulam, keskim...

Fırınımı sattığım için bana kızanlar olmuştu. Ne yapsaydım ya? Bahçenin karşısındaki küçük atölyemde durup duruyordu, boynu bükük. Ne zaman pencereye yaklaşsam, bacasında dumanı artık hiç tütmeyen atölyeye bakıyor ve fırının sesini duyuyordum adeta.

'Beni buraya hapsettin, yanıma bile uğramıyorsun. işine yaramayacaksam, başka birine ver, bu boşluktan kurtar beni,' diyordu fırın. Kulaklarımı ellerimle kapatıyordum çığlıklarını duymamak için. Rabia üst katımda bir depo kiralamıştı. Sık sık uğrardı o yüzden bana. Bir keresinde,

"Rabia, dayanamayacağım artık. Fırının karşıda işlevsiz bekleyip durduğunu bildikçe, sinirleniyorum. Sorun bakalım sanatçı dostlarınıza, bir ilgilenen olur mu?" demiştim. Haftasına gitmişti fırın.

Sonunda almıştım çamuru yine elime. Bu kez seramikten değil, sırsız terakotadan heykeller yapmıştım. Korkunçtular.

Aliyoşa, ah canım Aliye, bu kadar uzun yaşamak hiç iyi bir şey değil. Sen bir kuş gibi uçup gittin yabancılaşmadan sokaktaki insanlara. Ben bir türlü uçuramadığım kuşlarım gibi, yere çakılı kaldım burada.

KUŞLAR FÜREYA İÇİN UÇUYOR

(22 Eylül 1992)

Füreya baştan aşağı beyazlar giymişti. Maçka Sanat Galerisi'nin beyaz duvarlarına işlenmiş ak bir nakış gibiydi. Uçuşan kumaştan uzun beyaz giysisi, uzun beyaz eşarbı, boynuna doladığı sıra sıra incisi ve sallantılı beyaz inci küpeleri ile bir kar prensesini andırıyordu. Sanki az sonra bir ince duman gibi, beyaz bulutlara karışacak ya da bir ışık huzmesine dönüşecekti.

Konuklarını karşılamak üzere, galerinin girişinde ayakta duruyordu ve ardındaki panoda kırk beş seramik sanatçısının, onun için ürettiği kuşlar yer alıyordu.

Sarkis, terakota insan figürlerini yerleştirdiği Füreya'ya ait etajeri diğer odaya koymuştu. Etajerin yakınında evinden getirilmiş koltuğu duruyordu.

Ülkenin seramikçileri ile Füreya, karşılıklı, Bach'ın 'İki Keman Konçertosu'nu çalıyor gibiydiler. Genç seramikçiler, ustalarını kırk yıllık bir sanat koşusunun sonunda saygıyla selamlıyorlar, önlerine açtığı yol için ona teşekkürlerini sunuyorlardı.

Usta, günün sembolü olan içi boş insanlarıyla onlara veda ediyordu.

Unutulmaz bir gündü. Kimler yoktu ki. İstanbul'un bütün sanatçıları... ressamlar, yazarlar, heykeltıraşlar, oyuncular vardı. Sanat eleştirmenleri vardı. Mimarlar oradaydı. Emekli büyükelçiler taa Ankara'dan kalkıp gelmişlerdi. Öğretim üyeleri, görsel sanatın her dalında eğitilen öğrenciler, eski dostlar, yaşlı ve genç dostlar, basın mensupları...

Kırkar santimetrelik panolarında, göğe doğru uçmaya hazır kuşlara parmaklarının ucuyla dokunuyor, her birini ayrı ayrı okşuyordu Füreya. Alfabetik sırayla dizelenmiş panoların altındaki adları okumaya çalışıyordu.

Ünlü seramikçiler, öğrencileri, dostları... Abidin Dino, Alev Ebuzziya, Jale Yılmabaşar, Beril Anılanmert, Candeğer Furtun, Bingül Başarır... daha niceleri.

Füreya, mikrofonu ona uzatan bir gazeteciye,

"Biliyor musunuz, aldığım hiçbir ödül, bana bugünün sevincini ve mutluluğunu vermedi," diyordu. "Benim için en büyük, en anlamlı ödül budur. Dostlarımın beni kendi yapıtlarıyla selamlaması. Bundan daha güzel bir şey olabilir mi?"

Konuklar, ev sahibi sayılan seramikçilerden uzun süre ayrılmak istemedikleri için, kokteyl geç saatlere kadar sürmüştü. Saat dokuza doğru, misafirler yavaş yavaş ayrılmaya başladılar. Füreya, her sergi sonrasında olduğu gibi, yine bir yere yemeğe gideceğini umuyordu dostlarıyla. Evinden getirilen koltuğa oturmuş bekliyordu. Mengü Ertel yaklaştı yanına.

"Füreyanım, bu akşam sizinle birlikte olmak isterdim ama çok önceden verilmiş bir sözüm var," dedi, elini öperek. Biraz burkuldu Füreya, ama hiç renk vermedi. Az sonra Utarit geldi,

"Kendimi pek iyi hissetmiyorum. Grip oluyorum galiba. Bana müsaade edin, sizlere de bulaştırmadan eve döneyim," dedi, mahcup bir edayla.

Dostları sırayla geliyor, bir mazeret uydurup teker teker gidiyorlardı. Yüzü giderek asılmaya başlamıştı, "Ayol hepiniz hastalanacak, bir yerlere söz verecek günü bulmuşsunuz," dedi kırgın bir sesle sonunda.

"Füreyanım benim ne sözüm var ne de nezlem. Biz sizinle gider baş başa güzel bir yemek yeriz," dedi Rabia.

"Öyle yapalım," dedi Füreya. Üç saat öncesindeki coşkusundan eser yoktu sesinde. Galeride kimseler kalmamıştı. Rabia ile çıktılar. Kapının önünde duran arabaya bindiler.

"Utarit Bey'e bırakmak istediğim bir dosya var. Hazırlamıştım ama giderken almayı unutmuş. Müsaade eder misiniz?" diye sordu Rabia, "Nasılsa yolumuzun üstünde evi."

"Elbette. Ben arabada beklerim."

"Yok arabada beklemeyin. Bakarsınız bir şeyler sorar, gelmem gecikir. Sıkılırsınız tek başınıza. Siz de benimle çıkın yukarı."

Canı sıkıldı Füreya'nın ama bir şey demedi. O inanılmaz güzellikteki günün büyüsü ne çabuk bozulmuştu. İndi arabadan, Rabia'nın peşi sıra yürüdü, asansöre bindiler. Kapıyı çalarlarken, "Çok uzun sürmez değil mi Rabia?" dedi, "benim karnım acıktı."

Kapıyı Utarit açtı, "İçeri buyrun," dedi. Hiç şaşırmamıştı onları gördüğüne.

"Girmeyelim," dedi Füreya.

"Girin, girin."

Rabia içeri yürüyünce, o da çaresiz gitti peşinden. Salona girer girmez bir alkış koptu. Odada belki kırk kişi vardı. En önde Mengü Ertel'i görünce anladı. Dostları ona bir sürpriz yapmak istemişlerdi. Her biri ayrı ayrı, galerinin kalabalığında söyleyemediği sevgi sözcüklerini fısıldıyordu kulağına. Şampanya da vardı, ama ona buzlu rakısını verdiler. Sevgili Candeğer'i, Bingül'ü, tüm öğrencileri, meslektaşları...

Gece elbette her sergiden sonra olduğu gibi, bir restoranda yenen yemekle bitti. Müşerref onu yemekten sonra evine bırakırken,

"Tıpkı bir kuğu gibisiniz bu gece Füreyanım," dedi. "Beyazlar çok yakıştı size. Belki de siz hep beyaz giymelisiniz."

O gece Füreya gerçekten göz kamaştırdığı için mi, yoksa tesadüflerden dolayı mı, bir de film teklifi almıştı. Yavuz Turgul, çekeceği *Gölge Oyunu* adlı filmde bir rol üstlenmesini rica ediyordu. Önce "Yok yok, ben böyle bir şey yapamam," dediyse de düşündükçe fikir hoşuna gitmeye başladı. Rol arkadaşları Şener Şen ve Şevket Altuğ olacaklardı. Galatasaray'dan aşağı inen yokuşa açılan sokakların birinde, eski bir binadaydı çekim. Sonuçta kabul ettiğine hiç pişman olmayacaktı. Çekim boyunca hem çok eğlenecek, hem o güne kadar az tanıdığı sinema çevresiyle dostluklar kuracaktı.

1992, hastaneye yatırılmasının dışında iyi bir yıldı.

Kırkıncı Yıl Sergisi ve ilk sinema denemesi, geride kalan ömrünün en güzel anıları olarak yerleşecekti hafizasına.

KUĞUNUN ÖLÜMÜ

Müşerref kim bilir kaçıncı kez, ambulansı arayıp Arif Paşa Apartmanı'na yollattı, çantasını kapıp fırladı sokağa. Eve vardığında, Füreya'yı sedyeye yatırıyorlardı. Füreya zor nefes almakla birlikte, direniyordu.

"Sedye...ye yatmama ge..rek yok. Otu..ra..rak gide...rim."

"Efendim, ciğerinize hava girmiyor. Oksijen maskesi takmamız lazım. Lütfen..." diye çırpınıyordu hemşire.

"Füreyanım, ben de sizinle arkada geleceğim. Nefesiniz biraz düzelsin, doğrulur kalkarsınız," dedi Müşerref.

Harbiye'deki metro çalışmaları için yollar kazılmıştı. Cankurtaran, otobüslere ayrılmış şeritten ters istikamette son sürat gidiyordu. Birden şoför karşıdan hızla üstüne gelen otobüsü gördü ve direksiyonu kırdı. Yolun kenarına dizelenmiş bidonları devirerek karşı şeride geçti ve frene bastı. Araba savrulup yan yattı.

Arkada Füreya'nın sedyesi Müşerref'in üstüne düşmüş, yüzünden oksijen maskesi fırlamıştı. Hemşire, başını çarptığı için kendi derdiyle meşguldü.

Müşerref sedyenin altından sıyrılıp çıkarken,

"Füreyanım beni çok sevdiğiniz için, geride bırakmak istemiyorsunuz, beraberinizde götürüyorsunuz galiba," dedi.

Füreya gülmekten konuşamıyordu.

"Güldürme beni... zaten zor nefes alıyorum," diyebildi kesik kesik.

Hastaneye vardıklarında, Füreya'yı doğru yoğun bakıma aldılar. Ciğerleri iyice tıkalıydı. Yorulmaması gerektiği için konuşması yasaktı. Zaten nefesi tek bir cümle kurmasına bile yetmiyordu.

Füreya'nın sağlık işleriyle olduğu kadar, banka hesaplarıyla da Müşerref ilgileniyordu. Repoda duran birikimlerinin günleri dolduğunda, yeni işlemlere geçmeden, geliyor, dikiliyordu Füreya'nın başına. Tüm seçenekleri sıralıyordu.

"Siz, ben size saydıkça, gözlerinizle işaret verin. Siz ne yapmamı istiyorsanız, onu yapacağım. Şimdi; dolara mı çevireyim?"

Biraz bekliyordu. "Borsa da mı oynayayım?" Yine susup bekliyordu.

"Repoya devam... ya da hisse senedi?"

Gözleriyle işaret ediyordu Füreya.

"Repoya devam, öyle mi? Tamamsa elimi sıkın." Sımsıkı tutuyordu elini.

"Anladım. Paranızı repoya koyacağım."

Müşerref, Füreya'nın parasıyla ilgili hangi işlemi yaptıysa, hepsinde Füreya'nın onayı vardı. Her şeyi ona danışarak yapmıştı.

Yoğun bakımdan çıkıp odasına götürülürken, sedyesinin yanında yürüyen Müşerref'in elini tutup öpmüştü Füreya.

"Aman Füreyanım," demişti Müşerref, "allahaşkına, ne yapıyorsunuz?"

Yatağına yattıktan sonra, işaret etmişti yaklaşması için.

"Bir gün yoğun bakım gibi bir yerde yatman gerekirse ilerde, Allah sana da kararlarını verebilme imkânı tanıyan dost versin Müşerref," demişti. "Sen benim en aciz zamanımda bile karar verme yetkimi elimden almadın. Allah senden razı olsun."

Müşerref akşam evine geldiğinde, kendi gibi bir hukukçu olan kızını karşısına almış, "Bak kızım," demişti, "sen benim biricik çocuğumsun. Benim her şeyim, senin olacak. Sakın olaki bir gün, annemin şuuru gitti diye, benim yerime sen kararlar almaya kalkma. Yoğun bakımda bile olsam, kararlarımı bana aldır. Bunun bir insan için ne önemli bir özgüven olduğunu, ben bugün Füreyanım'dan öğrendim."

"Peki anneciğim. Ama sen neden ağlıyorsun?" demişti kızı.

Müşerref, hastanede yatması uzadıkça, masraflarını nasıl karşılayacağından endişe eden Füreya'yı, sık sık teselli etmek durumunda kalıyordu.

"Kimseden para istemeyeceksin benim için. Ne zengin dostlarımdan ne de..."

"Biliyorum Füreyanım. Merak etmeyin siz. Yeterince paranız var. Kimseye muhtaç olmayacaksınız. Siz iyileşmeye bakın. Bu işleri halletmeyi bana bırakın," diyordu.

Füreya, yoğun bakımdan odasına döndükten sonra, dostlarının ziyaret akınına uğramıştı. Aslında hatırlandığını, sevildiğini görmek çok hoşuna gidiyor ama yoruluyordu. Candeğer, Binay, Ayda sık sık ziyaretine geliyorlardı. Ferit ona sanat dergileri taşıyordu. Sara'nın kocası Emre ve Memo ile Serra da sık gelmelerine karşın, Sara'nın ortalarda gözükmemesine fena halde alındığını hisseden Müşerref, Emre'ye,

"Bence doğruyu söylemenin zamanı geldi, Emre. Yoğun bakımdan çıktığına göre alıştıra alıştıra söylemeliyiz. Belli etmiyor ama çok üzülüyor," demişti.

Söyleyecekleri, Sara'nın kötü bir araba kazası geçirip, hastanede alçılar içinde yatıyor olmasıydı. Yoğun bakımdayken, kalbinden endişe ettikleri için, gerçeği saklamışlardı. Odasına indikten sonra, Müşerref önce Sara'nın yurtdışında olduğunu, sonra da işlerinin çok yoğun olduğunu söylemişti. Acı bir tebessüm oturmuştu dudaklarına Füreya'nın.

"Sen söyler misin?"

"Hayır Emre. Ne istersen yapayım, ama bu haberi ben veremem. Odada bile bulunmak istemiyorum," demişti Müşerref. Hiç kimse olanları anlatmaya cesaret edemeyince, hasta yatağından Sara aramıştı telefonla. Alıştıra alıştıra söylemişti başına gelenleri.

Füreya'yı bir müddet sonra evine çıkarmışlardı. Çok halsizdi. Kitap bile okuyacak gücü yoktu. Uzun yıllardan beri nihayet sigarayı bıraktığı için de asabiydi biraz. Dostları onu hiç yalnız bırakmıyorlardı.

2 Haziran'da, seksen yedi yaşına basarken, ona bir sürpriz doğum günü hazırladılar. Pastasını, mumlarını armağanlarını alıp evine gittiler. Kimsenin karşısına bakımsız çıkmak istemediğini bildiği için Müşerref sabahtan ona gitmiş,

"Belki bugün uğrayanlar olur, sizi giydirmemi ister misiniz?" diye sormuştu.

"Bugünün diğer günlerden ne farkı var ki Müşerref?" demişti Füreya. "Öğleden sonraları ekseri Candeğer'le Rabia uğruyorlar. Giyinirim yemekten sonra."

Dolabından bir giysi seçmişti Müşerref. "Bugün hatırım için bunu giyin."

"Neden?"

"Ne bileyim, içimden geldi işte. Bir değişiklik olsun."

Akşamüstüne doğru, hepsi birlikte gelmişlerdi, tüm sevgili dostları. Şaşırmıştı. Pastasını, mumunu görünce anlamıştı, doğum gününü hatırladıklarını. Hem sevinçli hem de hüzünlüydü o gün. Sara hâlâ yatakta olduğu için katılamamıştı doğum gününe.

"Canım, gelecek yıl o da aramızda olur inşallah," demişti Mengü.

"Gelecek yıl ben olmayacağım." Bunu, planladığı bir yolculuğa çıkacakmış gibi, kesin bir tonla söylemiş, bir nefes alıp eklemişti, "İnşallah!"

Füreya'nın sağlığının iyice bozulduğunu öğrenen Şirin temmuz ayında, sırf onu görmek için İstanbul'a gelmiş, Çırağan Oteli'ne yerleşmişti. Bir sürü gecelik getirmişti Füreya'ya. Her gün evine gidiyor, saatlerce kalıyor, ona dergiler kitaplar okuyor, etrafta olup bitenden haberler veriyordu. Füreya, halsizliğine rağmen, her şeyi öğrenmek istiyordu. Yeni filmler nelerdi? Festivale hangi müzik grupları katılmıştı, ilginç sergiler var mıydı? Siyaset ne âlemdeydi. 'Aydınlık İçin Bir Dakika Karanlık' netice vermiş miydi? Gençliğinden beri okuduğu *Nouvel Observateur*'ü eline aldığı büyüteçle tetkik ediyordu sık sık.

Şirin, Boğaz'ı çok sevdiğini bildiği için, bir gün onu otele getirmek istedi. Odasının balkonu denizin üstündeydi adeta. Füreya balkonda oturmaktan, gelip geçen gemileri, denizin her an değişen rengini seyretmekten çok hoşlanabilirdi. Yorulmasın diye, otelin kapısına bir tekerlekli sandalye hazır etmişti. Füreya'yı almaya gittiği zaman onu, getirdiği geceliklerden birini giymiş, yatağında uzanırken buldu.

"Giyinmenize yardım edeyim Füreya Abla," dedi. "Taksiyi kapıda bekletiyorum."

"Halsizim Şirinaki. Gidemeyeceğim."

Şirin kalakaldı. Füreya'yı hayatında ilk kez bir yere gitmeye itiraz ederken görüyordu. "Balkon çok güzel oluyor. Vapurları, gemileri seyredecektiniz."

"Başka bir gün..."

"Tekerlekli sandalye hazırlattım. Yorulmayacaksınız ki..."

"Bugün yataktan çıkmak istemiyorum."

Şirin pes etmedi. Birkaç gün sonra, Sara'nın kocası Emre'yi aradı.

"Dönmeden önce, mutlaka Füreya'ya bir Boğaz gezisi yaptırmak istiyorum," dedi. "Bugün kendini iyi hissediyor. Acaba arabanı yollatabilir misin, birkaç saatliğine?"

"Sizi ben gezdirmek isterim," dedi Emre. Yarım saat sonra, arabasıyla kapının önündeydi. Füreya'yı kollarına girerek arabaya yürüttüler yavaş yavaş. Dolmabahçe'den sahile inerek Sarıyer'e kadar uzandılar. Güzel bir yaz günüydü. Boğaz havası iyi gelmişti Füreya'ya. Batışını, bulunduğu yakadan göremiyordu ama denizin üzerindeki menevişten, güneşin minarelerin ardında, İstanbul'u pembenin ve morun tonlarına boyayarak batmakta olduğunu tahmin edebiliyordu.

Birden, "Tamam," dedi

"Tamam olan nedir?" diye sordu Emre.

"Güneş. Şimdi battı."

"Nerden anladınız?"

"Anlarım ben," dedi Füreya. "Batışları ezbere bilirim. Benim batışıma da çok az kaldı."

Şirin, "Füreya Abla, böyle şeyler duymak istemiyorum," dedi ama her üçü de bu Boğaz gezintisinin, son gezinti olduğunun bilincindeydiler. Füreya, dalgın ve sessizdi. Çok uzun yıllar önce, Dolmabahçe önlerine demir atmış olan gemide yaşadığı bir başka gün batımını anımsıyordu.

"Ne düşünüyorsunuz ?" diye sordu Şirin.

Nâzım'dan bir mısra ile yanıtladı Füreya, "Ne ölümden korkmak ayıp, ne de düşünmek ölümü."

Denizin üstündeki kızıl yansıma giderek griye dönüşüyordu.

PENTİMENTO

(Osmanoğlu Kliniği - 29 Ağustos 1997)

"Ben bir avuç tozum savur göklere
Samanyolları yarat
*Gövdemde set çek ölüme"**

Aliye, ciğerleri iflas ettiğinde Taksim İlk Yardım Hastanesi'ne kaldırılmıştı. Kendine gelir gelmez, "Bana renk getir Füreya," demişti. "Sakın renksiz bırakma beni."

Evine koşmuştum. Yatağının dört bir tarafında uçuşup duran rengârenk, mor, fuşya, turkuaz, mavi, yeşil, pembe, kırmızı, eflatun yüzlerce şifon parçası pencereden giren rüzgârla dalgalanıyor, öne arkaya salınıp birbirlerine karışıyorlardı. Darmadağın odada, yerlere serpili eşyalara basmamak için seke seke yü-

* "İbrahim Ergin, Cevat Şakir'in bazı cümlelerini kendince sıralayıp, şiir haline getirmiş ve 'Halikarnas Balıkçısı'ndan Şiirler' başlığıyla yayınlamıştır." Hüseyin Yurttaş, *Balıkçıya Merhaba Kitapçığı,* Edebiyatçılar Derneği, 1999.

rümüş, açık çekmeceleri ve pencereleri kapatmış, sigara külü dolu tablaları boşaltmış, birkaç şifon kapıp hastaneye geri dönmüştüm. Serum şişesinin sallandığı boruya bağlamıştım eşarpları.

"Güzel renkler seçmişsin," demişti.

Aliye, bakım için Ayşe Teyzemin Ada'daki evine giderken de doldurmuştuk rengârenk eşarplarını çantasına. Böylesine renge âşık bir kadının cenazesini, tabutun başına konacak bir yemeni ile kaldırmak olur muydu hiç! Pembe peluşa sarmıştık tabutunu. Pembe bir konca gül gibi kırılgan, ince ve güzel Aliyoşa... Hiç kimselere benzemeyen teyzem benim... Pembelere bürünerek gitmişti eller üstünde. Ada'daki aile mezarlığında yatan sevgilisinin yanına, ne zamandır hasretini çektiği.

O, renk istemişti vermiştik. Ben burada ölüm döşeğinde yatarken, neden vermiyorlar istediğimi.

Sara gelmiyor. Kuş da öyle. Bana çeşitli bahaneler uydurup duruyorlar. Hiçbirine inanmıyorum. Tanrı, Afife'den çocuğunu çalmaya yeltendiğim için, beni cezalandırıyor olabilir mi? Olamaz. Çünkü biliyor ki çalmadım, çok iyi niyetlerle evlat edindim Sara'yı. Kardeşimi ve karısını üzmek için değil, onların çocuğuna her şeyin en iyisini verebilmek için. Eh belki biraz da yaşlılığa yelken açmış yapayalnız bir kadının, bir gün biri tarafından sahiplenme arzusu yatıyordu maksadımın derininde. Tanrı olsa olsa, beni ancak onlara haber vermediğim için cezalandırıyordur. Evet, belki suçluyum işlemleri onlardan gizli yaptığım için, ama ne ağır bir ceza bu, evladın, manevi de olsa, annesinin ölüm döşeğinde yanına gelmemesi. Ne ağır bir ceza!

Müşerref, "Biliyorsunuz Sara'nın da hastanede olduğunu, sizinle telefonla konuştu ya," deyip duruyordu.

"Ne zaman?" diye sormuştum. "Dün," demişti.

Bunuyor muyum ben?

Bu kötü oyunu da oynar mı dersiniz bana felek? Gençliğimi

veremle süsledikten sonra, yaşlılığımda da aklımı çalıp, ele güne alay konusu eder mi beni?

"Size verdiğimiz ilaçlar, hem ağır işitme hem de unutkanlık yapıyor. Kestiğimiz zaman hepsi geçer," dediydi doktorum.

Aslında bizim ailede hiç bunayan olmadı. Hepsi kalp krizinden, kanserden, anfizemden ya da bir kaza kurşunu yüzünden gittiler. Fahrünissa mesela, altı yıl evvel, doksan yaşına basmasına ramak kala, aklı başında öldü ve Amman'da kendine çok yakışır biçimde, devlet töreniyle gömüldü. Başında oğluyla gelini varmış, son nefesini verirken.

Benim kızım nerede?

Burada yatmış, iç sesimle homurdanıp duruyorum ya, tipik bir mızmız ihtiyar gibi, aslında hakkım yok şikâyetçi olmaya. Hayat bana kötü davranmış değil. Şöyle bir muhasebesini yaptığımda ömrümün, çamuru ilk elime aldığım günden bu yana, ne istemişsem onu yapmışım tam kırk küsur yıl. Çiniyi, günlük yaşamında gözüyle ve eliyle okşamaya alışık insanlarımıza geri vereceğim, demiştim, başardım bunu.

Ama inanın bana, ne gecem vardı ne gündüzüm. Gözüm bir yirmi beş, otuz yıl seramikten başka bir şey görmedi. Yalnızlığı da bu yüzden tercih ettim. Oysa hiç kolay değildi bölüşememek, paylaşamamak hayatı. Aşkı hep vurkaç yaşamak. Yine de beni öylesine doyurdu ki seramik... sergiydi, ödüldü, yazıydı, onları kastetmiyorum asla, yaratıcı olduğum sürece doyurdu beni. Elime alıyordum bir avuç çamuru... ne rengi var, ne formu... ve o hiçten, bir şey yaratıyordum. Beni en çok an ve hareket etkiliyordu, üretirken. Çok acı duyarak ürettiğim işler bile bana sonsuz mutluluk veriyordu, annemin ölümünden sonra yaptığım pano gibi. İyi mi oluyordu, kötü mü oluyordu fırından çıkarttığım iş? Hiç önemi yoktu bunun. Ama işte o yaratma anı var ya ve fırının önünde, doğum bekler gibi, heyecanlı bekleyiş; onun verdiği mutluluğu başka hiçbir şey veremedi bana. Sevdim seramiği. Sevdim, sevdim. Tutkuyla vuruldum, bağlandım ona.

Seramik sanatını en iyi değerlendirenlerden biri olan Herbert Read,

"Seramik, sanatların hem en basiti hem de en güç olanıdır," der. *"En basitidir; çünkü en ilkelidir. En güç olanıdır; çünkü en soyutudur."*

Her türlü benzetmeden ayrılmış sanattır, saf sanattır seramik. İşte ben bu saf sanatla kırk yıl boyunca alt alta, üst üste boğuştum ve seviştim. Elli yıl önce, Fahrünissa yollamasaydı bana plastiği, Aliye de alıp getirmeseydi yattığım sanatoryuma, ne olurdu benim halim şimdi? Nice olurdu? Belki de vereme yenilip çoktan gitmiş olurdum ötelere.

Zaten ne zaman ki uzak düştüm çamurumdan, ne ellerimde, kollarımda güç kaldı, ne de içimde çalışma arzusu, bir mum gibi sönmeye başladım. Anlamsızlaştı yaşam. Çalışamadığım için müthiş sıkılıyordum. Ve tarifsiz üzülüyordum. Artık evde duramadığımdan, sokaklarda gezer olmuştum. Üstelik, sokaklar da istemiyordu beni.

Soğuk bir günde, bir taksi şoförünün yanında oturmuş, Şişli'ye gidiyordum, "Aaa, kar yağıyor," demiştim uçuşan kar tanelerine bakıp,

"İnşallah taş da yağar," demişti çember sakallı şoför.

"Niye taş yağsın oğlum, ne günahımız var ki?" diyecek olmuştum.

"Böyle Allah'tan uzak olunca, taş da yağar, cehennem de gelir, inşallah bu memleket baştan aşağı yıkılır."

Anladım. Benim için söylüyordu. Çünkü beyaz saçlarıma inat, dudaklarım boyalıydı. Süslüydüm. Ne çok vardı bu adamlardan çevremde. Sanki bir anda yerden biterek, şehrin tüm taksilerine el koymuşlardı. Uzun mantolu, tesettürlü kadınlar ise, 'madam' değil de, müslüman olduğumu anladıklarında, ters ters bakıyorlardı yüzüme. Ben ki inanılmaz bir coşkuyla yaşamıştım devrimleri, ülkemin insanının aydınlığa çıkışına, bilimle, sanatla buluşmasına, kadınının kimlik kazanmasına tanıklık etmiştim... Tanrım al beni artık al, al!

İçimde en ufak bir istek kırıntısı bile yok yaşamak için.

Oysa, doksanların başında, Çanakkale Seramik'in düzenlediği 'Su' temalı yarışmada, seçici kuruldayken, genç öğrencilerin işleri karşısında şaşıp kalan ben değil miydim? "Üç adet ödül yetmez bu çocuklara. O kadar güzel işler var ki, günahtır," diye ödüllerin sayısını altıya çıkarttıran! O gururu ve sevinci yaşayan!

Nedir bu mehter takımı gibi bir öne bir geriye sallanıp durmamız?

Sıkıldım. Başım döndü.

Ben şimdi, henüz gitmek istemezken gelip pencereme ariz olan, canımı sıkan kuşu bekliyorum, hasretle. Gelmiyor. Saralar da gelmiyor. Ne halam ne de kızım. Herkes cephe aldı bana anlaşılan, iyi, ben de sizlerle konuşmayacağım. Hiç açmayacağım ağzımı, istedikleri kadar dikilip başıma, "Bugün nasılsınız bakalım Füreyanım?" desinler doktorlarla hemşireler. Susuyorum. Sonsuza dek!

Böyle inatlarım vardı benim çocukluğumda. Bir kere konuşmamaya ya da gülmemeye karar verdim miydi, her türlü maskaralığı yaparmış Cevat Dayım, beni konuşturup güldürmek için. Bir o kırabilirmiş inadımı. O Ada günlerini ben pek hatırlayamıyorum. Ama atölyeme geldiği zamanlar, suratımı asık görürse beni güldürmeye çalışırdı, evet. En kötü günümde bile yüzüme bir tebessüm oturtmasını becerirdi.

Ona hakkını ödemeye çalışmıştım elimden geldiğince, öldüğünde. İzmir'de vefat etmişti, ama Bodrum'da gömülmek istemişti. Azra* ve kızları ile çekmediğimiz bürokratik cefa kalmamıştı bunu gerçekleştirmek için. İzmir Belediyesi, ne hikmetse,

---

* Azra Erhat.

bir cenaze arabasını esirgemişti ondan. Sonunda, bir dolmuş-minibüsüne koymuştuk tabutunu. Cenazeyi taşıyan minibüs önde, ailenin ve eşin dostun doluştuğu arabalar arkada, peş peşe yola koyulmuştuk. Verdiğimiz bürokratik mücadeleden bitkin, kızgın ve acı içinde dolana dolana tırmanıyorduk, Bafa Gölü'ne çıkan yokuşu.

"Babam Bodrum'a ömrünü ve gönlünü verdi. Acaba Bodrum da babamı o kadar sevdi mi?" diye sormuştu kızı İsmet.

Yanıtını Milas'tan itibaren almaya başlamıştık.

Milas'ta, her köşe başında bir araba, birkaç motosiklet ve bisikletler katılıyordu konvoya. Bodrum'u tepeden gören noktaya, uzun bir konvoy halinde yaklaştığımızda, bir şey fark etmiştik yolun ilerisinde. Bir şey... bir dalgalanma... bir yığılma.

"Kaza mı olmuş, ne var?" demişti Azra.

Şoför yavaşlamıştı, "Valla bir durum var ama..."

"Bir bu eksikti," demiştim.

Yaklaşınca gördük ki, Bodrumlular, Bodrum'u Bodrum yapan adama haklarını helal etmeye gelmişlerdi. Yaşlı kadınlar, bastonuna dayanan ihtiyarlar, delikanlılar, genç kızlar, okul çocukları... yüzlerce insan, köylüsü, yerlisi, kaymakamı, muhtarı, polisi, balıkçısı, süngercisi arabalarıyla, bisikletleriyle, kamyonetleriyle ya da yaya, Cevat Şakir'i daha Bodrum'a girmeden karşılamışlar, tabutu taşıyan minibüsün üzerini, onun elleriyle ektiği mimozalarla, rengârenk güllerle, Nis karanfilleriyle, amberlerle, begonvillerle donatmışlardı. Bodrum'a vardığımızda, tabutu minibüsten indirdiler. Tabutun üzerinde, yeşil çuha değil, denizi simgeleyen mavi atlastan bir örtü vardı. Bütün dükkânlar kapalıydı. Bodrum halkı, bugün Cevat Şakir Caddesi denen yola karşılıklı dizilmişlerdi. Tabut, havaya uzanmış ellerin üstünde dalgalana dalgalana uçmaya başladı. Hiç kimse yürümüyor, tabutu omuzlamıyor, sadece Balıkçı'yı elden ele birbirlerine geçiriyorlardı. Balıkçı, dalgalanan masmavi bir deniz gibi evinin önünden aktı, Cumhuriyet Caddesi'nden geçerek, Halikarnas

Oteli'nin rıhtımında 'Halikarnaslım' adlı tekneye kondu, Bodrum'u koy koy dolaşmaya başladı. Deniz üstündeki tüm balıkçı tekneleri ve süngerciler düdüklerini çala çala peşinden gittiler... Allah bilir, denizin altında da tüm balıklar, yosunlar, süngerler, anforalar törendeydiler. Sonra limana geldi Balıkçı, yine dar sokakların iki tarafına dizilmiş insanların elleri üzerinde uça uça çarşıyı geçti. Belediye'nin önündeki camiye geldi. Namazı kılındı. Süngerciler, balıkçılar, öğrenciler onu sonsuza dek yatacağı kayalıklara çıkardılar. Bodrum'un üç muhteşem koyunu bir bakışta gören o tepeye.

Sonra oraya 'Gönül Tepesi' adını verdi Bodrumlular.

İsmet yanıtını, böyle almıştı işte.

Dostlarımın arasında, dayıma en yakışan benzetmeyi, sağolsun, Ara* yapmıştır. En güzel resimlerini de o çekmiştir. Ara, savaş arabasının üstünde gökleri yararak giden, saçları rüzgârda uçuşan, keskin bakışlı bir Yunan Tanrısı'na benzetirdi Cevat Şakir'i. "Gür sesiyle bir 'Merhaba' çekti miydi, sesi ve yüreğinizi delecekmiş gibi dimdik bakan bakışları sizi yerinize mıhlar," derdi.

Nitekim, biz onu tepedeki mezarına bırakıp, yokuş aşağı inmeye başladığımızda, göklere buyruğunu vermiş olmalıydı gür sesiyle. Durgun denizin taa ötesinde usul usul bir sonbahar yağmuru başlamıştı, yavaş yavaş yaklaşan. O yoğun kalabalık, bir anda dağılıp toz olmuştu. Sevmezdi çünkü alayişi. Balıkçıya veda için Bodrum dışından gelen konukları Artemis Oteli gönüllü ağırlamıştı o gece. Ah Anadolu insanı, sen ne güzelsin! Hayata âsi ve uçarı bir paşa oğlu olarak başlayan dayımın içinde yatan cevheri bulup çıkardığın, ondan bir efsane yaratmayı başardığın için...

***

---

* Ara Güler.

"Füreyanım, bakın kim geldi!" dedi Müşerref.

Kim gelecek, ya Candeğer ya Rabia uğramıştır yine. Gelmiyor artık dostlarım. Hiç konuşamadan yatan birini niye ziyaret etsinler?

Taş zeminde ayak sesinin yanı sıra, bir de baston sesi duyar gibiyim... tık tık tık... Bizim kuşaktan kim kaldı ki, ecelin benim gibi unuttuğu, Tatiana'dan başka... baston sesi... o olmasın gelen?

"Halacığım, sokağa ilk kez bu gün çıktım. Hemen size geldim."

Sara bu! Sara'nın sesi! Sara gelmiş! Yatağımdan fırlamak, ona sarılmak istiyorum. Gücüm yok. Gözlerimi açmak ona doya doya bakmak, onunla dertleşmek, helalleşmek... Kıpırdayamıyorum bile. Külçe gibi yatıyorum yatağımda. Koma dedikleri bu işte... Yardım edin, biri yardım etsin kuzum bana... Kaldırın beni, doğrulmak, sırtımı yastıklara dayamak istiyorum.

"Beni duyuyor mu?" diye soruyor Sara.

"Duyduğunu varsayalım," diyor Müşerref. Her şeyi bilen Müşerrefim.

"Halacığım... Benim, Sara. Yanındayım. Duyuyor musun beni?"

Duyuyorum kızım, sakın gitme. Sakın kaçma çabucak. Tanrım, hiç olmazsa ellerimi oynatacak gücü ver bana.

Sara eğiliyor üstüme doğru. Saçları yüzüme değiyor. Onu ilk gördüğüm gün, burnuma çarpan ve hep belleğimde kalan, sabunla karışık masum çocuk kokusunu duyuyorum nedense. Yüzüme bir damla yaş mı düştü Sara'nın gözlerinden? Yoksa benim gözyaşım mı ıslattı yanağımı? Ellerimi tutuyor sımsıkı. Son bir gayretle çabalıyorum.

"Ah hala, gözlerini açtın. Demek ki duyuyorsun beni! Hala, hala..."

Sara ağlıyor. Oynatabildiğim elimle kolunu okşuyorum Sara'nın. Genç, pürüzsüz ipek tenine dokunuyorum. Elimi öpüyor. Bir de konuşabilsem... Ah bir de konuşabilsem... Ama tek bir kelime bile çıkmıyor ağzımdan. Sanki dilsizim. Sara'nın eli, kolunu tutan elimin üzerinde. Hep kollarını okşuyorum kızımın.

"Fazla yormayalım, lütfen. Bu günlük bu kadar yeter. Üstelik siz de rahatsızsınız," diyor hain bir hemşire.

"Yine geleceğim hala. Nihayet çıktım hastaneden." Eğilip yanağımı öpüyor. Kirpikleri ıslak. "Hep geleceğim artık."

Elini tutmak istiyorum ama gücüm kalmamış. Yatağa düşüyor kolum.

Uzaklaşan adımlarının yanı sıra, tık tık tık baston sesleri...

Güle güle evladım, kuzum kendine iyi bak. Seni ve çocuklarını, önce Allah'a sonra da Emre'ye emanet ediyorum. Elveda benim kara gözlü kızım.

Sara çıkınca kararacağını sandığım oda, ışık içinde kaldı birden. Karda ay ışığı yansımalarını andıran, beyaz, temiz, sakin bir ışık... Pencerenin orada neler oluyor?

Kuş! Kanatlarında gümüş parıltılarıyla o beyaz kuş. Ama tünemiyor pencerenin pervazına bu kez. İki yana sereserpe açıyor kanatlarını, tüm pencereyi kaplıyor. Göz göze geliyoruz. Kanatları küçük çırpınışlarla sarsılarak, bekliyor beni. Artık hazırım.

Merhaba Ölüm. Hoş geldin!

SONSÖZ

Füreya Koral, yaşama 26 Ağustos 1997 yılında, Osmanoğlu Kliniği'nde veda etti.

Cenazesi 28 Ağustos'ta Dolmabahçe'deki Bezm-i Âlem Valide Sultan Camii'nde kılınan öğle namazından sonra, Dolmabahçe rıhtımına yanaşan bir motora konarak Büyükada'ya götürüldü ve büyükbabası Şakir Paşa'nın yaptırdığı Müslüman Mezarlığı'ndaki aile kabrinde toprağa verildi.

O şimdi, yaşama başladığı yerde, Büyükada'nın çamları altında, cumhuriyet devrinin ilk kadın seramikçisi olmanın ve kendinden beklenildiği gibi, sanat dalında ülkesine çok şey vermenin gururu içinde uyuyor.

KAYNAKÇA

Yazarın *FÜREYA*'nın yazılışı sırasında yararlandığı kitap, dergi ve belgelerin dökümü:

Şakir Paşa Ailesi, Şirin Devrim, Milliyet Yayınları, 1998.

Atatürk'ten Hatıralar, Hasan Rıza Soyak, Yapı Kredi Bankası A.Ş., 1973.

Anılarla Mustafa Kemal Atatürk, İsmet Kür, İş Bankası Kültür Yayınları, 1998.

Çankaya, Falih Rıfkı Atay, Bateş A.Ş., 1968.

Tek Adam, Ş. S. Aydemir, Remzi Kitabevi, 1999.

Atatürk Üzerine, Emre Kongar, Remzi Kitabevi, 1994.

Atatürk'ten Hiç Yayınlanmamış Anılar, Y. Yurdakul, Aksoy Yayıncılık, 1999.

Kılıç Ali'nin Hatıratı (Altemur Kılıç'ın arşivinden).

Füreya, Ateş ve Sır, Ferit Edgü, (Ege Seramik A.Ş.) 1992.

Bir Usta Bir Dünya: Füreya Koral, Yapı Kredi Kültür Sanat Yayıncılık, Ekim 1997.

Türk Seramik Derneği, Seramik Dergisi, Füreya Özel Sayısı (4), 1998. *Milliyet Sanat Dergisi,* 1 Eylül 1997. *Vizyon Dergisi,* Ekim 1992.

Ve ayrıca, Şirin Devrim, Altemur Kılıç, Ferit Edgü, Rabia Çapa, Utarit Izgi, Candeğer Furtun, Ayda Arel tarafından yazara verilmiş olan belgeler.

Büyükada'daki aile konağının merdivenlerinde Şakir Paşa ailesi: Şakir Paşa, Sare İsmet Hanım, Cevat, Fahrünissa, Ayşe, Âsım, Suat ve Aliye. Önde ayakta Hakkiye.

Sadrazam Cevat Paşa'nın küçük kardeşi ve yaveri Şakir Paşa.

Büyükada'daki konakta Hakkiye Hanım ve Emin Bey'in yatak odası. Füreya bu odada doğdu.

Füreya bir yaşında.

Hakkiye Hanım ve Emin Bey Büyükada'daki köşkün bahçesinde.

Füreya, annesi Hakkiye Hanım ile birlikte. (1913).

Füreya ve kardeşi Şakir.

Füreya on iki yaşında.

Füreya ve Kardeşi Şakir
Büyükada'da bahçede.

Füreya'nın Fahrünissa
tarafından yapılmış resmi.

Atatürk ve solunda
Füreya'nın babası Emin Paşa.

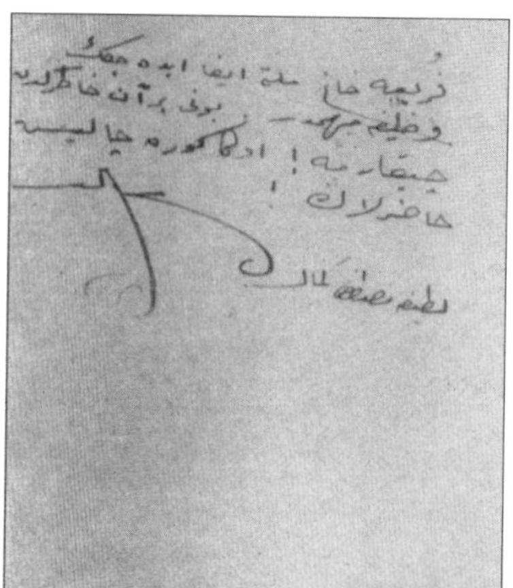

Atatürk'ün Füreya'nın hatıra defterine yazdığı not: 'Füreya Hanım, millete ifa edeceğin vazife mühimdir!'

Füreya'nın teyzesi
Aliye Berger.

Emin Paşa, Füreya'nın ilk kocası, Hakkiye Hanım, Sare İsmet Hanım, Füreya ve Şakir. Yalova, 1930.

Füreya ilk evliliğine adım atarken, nedimesi Şirin Devrim ile birlikte.

Füreya ve Kılıç Ali nişan törenlerinde (1935).

Enver İnsel, Ali Çetinkaya'nın eşi Naime Hanım, önde oturan Berrin İnsel'in annesi Vesiret. Beyaz elbiseli olan Kılıç Ali'nin kuzeni Berrin İnsel.

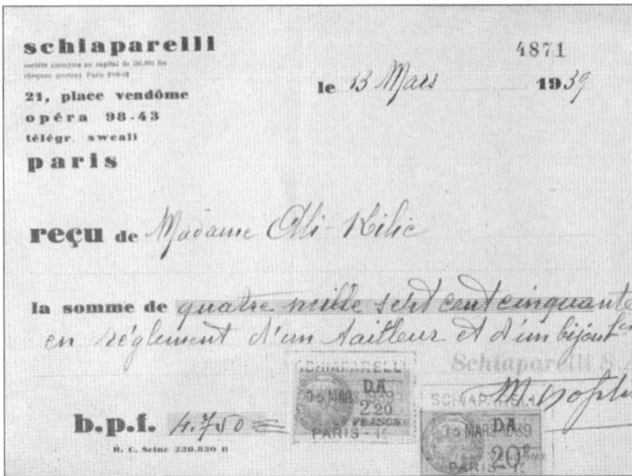

schiaparelli

4871

21, place vendôme

opéra 98-43

télégr. sweali

paris

le 13 Mars 1939

reçu de Madame Ali-Kilic

la somme de quatre mille sept cent cinquante

en règlement d'un tailleur et d'un bijou

b.p.f. 4.750

Füreya'nın 1939 yılında Schiaparelli'den alışverişini gösteren bir fatura.

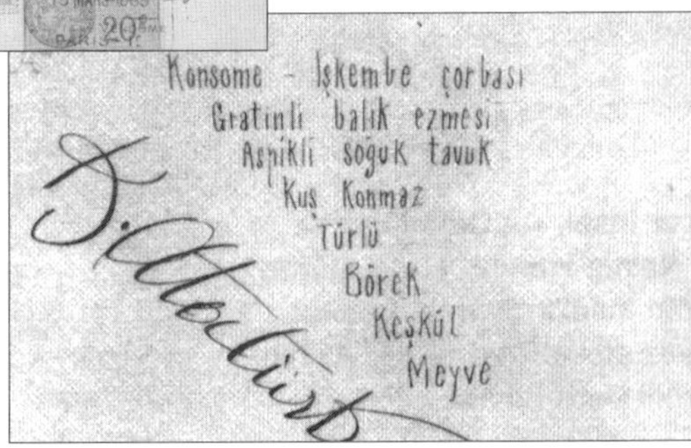

Konsome - İşkembe çorbası

Gratinli balık ezmesi

Aspikli soğuk tavuk

Kuş Konmaz

Türlü

Börek

Keşkül

Meyve

K. Atatürk

Ankara'da, Füreya'nın evinde verdiği bir akşam yemeğinin, Atatürk tarafından imzalanmış menüsü.

Kılıç Ali, Atatürk, Salih Bozok ve küçük Ülkü.

Şakir (en solda), Füreya ve Kılıç Ali
Ankara'da Nuri Conker ile.

Füreya ve Kılıç Ali, Nice'te.

Ön planda Nejad ve Şirin Devrim ve Emir Zeid. Arka planda Kılıç Ali, Füreya ve Hakkiye Hanım. Esen teknesinde. (1935)

Füreya ve Kılıç Ali'nin "Esen" teknesi.

Kılıç Ali, Füreya, Fahrünisa ve Emir Zeid Cannes'da. (1935)

Füreya Florya'daki
Sırıklı Köşk'ün
terasında. (1935)

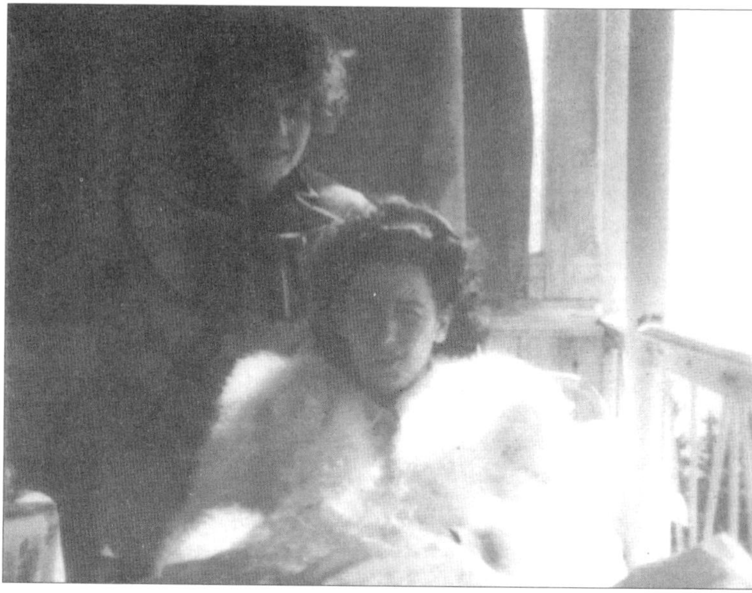

Leysen'de sanatoryumda Aliye ile birlikte, seramiğe ilk başladığı dönemde.

Leysen'de sanatoryumun balkonunda.

1954 yılında Hilton Oteli için yaptığı seramik masalardan birinin önünde.

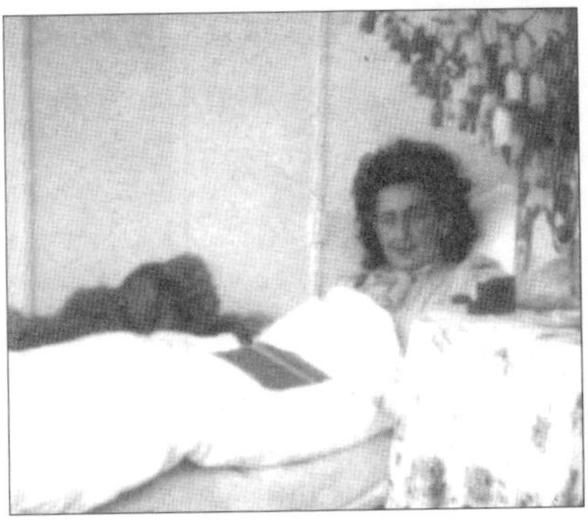

Füreya Leysen'de sanatoryumdaki odasında köpeği Şeytan'la.

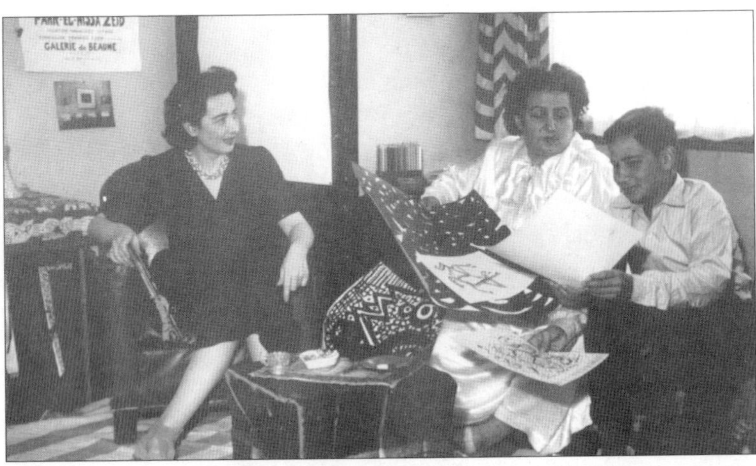

Füreya ilk sanat yıllarında teyzesi Fahrünissa ve teyzesinin oğlu Raad ile Paris'te. (1952)

50'li yılların çalışma ortamında, torna çekerken.

Şakir Paşa Apartmanı'ndaki atölyesinde bir sergi sonrası mülakat verirken. (1956)

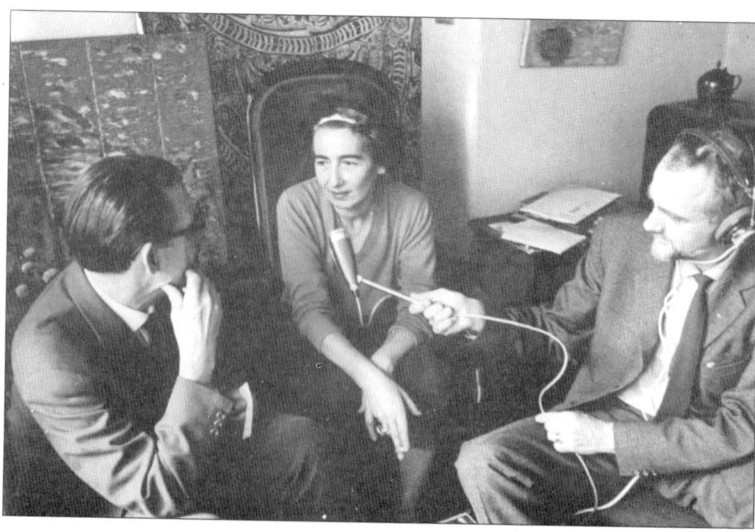

Füreya Şakir Paşa Apartmanı'ndaki atölyesinde Fahrünissa Zeid'in yaptığı portresinin önünde ve çalışma masasının başında.

FOTOĞRAF: ARA GÜLER

Karaman ilçesinin Değle köyünde Nezihe Araz, Hakkiye Hanım, Konya Müzesi eski müdürü Mehmet Önder ve köylülerle.

FOTOĞRAF: ARA GÜLER

Füreya 50'li yıllarda atölyesinde çalışırken.

Füreya ile Sara Uludağ'da. Sara on yaşında.

Şakir Paşa Apartmanı'nda Şirin Devrim, Füreya ve Aliye Berger.

1964 yılında, Dr. Fikret Ürgüp, Aliye Berger, Sabahattin Eyüboğlu, Fahrünissa Zeid, Cevat Şakir Kabaağaçlı, Füreya, Şirin Devrim, Sina Kabaağaçlı.

FOTOĞRAF: ARA GÜLER

Ziraat Bankası ve Başak Sigorta'nın duvar panosu hazırlanırken. (1966)

FOTOĞRAF: ARA GÜLER

Şakir Paşa Apartmanı'nda atölyesinden bir köşe.

FOTOĞRAF: ARA GÜLER

60'lı yıllarda
çalışırken.

Arif Paşa Apartmanı'nda tabaklarının önünde. (1973)

FOTOĞRAF: ARA GÜLER

Arif Paşa Apartmanı'nda Füreya, teyzeleri Ayşe Erner ve Fahrünissa Zeid ile. Arka planda Sara. (1974)

Füreya'nın evinde Şirin Devrim ve Robert Trainer'ın nişanı. Aliye, Fahrünissa, Bob ve Şirin, Ayşe Erner ve Füreya. (1973)

FOTOĞRAF: ARA GÜLER

Arif Paşa Apartmanı'nda avlu içindeki atölyesinde fırını ile. 1974-75

Duvar panoları
için çalışırken.

FOTOĞRAF: ARA GÜLER

Manifaturacılar
Çarşısı'ndaki duvar
panosunun önünde.

FOTOĞRAF: ARA GÜLER

Amman'da Fahrünissa Zeid'in evinde Şirin, Füreya ve Fahrünissa'nın gelini Prenses Maida.

İzmir'de, ölüm döşeğinde yatan dayısı Cevat Şakir'in başında. (1973)

Füreya, Sara ve Emre Aykar'ın evinde, nikâh törenlerinde.
14 Aralık 1989.

Füreya, Arif Paşa Apartmanı'ndaki evinde, Sadrazam Cevat Paşa'dan kalan koltukta, Sara'nın büstü ve evlerinden biri ile.

FOTOĞRAF: ARA GÜLER

Fahrünissa Zeid'in Amman'daki evinde Füreya, Prenses Maida, Fahrünissa ve Rabia Çapa.

Füreya, Sara'nın oğlu Memo ile. (1980)

Sara, çocukları Memo ve Serra ile.

"Gölge Oyunu"nun film seti. Burcu Aykar (Emre'nin kızı), Serra, Füreya ve Şener Şen.

Sara Koral Aykar evinde, çocukları Mehmet ve Serra ile, Füreya'nın tabaklarının önünde. (1997)

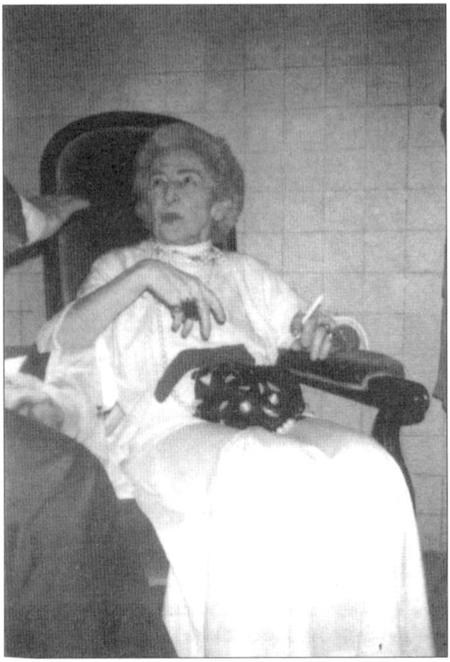

Füreya, 40. sanat yılında
onuruna açılan sergide,
koltuğunda.

Utarit İzgi, Müşerref
Cimcoz ve Füreya.
40. sanat yılını kutlarken.

Füreya'nın 40. sanat yılında Maçka Sanat'ta açılan 40 sanatçının yaptığı eserlerden oluşan, "Füreya'ya Saygı" sergisinden kuşlar.

Füreya'nın evinden sergi için getirilen koltuğu ve "insan"ları etajerinin üstünde sergilenirken. Maçka Sanat Galerisi, 1994.